Mike Maurus

Mittelsturm

COPPENRATH bei cbj

DER AUTOR

Mike Maurus führt Regie bei Zeichentrickserien und animierten Kinofilmen. Er lebt mit seiner Frau und zwei Töchtern im Süden von München. Seine bisherigen Veröffentlichungen wurden von Publikum und Presse begeistert aufgenommen.

Von Mike Maurus ist als Coppenrath Taschenbuch bei cbj *erschienen:*

»Fantasmania – Jenseitsfalle« (28005)
»Fantasmania – TeamGeister« (28006)

Mike Maurus

Mittelsturm

Mit Zeichnungen
des Autors

COPPENRATH bei cbj

cbj
ist der Kinder- und Jugendbuchverlag
in der Verlagsgruppe Random House

FSC
Mix
Produktgruppe aus vorbildlich
bewirtschafteten Wäldern und
anderen kontrollierten Herkünften

Zert.-Nr. SGS-COC-001940
www.fsc.org
© 1996 Forest Stewardship Council

Verlagsgruppe Random House FSC-DEU-0100
Das FSC-zertifizierte Papier *München Super Extra*
für dieses Buch liefert Arctic Paper Mochenwangen GmbH.

1. Auflage
Erstmals als *Coppenrath Taschenbuch bei cbj* Mai 2010
Gesetzt nach den Regeln der Rechtschreibreform

Lektorat: Carola Henke
Innenillustrationen: Mike Maurus
Umschlaggestaltung: Basic-Book-Design,
Karl Müller-Bussdorf, unter Verwendung
der Originalgestaltung von
init.büro für gestaltung, Bielefeld
MI · Herstellung: AnG
Satz: Uhl + Massopust, Aalen
Druck und Bindung: GGP Media GmbH, Pößneck
ISBN: 978-3-570-28004-1
Printed in Germany

www.cbj-verlag.de

Für Doris,
die Liebe meines Lebens,
die mich so viele Luftschlösser bauen ließ,
wie ich wollte …

Und für Gabi,
die Luftschlössern Fundamente
geben kann.

„Diese Erzählung wuchs und wuchs,
während ich sie erzählte.“
J.R.R. Tolkien

„Nach dem Spiel ist vor dem Spiel.“
Sepp Herberger

INHALT

DER BOLZPLATZ AM ENDE DER WELT

Lorenzo Mystelzweig, genannt »Mittelsturm«, war zu Lebzeiten mein bester Freund. Nicht zu seinen Lebzeiten – zu meinen.

Ja, ihr habt richtig gehört. Ich bin nicht mehr am Leben … aber auch nicht tot. Jedenfalls nicht so richtig. Ich bin ein Geist. Dass die Armbrust, die auf mich gerichtet war, mehr oder weniger aus Versehen losging, hilft da überhaupt nichts.

Wir hätten uns nie träumen lassen, dass unsere Feinde so weit gehen würden, einen von uns zu verletzen oder gar zu töten. Wir haben anfangs nicht mal gewusst, dass wir Feinde haben. Wir waren nur eine Bande von Straßenkindern, die für ihr Leben gern Fußball spielte.

Für ihr Leben gern … na, in meinem Fall ist dieser blöde Spruch wahr geworden. Ihr könnt euch nicht vorstellen, wie lang ich üben musste um das hier aufschreiben zu können. Ein Geist kann anfangs gar nichts bewegen. Er kann nichts anfassen. Kann schon sein, dass er sich einbildet, seine Hände zu sehen. Wenn die Magie stark genug ist, sind sie und der Rest vom Geist vielleicht auch für die Lebenden sichtbar. Das heißt aber noch lange nicht, dass man als Geist irgendwas greifen kann. Es hat verdammt lang gedauert, bis ich gelernt habe eine Schreibfeder zu halten und damit auf Papier zu krakeln.

Mein Name ist übrigens William. Ihr könnt mich auch Will nennen. Ich war ungefähr elfeinhalb Jahre alt, als ich getötet wurde, und ich war der Torwart der »Verdammten Rotznasen«. So nannten wir unsere Waisenhausmannschaft, weil wir dieses Schimpfwort am häufigsten zu hören bekamen, wenn wir irgendwo zu kicken anfingen. Und wir waren stolz auf den Namen.

Eigentlich hätte ich gar nicht verraten dürfen, dass Lorenzos Nachname Mystelzweig ist. Das wusste ja niemand, als die Geschichte begann. Auch nicht er selbst. Aber ich werde dieses Blatt nicht wegwerfen und von vorne anfangen. Dazu hab ich mir zu viel Mühe mit der verdammten Schreibfeder gegeben.

Wir lebten in einem Vorort der Grenz- und Hafenstadt Arkanon, im Waisenhaus des heiligen Patrick. Das war aber kein Heiliger im Himmel, sondern ein ziemlich mieser Typ, der sich kurzerhand selbst zum Heiligen erklärt hatte, als er das Waisenhaus übernahm. Er schickte uns arbeiten, sobald wir alt genug dafür waren. Das war seiner Meinung nach etwa so mit sechs, spätestens sieben Jahren. Das Geld, das wir verdienten, nahm er uns für Kost und Logis ab.

Kost und Logis, so wird das genannt, wenn man für mieses Essen und durchgelegene, verwanzte Betten bezahlen muss, selbst wenn man seit Wochen keinen Bissen von dem immer gleichen Fraß runtergewürgt hat und den ganzen Sommer neben dem Bett statt darin geschlafen hat.

Unser Waisenhaus lag am äußersten Ende der Welt. Ich meine damit, es stand so ziemlich auf dem westlichsten Flecken Erde, den Menschen betreten können. Man kann mit dem Schiff weiter nach Westen fahren, aber die wenigen Kapitäne, die von dort jemals zurückgekommen sind, sagten alle, dass es nirgends möglich sei, an den Küsten Fantasmaniens zu landen. So war Arkanon entstanden. Schiffe brachten Handelsware bis zu dieser entlegensten Ecke der Menschenwelt. Hier wurden die Waren auf Karawanen umgeladen, die durch die Wildnis ins Königreich Fantasmanien zogen. Das Waisenhaus war eigentlich eine Grenzstation, die diese Karawanenstraße bewacht hatte, solang es sie noch gab. Denn vor zwölf Jahren, etwa zu der Zeit, als die meisten von uns Verdammten Rotznasen geboren wurden, geschah irgendetwas Schreckliches tief im Inneren Fantasmaniens. Die Leute erzählen heute noch von einer gewaltigen Explosion, die den Erdboden zum Zittern brachte, und einem schwarzen Blitz, der alle Mauern durchdrang und das gesamte Silber in der Stadt schmelzen ließ.

Danach begann der fantasmanische Wald unaufhaltsam und rasend schnell über die Straße zu wuchern. Seitdem bildet er eine undurchdringliche Barriere, die kein Mensch bezwingen kann, und die beginnt direkt hinter dem Waisenhaus. In dem Dickicht aus Bäumen, Dornbüschen und Schlingpflanzen sollen sogar zwei Holzfäller gestorben sein, als sie versuchten die Straße wieder freizumachen. Die Leute nennen ihn den Wilden Wald.

Er ist nicht so undurchdringlich wie zum Beispiel eine Mauer. Man *kann* den Wilden Wald betreten. Aber nicht weiter als drei, vier Meter. Für jeden, der weiter reingeht, wird's schwierig, wieder herauszukommen. Man verliert die Orientierung. Schlingpflanzen und Dornen halten einen fest. Bäume sind nicht mehr an der Stelle, an der sie standen, bevor man ihnen den Rücken zudrehte. Man fühlt sich beobachtet und hört ständig Stimmen raunen. Als wir acht waren, mussten Lorenzo und ich es natürlich auch ausprobieren. Wir haben uns ziemlich schnell aus den Augen verloren. Es dauerte einen ganzen Tag, bis ich das Licht der Sonne wiedersah. Ich geb's nicht gern zu, aber ich habe geweint, als mich der Wilde Wald endlich wieder ausgespuckt hatte. Lorenzo saß da schon auf einem Holzstapel und wartete auf mich. Am Abend bekam ich eine Tracht Prügel, weil meine Kleidung in Fetzen herunterhing. Einer meiner ausgelatschten, zu großen Schuhe war verschwunden. Lorenzo passierte nichts. Seine Kleidung war ganz in Ordnung. Ich konnte nicht rausfinden, was er im Wilden Wald erlebt hatte. Er schien es selbst nicht zu wissen. Aber er glaubte sich daran zu erinnern, dass er mit jemandem geredet hatte. Es war eine wirre Erinnerung. Er hatte das Gefühl, dass ein Buch mit ihm gesprochen hatte. Ein Buch mit einem Gesicht auf dem Einband. Aber das war natürlich Blödsinn und wir vergaßen die Sache bald wieder.

Wie gesagt, das Waisenhaus war das westlichste Gebäude Arkanons und *beinahe* der westlichste Flecken Erde, den Menschen betreten können.

Nur eins lag noch weiter westlich: unser Bolzplatz.

Aus irgendeinem Grund hatten die wuchernden Pflanzen ein Stück der alten Straße frei gelassen, groß genug um darauf Fußball zu spielen.

Irgendwann, nachdem wir überall verjagt worden waren, wagten wir uns über die Grenze auf dieses letzte Stück freie Fläche im Wilden Wald und seitdem ist das unser Bolzplatz. Niemand hält sich gerne am Waldrand auf, nicht mal tagsüber.

Man hat immer das Gefühl, von tausend Augen beobachtet zu werden. In der Abenddämmerung wird es ganz schlimm. Aber wir wollten Fußball spielen und da kam es uns ganz recht, dass wir so nah am Wilden Wald ungestört waren. Und anscheinend hatte der Wilde Wald nichts dagegen, dass wir genau das dort taten.

Jeder in Arkanon glaubte, dass wir Waisenjungen die Ärmsten der Armen waren. Aber das stimmte überhaupt nicht. Die alte Karawanenstraße war natürlich nie gepflastert gewesen wie die Straßen in Arkanons Oberstadt. Da hatte es einfach nur eine breite, festgetrampelte Schneise durch den Wald gegeben. Im Sommer staubig, im Winter festgefroren. Und zur Regenzeit ein lehmiger Sumpf. Auf dem letzten Stück, das der Wald übrig gelassen hatte, wuchs jetzt spärliches Gras. Wir hatten uns Tore gebaut, sogar mit grobmaschigen Netzen, die wir aus Seilresten, Schnüren und Bindfäden geknüpft hatten, und wir hatten versucht die tiefen Karrenspuren aufzufüllen.

Ein Bolzplatz. Niemand in Arkanon war so reich wie wir.

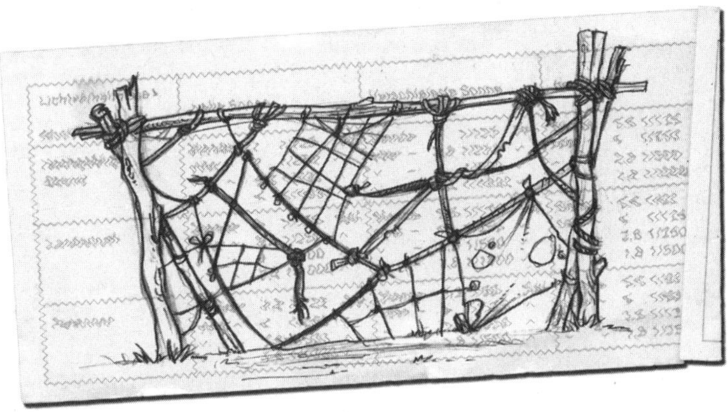

DIE STRASSE, DIE ES NICHT MEHR GIBT

Wenn ich so zurückdenke, kann ich ganz sicher sagen, dass alles, was später passierte, all die wilden Abenteuer, die Lorenzo und ich erlebten, auf unserem Bolzplatz im Wilden Wald begannen. Und zwar an dem Tag, an dem diese feinen Pinkel aus der Oberstadt mit ihrem nagelneuen Lederball auftauchten. Der Lederball hat Lorenzo Mittelsturm zu der Wette verleitet, die alles ins Rollen brachte. Bei der Wette ging es um neun kleine, bemalte Holztäfelchen. Wegen denen entfachten wir versehentlich ein heftiges magisches Gewitter, das die ganze Welt in Gefahr brachte.

Bei den Holztafeln handelte es sich um Eintrittskarten für ein Fußballspiel. Niemand wäre auf die Idee gekommen, die aus Papier zu machen. Das war dafür viel zu teuer.

Ich habe oft Prügel kassiert, weil ich es einfach nicht lassen konnte, jeden Fetzen Papier, den ich in die Finger kriegte, mit Zeichnungen voll zu kritzeln.

Einige davon findet ihr hier im Buch. Es ist bei weitem nicht alles, was ich gezeichnet habe. Ich hatte ein Versteck für die herausgerissenen Buchseiten, alten Rechnungen, wertlosen Geldscheine und all die anderen Papierfetzen, die ich voll gemalt habe. Aber da kam ich ewig nicht ran und als ich es endlich ausräumen konnte, war ein Teil der Seiten feucht geworden und verschimmelt, und einiges hatten Mäuse angefressen.

Die Regeln auf dem Bolzplatz sahen so aus: Die Mannschaft, die morgens als erste auf dem Platz war, legte ihren Einsatz an der östlichen Torauslinie ab. Sie konnte kicken, bis ein Herausforderer kam, der ebenfalls einen Einsatz bringen musste. Dann wurde gegeneinander gespielt. Der siegreichen Mannschaft gehörte der Einsatz des Gegners. Außerdem blieb sie auf dem Platz und spielte gegen den nächsten Herausforderer. Wer verlor, musste vom Platz und sich hinten in der Reihe der Herausforderer mit neuem Einsatz anstellen. Bis Mittag war die Torauslinie meistens voll. Erwachsene würden angesichts der meisten Dinge, die da gesetzt wurden, nur den Kopf schütteln. Aber für uns war das alles absolut wertvoll.

Die Jungs aus der Oberstadt kannten die Regeln nicht. Sie warteten und warteten und als schon mehrere Mannschaften zum zweiten Mal gespielt hatten, sie aber noch gar nicht, ergriff der mutigste von ihnen das Wort. Sie waren schon ein paar Jahre älter als wir, so um die vierzehn oder fünfzehn. Trotzdem war es absolut mutig, aus der feinen Oberstadt auf unseren Bolzplatz zu kommen und frech zu werden.

»Jetzt reicht's aber!«, rief der Held aus der Oberstadt. Wir ruhten uns gerade am Osttor aus und wollten gleich gegen die »Monster Soccer Juniors« spielen, aber die hatten ihren Einsatz abgelegt und waren wieder verschwunden.

»Jetzt reicht's aber! Ihr Rotznasen spielt …«

»*Verdammte* Rotznasen, bitte schön!«, unterbrach Quassel, unser Linksaußen, den blonden Jungen in seiner feinen Stadtkleidung. Quassel hieß eigentlich Kassiel, aber der Spitzname sagte alles. Der Junge stutzte, aber Quassel fuhr fort. »Es heißt *Verdammte* Rotznasen, so viel Zeit muss sein!«

Alle Rotznasen lachten. Die Jungs aus der Stadt sahen verwirrt aus.

»Na gut«, begann der Stadtjunge erneut. »Ihr, äh … *Verdammten* Rotznasen spielt schon den ganzen Vormittag. Alle Mannschaften waren mindestens schon zweimal dran, nur wir haben noch nicht gespielt. Das ist ungerecht.«

So, so, dachte ich. Gerecht soll es also zugehen, wenn's nach euch feinen Pinkeln geht, die sich hinter Stadtmauern verstecken. Was wisst ihr schon …

»Ihr habt keinen Einsatz abgegeben«, stellte Quassel fest. »Ihr könnt nur spielen, wenn der Einsatz stimmt.«

Er deutete auf die Torauslinie, wo nur noch der Einsatz der Monster Soccer Juniors lag: ein flaches, in einen Lumpen gewickeltes Bündel. Als die Stadtjungen ihn verständnislos ansahen, fuhr er fort: »So geht das hier auf dem Bolzplatz. Es gibt eine Reihenfolge der Herausforderer. Ihr habt sicher gesehen, dass alle Jungs, die gegen uns spielen wollten, da ihren Einsatz abgelegt haben.«

Die Jungen aus der Oberstadt nickten zögerlich. Bei ihrer Ankunft hatten sich tatsächlich die verschiedensten Gegenstände an der Torauslinie aufgereiht. Darunter hatten sich eine eiserne Türklinke, ein Korb mit angefaulten Äpfeln und der bemalte Deckel eines Holzfasses befunden, außerdem sogar eine einäugige, ziemlich nervöse Katze. Inzwischen lag da nur noch das geheimnisvolle Bündel. Der Rest von dem Zeug stapelte sich zu einem Haufen auf der anderen Seite des Tores und gehörte jetzt uns.

»Legt euren Einsatz dazu«, meinte Quassel großzügig. »Dann kann's auch schon losgehen. Das dahinten ist übrigens der Einsatz der Verdammten Rotznasen.«

Er deutete auf Benno, der am Waldrand angepflockt war. Der Schafsbock starrte mit einem bösartigen roten Funkeln in den Augen zu uns herüber. Ich weiß nicht, warum er immer so wütend war. Aber seit er unser Einsatz war, hatten wir nicht mehr verloren. Vielleicht *will* gar niemand einen wütenden Schafsbock gewinnen …

Einer der Stadtjungen zupfte den Mutigen mit dem Lederball am Ärmel. »Lass uns gehen, Isidor«, flehte er. »Vielleicht dürfen wir ja doch in eurem Garten …«

Aber Isidor hörte nicht zu. Er marschierte zur Torauslinie und legte entschlossen seinen nigelnagelneuen Ball neben das eingewickelte Bündel. Alle Rotznasen pfiffen anerkennend. Ein so schönes Exemplar hatte sich noch nie bis zu uns in die hinterste Ecke der Vorstadt verirrt.

Ich erkläre besser mal, was es mit Vorstadt und Oberstadt bei uns auf sich hatte.

Arkanon befand sich an einem der seltsamsten und schwierigsten Orte, die man sich für den Bau einer Stadt aussuchen kann. Sie hatte so gut wie keinen Platz, sich auszubreiten.

Arkanon lag an einer schmalen Landbrücke, die zwei Meere voneinander trennte und zwei große Landmassen verband. Die Brücke war schmal im Vergleich zu den Kontinenten, die im Osten und Westen daranhingen. Trotzdem war sie an der engsten Stelle immer noch eine halbe Meile breit.

Das Tal von Arkanon lag zwischen den Bergen wie eine nach Süden gekippte Schüssel. Ihren Nordrand bildete der Mystelberg, der als Steilklippe zum Nordmeer hin abfiel, während im Südwesten die Wellen des Adamantischen Ozeans an den Strand plätscherten.

Von Nord nach Süd verlief eine Mauer durch die Stadt Arkanon. Sie begann oben am Mystelberg und endete unten am Strand beim Fischerhafen.

Arkanons feine Oberstadt war von den anderen Vierteln durch diese Stadtmauer getrennt. Die Oberstadt zog sich weit den Karrenberg im Osten hinauf. Ganz oben, wo es im Sommer kühler und angenehmer war, lagen die feinen Häuser der reichsten Kaufleute, die sich selbst als den »alteingesessenen« Adel der Stadt betrachteten. Über allem thronte der Palast der Familie von Fresseisen.

Baron Frasbert von Fresseisen war der Herr über die Stadt. Selbst wenn der so genannte Adel all sein Geld und seinen Einfluss zusammengeworfen hätte, wäre das immer noch nicht mehr als ein Fliegenschiss im Vergleich zum Reichtum und der Macht des Barons von Fresseisen gewesen. Ein Vorfahr des Barons hatte einen kleinen Handelsposten betrieben, wo die Ware von den Schiffen auf die Karawanen nach Fantasmanien umgeladen wurde. Der Posten war gewachsen und gewachsen und schließlich zu einer richtigen Stadt geworden. Fresseisen hatte es geschafft, den Handel mit Fantasmanien weiterlaufen zu lassen, obwohl die Karawanen nun nicht mehr durchkamen. Viele hielten ihn für einen Magier. Jedenfalls wusste er, wie er seinen eigenen Reichtum und den der anderen Kaufleute in der Oberstadt erhalten und vermehren konnte.

Aber das eigentliche Leben von Arkanon tobte »An der Straße«. Damit war die Vorstadt gemeint. Die ganze wilde Siedlung außerhalb der Stadtmauern zieht sich vom Westtor der Oberstadt durch den Talgrund bis hinauf zu der alten Grenzstation, die jetzt unser Waisenhaus ist. Der Name »An der Straße« kommt von dem alten Karawanenweg, der am Westtor der Stadt begann. Aber ich sagte ja schon, dass es den nicht mehr gibt. Die Straße ist nicht nur in Fantasmanien zugewuchert, sondern auch auf unserer Seite der Grenze.

Alle möglichen Leute haben ihre Hütten und Lagerschuppen aus Platzmangel in der Vorstadt einfach auf die ehemalige Straße gebaut.

Mittelsturm Kittelwurm

Wir überließen den Oberstadtjungs großzügig die Seitenwahl und den ersten Anstoß. Einzige Bedingung war, dass wir mit ihrem Ball spielten, nicht mit unserem alten. Isidor hatte ihn gerade von der Torauslinie geholt und wollte zum Anstoßpunkt laufen, als eine Stimme vom Grenzhaus her rief: »Aber erst sind wir dran!«

Wir sahen uns alle um. Da kam eine Truppe anmarschiert, die im Vergleich zu uns Rotznasen richtig beeindruckend aussah. Es waren etwa fünfzehn große, kräftige Jungen, die alle die gleichen Trikots anhatten, grau mit orangefarbenen Streifen entlang der Ärmel, dazu braune Hosen und Stutzen in der Farbe der Ärmelstreifen. Es sah aus, als rücke eine Armee an. Nur der Junge, der gerufen hatte, schmälerte den kriegerischen Eindruck. Er war kleiner als die anderen und viel zu dick. Sein Trikot spannte um den Bauch und seine schweinchenrosa Beine schwabbelten beim Marschieren. Trotzdem war Fizzbert der Anführer der Monster Soccer Juniors.

Das war auch kein Wunder. Die Juniors waren die Jugendmannschaft der »Monster Soccers« und die gehörten Baron Frasbert von Fresseisen. Der reichste und mächtigste Mann Arkanons war Fizzberts Vater. Die Provinz, an deren westlichstem Ende Arkanon lag, hieß Monstrovia. Deshalb nannten sich Fresseisens Fußballer »Monster«, aber das war lächerlich. Sie spielten immer nur gegen den Abstieg aus der adamantischen Küstenliga.

Heute kann keiner mehr sagen, wie der Fußball in unsere Siedlung kam. Aber in den Zeiten, als die Straße noch offen war und viele Karawanen nach Fantasmanien zogen, trafen ständig neue Einwanderer mit den Schiffen ein, die Handelswaren für die Karawanen brachten. Sowohl die dunklen Leute von der Südküste des Adamantiks als auch die bleichen Nordländer von den Regeninseln behaupten, sie hätten den Fußball aus ihrer Heimat mitgebracht.

Nur in der Oberstadt wurde gar nicht gespielt. Die reichen Kaufleute gingen in den Wäldern Monstrovias auf die Jagd. Die Oberstädter hatten Fußball immer als Arme-Leute-Spiel verachtet. Seit sich aber der Baron von Fresseisen nicht mehr zu schade war damit Geld zu verdienen, kam es auch in der Oberstadt langsam in Mode. Vor allem bei den Kaufmannskindern wie Isidor und seinen Freunden. Also wünschten sie sich Bälle und Stollenschuhe und was weiß ich für Ausrüstung. Und dann mussten sie feststellen, dass sie auf einem Berg lebten und es fast überall zu steil zum Spielen war.

»Ah, Fizzbert!«, begrüßte Quassel den speckigen Jungen. »Die Monster Soccer Juniors haben sich ja ordentlich verstärkt. Ich sehe vier neue Gesichter. Na ja, neu sind zumindest die feinen Trikots bei den beiden dahinten. Vor drei Monaten haben sie ja noch in unseren schwarzen Lumpen gespielt. Hallo, Barne. Hallo, Danael. Habt ihr's schön bei den Juniors?«

Die beiden waren ein bisschen älter als wir, vielleicht dreizehn oder vierzehn. Sie wanden sich vor Verlegenheit. Klar, sie waren Verdammte Rotznasen gewesen, bis sie ein Angebot von den Monster Soccer Juniors bekommen hatten. Wir waren uns alle einig, dass sie elende Verräter waren. Aber, mal ehrlich … wenn man zu den Juniors ging, bedeutete das: ein geregeltes Trainingslager, kein Arbeiten in der Nacht, saubere neue Kleidung, einen warmen Platz zum Schlafen und sogar ein Taschengeld. Wer konnte da Nein sagen?

Trotzdem waren sie Verräter und das wussten sie auch. Sie hatten sich bestechen lassen!

Die Monster Soccer Juniors konnten im Stadion spielen, wenn die A-Mannschaft es nicht brauchte, und sie hatten eine eigene Trainingshalle in den Katakomben unter dem Stadion. Die war nicht so groß wie ein reguläres Fußballfeld, aber sie hatte einen ebenen Fußboden und konnte auch im Winter genutzt werden. Trotzdem kamen sie immer wieder zum Bolzplatz. Quassel hatte sie einmal danach gefragt, warum sie den ganzen Weg von der Oberstadt herüberkamen. Fizzbert hatte hochnäsig erklärt, dass es ein gutes Training sei, auch mal gegen uns »Amateure« zu spielen. Amateure! Dabei hatten sie noch jedes Spiel gegen uns verloren, obwohl sie alle älter waren.

Ich glaube, sie kamen wegen der Magie. Der Wilde Wald war so voll davon, dass sie überall heraussickerte. Die Jugendspieler der Monster Soccers wollten sich auf dem Bolzplatz damit aufladen. Das hatten sie auch bitter nötig. Denn sie waren ja nur Juniors. So ein Name schwächt gewaltig.

Wir hielten es für ziemlich selbstverständlich, aber den Einwanderern, die mit den Schiffen kamen, fiel es immer wieder auf: Alle, die An der Straße lebten, waren irgendwie magisch begabt. Es waren immer nur kleine Begabungen. Manche davon waren hilfreich, wie zum Beispiel die Gabe, leichte Dinge schweben zu lassen, wenn man nur daran dachte. Manche Begabungen waren genauso hilfreich wie blöd. Da war diese Frau auf dem Markt. Sie konnte Wasser zum Kochen bringen, indem sie ihre Hand reinsteckte. Wenn sie die aber dringelassen hätte, bis das Wasser kocht, hätte sie sich furchtbar verbrannt. Also konnte sie nur warmes Wasser machen. Im Winter verkaufte sie Tee und Glühwein. Aber wer wollte schon Getränke haben, in denen jemand anders mit seiner Pfote rumgerührt hatte …

Andere Begabungen waren einfach nur blöd. Es gab da zum Beispiel einen Kerl, der jedes Tier dazu brachte, einen kleinen Hopser zu machen. Er näherte sich einem Tier und plötzlich tat es, egal ob Ferkel, Huhn oder ausgewachsenes Pferd, einen kleinen Sprung. Immer nur einen. Eigentlich völlig nutzlos. Aber stellt euch vor, was los war, wenn dieser Kerl über den Viehmarkt ging. Ich glaube, der lebte sogar davon. Er ließ sich von den Viehhändlern dafür bezahlen, dass er *nicht* über den Markt ging.

Dass der fantasmanische Wald uns mit Magie aufpumpte, haben wir natürlich auch beim Fußballspielen ausgenutzt. Wir waren uns zwar alle einig, dass es eigentlich verboten sein sollte, aber jeder hat ständig irgendwelche kleinen Zaubertricks angewandt und unsichtbare Fouls begangen.

Nur Lorenzo nicht. Er war der Einzige An der Straße, der absolut keine magischen Fähigkeiten hatte. Als wir anfingen Fußball zu spielen, war das natürlich furchtbar für ihn.

Aber die Kinder vom Waisenhaus des heiligen Patrick hatten kein anderes Spiel im Sinn. Auch außerhalb des Waisenhauses hätte er An der Straße keinen Spielkameraden für irgendetwas anderes als Fußball gefunden. Die ganze Vorstadt war verrückt danach.

Lorenzo musste Fußball spielen, wenn er irgendwie dazugehören wollte. Er wurde pausenlos gefoult, ausgetrickst und überspielt. Wenn sich die zwei stärksten Spieler beim Auswählen ihrer Mannschaften abwechselten, war Lorenzo immer der letzte, der aufgerufen wurde.

Einmal wollte ein Kapitän sogar einen streunenden Hund in seine Mannschaft wählen, damit er nur nicht Lorenzo nehmen musste.

Damals war er ganz unten. Alle riefen ihn »Mittelsturm Kittelwurm«.

Er wartete nämlich, bis er als Letzter aufgerufen wurde, was an sich schon das Peinlichste von der Welt ist, und dann sprintete er auf den Platz und verkündete laut: »Ich spiele im Mittelsturm!«, als ob er das zu bestimmen hätte.

Einmal wurde es einem der älteren Jungen, der an diesem Tag Kapitän war, zu bunt. Er packte Lorenzo am Kragen seines viel zu großen Hemds und hob ihn hoch.

»Es heißt Stürmer! Ich! Spiele! Mittel*stürmer*!«, brüllte er Lorenzo an. »Aber selbst wenn es so was wie einen Mittelsturm gäbe, würdest du in hundert Jahren dort nicht spielen dürfen! Du bist der mieseste, unbegabteste …«

Während der große Junge brüllte, hatte er den »Mittelsturm« die ganze Zeit am Kragen seines Kittels hochgehalten und geschüttelt. Dabei war Lorenzo irgendwie in dem Erwachsenen-Kleidungsstück verschwunden. Seine dünnen Beine schauten unten raus, aber der Rest war in den Kittel gerutscht und hatte sich darin verwickelt. Der große Junge ließ das Bündel zu Boden fallen.

»Du bist kein Mittelsturm!«, erklärte er Lorenzo, der zappelnd den Ausgang aus seinem Riesenhemd suchte. »Du bist höchstens ein Kittelwurm!«

Abends, wenn der heilige Patrick Lorenzos schmutzige, zerfetzte Kleidung sah, jedes Mal mit einem breiten, braunroten Streifen getrockneten Blutes aus Lorenzos Nase auf der Brust, gab es Prügel.

Aber Lorenzo hat nie aufgegeben. Er ging durch die härteste Fußballschule der Welt. Und er wurde gut. Richtig gut. Nein, er wurde der Beste. Nicht nur der Beste im Waisenhaus oder An der Straße oder in Arkanon oder … ach, was soll's. Lorenzo wurde der beste Fußballspieler der Welt!

Irgendwann war der »Kittelwurm« verschwunden und »Mittelsturm« ein Name, der ängstlich geflüstert wurde, wenn Mannschaften gegen uns antraten.

Lorenzo konnte ein Foul aus dem Augenwinkel erkennen, ehe der Gegenspieler überhaupt daran dachte, es zu begehen. Er konnte den brandigen Geruch der Magie erschnuppern, noch bevor sie begonnen hatte.

Er sagte mir mal, dass er auf keinen Fall darüber nachdenken durfte, was seine Beine während des Spiels tun. Die seien viel zu schnell für sein Gehirn und wenn sich das versehentlich einschaltete, verhedderten sich die Füße hoffnungslos.

Aber das war ihm schon ewig nicht mehr passiert.

Na ja, an dem Tag, an dem die Stadtpinkel mit ihrem neuen Lederball kamen, war der Mittelsturm schon seit drei Jahren

Anführer und Spielmacher der Verdammten Rotznasen. Wir waren die härteste und beste Straßenkickermannschaft in der Vorstadt. Und überall sonst, da wette ich.

SIEBEN GEGEN EINEN

Auf Quassels Bemerkung, wie toll sich die Juniors verstärkt hätten, grinste Fizzbert schief, in der Hoffnung, es würde bedrohlich aussehen. Das Grinsen verschwand allerdings, als Quassel anfügte: »Die zwei anderen kenne ich von den Steckbriefen, die Sheriff Hatchett überall angenagelt hat. Beide wegen Raub mit Körperverletzung gesucht, wenn ich mich nicht irre.«

Fizzbert trat ganz nah an Quassel heran.

»Da liegst du richtig, Quasselstrippe«, flüsterte er drohend. »Und dir werden sie als Erstem die Knochen brechen! Du wirst vom Platz *getragen*!«

Aber Quassel war gar nicht beeindruckt. Er verzog das Gesicht und wedelte mit einer Hand davor herum.

»Wääh!«, stöhnte er angewidert. »Aber *sicher* werde ich vom Platz getragen ... dein Mundgeruch haut jeden um!«

Alle lachten, auch die Jungen aus der Oberstadt. Als sie aber die Blicke der Monster Soccer Juniors sahen, verstummten sie schnell wieder.

»So, jetzt aber wieder Ernst!«, verlangte Quassel. Er deutete auf das Bündel am Spielfeldrand. »Ist es das, was wir vereinbart haben?«

Fizzbert reckte stolz die Brust heraus. »Neun Karten für das Spiel Monster Soccers gegen Adamantus Torim. Tribüne!«, verkündete er.

Quem, unser rechter Innenverteidiger, schob die Lappen mit dem Fuß beiseite. Zum Vorschein kam ein Stapel bemalter Holztäfelchen.

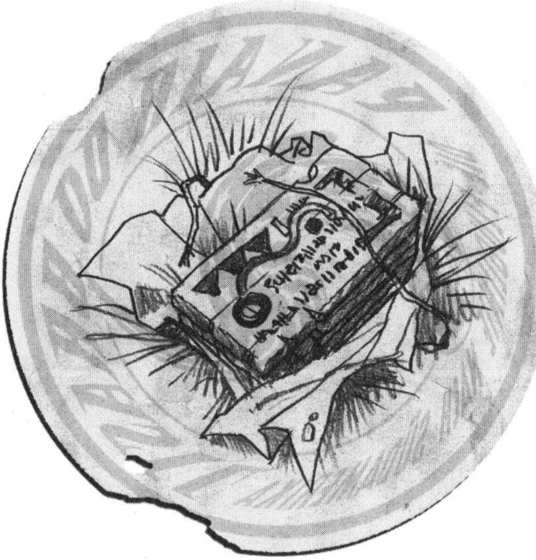

Die Stadtjungen bekamen große Augen. Im Vergleich zu uns Vorstadtkindern hier draußen lebten sie in der Oberstadt, innerhalb der Stadtmauern, in unglaublichem Wohlstand. Aber Karten für ein Fußballspiel hatten auch sie noch nie in der Hand gehabt. Nicht weil sich die Kaufmannsfamilien keine leisten konnten, sondern weil ihre Väter längst nicht so viel von Fußball hielten wie neuerdings die Söhne.

Doch da meldete sich der segelohrige Elmo, unsere Nummer zehn, zu Wort. Er war gar nicht zufrieden.

»Das hast du dir aber fein ausgedacht, Fizzbert!«, rief er angewidert. »Hast gewartet und deinen tollen Einsatz als Letzter in die Reihe gelegt. Dann taucht ihr stundenlang nicht auf. Die Kirchturmuhr hat gerade drei geschlagen. Wenn wir jetzt gegen euch spielen und die Karten gewinnen, sind die Stadiontore zu, bis wir hinkommen. Dein Einsatz ist einen Dreck wert!«

»Die Kirchenglocke kann man von hier aus gar nicht hören!«, rief Fizzbert beleidigt.

Elmo tippte sich an eines seiner großen, abstehenden Ohren.

»Ich schon, Fizzi! Ich hab magische Lauscher! Und die haben noch was gehört. Die haben gehört, wie dein Papi gesagt hat, dass du nicht mehr der Kapitän der Juniors bist, wenn ihr noch ein Spiel auf dem Bolzplatz verliert. Und weil du weißt, dass ihr verlieren werdet, hast du's so hingedreht, dass wir zu spät kommen.«

»Das ist überhaupt nicht wahr!«, krähte Fizzbert mit knallrotem Kopf. »Das hast du *nicht* gehört! Wie willst du das gehört haben?«

Ha! Wenn er wissen wollte, *wie* Elmo das gehört haben konnte, hatte der alte von Fresseisen es tatsächlich gesagt!

»Ich arbeite in Summsers Ehrlicher Lottostelle«, erklärte Elmo. »Die liegt direkt am Stadion. Und zwar genau unterhalb des Chefzimmers deines Vaters. Ich hab doch gesagt, ich hab magische Lauscher, aber die hätte ich gar nicht gebraucht, so wie dein Alter gebrüllt hat. Sogar Summser hat es gehört und der ist stocktaub.«

Von dem Moment an schrien die Rotznasen und die Monster Juniors wild durcheinander.

Da ging Lorenzo, der bis jetzt kein einziges Wort gesagt hatte, zwischen den streitenden Mannschaften durch und nahm dem Anführer der Stadtjungen den nagelneuen Ball aus der Armbeuge.

»Kann ich mir den kurz leihen?«, fragte er Isidor. Der nickte.

Lorenzo trat vor Fizzbert und hob den Ball über den Kopf. Nach und nach verstummte das Geschrei.

»Ich schlage dir eine Wette vor, Fizzbert«, sagte er, während er den Ball in Drehung versetzte und auf einer Fingerspitze balancierte. »Schau dir mal diesen wunderschönen Ball an. Das ist nicht so ein geflicktes Lumpenei wie unserer.«

Das stimmte absolut. Da lag ein braun, schwarz und moosig grün geflecktes Ding in einer Ecke des Tores, mit aufgenähten Stoffflicken, geplatzten Nähten und jeder Menge herumgewickelter Schnüre und Lederbänder, die alles notdürftig zusammenhielten. So etwas Ball zu nennen war eigentlich eine Lüge. »Geflicktes Lumpenei« war dagegen eine treffende Beschreibung.

»Du stellst sechs von deinen Leuten auf«, fuhr Lorenzo fort. »Zwei in unserer Hälfte, zwei auf der Mittellinie und zwei in eurer Hälfte. Ich starte hier von unserem Tor. Wenn ich es schaffe, mit diesem wunderschönen, neuen Ball durchzukommen und ein Tor zu schießen, gehören die Karten uns.«

»Und wenn nicht?«, fragte Fizzbert lauernd.

»Wenn nicht?« Lorenzo schien zu grübeln, als wäre ihm die Möglichkeit, dass er es nicht schaffen könnte, noch gar nicht in den Sinn gekommen. »Dann tut ihr, was ihr immer getan habt, wenn ihr gewonnen habt.«

Lorenzo kratzte sich am Kopf. »Ach so, ihr habt ja noch nie gewonnen. Na, dann tut ihr, was ihr euch immer *gewünscht* habt zu tun. Ihr prügelt uns grün und blau.«

»Wie sieht's denn mit einem Torwart aus?«, wollte Fizzbert wissen.

Ich sah, wie die Jungen aus der Oberstadt den Atem anhielten. Sie verstanden nicht, was hier vorging. Der Junge mit dem kastanienroten Pferdeschwanz hatte gerade eine völlig aussichtslose Wette vorgeschlagen. Aber der Dicke schien irgendwie besorgt und wollte zusätzlich zu den sechs Feldspielern noch einen Torwart. Warum?

Wir wussten es. Elmo hatte sicher Recht. Fizzbert hatte groß getönt, er könne jederzeit Stadionkarten von seinem Vater bekommen. Quassel und Elmo hatten ihm sofort das Versprechen abgeluchst, als nächsten Einsatz genug Karten für alle Rotznasen mitzubringen. Elmo hatte mitbekommen, dass der Baron Fizzbert die Karten gab, aber er hatte auch gehört, was Frasbert von Fresseisen zu seinem Sohn sagte, als er das tat. Jetzt steckte Fizzbert natürlich in der Klemme. Wenn er den versprochenen Einsatz nicht brachte, brauchte er auf dem Bolzplatz gar nicht mehr aufzutauchen. Wenn er ihn aber verlor, war er nicht mehr Chef der Monster Soccer Juniors.

Also hatte er sich das so ausgedacht, dass die Juniors erst am Tag des Spiels wieder zum Bolzplatz kamen, aber so spät, dass uns die Karten nichts nützten. Wenn wir jetzt zwei Halbzeiten spielten und die Karten gewannen, konnten wir sie uns höchstens noch im Schlafsaal an die Wand nageln. Die Stadiontore wurden nämlich spätestens eine Viertelstunde nach dem Anpfiff geschlossen. Früher hatte sich während der ersten Halbzeit immer ein Haufen Leute ohne Karten an den Ordnern vorbeigeschlichen, weil die lieber die Spiele beobachteten als die Stadioneingänge.

So hatte Fizzbert uns gegenüber Wort gehalten und den Einsatz gebracht, aber sein Vater würde uns nie im Stadion zu Gesicht bekommen, ob seine Mannschaft nun gewann oder verlor. Wenn er aber glaubte, er könne auf diese Weise eine Niederlage auf dem Bolzplatz vor seinem mächtigen Papi verbergen, musste er dumm wie Brot sein. Fizzbert war so was von reich, aber wirklich ein mieser kleiner Scheißer.

Es wurden auch viele Karten geklaut oder gefälscht. Oft waren Plätze zwei- oder dreimal vergeben. Es gab immer Streit und Aufruhr. Vor etwa zwei Jahren kletterten so viele Zuschauer auf der Haupttribüne herum, dass sie einstürzte. Seitdem machen sie das Stadion nach Spielbeginn dicht.

Außerdem hat der alte Fresseisen neue Stadiontore bauen lassen. In denen saßen magische Augen. Die erkennen die Muster, die auf die Holzkarten gemalt sind. Gefälschte Karten haben meistens nicht das richtige Muster für den jeweiligen Spieltag. Weil auch immer wieder Karten auftauchten, die während der Produktion gestohlen wurden, bauen die Kartenschnitzer jetzt ganz zum Schluss einen Amulettzauber in die Holzplaketten ein. Wenn man dann am Spieltag mit einer Karte durchs Tor geht, die keinen oder den falschen Zauber hat, fängt die Holzkarte an zu verkohlen. Das raucht und stinkt fürchterlich. Ein paar Sekunden später sind die Ordner da und schmeißen einen hochkant raus.

Aber Fizzberts Karten waren echt. Wenn Lorenzo diese Wette gewann, sahen wir zum ersten Mal ein Spiel von bequemen Sitzplätzen aus!

»Von mir aus!«, sagte Lorenzo mit angewiderter Miene. »Sechs Feldspieler und ein Torwart. Unter einer Bedingung: Der Torwart bist du!«

»Iiiiich? Wieso ich?«, stotterte Fizzbert mit hochrotem Kopf. »Ich, äh, ich bin doch der Teamchef. Ich kann doch nicht im Tor …«

Wieder schrien Rotznasen und Juniors durcheinander. Beide Seiten drängten Fizzbert die Wette anzunehmen. Das Schauspiel wollte sich keiner entgehen lassen.

Aber ich war ein kleines bisschen besorgt, als Fizzbert zustimmte. Ich kannte diese Stimmung bei Lorenzo. Er hatte seinen gesunden Menschenverstand längst ausgeschaltet. Er war so getrieben von diesem Ich-zeig's-euch-allen, dass er manchmal wirklich zu weit ging. Würde er diese Wette gewinnen, wäre es eine schreckliche Demütigung für die Juniors und vor allem für die Jungs, die gegen ihn gespielt hatten. Also würden die Spieler, aber auch der Rest der Mannschaft jede Art von Magie einsetzen, zu der sie fähig waren, um den Mittelsturm aufzuhalten. Und der hatte nur sein Talent und zwei Beine, die schneller spielten, als sein Gehirn denken konnte. Ich hatte Angst, dass er ernsthaft verletzt würde.

Aber ich hätte ihm niemals geraten es sein zu lassen. So läuft das unter Freunden nicht. Ich sorgte nur dafür, dass sich unsere Leute entlang des Spielfelds aufstellten und dass jeder wusste, was er zu tun hatte. Wir mussten versuchen, die Magie abzuwehren, die von den nicht spielenden Monsters aufs Spielfeld geschickt werden würde. Ins Spiel selber durften wir auf keinen Fall magisch eingreifen. Das hätte nur Lorenzo ins Stolpern gebracht.

STURMSPIEL

Es ging also los. Lorenzo legte sich den Ball vor dem östlichen Tor zurecht. Die Monster-Spieler bezogen ihre Positionen. Die Rotznasen verteilten sich an der südlichen Seitenlinie, die restlichen Monsters an der nördlichen.

Für einen Moment war alles wie erstarrt. Die Sonne brannte vom Himmel. Kein Lufthauch regte sich. Die Gegner sahen sich finster an.

Dann krächzte irgendwo ein Rabe und Lorenzo rannte los.

Wenn man nichts von Magie versteht und sie auch nicht sehen kann, hätte man glauben können, Lorenzo und der Ball seien völlig verrückt geworden. Die gegnerischen Spieler hatten noch gar nicht angegriffen, da sprang Lorenzo schon und duckte sich, schlug Haken und drehte sich, als würde auf ihn geschossen. Er musste immer wieder den Ball unter Kontrolle bringen, der verrückte Hopser machte, als säße ein Frosch mit Schluckauf darin. Wenn man allerdings die Monster Soccer Juniors an der Außenlinie beobachtete, sah man, wie sie mit wütenden Gesichtern Zaubersprüche und Verwünschungen gegen Lorenzo und den Ball schleuderten.

Es war wahnsinnig schwer, herauszufinden, wer da drüben was tat, und irgendetwas dagegen zu unternehmen.

Wir konnten einiges von der Magie aufhalten, die vom anderen Spielfeldrand kam, aber das meiste musste Lorenzo selbst machen. Am ersten Gegenspieler war er mit einer Körperdrehung vorbei. Den zweiten tunnelte er und sprang über dessen gegrätschtes Bein hinweg. Die beiden rannten hinter ihm her, aber sie konnten ihn nicht erreichen. Keiner ihrer magischen Schläge traf ihn. In diesem Moment verstand ich plötzlich, wie der Mittelsturm ohne magische Begabung dennoch ein Magier sein konnte. Es war die pure Konzentration auf eine einzige Sache. Die anderen mussten rennen, auf Lorenzos Haken und Finten reagieren und dabei versuchen, ihre bescheidenen magischen Fähigkeiten anzuwenden. Lorenzo und der Ball bewegten sich über das Feld und durch die Gegner hindurch, als ob sie nicht wirklich da wären.

Ich sah, wie ein Gegenspieler einen kleinen Blitz aus seiner Handfläche abfeuerte. Er hätte Lorenzo in die Magengrube getroffen, wenn der nicht – mit dem Ball zwischen den Knien – einen Flickflack über die Schulter des Gegenspielers hinweg gemacht hätte. So traf der Blitz stattdessen einen von Lorenzos Verfolgern am Knie. Der schrie auf und hüpfte auf einem Bein davon, während das andere wild herumzuckte. Lorenzo machte nach dem Überschlag eine Art Purzelbaum über den Fuß des nächsten Gegners hinweg, der nach seinem Gesicht trat. Dann sprang er auf und rannte weiter. Der Ball klebte immer noch an seinen Füßen.

Jetzt waren sie zu dritt hinter ihm her und die beiden massigen Innenverteidiger, die das letzte Bollwerk bildeten, rannten auf ihn zu wie stürmende Nashörner.

Aber da war noch etwas anderes. Mit Lorenzo raste etwas durchs Gras. Das Licht hatte sich verändert. Die Sonne war verschwunden. Als ich hochsah, bemerkte ich, dass sich dunkle Wolkenberge rasend schnell heranwälzten. Sie zogen nicht über uns hinweg. Sie steuerten alle auf diesen Flecken Erde zu. Der Wald glühte in einem unheimlichen, grünlich blauen Licht. Blitze schossen zwischen den Bäumen hervor und schlugen in den Bolzplatz ein. Es sah aus, als huschten glühende Schlangen zuckend über den Boden.

Sturmwind riss uns die Warnrufe von den Lippen. Über uns donnerten die Wolkengebirge aufeinander. Immer mehr Blitze schossen vom Himmel herab und jagten fauchend über die ausgetrocknete Erde des Bolzplatzes, versengten die spärlichen Grasbüschel. Wir hatten viel zu viel Magie auf einen Fleck konzentriert. Keiner von uns hätte geglaubt, dass wir überhaupt in der Lage wären, so viel davon zu erzeugen. Inzwischen hatten die meisten längst aufgehört irgendwelche magischen Tricks anzuwenden. Aber die Energie brauchte uns gar nicht mehr um sich immer stärker aufzubauen.

Als Erste rannten die Jungs aus der Oberstadt davon. Ihr nagelneuer Lederball war ihnen gar nicht mehr wichtig. Dann machten sich die Monsters aus dem Staub, die nicht gespielt hatten. Ihnen folgten die vier Feldspieler, an denen Lorenzo schon vorbei war, und schließlich auch die anderen beiden.

Ich schrie irgendetwas in Lorenzos Richtung, aber in dem unablässigen Donner hörte ich nicht einmal selbst, was es war. Gleichzeitig bemerkte ich zwei Dinge. Auf das eine war ich stolz. Keine von den Verdammten Rotznasen hatte sich aus dem Staub gemacht. Das andere war seltsam. Wenn Lorenzo wirklich kein kleines bisschen zaubern konnte, wieso sah es dann so aus, als jagten die Blitze *mit* ihm dem Tor entgegen?

Inzwischen zuckte die Energie nämlich nicht mehr hierhin und dorthin, nein, die glühenden Schlangen hatten alle ein Ziel gefunden: das Tor, in dem Fizzbert von Fresseisen mit schlotternden Knien stand.

Der nestelte an seinem Hosenbund und riss schließlich einen Zauberstab heraus. Auf dem Markt wurden billige Zauberstäbe bündelweise verkauft. Die meisten funktionierten drei-, viermal bei einfachen Zaubertricks, ehe sie den Geist aufgaben. Viele verkohlten nur und nicht wenige entpuppten sich als ein einfaches Stück unmagisches Holz.

Aber Fizzberts Stab arbeitete einwandfrei. Sein Papi hatte bestimmt mächtig viel Geld dafür hingeblättert, denn der Blitz, der nun aus der Spitze des schwarzen Ebenholzstabes schoss, konnte es beinahe mit dem Wetterleuchten aufnehmen, das Lorenzo umtobte. Fizzbert wedelte wild gegen das heranstürmende Unheil an. Es sah fast so aus, als sprühte er mit einem Feuerlöscher mal hierhin, mal dorthin. Aber der Strahl aus seinem Zauberstab schürte das magische Feuer eher noch. Schließlich warf sich Fizzbert herum und flüchtete schreiend. Lorenzo zog ab und schoss aufs leere Tor.

Der Ball schien einen weißglühenden Feuerschweif aus Energie hinter sich herzuziehen. Es sah aus, als schlüge ein Komet ein. Er versengte das Tornetz und flog weiter, außer Sicht zwischen die Bäume des Wilden Waldes.

Lorenzo raste einfach geradeaus weiter und sprang durch das rauchende Loch, das der Ball im Netz hinterlassen hatte. Er rollte sich mit einem Überschlag ab und änderte im Aufspringen die Richtung.

»Weg hier, schnell!«, schrie er uns zu, als er in Richtung Waisenhaus sprintete.

Erst jetzt rannten die Rotznasen los. Ich war auch schon gestartet, aber dann fiel mir ein, dass wir jemand vergessen hatten: Benno war noch immer am Waldrand festgebunden.

Ich hastete zu der Stelle, an der wir ihn angepflockt hatten, aber da war er nicht mehr. Er hatte es geschafft, den Pflock, an dem er angebunden war, aus der Erde zu reißen. Ich sah ihn gerade noch im Wald verschwinden. Er bockte und schlug aus wie ein gehörntes Pferd, das einen unsichtbaren Reiter abwerfen will. Dem konnte ich nicht mehr helfen. Also hetzte ich den anderen hinterher. Ich sah ein einziges Mal nach rechts. Beide Tore brannten! Dann schlug ein so gewaltiger Blitz genau in den Anstoßpunkt, dass ich minutenlang nichts anderes sehen konnte als das grünlich schwarze Abbild dieser Lichtsäule, das sich ganz hinten in meine Augen gebrannt hatte.

Davor aber hatte ich Lorenzo gesehen, der angehalten hatte und das Bündel hochhob, in dem Fizzberts Karten verpackt waren.

Ich versuchte meinen Weg am Waldrand entlang blind zu finden, aber ich muss zu weit nach links abgekommen sein, mitten in die Bäume hinein. Ich hatte zwar die Arme vor mir ausgestreckt, aber das nützte mir gar nichts, weil ich mit dem Fuß an einer Wurzel hängen blieb. Im Fallen streifte meine Hand kurz raue Rinde, doch ich konnte die Wucht des Sturzes nicht abfangen und knallte mit dem Kopf gegen den Baum. Dann wurde es sehr still und das Bild vom Blitz verschwand.

Als ich wieder zu mir kam, lag ich auf dem Rücken, mit etwas Weichem unter dem Kopf. Der in meine Netzhaut eingebrannte Blitz war jetzt rot und drum herum konnte ich die Welt wieder sehen. Lorenzo saß mit nacktem Oberkörper neben mir. Das

Weiche unter meiner angeschlagenen Birne war sein Hemd. Er hatte mich unter das Blätterdach eines Baumes am Waldrand gelegt.

Als ich mich stöhnend aufgesetzt hatte, hielt Lorenzo mir das aufgeschlagene Bündel hin. Die Karten waren zu Holzkohle verglüht.

»Verdammte Magie!«, rief er. »Ich hätte sie überhaupt nicht gebraucht! So gut hab ich noch nie gespielt. Das war das beste Tor meines Lebens. Und jetzt nützen uns die Karten überhaupt nichts mehr!«

Ich konnte ihm nicht antworten, weil ich etwas absolut Unglaubliches sah. Von allen verrückten Dingen, die an diesem Tag passiert waren, war es wahrscheinlich das irrste.

Benno kam aus dem Wald getrottet, mit qualmendem Fell, und er stieß mit den Hörnern ein rundes schwarzes Etwas vor sich her, über das immer wieder knisternde blaue Entladungen huschten. Vor unseren Füßen blieb es liegen. Es war der Ball. Immer noch rund und fest, aber die äußerste Schicht des Leders war schwarz verkohlt. Darüber stand breitbeinig der Schafsbock und funkelte uns an, so wütend wie eh und je.

Lorenzo und ich sahen uns an.

»Na, wenigstens etwas«, meinte er schulterzuckend. »Ein fast neuer Ball.«

FANATISCHE FANS

Zwei Tage später wusste jeder An der Straße, was auf dem Bolzplatz passiert war. Wer konnte, war hingegangen und hatte sich die verkohlten Torbalken und das kreisrunde Loch in der Mitte des Feldes angesehen, wo der Blitz eingeschlagen war. Seltsamerweise wussten aber bald viele Leute mehr als wir, die dabei gewesen waren. Frido zum Beispiel, der Schankkellner in der Miesen Muschel, wo Lorenzo und ich bedienten, erzählte mir, dass Lorenzo nicht gelaufen, sondern geflogen sei, möglicherweise sogar auf einem Besen. Meinen Einwand, dass ich dort gewesen sei und davon nichts gesehen hätte, ließ er nicht gelten. Er hatte die Geschichte vom Schwager der Frau seines Vermieters und die kannte den heiligen Patrick, zumindest flüchtig. Der war zwar auch nicht dort gewesen, aber das war Frido egal.

Elmo berichtete uns, dass viele Leute behaupteten, Lorenzo habe den Ball in einen Dämon verwandelt und der habe versucht Fizzbert zu beißen. Fizzbert habe seinen Zauberstab gezückt und daraufhin sei der Dämon in den Wald geflüchtet. Also, *das* Gerücht stammte eindeutig von Fizzbert selbst.

Das Unglaublichste aber war, dass wir plötzlich so was wie Fans hatten. Leute kamen zum Waisenhaus und fragten nach

Souvenirs von den Verdammten Rotznasen. Viele wollten den Ball sehen, der sich in einen Dämon verwandelt hatte, und einige wollten ihn sogar kaufen.

Der heilige Patrick benahm sich so seltsam wie nie zuvor: Er war freundlich zu uns! Aber uns war ziemlich schnell klar, dass er nur hinter dem Ball her war. Jemand musste ihm richtig viel dafür geboten haben. Als wir ihm nicht verraten wollten, wo wir ihn versteckt hatten, wurde er furchtbar wütend. Er drohte uns mit Prügel, aber Quassel setzte ihn schachmatt, indem er ihn zu unserem Manager ernannte.

Der Eichenstock, den der Heilige schon in der Hand gehabt hatte, verschwand wieder im Schrank. Tagelang mühte Patrick sich ab mit Kreide einen vernünftigen Managervertrag auf die Schultafel zu schreiben. Die war eine Spende von einem Wohltäter aus der Stadt und bis dahin noch nie benutzt worden. Der heilige Patrick konnte nämlich womöglich noch schlechter schreiben und lesen als wir Waisenkinder.

Wir hatten es notdürftig gelernt, weil wir in Kneipen bedienten, in Lagern Kisten zählten und Zeug verkauften, das wir auf dem Markt geklaut hatten. Hätten wir die Buchstaben und Zahlen nicht gekannt, hätte uns jeder reinlegen können.

Der heilige Patrick gab schließlich auf. Die Tafel war so mit Kreide zugeschmiert, dass er sie nicht mal mehr mit einem nassen Schwamm sauber kriegte. Dann war er einen ganzen Tag lang verschwunden. Quem, der im Kloster der Bettelnden Bruderschaft in der Gärtnerei arbeitete, erzählte uns, dass er Patrick dort im Lager für Kleiderspenden gesehen habe. Einen Tag später berichtete Quassel, dass Patrick von ihm verlangt habe, einen Eimer rote Farbe aus der Färberei mitzubringen, in der er manchmal aushalf.

Dann erwischten wir den heiligen Patrick dabei, wie er den Leuten, die immer noch nach Souvenirs von den Rotznasen fragten, irgendwelche Kleidungsstücke verkaufte, auf die er mit der roten Farbe so was Ähnliches wie unsere Namen und Rückennummern gepinselt hatte.

LOHrenSSO
105

stand da zum Beispiel auf einem Unterhemd. Oder:

Wilhiem
Thorwaad

auf der Sitzfläche einer alten Arbeitshose mit vielen aufgenähten Taschen. Die war so groß, dass ich darin hätte übernachten können. Wenn ich das Ungetüm im Tor getragen hätte, wäre ich andauernd darüber gestolpert und auf die Schnauze geflogen. Oder einfach darin verschwunden. Aber solche Nebensachen kümmerten weder den heiligen Patrick noch die Leute, die ihm das Zeug abkauften.

Uns war's nur recht. So war er beschäftigt und dachte nicht mehr an den angebrannten Ball, der immer noch besser war als alles, was wir vorher durch die Gegend gekickt hatten.

Ärgerlich war nur, dass die Verdammten Rotznasen jetzt zwar An der Straße eine bekannte Fußballmannschaft waren, aber nicht mehr spielen konnten, weil mitten im Bolzplatz ein Loch klaffte. Wir hatten es schon zweimal mit Sand und Erde aufgefüllt, aber die Leute gruben das Zeug immer wieder aus und schleppten es in kleinen Krügen und Beuteln nach Hause.

FREUNDSCHAFTSSPIEL

Am siebten Tag nach unserer Wette rief uns der heilige Patrick in den Speisesaal. Neben der Luke für die Essensausgabe stand Fizzbert mit einem Kopf so rot wie eine reife Tomate. Hinter ihm saß ein unglaublich fetter Mann auf einer der Bänke, die von unseren Hintern abgewetzt waren. Eine Bank trug normalerweise zehn von uns ohne Probleme. Aber unter dem Gewicht dieses Fettmonsters bog sie sich bedenklich. Da saß doch tatsächlich Frasbert von Fresseisen, der Präsident und Besitzer der Monster Soccers, der wichtigste Mann der Stadt. In unserem schäbigen Speisesaal, in dem es tagein, tagaus nach Kohlsuppe stank. Alte, kalte Kohlsuppe riecht wie Rotz, finde ich. Wie der Geschmack hinten im Rachen, nachdem man kotzen musste. Und damit werde ich Frasbert von Fresseisen für immer in Verbindung bringen.

Seine Anwesenheit in unserem Speisesaal war schon eine Sensation. Aber hinter ihm stand ein Mädchen, bei dessen Anblick uns erst recht der Mund offen stehen blieb. So jemand hatte sich noch nie in unser Waisenhaus verirrt. Sie war ein bisschen älter als wir, vielleicht vierzehn oder fünfzehn. Und sie war schön auf eine besondere Art. Oje, wie beschreibt man eine solche Schönheit? Sie war schön und rein. Mist, das klingt vielleicht bescheuert. Ich meine rein im Sinne von … arglos? Nein. Das Wort »vertrauenswürdig« bringt es auch nicht auf den Punkt. »Er sah so vertrauenswürdig aus«, sagt man wohl eher, wenn einem ein Hausierer ein Hemd aus echter Raschun-Seide angedreht hat, das nach dem ersten Waschen nur noch so groß ist wie ein Birkenblatt.

Sie war so schön wie ein klarer Bergsee.

Wie ein Sonnenaufgang nach einer klirrend kalten Nacht.

Wie eine Blume, die sich nach dem Regen öffnet. Wenn ihre Farbe in der klaren, rein gewaschenen Luft leuchtet.

Wenn jemand mich fragen würde, wie eine Heilige aussieht, würde ich ihm dieses Mädchen zeigen. Sie trug ein langes hellblaues Kleid mit ganz zarten Stickereien und ein schwarzes Samtmieder, das mit feingliedrigen Silberketten verschnürt war. Sie hatte helle, makellose Haut und Haar wie Bernstein, wenn das Sonnenlicht durchscheint.

»Milch und Honig!«, wisperte Quassel hinter mir.

»Was?«, flüsterte Ben, unser linker Innenverteidiger. »Milch und Honig gab's bei uns noch nie! Bestimmt gibt's wieder pampigen Haferschleim.«

»Idiot«, zischte Quassel. »Haferschleim ist das, was du in deiner Birne hast. *Sie* sieht aus wie Milch und Honig.«

Das Mädchen nickte uns mit der Andeutung eines Lächelns zu. Im Arm trug sie eine Ledermappe. Darauf hatte sie ein Pergament gelegt, auf das sie mit einer Feder schrieb, sobald jemand etwas sagte. Die Feder tauchte sie in ein Tintenfass, das in einer kleinen Ledertasche an ihrem Gürtel steckte.

Sie war von Fresseisens Sekretärin oder so was.

Wenn Patrick noch ein bisschen breiter gegrinst hätte, hätten sich seine Mundwinkel hinten getroffen und der obere Teil von seinem Kopf wäre davongeschwebt. »Setzt euch!«, forderte er uns auf. »Der Präsident der Monster Soccers, Baron von Fresseisen, und ich, euer Teamchef, haben eine Vereinbarung getr…«

»Ganz recht!«, unterbrach ihn von Fresseisen. »Wir haben von eurem magischen Duell am Waldrand gehört.«

Die Farbe von Fizzberts Kopf wechselte von Tomate zu Brombeere. Ein Duell? Was hatte er seinem Alten bloß erzählt?

»Das interessiert die Leute An der Straße natürlich«, fuhr Fizzberts Vater fort. »Und deshalb sollten wir das wiederholen. Vor Zuschauern.«

Er stieß seinen Sohn mit einem Gehstock in den Rücken. Der taumelte einen Schritt nach vorne. Ich sah schon Dampfwolken von seinem dicken Schädel aufsteigen. Wenn Fizzberts Kopf irgendwo ein Ventil gehabt hätte, hätte das jetzt laut gepfiffen.

»Ei…n eiein Fffff… Freundschaftsspiel!«, stammelte er.

»Genau!«, ergänzte sein Vater. »Die Monster Soccer Juniors und die Rotzlöffel …«

»Nasen!«, unterbrach ihn Quassel. »Wir heißen Verdammte Rotz*nasen*. Nicht Löffel.«

»Ja, ja, richtig«, gab von Fresseisen zu. »Also, die Verfluchten Rotznasen und die …«

»Verdammt!«, rief Quassel wieder dazwischen. »Wir sind verdammt, nicht verflucht. Ver-damm-te Rotz-na-sen! Ist doch nicht so schwer …«

Von Fresseisens Miene verfinsterte sich, während der Kopf seines Sohnes rapide an Farbe verlor. Selbst Quassel musste kapieren, dass er jetzt besser seinen Mund hielt. Aber was dann kam, verschlug uns sowieso allen die Sprache.

»Und für dieses Freundschaftsspiel … stelle ich mein Stadion zur Verfügung! Ihr werdet vor zwanzigtausend Zuschauern spielen«, beendete Frasbert von Fresseisen seine kleine Ansprache. »Und zwar heute in zwei Wochen. Anpfiff zur üblichen Zeit, zur Fensterstunde. Ein Spiel bei Fackellicht!«

Im Westtor der Oberstadt gab es ein einziges verglastes Fenster. Im Sommer spiegelte dieses Fenster kurz vor Sonnenuntergang das Licht so, dass die Flagge der Monster Soccers aufleuchtete, die an einem hohen Mast über dem Stadion hing. Da das Stadion nördlich vom Westtor lag, war auf dem großen Markt südlich, wo sich tagsüber die meisten Leute aufhielten, das Leuchten gut zu sehen. So wusste jeder, wenn die Flagge leuchtete, dass jetzt das Abendspiel begann.

Von Fresseisen wuchtete sich hoch und stampfte an uns vorbei, Fizzbert hinter sich herziehend. Patrick wuselte ihnen nach. Die drei sahen aus wie ein Schlachtschiff mit Beiboot, dem ein schlankes Lotsenboot folgte.

Das Milch-und-Honig-Wunder schraubte noch ihr Tintenfass zu, ehe sie den anderen folgte.

»Viel Glück!«, wünschte sie uns beim Hinausschweben leise.

»Aber die Einnahmen teilen wir!«, hörten wir Patrick rufen.

»Natürlich!«, antwortete von Fresseisen. »Nach Abzug der Reinigungs- und Instandhaltungskosten, der Abschreibung und Rückstellung, aller Aufwandsentschädigungen und Werbungskosten …« Und es folgten noch eine ganze Menge mehr solcher Ausdrücke, während von Fresseisens Stimme immer leiser wurde.

Wir waren wirklich eine Zeit lang sprachlos. Das Mädchen war schon eine Sensation für sich gewesen. Aber, viel wichtiger war: ein echtes Stadion! Ein Spiel zur Fensterstunde wie die Großen! Zwanzigtausend Zuschauer! Das ist mehr als zweihundert und mehr als zweitausend, da muss man noch eine Null hinten dranhängen und das bedeutet, dass man zweitausend mal zehn genommen hat! Ich wusste gar nicht, dass An der Straße so viele Menschen lebten. Und vor denen sollten wir spielen …

Lorenzo sprang auf. »Wer will ein Autogramm?«, rief er. Sofort schrien alle durcheinander wie üblich.

STOLLENSCHUHE!!

Zwei Tage später erzählte uns Elmo, dass die Leute in Summsers Ehrlicher Lottostelle wie verrückt auf unser Spiel wetteten. Wenn sie das auch in den anderen Lotto- und Wettbüros taten, musste unheimlich viel Geld im Spiel sein. Und sie wetteten alle auf einen Sieg der Verdammten Rotznasen!

Man hörte auch Gerüchte. Der beste Stürmer der Monster Soccer Juniors habe sich im Training verletzt und könne garantiert nicht antreten. Zwei Verteidiger, die Lorenzos magischen Sturm erlebt hatten, würden sich weigern zu spielen. Noch mehr Leute setzten auf uns und die Quote fiel. Wer auf uns setzte, würde nicht mal das Eineinhalbfache seines Einsatzes herausbekommen, wenn wir gewännen. Wer dagegen auf die Juniors setzte, würde bei ihrem Sieg sein Geld neunfach zurückbekommen!

Unsere Milch-und-Honig-Fee tauchte überraschend noch mal am Bolzplatz auf. Sie hatte wieder ihr Schreibzeug dabei.

»Ich soll euch fragen, ob ihr für das Spiel ordentliche Trikots habt«, teilte sie uns mit. »Wenn nicht, bekommt ihr eine einheitliche Ausstattung aus der Wäschekammer der Monster Soccers. Was sind denn eure Farben?«

Wir schielten betreten an uns herunter. Das war eine schwierige Frage. Quassel beantwortete sie auf seine Weise. »Äh, ist Schmutz auch eine Farbe?«

Wir sahen ihn entsetzt an, aber zu unserem Erstaunen lachte die Schreiberin hell auf. »Das werde ich Herrn von Fresseisen mitteilen«, sagte sie. »Der fällt hinten vom Hocker!«

Mann, die sah nicht nur wunderhübsch aus, die war ja auch noch sympathisch! Jetzt wurden alle ganz locker und fingen an, mit ihr zu schäkern und zu flirten. Und sie schien nichts dagegen zu haben! Wir fanden heraus, dass ihr Name Ariana war, und sie versuchte sich unsere zu merken. Das war so viel ungewohnte Aufmerksamkeit von einer jungen ... äh, Dame, dass mancher von uns puterrot anlief. Ich natürlich nicht. Quassel behauptete zwar später, ich wäre der Röteste von allen gewesen, aber das war mit Sicherheit gelogen!

Irgendwann einigten wir uns darauf, dass unsere Farben Schwarz für das Hemd und Olivgrün für die Hose waren. Altkleider in diesen Farben hatten wir eine Menge auf Lager und Ariana meinte, dass sie genug Trainingstrikots von ähnlicher Färbung hatten um uns auszuhelfen, wenn unser Vorrat nicht reichte.

Dann kam das nächste Problem. Sie wollte wissen, ob jeder von uns Fußballschuhe hatte. Aber natürlich hatte keiner von uns jemals Stollenschuhe an den Füßen gehabt.

Ariana nahm uns mit in die Trainingskatakomben unterm Stadion, damit wir uns welche aussuchen konnten.

Wir verbrachten einen Nachmittag wie im Traum. Jedes Mal, wenn Ariana mich mit ihren Bergseeaugen ansah und nach kurzem Nachdenken »William, richtig?« sagte, breitete sich ein angenehm warmes Gefühl in meiner Brust aus. Ich war mir sicher, dass ich den schönsten Nachmittag meines Lebens verbrachte. Beim Fußballstiefel-Anprobieren!

Und dann stolzierten wir durch die Vorstadt, jeder mit einem zusammengebundenen Paar nagelneuer Fußballschuhe über der Schulter.

Wir hatten noch knappe zwei Wochen um in Stollenschuhen zu trainieren.

Ariana kam fast jeden Tag vorbei um irgendetwas zu besprechen oder zu bringen. Zum Beispiel die Plakate, die das Spiel ankündigten. Wir hängten eines in den Speiseraum und eines in den Schlafsaal.

Ein einziges Mal in diesen traumhaften Tagen sah ich etwas Seltsames. Aber nicht seltsam genug, dass es mir lange zu denken gegeben hätte. Außerdem sah ich gleichzeitig etwas anderes, das mich total davon ablenkte …

Warum ich so um den heißen Brei herumrede?

Einmal bückte sich Ariana direkt vor mir nach dem Ball. Ich sah geradewegs in ihren Ausschnitt und ich sah ganz kurz ihren Busen, ehe sie sich wieder aufrichtete.

Diesmal war ich mit Sicherheit knallrot geworden. Ich spürte, dass mein ganzer Kopf glühte und die Adern an meinen Schläfen Blut pumpten. Ich schaute schnell woanders hin und fühlte mich ertappt. Sie lächelte nur und zog ihr Mieder zurecht.

Später redete ich mir ein, dass der dunkle Fleck zwischen ihren Brüsten ein Muttermal war.

Viel später … nein, viel zu spät gestand ich mir ein, dass er für ein Muttermal zu groß und zu regelmäßig war.

Aber sie war ein Engel. Engel sind nicht zwischen den Brüsten tätowiert.

Alte Mutproben und neue Gäste

Der große Tag rückte näher. Wir fühlten uns immer noch unschlagbar.

Es passierten so viele aufregende neue Sachen in den Wochen vor dem Spiel, dass wir manche andere Veränderung gar nicht richtig mitbekamen.

Das benachbarte Königreich Fantasmanien war, wenn man den Flüstergeschichten glaubte, bevölkert von Feen, Zwergen, Kobolden, Zauberern, Trollen, Werwölfen, Vampiren und allem anderen, was einem nachts die Haare zu Berge stehen lässt.

Es gab zwei Sorten von Geschichten. Da war einmal das, was alle bei jeder Gelegenheit über die Fantasmanier erzählten. Das waren die »Meine-Oma-hat-gesagt«-Geschichten. Wir hatten für kurze Zeit einen Jungen bei uns gehabt, der jeden zweiten Satz mit diesen Worten begann.

»Meine Oma hat gesagt, Kobolde erledigen nachts liegen gebliebene Arbeiten, wenn man ihnen was zu essen ans offene Fenster stellt ...«

»Meine Oma hat gesagt, Werwölfe brauchen den Vollmond mehr als Vampire ...«

»Meine Oma hat gesagt, Zwerge lieben Eisen mehr als Gold ...«

»Meine Oma hat gesagt, Trolle überfallen einsame Bauernhöfe und fressen das Vieh, wenn es nicht gut weggesperrt ist…«

Das waren eigentlich keine richtigen Geschichten, sondern eher so etwas wie Weisheiten, die man in der Vorstadt an jeder Ecke zu hören bekam.

Der Junge war übrigens nur ein halbes Jahr bei uns. Dann wurde er abgeholt und ratet mal, von wem!

Natürlich von seiner Oma …

Etwas anderes waren die Geschichten, die mit »Habt ihr schon gehört …?« begannen.

»Habt ihr schon gehört, dass in der Färbergasse ein Kind verschwunden ist?«

»Habt ihr schon gehört, dass der Ochse von der Untertor-Mühle verrückt geworden ist?«

»Habt ihr schon gehört, dass Sheriff Hatchett die Wachen auf dem Viehmarkt verdreifacht hat?«

Wenn die Leute den Kopf schüttelten, fuhr der Frager gleich fort: »Natürlich haben Kobolde das Kind gestohlen! Wer denn sonst?«

Oder: »Die müssen die Mühle abends besser ausfegen. Das verstreute Korn lockt Gnome an. Die machen das Vieh verrückt …«

Und: »Trolle! Sieben Schafe fehlen. Sieben! Das waren Trolle, jede Wette.«

Wenn etwas schief ging oder irgendwie unheimlich war, steckten immer gleich Wesen aus Fantasmanien dahinter.

In der Oberstadt, hinter den sicheren Stadtmauern, konnte man solche Geschichten glauben – oder auch nicht. An der Straße waren die Leute felsenfest überzeugt, dass sie wahr sind. Denn An der Straße waren jedem, der nachts unterwegs war, schon mal fantasmanische Schmuggler begegnet. Ihre seltsamen Gestalten und die verstohlene Art, wie sie durch die Gassen huschten, machten sie unheimlich. Ob sie aber hinter allem Bösen und Unerklärlichen steckten, das in der Vorstadt passierte, war nicht bewiesen.

Lorenzo und ich wussten zumindest ganz sicher, dass es die fantasmanischen Wesen gab. Wir bedienten nachts in der Miesen Muschel, einer der übelsten Spelunken der Vorstadt. Aber das so genannte »Hinterzimmer« durften wir nicht betreten. Dort bedienten nur Frido oder Lugnum, der Wirt der Muschel persönlich. Es gab für uns natürlich nichts Interessanteres, als ins verbotene Zimmer zu linsen, wenn einmal für kurze Zeit die Tür aufging. Und ich schwöre euch, von allen Wesen, die wir da durch den Türspalt im Hinterzimmer beim Geschäftemachen gesehen haben, war nicht eines ein Mensch, außer dem Wirt Lugnum. Aber sicher bin ich mir bei dem auch nicht.

Am häufigsten kamen Zwerge und Kobolde. Wir nannten die Zwerge »Eckis« und die Kobolde »Spitzis«.

Zwerge sehen aus wie … gestauchte Menschen, so richtig gedrungen und viereckig, wie Leute, die man in einen Kasten gesteckt und denen man so lange mit etwas sehr Schwerem auf den Kopf gehauen hat, bis sie die Form von dem Kasten angenommen haben. Außerdem haben sie Knollennasen und lange Bärte.

Kobolde sind kleiner und dünner. An denen ist alles spitz: die Nase, die Ohren, die Augenbrauen … und auch die Hüte und Schnallenschuhe, ganz zu schweigen von ihren Fingernägeln und Eckzähnen. Deshalb nannten wir sie »Spitzis«.

Doch seit unserer magischen Wette kamen immer häufiger andere Leute als sonst in Lugnums Hinterzimmer. Die Zwerge und Kobolde unterschieden sich nicht so sehr von uns Menschen, dass man nach der fünften oder sechsten Begegnung noch groß darüber nachgedacht hätte. Aber jetzt saßen manchmal Finsterlinge im Halbdunkel, denen man lieber nicht auf dem Heimweg begegnen wollte. Haarige Wesen, die einen aus einer wirren Mähne heraus anglotzten, als würden sie einen gerne als Beilage zum Bier verspeisen. Ganz dünne Leute in weiten Umhängen, deren Gesichter immer unter Kapuzen versteckt waren. Kapuzen, aus denen plötzlich eine Schlangenzunge hervorschießen konnte um eine Fliege von der Wand zu fangen.

Einmal, glaube ich, hielt sich sogar ein Troll im Hinterzimmer der Miesen Muschel auf. Da lehnte eine Holzkeule an der Wand, genau in dem schmalen Lichtstreifen, der durch die Tür ins verbotene Zimmer fiel. Die Waffe war zweimal so lang wie ich. Der Griff war mit Lederstreifen umwickelt. Unten lief die Keule in einen dicken Wurzelknoten aus, der mit Dornen gespickt war. Wer von so was getroffen wurde, war nicht mehr zu retten. Ich machte Lorenzo auf die Waffe aufmerksam. Der konnte es natürlich nicht lassen und wollte das Ding einmal hochheben. Er streckte langsam seine Finger danach aus – und zuckte erschrocken zurück, als aus dem Dunkel im Hinterzimmer ein tiefes Grollen wie von einem gereizten Höhlenbären ertönte. Plötzlich erschien wie aus dem Nichts einer von den Kobolden, die wir »Spitzis« nannten, im Türrahmen. Soweit ich sehen konnte, war er der spitzigste Spitzi, der mir je untergekommen ist, aber auch der schäbigste. Er trug typische Koboldkleidung, eine Kniehose, Schnallenschuhe und eine Weste über einem losen Kittel, dazu einen spitzen Filzhut mit schmaler, geschwungener Krempe und einer großen Eisenschnalle am ledernen Hutband. Alles war fleckig, löchrig und vielfach geflickt, sogar der Kobold selbst. Über dem linken Auge trug er eine schwarze Klappe.

»Tür zu, es zieht!«, schnappte er und knallte die Tür vor unseren Nasen zu.

Dann brannten abends plötzlich Lichter im Knochenloch. Das liegt ziemlich weit oben am Mystelberg. Ganz oben auf dem Berg thront die Ruine der abgebrannten Burg. Am Fuß dieses Gemäuers liegt ein uralter Friedhof. Das Viertel rund um den Friedhof war die mieseste Gegend der Vorstadt, eine Ecke, die schon gar nicht mehr An der Straße, sondern eben »Knochenloch« hieß. Durch das Knochenloch waren wir schon gerannt, das war eine Mutprobe, genau wie das Betreten des Wilden Waldes. Im Knochenloch ging keiner langsam, jedenfalls nicht lange. Die schäbigen Hütten da oben hatten leer gestanden, seit ich denken konnte. Aber wenn man durch die engen Gassen schlich, hatte man immer das Gefühl, dass jemand … oder etwas … hinter den vernagelten Fensteröffnungen im Dunkeln hockte und einem nachstarrte.

Ähnlich ging es einem auf dem Friedhof, und zwar in seinem ältesten Teil. Die Gräber dort waren wahrscheinlich älter als Arkanon. In dem Teil des Friedhofs, der bis vor kurzem noch benutzt worden war, hatten die Gräber Eisenkreuze und Grabsteine. In einem Bereich nahe an der Steilklippe gab es viele namenlose Erdhügel. Die stammten aus der Zeit, als der harte Husten in der Stadt gewütet hatte. Es hieß, dass die Totengräber während der Seuche nicht mehr hinterhergekommen waren und die Leichen schließlich nur noch die Klippe hinuntergeworfen hätten.

Die Grabstätten an der höchsten und steilsten Stelle des Friedhofs, direkt unterhalb der Burgmauern, sahen aus, als wären sie schon vor tausenden von Jahren errichtet worden. Da waren immer zwei säulenartig aufgerichtete Felsen, die einen dritten, größeren stützten, eine Felsplatte, die wie ein Dach darauf lag und am hinteren Ende im Erdreich verschwand.

Nach dem Betreten des Wilden Waldes und dem Rennen durchs Knochenloch war das unsere dritte Mutprobe: Man musste sich nachts auf den Friedhof schleichen und sich vor eines dieser alten Steingräber stellen. Die anderen versteckten sich in den Büschen am Rand des Friedhofs und zählten die Sekunden.

Keiner hielt es lange vor einem dieser Grabmale aus. Im Dunkeln sahen sie aus wie Eingänge in die Unterwelt. Man konnte sich noch so sehr ins Gedächtnis rufen, dass man bei Tageslicht jedes einzelne Grab untersucht hatte und es nirgendwo einen Eingang oder Spalt im Erdreich gab, dass alles mit Gras überwachsen war. In der Nacht war man aber in kürzester Zeit überzeugt, dass das Grab offen war und einen aus dem Dunkel unter der Grabplatte Augen anstarrten. Irgendwann fing man an rasselnden Atem zu hören. Schließlich überkam einen die Gewissheit, dass der Atem-Rassler und Aus-dem-Dunkeln-Starrer drauf und dran war aus dem Grab herauszuspringen. Dann konnte man nur noch rennen und die Jungs, die einen aus den Büschen heraus beobachtet hatten, rannten johlend hinterdrein. Keiner hielt an, bevor er nicht den ganzen Mystelberg runter und durch die Vorstadt bis zum Strand gelaufen war.

Nur Lorenzo war bei seiner Mutprobe nicht gerannt. Er stand so lange vor dem Grab, dass der Grusel uns andere packte, sodass *wir* nicht anders konnten, als den Berg herunterzurennen. Lorenzo kam erst eine ganze Weile später hinterher und genoss es sehr, zum ersten Mal von allen bewundert zu werden. Als ich ihn aber später fragte, wie es für ihn vor dem Grab gewesen war, wollte er zuerst nicht mit der Sprache rausrücken. Nach einer Weile erzählte er mir, dass einfach gar nichts passiert war und er erst in dem Moment Angst bekommen hatte, als er plötzlich den Drang verspürt hatte, in das Grab hineinzugehen.

Wir hatten bei unseren Mutproben nie jemanden gesehen, weder auf dem Friedhof noch im Knochenloch. Noch nie hatten dort Fackeln oder Laternen gebrannt wie im Rest der Siedlung. Aber jetzt konnten wir ganz deutlich Lichter im Knochenloch sehen, wenn wir nachts auf dem Heimweg die letzte Steigung zum Grenzhaus hinaufkletterten.

Über dem Knochenloch zeichnete sich die schwarze Masse der uralten Burgruine gegen den sternenübersäten Nachthimmel ab. Niemand wusste, wer die Burg erbaut hatte und warum sie in Flammen aufgegangen war. Die meterdicken Mauern waren schwarz vom Ruß, aber sie standen noch. Von den hölzernen Aufbauten waren dagegen nur verkohlte Reste übrig, die wie schwarz verfaulte Zahnstummel in den Himmel ragten.

Sie hieß offiziell Mystelburg, aber viele, vor allem die Älteren, nannten sie die »Blutende Burg« oder einfach nur »Blutburg«. Wir taten es auch und wussten nicht, woher der Name kam.

Aber eines Abends in dieser Vorbereitungszeit auf das große Spiel habe ich gesehen, warum der alte Kasten »Blutende Burg« hieß. Wir hatten das Training beendet und machten uns gerade auf den Weg ins Waisenhaus. Na ja, ich glaube zumindest, dass ich etwas gesehen habe. Ich war in dem Moment allein, vielleicht hat mich die Abenddämmerung getäuscht.

Ich stand am Rand des kleinen, unbebauten Abhangs vor dem Waisenhaus und wartete auf Lorenzo, der zurückgelaufen war, weil er vergessen hatte, seine Fußballschuhe gegen Straßenschuhe zu wechseln. Ein paar letzte Sonnenstrahlen fielen auf die Mauern der Mystelburg. Plötzlich sah ich einen Mann mit langem grauem Bart und wehendem Haar, der sich aus dem obersten Fenster im höchsten Turm beugte. Er umklammerte mit einer Hand die Brüstung, während er mit der anderen in die Ferne wies. Er schien jemandem am Fuß der Burg etwas zuzurufen, aber von hier aus konnte ich natürlich nichts hören. Dann trat er zurück in die Dunkelheit hinter dem Fenster. Im selben Moment lief ein breiter Blutstrom vom Fenstersims aus die Mauer hinunter. Er verschwand gleich wieder, als sickere das Blut in die Mauer hinein. Aber an manchen Steinen blieb es länger hängen, sodass der Turm einen Wimpernschlag lang eine Art Zeichen oder Wappen trug. Dann wanderte der Abendschatten über den Turm und der Spuk war vorbei.

NEBELHEXEN

Wir waren so sehr mit den Vorbereitungen auf unser großes Spiel beschäftigt, dass ich den Vorfall bald wieder vergaß.

Patrick befreite uns von allen möglichen Arbeiten, damit wir Zeit zum Trainieren hatten. Wir waren jeden Tag von Sonnenaufgang bis Sonnenuntergang auf dem Bolzplatz. Seit die Plakate mit der Ankündigung des Spiels überall An der Straße hingen, klauten die Leute auch kaum noch Erde aus dem Mittelkreis.

Der heilige Patrick besorgte sogar Fackeln, die er entlang der Seitenlinien in die Erde rammte, damit wir uns an das Spiel bei solchen Lichtverhältnissen gewöhnen konnten. Im Stadion brannten bei Abendspielen rund ums Spielfeld Fackeln. Hinter denen waren gewölbte, blank polierte Bleche montiert. So wurde das Fackellicht wie von Spiegeln verstärkt aufs Spielfeld gelenkt. Gleichzeitig waren die Zuschauer davor geschützt, direkt ins Fackellicht schauen zu müssen. Das hätte sie geblendet und ihnen die Sicht auf die Spieler genommen.

Also trainierten wir bis in die Nacht hinein.

Schon am zweiten Abend hatten wir die unheimliche Begegnung mit den Monsterjägerinnen.

Ich war der Torwart der Verdammten Rotznasen, hatte ich das schon erwähnt? Meine magische Begabung lag darin, zu erahnen, dass manche Gegenstände sich gleich bewegen würden. Als ich klein war, klappte es am allerbesten, wenn etwas auf mich zukam, das schwer, spitz oder scharf war und mich gleich treffen würde. Dann krabbelte oder kugelte ich davon weg. Anfangs war es nur eine Art Frühwarnsystem. Mit der Zeit fühlte ich auch bei Gegenständen, die für mich nicht gefährlich werden konnten, wenn sie sich gleich bewegen würden. Schließlich spürte ich sogar, wohin. Als ich gelernt hatte, Dinge, die sich bewegten, zu fangen (notfalls auch mit einem wilden Sprung), statt allem immer nur auszuweichen, wurde ich Torwart. Und ich war nicht schlecht. Als ich einmal bei einem Elfmeterschießen drei von fünf Bällen hielt, haben mir die Rotznasen feierlich eine Ehrennadel verliehen. Die war irgendwann mal unter den Wetteinsätzen gewesen. Es war ein silberner Ball, entweder geflügelt oder mit Hörnern. Das war nicht so gut zu erkennen. Von welchem Fußballklub sie stammte, wussten wir auch nicht. Aber ich war mächtig stolz darauf und habe sie seitdem immer an meiner Mütze getragen.

Tja. Nur ein fast versehentlich abgeschossener Armbrustbolzen war zu schnell für mich gewesen.

An dem Abend, als die Monsterjägerinnen kamen, teilten sich die Jungs in zwei Mannschaften, die auf ein Tor spielten. Ich stand natürlich im Kasten. Also spielten im Endeffekt alle gegen mich. Ich bemühte mich zu halten, was auch immer aufs Tor kam, ohne einer Mannschaft einen Vorteil zu verschaffen.

Dann spielten die anderen mit unserem alten Ball am östlichen Tor weiter und Lorenzo und ich übten Elfmeterschießen.

Das war jedes Mal ein verrückter Kampf. Wenn ich nicht meine kleinen Zauberfähigkeiten eingesetzt hätte, wäre jeder einzelne Schuss Lorenzos im Netz gelandet. Er arbeitete mit bis zu fünf Körper- und Fußdrehungen, die alle dazu da waren, den Torwart in die falsche Ecke zu jagen. Dabei schien er sich immer nur auf den Ball zu konzentrieren. Aber in Wirklichkeit beobachtete er jede winzige Bewegung des Torwarts, jedes Zucken der Hände, jede Gewichtsverlagerung von einem Bein auf das andere. Er wusste immer, wohin der Torwart fliegen würde. Im letzten Augenblick erst entschied er, wohin er den Ball schießen würde.

Das Ärgerlichste war, dass er am Ende einer ganzen Reihe von Täuschungen noch in der Lage war, das Tempo seines Schusses zu bestimmen. Meistens entschied er, den Ball in die entgegengesetzte Ecke trudeln zu lassen. Manchmal jagte er ihn Vollspann hoch unter die Latte, genau in die Mitte. Aber am fiesesten war es, wenn ich die richtige Ecke hatte und der Ball so scharf über mich wegjagte, dass es keine Chance gab, die Hand rechtzeitig hochzureißen. Manche von diesen Schüssen waren so gewaltig, dass es wohl sogar besser war, den Ball nicht zu berühren. Sonst hätte ich mir wahrscheinlich das Handgelenk gebrochen.

Ich konnte dem nur meine kleine magische Begabung entgegensetzen. Ich hörte auf das, was der Ball mir sagte. Die Gegenstände sandten für mich ganz sanfte Wellen aus, wenn ich mich darauf konzentrierte. Diese Wellen umgaben die Dinge rundum, in alle Richtungen. Wenn sich aber abzeichnete, dass ein Gegenstand bald in Bewegung geraten würde, verengten sich diese Wellen zu einer Art Kanal und schließlich wurde daraus ein Pfeil aus gebündelten Wellen. Dieser Pfeil wies genau dahin, wohin das Ding sich bewegen würde. Das zu fühlen war für einen Torwart verdammt hilfreich.

Aber wenn Lorenzo zum Elfmeter anlief, kam dieser Pfeil, den ich fühlte, verflixt spät aus dem Ball. Vorher war es, als würde ein Sturm die Bewegungswellen mal hierhin, mal dorthin peitschen.

Wenn ich nicht zwischen den Pfosten stand, war die Begabung übrigens eher ein bisschen unangenehm. Ich hatte trainiert dem Pfeil nicht auszuweichen, sondern mich ihm entgegenzuwerfen. Deshalb musste ich aufpassen, dass ich nicht den Fuß unter das Fleischermesser hielt, das gleich vom Marktstand fallen würde, oder dass ich nicht reflexartig einen fallenden Dachziegel mit dem Kopf annahm, nur weil ich wusste, dass er jetzt daherkam. Und ich mochte es zum Beispiel gar nicht, wenn ein Fuhrwerk nah an mir vorbeifuhr. Alle Dinge daran bewegten sich zwar im Großen und Ganzen in dieselbe Richtung. Aber die Räder drehten sich und das erzeugte in meinem Kopf seltsamerweise das Gefühl, als hebe und senke sich der Wagen wie ein Schiffchen auf Ozeanwellen. Davon wurde ich seekrank.

An diesem Abend wünschte ich mir schon bald nach Einbruch der Dunkelheit, wir hätten uns für das Tor auf der Siedlungsseite entschieden. Auf der Waldseite war der Platz zwar in einem besseren Zustand. Doch der Wald in meinem Rücken war stockdunkel. Wenn ich im Einsatz war, dachte ich nicht daran, aber wenn Lorenzo zu den anderen lief um einen Spielzug oder sonst was mit ihnen zu besprechen, fühlte ich mich mehr denn je beobachtet.

Dann lenkte ich einen Schuss von Lorenzo am Tor vorbei. Der Ball blieb am Waldrand zwischen Farnbüscheln unter einer Baumwurzel liegen. Am liebsten hätte ich Lorenzo gesagt, *er* solle ihn holen, aber ich wollte mir nicht anmerken lassen, dass ich Schiss hatte. Also rannte ich hin und bückte mich nach dem Ball.

Doch in dem Moment, als ich ihn hochheben wollte, legte sich die Spitze eines Speeres darauf und hielt ihn fest. Ich sah langsam an der schmalen, schartigen Klinge und dem Schaft entlang nach oben und erstarrte. Vor mir stand im Schatten des Baumes ein Wolf! Ein Wolf auf zwei Beinen. Und der fragte: »Was ist das?«

Ich stutzte. Der zweibeinige Wolf hatte eine Mädchenstimme. Dann trat er einen Schritt vor und ich erschrak noch mal. Aus dem Maul des Wolfes blitzten mich zwei Augen an, in einem Gesicht, das über und über mit Streifen von getrocknetem Blut beschmiert war. Mit getrocknetem Blut kannte ich mich aus. Es floss bei unseren Trainings literweise, in früheren Jahren am allermeisten aus Lorenzos Nase.

Erst dann erkannte ich meinen Irrtum. Es war kein Wolf, sondern jemand, der sich den Schädel eines Wolfes wie einen Helm aufgesetzt hatte und das Fell als Umhang trug. Der Unterkiefer von dem Wolfsschädel fehlte, aber aus dem Oberkiefer ragten noch gewaltige gelbe Reißzähne. Darunter steckte ein Mädchen!

Wenn man den Wolfsschädel wegrechnete, war sie vielleicht einen halben Kopf größer als ich. Aber ich war ziemlich klein für mein Alter.

Sie war das wildeste Wesen, das ich je gesehen hatte. Ihr strohiges Haar, in das sie sich ebenfalls Blut- und Lehmstreifen geschmiert hatte, quoll in einer Masse von dicken, verfilzten Strähnen unter dem Wolfsschädel hervor. Die Mähne reichte ihr bis zu den Kniekehlen. Das Mädchen war sehr dünn. Eigentlich unterernährt. Sie trug kniehohe Stiefel, einen Lendenschurz und eine mit Reißzähnen und Tierklauen verzierte Lederweste. Bei ihrer Blut- und Lehmbemalung hatte sie auch vor der Kleidung nicht Halt gemacht. Außerdem trug sie mehr Waffen am Körper als die achtköpfige Stadtwache, die im Westtor Dienst tat.

Sie nahm die Speerspitze einfach nicht weg. »Was ist das?«, fragte sie noch mal.

Eine Hand packte plötzlich ihr Handgelenk. Lorenzo. Ich richtete mich auf.

»Nimm den Bratspieß weg!«, fauchte er. »Sonst machst du den Ball kaputt!«

»Lass mich los!«, forderte das wilde Mädchen.

Hinter uns kamen die anderen Verdammten Rotznasen langsam näher.

Lorenzos Knöchel wurden weiß, so fest hielt er ihr Handgelenk gepackt. Doch er konnte es einfach nicht wegdrücken. Die beiden trugen eine richtige Kraftprobe aus, aber keiner konnte den anderen bezwingen.

»Es ist ein Fußball«, erklärte ich.

Sie schwenkte die Speerspitze weg von unserem wertvollsten Besitz und Lorenzo ließ sie los. Beide taumelten einen Schritt zurück. Sie funkelten sich an, als wären sie schon ein Leben lang die erbittertsten Feinde gewesen.

»Was ist ein Fuß-Ball?«, wandte sich das Mädchen an mich. »Was habt ihr da auf der Lichtung damit gemacht?«

»Wer bist du?«, fragte Lorenzo barsch. »Wie kommst du hierher?«

Die Wilde reckte selbstbewusst das Kinn hoch. »Ich bin eine Nebelhexe. Wir jagen Monster. Wir wurden hierher gerufen.«

»Gerufen? Von wem? Hier gibt's keine Monster!«, entgegnete Lorenzo.

Ich versuchte den Brand ein bisschen einzudämmen.

»Also, der Ball hier ist auf jeden Fall kein Monster«, scherzte ich. »Nur Leder und Luft.«

»Das weiß ich«, sagte das Wolfsmädchen. »Ich erkenne ein Monster, wenn ich eines sehe. In eurer Menschensiedlung gibt es eines. Sonst wären wir nicht hier.«

Ich wollte fragen, was für eine Art Monster das sein sollte, aber dazu kam ich nicht mehr. Gespenstisch leise traten links und rechts von uns Wesen aus dem Wald, die man genau wie das Mädchen im ersten Moment für aufrecht gehende Tiere halten musste. Es waren sieben oder acht Frauen in ganz ähnlicher Aufmachung. Die reißzahnstarrenden Tierschädel, die sie als Helme trugen, stammten allesamt nicht von süßen Rehlein oder putzigen Waschbären. Auch sie trugen Waffen. Schwerter, Bögen, Speere, lange Messer und sogar Äxte.

Alle Rotznasen machten geschlossen einen Schritt rückwärts.

»Kommst du, Nica?«, fragte eine der Frauen das Mädchen. »Lass die Kinder spielen.«

Das Wolfsmädchen nickte. Sie lachte nicht, aber sie hatte ein triumphierendes Glitzern in den Augen. Die seltsamen Weiber machten alle gleichzeitig einen Schritt in den Wald – und waren verschwunden.

Lorenzo war weiß im Gesicht vor Wut. Ich verstand gar nicht, was er mit diesem Waldmädchen hatte. Aber »Lass die Kinder spielen« war natürlich eine hundsgemeine Demütigung. Ich glaube nicht, dass das Mädchen älter war als wir.

Dann war es mit dem Nachtfußball sowieso vorbei, zumindest für Lorenzo und mich. Lugnum, der Wirt der Miesen Muschel, hatte Frido geschickt, der uns ausrichtete: »Entweder ihr bewegt eure faulen Ärsche sofort in die Muschel oder ihr taucht besser nie wieder auf!«

Das war eine klare Nachricht. Kaum falsch zu verstehen. Also schleppten wir wieder Bierkrüge. Trotzdem standen wir jeden Tag bei Sonnenaufgang auf und trainierten bis Sonnenuntergang.

GEFÄHRLICHE WETTEN

Am Abend vor dem Spiel kam Elmo ganz aufgeregt von Summsers Ehrlicher Lottostelle. Er war völlig außer Atem. »Ich sage euch, da ist was faul!«, schnaufte er. »Summser war drauf und dran, den Annahmeschalter zu schließen.« Dann warf er sich rückwärts aufs Bett und rang nach Luft.

Mit dieser Nachricht konnten wir wenig anfangen. Alle Wettbüros schließen um die gleiche Zeit. Wer sich nicht daran hält, hat am nächsten Morgen blau geschlagene Augen und gebrochene Rippen, aber keine Wettstelle mehr. Dafür sorgen von Fresseisens Leute. Nur seine eigenen Wettbüros haben länger auf … aber darüber hat sich noch nie jemand beschwert.

Als Elmo sich wieder gefangen hatte, berichtete er: »Gerade als Summser das Gitter runterziehen wollte, kam ein Fremder an den Schalter, mit Schlapphut und den Mantelkragen hochgeschlagen. Keiner hat sein Gesicht gesehen. Der Kerl hat zehntausend Monstrar auf die Juniors gesetzt.«

»Zehnt… wie sieht 'n das aus?«, fragte Ben. »Hat er das Geld in einer Schubkarre reingefahren?«

»Nein, Trottel«, rügte Elmo. »So viel Bargeld würde Summser gar nicht annehmen. Der Fremde hatte einen Wechsel, unterschrieben vom Grafen von Monstrovia.«

»Was hat er denn gewechselt?« Lorenzo beugte sich interessiert vor.

»Ein Wechsel ist ein Papier, das beweist, dass er so viel Geld hat«, erklärte Elmo. »Wenn er verliert, gehört das Papier Summser und damit könnte er zur Grafschaftsbank in der Oberstadt gehen und sich die zehntausend Monstrar holen. Aber er macht sich Sorgen.«

»Weil er keine Schubkarre für das viele Geld hat?«

»Quatsch. Wenn Summser zur Bank geht, dann höchstens um noch mehr einzuzahlen. Er macht sich Sorgen, dass er morgen Abend neunmal so viel an den Fremden zahlen muss.«

»Wieso?«, wollte Lorenzo wissen. »Wir gewinnen, das ist absolut klar.«

»Daran gibt's nichts zu rütteln«, pflichtete ich ihm bei. »Denk nur an die Verletzten bei den Juniors und die, die aus Angst nicht spielen wollen!«

Elmo schaute uns eine Zeit lang seltsam an, so von schräg unten, als sei er sich nicht sicher, ob er komplette Idioten vor sich hatte.

»Habt ihr diese Verletzten selbst gesehen?«, fragte er dann. »Haben euch die Angsthasen persönlich gesagt, dass sie morgen nicht spielen werden?«

Lorenzo und ich sahen uns an und zuckten mit den Schultern. Und wenn schon. Sollten sie doch in ihrer stärksten Besetzung antreten. Wir würden sie trotzdem schlagen!

Aber Elmo war noch nicht fertig. »Ich glaube, Summser hat Recht, wenn er sich Sorgen macht. Er hätte die Wette gar nicht annehmen sollen. Wenn jemand so viel Geld auf eine aussichtslose Sache setzt, weiß er etwas, das wir nicht wissen.« Jetzt wurde es still im Schlafsaal.

»Ich meine, es ist Fresseisens Stadion und die Juniors sind eine von Fresseisens Mannschaften«, sprach Elmo weiter. »Sein Sohn spielt mit! Er muss doch wissen, dass Lorenzo sieben von ihnen alleine geschlagen hat. Warum würde er sein Stadion zur Verfügung stellen, wenn nichts dabei herauskommt als *noch* eine Demütigung für seinen Sohn und dessen Mannschaft? Vor zwanzigtausend Zeugen?«

»Worauf willst du hinaus?«

»Summser hat zwei Buchmacher aufgetrieben, bei denen ebenfalls so hohe Summen auf die Monsters gewettet worden sind. Sie versuchen jetzt gerade herauszufinden, ob auch in von Fresseisens Annahmestellen so was passiert ist. Wenn nicht, glauben sie, dass der ein großes Ding dreht.«

»Was für ein Ding?«

»Na, Wettbetrug. Die Juniors gewinnen und die seltsamen Fremden holen sich bei Summser und den anderen jeweils neunzigtausend Monstrar ab. Diese Fremden sind natürlich Strohmänner vom alten Fresseisen. Er wird noch reicher und seine Konkurrenten im Wettgeschäft sind ruiniert.«

Lorenzo schüttelte den Kopf. »Wettbetrug ist, wenn wir auf die Juniors wetten würden und dann absichtlich verlieren. Oder wenn Fresseisen auf uns wettet und seinen Jungs sagt, dass sie nicht gewinnen dürfen. Aber so kann er doch gar nichts machen.« Er wandte sich an mich. »Und wir können auch nichts tun. Wir müssen los, die Miese Muschel macht auf.«

Ja, auch wenn wir am nächsten Tag das größte Spiel unseres Lebens hatten – wir mussten trotzdem die halbe Nacht Krüge schleppen.

HINTERHÖFE UND GEHEIMGÄNGE

Die Muschel begann gerade sich zu füllen. Wir schnappten uns unsere Schürzen und Notiztafeln. Die waren eine Erfindung von Lugnum. Man konnte darauf Bestellungen notieren, selbst wenn man nicht schreiben konnte. Wir mussten einfach nur an den Tischen fragen, was jeder haben wollte. Es gab sowieso bloß drei Sorten Getränke. Bier, billigen Schnaps und ganz billigen Schnaps. Dafür gab es auf der Notiztafel drei Symbole. Man machte einfach so viele Kreidestriche neben diese Zeichen, wie an jedem Tisch bestellt worden war, und holte sich das Gewünschte an der Theke ab. Für Essen gab es ein einziges Symbol auf der Rückseite der Tafel, weil es täglich nur ein Gericht gab. Der Job verlangte nicht wirklich harte Denkarbeit.

Aber was Elmo gesagt hatte, ging mir nicht aus dem Kopf. Ich zermarterte mir das Hirn, wie von Fresseisen es hindrehen könnte, dass wir morgen todsicher verlieren würden. Ich war wie weggetreten, verschüttete eine Menge Bier und brachte ständig Sachen an Tische, die da gar nicht bestellt worden waren.

Irgendwann meinte ein Gast an einem Fenstertisch: »Hey, Will, da draußen steht jemand, der dich sprechen will.«

Ich spähte hinüber zu den Marktständen, aber schon waren die anderen Säufer an dem Tisch aufgestanden und versperrten mir die Sicht.

»Uii, was ist das denn für eine holde Maid?«

»Komm rüber, Süße, ich spendier dir ein Bier!«

»Du Trampel, so eine Zauberfee trinkt doch kein Bier! Wie wär's mit einem Schnaps, edles Fräulein?«

»Schnaps? Und mich nennst du einen Trampel, du Blödeimer?«

»Aber was anderes als Bier und Schnaps gibt's doch in der Muschel gar nicht!«

Mehr von dem Geschwätz hörte ich nicht, weil ich rausgerannt war auf den Marktplatz. Da stand Ariana im einsetzenden Nieselregen, genau am Rand der hellen Vierecke, die die Fenster der Miesen Muschel auf den nass gesprenkelten Boden warfen. Sie trug einen langen Umhang mit Kapuze und hatte eine Laterne dabei.

»William, ihr seid in Gefahr!«, hauchte Ariana, ehe ich etwas sagen konnte. »Ich habe ein Gespräch belauscht zwischen Herrn von Fresseisen und dem Sheriff von Arkanon … Es gibt einen Plan, dich und Lorenzo auszuschalten.«

»Ausschalten?«, wiederholte ich blöde. »Wie denn?«

»Auf dem Heimweg werden euch sechs oder sieben Spieler der Juniors auflauern. Die sollen euch in eine Schlägerei verwickeln. Dann kommt die Stadtwache und verhaftet euch alle.«

»Im Ernst?« Langsam dämmerte mir, wie der Wettbetrug aussehen sollte. Doch ganz blickte ich noch nicht durch. »Aber die Stadtwache interessiert sich doch sonst nicht für Schlägereien außerhalb der Stadtmauern. Sie verhaftet alle? Was soll das bringen?«

»Dann sitzt ihr morgen in Untersuchungshaft statt zu spielen. Ein Streit zwischen zwei Mannschaften am Vorabend eines Spiels. Das ist nichts Ungewöhnliches.«

»Aber dann sitzen die Juniors doch auch im Gefängnis!«

»Aber doch nur die Ersatzspieler, die morgen sowieso nicht angetreten wären. Die Juniors haben genug Spieler. Aber soweit ich weiß, gibt es für euch keinen Ersatz bei den Rotznasen. Ihr habt doch keinen einzigen Reservespieler. Es hieß, wenn der Wunderstürmer ausgeschaltet ist und der Torwart gleich dazu, haben die Juniors mit dem Rest von euch leichtes Spiel.«

Das glaubte ich zwar nicht. Egal wie viele – oder wenige – Verdammte Rotznasen auf dem Platz standen, die Juniors würden nie »leichtes Spiel« mit uns haben.

Aber wir waren sowieso nur noch neun, seit Barne und Danael zu den Juniors gegangen waren. Lorenzo war derjenige, der den Spielerschwund wettmachte, sodass es nie so richtig aufgefallen war, dass wir in der letzten Zeit immer zu neunt gespielt hatten. Wenn wir in diese Falle gerieten und die Rotznasen morgen mit nur sieben Spielern auflaufen mussten, konnten sie nicht mal mehr einen fürs Tor abstellen. Dafür hatte auch keiner außer mir trainiert.

Nach unserer Gruppe, in der alle zwischen zehn und zwölf Jahre alt waren, klaffte eine Lücke. Die nächste Nachwuchs-Rotznase war noch nicht mal sechs.

Ja, das hatte sich dieser Fettkloß fein ausgedacht. Wenn auch noch Spieler der Juniors verhaftet wurden, konnte niemand behaupten, dass es da nicht mit rechten Dingen zugegangen war.

»Was machen wir denn jetzt?«, sagte ich, mehr zu mir selbst, aber Ariana antwortete.

»Ich schlage vor, du holst Lorenzo und ich bringe euch in Sicherheit. Ich weiß einen Ort, wo ihr euch bis zum Spiel verstecken könnt. Dort suchen sie euch garantiert nicht.«

Ich dachte nur ganz kurz darüber nach, ob es schlimmer war, in eine Schlägerei zu geraten und morgen nicht zu spielen, oder schlimmer, jetzt von der Arbeit abzuhauen und morgen keinen Job mehr zu haben.

»Ich hole Lorenzo«, verkündete ich entschlossen.

»Nehmt den Hinterausgang!«, rief mir Ariana nach. »Ich hole euch dort ab.«

Lorenzo hörte mir nur mit halbem Ohr zu. Ständig musste ich ihm von den Tischen zur Küchenausgabe und vom Schanktisch wieder zu den Tischen hinterherrennen. Also packte ich ihn einfach, nahm ihm sein Tablett mit vollen Bierkrügen aus der Hand, stellte es auf einen Tisch, wo es gar nicht bestellt worden war, und zog ihn zur Hintertür.

Als ich im Hinterhof der Miesen Muschel die Tür zudrückte, riss sich Lorenzo los. Es nieselte immer noch.

»Sag mal, was ist eigentlich mit dir los?«, wollte er wissen. »Jetzt hab ich mindestens acht Humpen nicht kassiert. Die muss ich Lugnum bezahlen und das Trinkgeld ist mir auch durch die Lappen gegangen! Ich geh jetzt wieder rein!«

»Sei still!«, fuhr ich ihn an. »Ariana ist hier. Sie hat von Fresseisen und den Sheriff belauscht. Die wollen uns fertigma…«

»Hähä, wie denn?«, unterbrach er mich. »Spielt der Sheriff neuerdings auch bei den Soccers?«

Ich schubste Lorenzo gegen die Tür und hielt ihn mit einer Hand auf seinem Brustbein fest.

»Jetzt hör mir endlich zu, du Blödmann!«, zischte ich. »Von Fresseisen gewinnt morgen, wenn er DICH ausschaltet. Und vielleicht noch mich. Stürmer und Torwart. Ein Wunderstürmer ist nur dann ein Wunderstürmer, wenn er stürmen kann!«

Ich brach ab und lauschte diesem seltsamen Satz nach. Lorenzo sagte nichts. Ihm dämmerte wohl langsam, was ich ihm sagen wollte.

»Verstehst du das, du Traumtänzer?«

»Ja … aber …« Er verstummte.

Endlich kam er herunter von seiner Ich-bin-der-Größte-und-werd's-euch-allen-zeigen-Wolke. Lorenzo kapierte einfach nie, wann er in ernsthafter Gefahr war.

Da kam auch schon Ariana mit ihrer Laterne in den Hinterhof.

»Schnell, kommt mit!«, forderte sie. »Heute sind mehr von Fresseisens Schlägertrupps unterwegs als sonst.«

Wir huschten hinter ihr her. Die Laterne, die sie mit ihrem Umhang abdeckte, gab gerade genug Licht um zwei, drei Handbreit Boden vor uns zu sehen und die feinen Schleier des Nieselregens. An jeder Ecke spähte sie erst in die nächste Gasse, ob der Weg frei war.

Tatsächlich waren viel mehr Zwei- und Drei-Mann-Trupps unterwegs, als man bei dem Regen erwartet hätte, aber Ariana ging ihnen geschickt aus dem Weg. Es waren die Sorte Typen, die an Samstagen die Stadionordner spielten und ansonsten Leute besuchten, die von Fresseisen noch Geld schuldeten. Zum Beispiel Kneipenwirte, die nicht einsehen wollten, dass man An der Straße Schutzgeld bezahlen musste. Oder Buchmacher, die ihre Läden zu lange geöffnet hatten …

Vielleicht hätten wir uns wundern sollen, wie Ariana uns so unbehelligt durch die Gassen bugsieren konnte. Sie bewegte sich von Schatten zu Schatten wie ein geübter Meuchelmörder. Es war eigentlich auch seltsam, dass sie gewusst hatte, wie

sie zum Hinterhof der Miesen Muschel gelangen konnte. Das war nämlich in dem Gewirr von Bretterbuden gar nicht so leicht. Eine richtige Gasse dahin gab es gar nicht. Man musste in der Hanfseilstraße durch ein Fenster steigen, das aussah, als gehörte es zu einer Pizzeria im Erdgeschoss der Schreinergilde. In Wirklichkeit landete man aber im Hof einer Färberei. Von dort aus musste man acht weitere Hinterhöfe durchqueren um in den der Miesen Muschel zu gelangen.

Die ganze Siedlung An der Straße ist ein verrücktes Bauwerk. Es sieht alles ein bisschen danach aus, als wären die Leute gerade angekommen und hätten sich fürs Erste ein paar Notunterkünfte zusammengenagelt. So, als hätten sie beim Bauen gesagt: »Nimm's nicht so genau, das muss nur für die nächsten Wochen halten, dann sind wir sowieso wieder weg.« Und das stimmte ja auch. Viele waren mit den Karawanen gezogen, als die Straße noch frei war. Einige schafften es bis in die Oberstadt. Andere verschwanden sehr schnell unter einem der namenlosen Erdhügel auf dem Friedhof am Mystelberg, kaum dass sie in Arkanon angekommen waren.

Aber An der Straße zogen immer wieder neue Siedler in die frei gewordenen Bretterbuden, verbesserten und erweiterten die Gebäude. Inzwischen ist alles vielfach übereinander genagelt und ineinander verschachtelt und manchmal hört eine Gasse einfach mitten in einem zwielichtigen Laden oder einer dunklen Spelunke auf und man muss durch ein Fenster steigen oder ein Brett zur Seite schieben, ehe dahinter der Weg wieder weitergeht.

Wir hätten uns wirklich fragen sollen, wieso Ariana sich im Gewirr der Hinterhöfe so gut auskannte und mühelos wieder in die Hanfseilstraße fand.

Eigentlich war es sogar seltsam, dass sie überhaupt vom Hinterhof der Muschel wusste. Der reine Engel, für den wir sie hielten, hätte da noch nie gewesen sein dürfen.

Aber wir rannten nur hinter ihr her, immer noch voller Zuversicht und ganz sicher, dass wir morgen das Spiel unseres Lebens machen würden.

Ich bemerkte, dass wir immer höher den Mystelberg hinaufkletterten. Dann bog sie in der Linksrumgasse zweimal rechts ab. Das brachte uns ins Knochenloch. Das einst leer stehende Viertel war jetzt tatsächlich bewohnt, so viel war sicher. Es war niemand in den Gassen, aber hier und da brannten Fackeln in eisernen Haltern. Wir sahen Schilder, die auf Wahrsagereien oder Läden hinwiesen, die Zutaten für Zaubertränke oder Schlimmeres anboten.

»Alle Gifte dieser Welt« stand auf einem Schild.

»Dämonen auf Bestellung« auf einem anderen.

»Ansteckende Krankheiten. Import – Export« war auf einem dritten zu lesen.

Ab und zu wurde ein Fensterladen zugezogen oder eine Tür ins Schloss geknallt. Wer dahinter im Dunkeln hockte und herausstarrte, wollten wir aber wirklich nicht herausfinden.

Am schlimmsten war's in der Toten Gasse. Die Gebäude dort sahen aus, als hätten sie irgendwann mal gebrannt. Sie mündete in den Friedhof mit den seltsamen Gräbern. Darüber erhob sich die schwarze Ruine der Blutenden Burg.

Und hierher hatte uns die engelsgleiche Ariana geführt.

»Wir sind in der Toten Gasse«, stellte ich fest. »Du willst doch nicht etwa auf den Friedhof?« Das klang, als würde ich mich fürchten. Und das tat ich auch. Ich musste nur an diese Steingräber denken. Also fuhr ich fort: »Nicht dass ich mich fürchte oder so. Aber auf dem Friedhof können wir uns niemals einen ganzen Tag lang verstecken.«

Ariana drehte nur kurz ihren Kopf in meine Richtung, während sie weiterrannte.

»Nicht auf dem Friedhof. In der Burg!«

Wir hatten das Gräberfeld erreicht und rannten bergauf.

»Wie willst du da reinkommen?«, keuchte Lorenzo. »Es gibt rundum keinen Eingang. Wir haben oft genug alles abgesucht.«

Niemand konnte in die Ruine gelangen. Ihre schwarzen Mauern ragten glatt und abweisend aus den höchsten Felsen des Mystelbergs empor. Keine Leiter wäre lang genug gewesen die hohen Fensteröffnungen zu erreichen, die wie leere Augenhöhlen über die Stadt starrten.

Es gab keinen durchgehenden Burggraben, nur eine tiefe Spalte zwischen dem Burgtor und der Rampe, die dorthin führte. Die hölzerne Brücke, die sich einst über diese kleine Schlucht gespannt hatte, war verbrannt. Als wäre das nicht genug, war auch noch das Burgtor zugemauert.

Ariana wurde langsamer, als wir uns den alten Grabmälern näherten. »Oh doch!«, erwiderte sie bestimmt. »Es gibt einen Eingang. Er ist nur gut versteckt.«

Die Steingräber sahen im Dunkeln aus wie aufgerissene Mäuler. Ariana schritt entschlossen auf eines der kleineren am unteren westlichen Rand des Friedhofs zu, nah an der Steilklippe. Als wir direkt davor waren und sie den Strahl ihrer Lampe darauf richtete, sahen wir, dass ein finsteres Loch unter der flachen Steinplatte in die Erde führte.

Ich blieb stehen. »Du willst da reingehen?«, fragte ich ungläubig. »In ein Grab?«

Ariana blieb stehen. »Dieses hier ist kein Grab«, erklärte sie. »Es ist ein unterirdischer Gang, der in die Burg führt.«

Wir standen etwa hundert Meter unterhalb von dem verbrannten Kasten im Nieselregen.

»Das gibt's nicht«, sagte Lorenzo, eher erstaunt als ängstlich. »Wir waren schon öfter hier auf dem Friedhof und haben alle Gräber untersucht. Den Gang hätten wir doch sehen müssen …«

»Außerdem spukt's in der Blutenden Burg!«, rief ich.

Ariana drehte sich zu mir um und leuchtete mir mit der Lampe ins Gesicht. »William, bitte!«, meinte sie sachlich. »Du willst mir doch nicht einreden, dass du an diese Schauergeschichten glaubst.«

»Glaubst?«, wiederholte ich. »Das hat nix mit Glauben zu tun. Ich *weiß* es. Vor fünf Tagen, bei Sonnenuntergang, habe ich selbst gesehen, wie das Blut an der Mauer runterlief. Und einen alten Mann ganz oben im Turm, mit wehendem Haar.«

»Bei Sonnenuntergang sind die Wände der Mystelburg in rotes Licht getaucht«, belehrte mich Ariana. »Deshalb nannten sie die abergläubischen Viehtreiber, die früher An der Straße gelebt haben, die Blutende Burg. Du bist auf einen schauerlichen Namen hereingefallen.«

»Aber der alte Mann …«, rutschte es mir heraus, bevor ich mein kindisches Maul halten konnte.

»Mit wehendem Haar, sagst du?«, forschte Ariana nach. »Am höchsten Turmfenster? Wenn du bitte mal nach oben sehen würdest …«

Das tat ich. Am obersten Turmfenster hingen die grauen zerfaserten Ranken einer Kletterpflanze, die vor langer Zeit abgestorben war. Das war auch durch die feinen Regenschleier ziemlich gut zu erkennen. Die Ranken bewegten sich wellenförmig im Nachtwind.

»Da drin seid ihr sicher bis morgen zur Fensterstunde«, erklärte Ariana resolut. »Folgt mir.«

Sie ging zwischen den beiden Steinsäulen durch, bückte sich und verschwand in dem schwarzen Schlund. Der Lichtschein ihrer Laterne wurde schnell schwächer.

»Jetzt kommt schon!« Ihre Stimme war gedämpft. »Passt auf, dass ihr euch nicht die Köpfe anstoßt.«

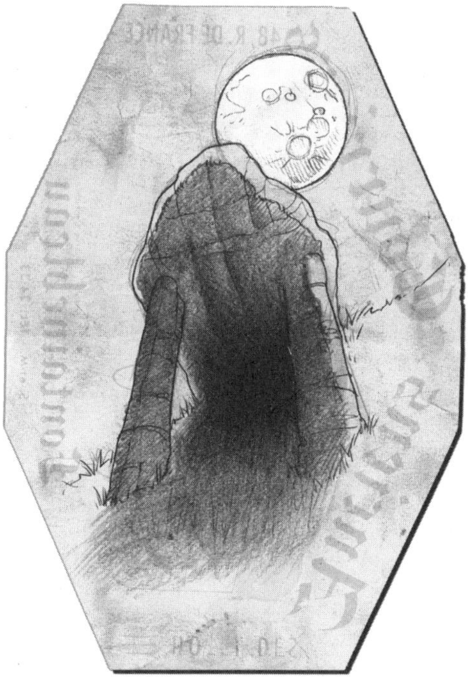

DIE BLUTENDE BURG

Wir sahen uns an. Wenn unsere Milch-und-Honig-Fee sich da reintraute, konnten wir unmöglich kneifen. Also folgten wir ihr.

Anfangs war es nur ein Loch in der Erde, das schräg nach unten führte. Dann bekam der Tunnel gemauerte Wände und von da an wurde es seltsam. Es war warm darin. Ich spürte, wie die Feuchtigkeit aus dem Rücken meines Hemdes wich. Wir liefen hinter dem Lichtkegel von Arianas Lampe her. Der Tunnel war genau so breit, dass ihr weiter Rock die Wände streifte, und gerade so hoch, dass sie aufrecht gehen konnte, ihr Haar aber die Decke berührte. Ariana war etwas größer als ich und ihr Rock war eindeutig weiter, als meine Schultern breit sind. Aber bei mir war der Tunnel gerade so breit, dass meine Schultern die Wände berührten, und so niedrig, dass ich meine Mütze festhalten musste, damit sie mir nicht vom Kopf gestreift wurde. Als ich den Kopf einzog, spürte ich durch die Mütze immer noch das Vorbeigleiten der Tunneldecke. Als ich mich wieder streckte, fühlte ich, wie sie zurückwich. Ich sah mich um. Lorenzo, der eindeutig größer war als ich, konnte auch aufrecht laufen. Plötzlich überkam mich das Gefühl, lebendig begraben zu sein. Ich musste mich sehr zusammenreißen um nicht dem Drang nachzugeben, mich umzudrehen und Lorenzo anzuschreien, dass wir hier rausmussten. Der Tunnel führte in vielen Kurven mal ein Stück nach oben, dann wieder nach unten. Für meinen Geschmack viel zu oft nach unten.

Schließlich betraten wir eine Art Höhle oder unterirdische Halle. Der Strahl von Arianas Laterne wanderte über die Wände. Es gab viele dunkle, flache Öffnungen darin, aber keinen Gang, durch den wir weitergehen konnten. Als mir bewusst wurde, was ich gesehen hatte, überkam mich das Gefühl, keine Luft mehr zu kriegen. Das Licht der Lampe war einmal ganz herumgewandert. Die Wand hinter uns wies ebenfalls viele schmale Nischen auf und in all diesen Löchern lagen uralte, langsam zu Staub zerfallende Gebeine. Wir befanden uns in einer Grabkammer. Aber nirgends gab es mehr einen Tunnel, durch den man aufrecht hätte hereinkommen können, so wie wir das getan hatten. Ich machte einen Schritt rückwärts und trat auf etwas, das leise stöhnte. Der Lichtstrahl der Laterne zuckte dorthin. Ich war auf einen Schädel getreten, dem ich den Unterkiefer verschoben hatte. Lorenzo griff an mir vorbei, schob den Knochen wieder an den richtigen Platz und sagte geistesabwesend: »'tschuldigung.«

Ariana leuchtete eine der Grabnischen an und meinte nur: »Ah, hier!«

Sie trat an die Wand, bückte sich und steckte den Oberkörper in eine der Nischen. Als sie sich aufrichtete, dehnte sich die flache Öffnung nach oben aus, als wäre der Fels aus Gummi. Das erzeugte ein Geräusch, das wie das Gähnen eines Riesenfaultiers klang. Ariana verschwand in dem neuen Tunnel und das Licht mit ihr. Lorenzo folgte ihr mit ruhigen Schritten. Es dauerte einen Moment, bis ich begriff, dass ich plötzlich allein in einer stockfinsteren Grabkammer voller zerfallender Skelette stand.

»Ja, 'tschuldigung!«, rief ich, ehe ich dem entschwindenden Licht folgte.

Wir brachten auch diesen Gang hinter uns und kamen in einen niedrigen Kellerraum, in dem es deutlich kühler war als im Tunnel. An den Wänden waren Holzverschläge, wo früher wahrscheinlich Kartoffeln und anderes Gemüse gelagert worden war.

Als wir den nächsten Keller betraten, gab es hinter mir ein Geräusch wie von einem brechenden Knochen, wenn ein großes Tier ihn durchbeißt. Ich sah mich noch einmal um, aber es war kaum noch etwas zu erkennen. Der Strahl der Laterne wies in die andere Richtung. Ich konnte keinen Tunneleingang in der rückwärtigen Wand entdecken. Da hätte irgendwas sein müssen, ein Loch, schwärzer als die Finsternis im Raum. Aber da war nichts.

Ich rannte dem Licht hinterher und schüttelte den Kopf um den Gedanken an einen Totenschädel zu vertreiben, der stöhnte, wenn man ihm gegen die Wange trat. Und damit schüttelte ich auch eine andere Erinnerung ab, die in meinem Hinterkopf getobt hatte, aber den Weg ans Licht nicht fand. Ich hatte ganz flüchtig noch etwas anderes gesehen, das außerhalb des Lichtkegels der Laterne geblieben war. Ein Zeichen an der Wand. Aber die Erinnerung daran kam erst wieder, als es zu spät war.

Ariana führte uns eine schmale Holzstiege hoch und öffnete eine kleine, schmucklose Holztür, die von schweren Eisennägeln zusammengehalten wurde. Wir kamen in einen weitläufigen, verwinkelten Raum mit einer niedrigen Gewölbedecke. Das war ganz sicher mal die Küche gewesen. Es gab zwei riesige Herde mit gewaltigen gemauerten Rauchabzugshauben. Eine davon war eingebrochen. Durch die Lücke im Mauerwerk prasselte der Regen auf die Gesteinsbrocken, die in die Feuerstelle gestürzt waren. Man konnte sehen, dass die Küche tiefer als der Hof, aber nicht ganz unterirdisch lag. Wir eilten zwischen den Kochstellen hindurch zu einer schweren Tür mit zwei Flügeln. Als ich an dem Loch in der Mauer fast schon vorbei war, glaubte ich, aus dem Augenwinkel draußen im Hof eine Bewegung zu sehen. Ein unangenehmer Geruch wehte herein, wie von einem Sack Zwiebeln, der vergessen in einer Ecke vor sich hin faulte.

Ariana stieß einen der Türflügel auf und trat zur Seite. Sie bedeutete uns mit einer Kopfbewegung durch die Tür zu gehen. Wir schoben uns an ihr vorbei und betraten eine düstere Halle. Viele roh behauene, dicke Säulen trugen eine Gewölbedecke, die in der Dunkelheit kaum zu erahnen war. Im Säulengang stand ein lang gestreckter Tisch, daneben ein einzelner Stuhl mit hoher Lehne. Zwei weitere lagen umgestürzt zwischen den Säulen. Vom Rest zeugten nur ein paar Splitter und geschnitzte Holzteile. Am anderen Ende des Saals war in der Dunkelheit schwach ein großes Portal zu erkennen, zu dem mehrere Stufen hinaufführten.

Alles im Saal war mit einer dicken Staubschicht überzogen. Im ersten Moment dachte ich, dass ringsum immer noch überkreuzte Speere und Lanzen als Wandschmuck hingen. Aber dann sah ich, dass es nur ihre rostigen Spuren waren, die sich in den Stein gefressen hatten.

Als wir einen weiteren Schritt in den Rittersaal machten, entdeckten wir, dass ziemlich frische Fußspuren kreuz und quer durch den Staub auf der Tischplatte führten. Sie stammten nicht von einem Menschen, sondern von etwas mit großen Krallen an den Füßen. Ariana trat hinter uns ein und drückte die Tür ins Schloss.

Lorenzo und ich fuhren gleichzeitig herum. Ich konnte einfach nicht verstehen, wie wir dem Mädchen bis hierher folgen konnten, ohne dass wenigstens bei einem von uns die Alarmglocken geklingelt hätten. Wir hatten Ariana *vollkommen* vertraut. Erst als die Tür ins Schloss gefallen war, wachten wir auf. Was hatte sie mit uns angestellt, dass wir ihr blind in diesen Alptraum hinterhergelaufen waren?

Ariana lehnte mit verschränkten Armen im Türrahmen und versperrte uns den Weg.

»Wo wollt *ihr* denn hin?«, fragte sie grinsend.

»Ariana, was soll das …«, begann Lorenzo. Wie immer begriff er nicht wirklich, in welcher Gefahr wir uns befanden.

»Schnauze, du Wichtigtuer!«, fauchte sie Lorenzo an. Wir wichen erschrocken zurück. »Zwei Wochen bin ich euch kleinen Ekelpaketen in den Hintern gekrochen. Zwei Wochen durftet ihr euch fühlen wie große, starke Männer. Heute Nacht werdet ihr euch noch in die Hose machen wie die kleinen Schreibubis, die ihr in Wirklichkeit seid!«

Wir hätten sie vielleicht sofort packen und durch die Tür stoßen sollen, solange sie noch das wunderhübsche Mädchen war. Aber sie machte einen Schritt vorwärts und wir wichen weiter zurück. Während sie auf uns zukam, veränderte sie sich. Sie wuchs und wurde dunkler. Knochen knackten. Ihr glänzendes bernsteinfarbenes Haar wurde schwarz und strähnig. Der Kapuzenumhang, den sie getragen hatte, schien zu schmelzen. Sie war plötzlich ganz in schwarzes Leder gekleidet. Leder mit silbernen Nieten. Sie wirkte viel älter und hatte all ihre Schönheit verloren. Über ihrer rechten Schulter ragte der Schaft einer Armbrust aus einem Halfter auf ihrem Rücken. Sie trug zwei gekreuzte Gurte, die mit Armbrustbolzen gespickt waren. Die engelsgleiche Ariana war verschwunden. Das wilde Weib, das da vor uns stand, sah aus wie jemand, der so eine Armbrust für weniger als einen Monstrar abfeuern würde.

Und sie hatte Recht. Ich war kurz davor, mir in die Hose zu machen.

Aber Lorenzo schien ganz ruhig zu bleiben.

»Wenn du eine Chance siehst, renn!«, sagte er zu mir ohne den Blick von ihr zu wenden. »Einer linksrum, einer rechtsrum. Oder mittendurch. Die kriegt uns nicht.«

Ich bekam gar nicht richtig mit, was im nächsten Moment passierte. Erst das klare Signal, das mir der kleine Eisenbolzen in der Armbrust der Frau sandte, machte mir klar, was die verwischte Bewegung zu bedeuten hatte, die ich eben im Augenwinkel gesehen hatte.

Die Hand der Hexe war mit der Armbrust darin nach vorn geschossen. Ich hatte nicht mal gesehen, wie sie zog. Ich meine, die Waffe steckte in einem Lederhalfter auf ihrem Rücken! Zumindest die Handbewegung nach oben hätte ich doch mitbekommen müssen …

Aber Lorenzo überraschte mich noch mehr. Er hielt die Arme über den Kopf gestreckt. Seine Hände umklammerten die Armbrust samt Bolzen darin. Er war *noch* schneller als sie gewesen. Dabei hatte ich mir immer eingebildet, *ich* wäre derjenige mit den schnellsten Reaktionen.

Ich sah, wie sich die Augen der Hexe kurz erstaunt weiteten, ehe sie sich zu schmalen, eiskalten Schlitzen verengten. Sie schlug mit der linken Faust zu, zwischen Lorenzos hochgereckten Armen durch. Der harte Schlag mitten ins Gesicht ließ ihn nach hinten taumeln.

Ehe er sich wieder gefangen hatte, zeigte der Armbrustbolzen auf seine Stirn. Das wilde Weib grinste. »Klick, und du bist tot!«, verkündete sie fröhlich. »Ihr seid alle gleich«, meinte sie dann verächtlich. »Da kommt irgendeine Tussi mit glatter Haut, vollem Haar und einem treuen Hundeblick … und schon fallt ihr darauf herein. Ich hätte ›FALLE‹ mit brennenden Buchstaben draußen an die Burgmauer schreiben können, ihr wärt mir trotzdem hier herein nachgerannt.«

Sie regte sich richtig darüber auf, dass ihr Plan geklappt hatte!

»Das Mädchen ist reingegangen!«, quäkte sie mit verzerrter Kinderstimme. »Ein *Mädchen*! Da müssen wir beweisen, dass wir uns das *auch* trauen! Einmal denken, statt immer nur beweisen, beweisen, beweisen, wie groß und stark man schon ist! Einmal! Aber das ist wohl zu viel verlangt!«

Das Weib war eindeutig verrückt. Jetzt keifte sie uns an, als wären wir ihre Kinder, die irgendwas falsch gemacht hatten. Dabei hatte sie uns doch da, wo sie wollte. Mit der Armbrust hatte sie uns am Tisch entlang bis in die Mitte des Saales getrieben.

Beruhigend war, dass sie die Waffe in das Halfter zurücksteckte. Aber was sie dann tat, war gar nicht mehr beruhigend.

»Ach, das hier ist übrigens auch nicht meine wahre Gestalt«, erzählte sie im Plauderton. Sie grinste schief. Es sollte wohl ein freundliches Lächeln sein, aber das brachte mit *dem* Gesicht niemand zustande. »Wollt ihr die mal sehen?«

Wollten wir nicht, aber wir trauten uns nicht mal den Kopf zu schütteln. Selbst Lorenzo war beeindruckt.

»Ihr Milchbubis sollt wenigstens wissen, *wer* euch auf dem Gewissen hat.«

Wieder verwandelte sie sich. Sie wuchs und wurde noch schwärzer. Aus dem Leder wurde schuppige Reptilienhaut. Die Silbernieten verschwammen zu hellen Streifen, die orange zu glühen begannen. Etwas Ähnliches passierte mit ihrem Haar. Es zog sich zurück und bildete seitlich und oben am Schädel einen Kamm aus langen Stacheln, in denen ebenfalls orangefarbene Streifen pulsierten. Ihr Kopf zog sich in die Länge, die Nase versank in einer runden Schnauze. Während die Augen seitlich an den Schädel wanderten und zu rot glühenden starren Kreisen wurden, verformten sich ihre Zähne zu nadelspitzen Raubtierbeißern. Die Hände verkrümmten sich zu dreifingrigen Greifklauen mit scharfen Krallen, von denen jede etwa so lang wie mein Unterarm war.

Sie war jetzt so groß, dass ihre Rückenstacheln fast im Dunkel unter der Gewölbedecke verschwanden.

Vor uns stand ein riesiges, zweibeiniges Reptil mit scharfen Reißzähnen und mörderischen Krallen. Heute, an meinem sicheren Schreibpult, kann ich sagen, dass die Färbung sehr schön war. Schwarz und Orange wie bei einem Feuersalamander. Auf der Brust der Echse glühten orangefarbene Schuppen, deren Anordnung ein Zeichen ergab.

Wenn ich mich nicht so sehr darauf konzentriert hätte, mir *nicht* in die Hose zu machen, hätte ich draufkommen können, wo ich es schon einmal gesehen hatte.

»Ach, was ich noch sagen wollte …«, knurrte die Bestie, immer noch in diesem beiläufigen Plauderton. »Ich habe natürlich gar kein Gewissen. Ihr seid tot, wenn ich es für richtig halte. Aber vorher will ich noch meinen Spaß haben.«

Das orange glühende Zeichen auf ihrer Brust erlosch. In dem Moment sprang der Gedanke, der vorhin die Tür nicht gefunden hatte, in meinem Kopf ins Rampenlicht.

Ariana hatte *kein* sehr gleichmäßiges Muttermal auf der Brust. Es war eine Tätowierung in der Form eines Dolchs. Und dasselbe Zeichen hatte ich eben in den Schuppen der Monsterechse gesehen. Und an der Wand der Grabkammer, über den Bestattungsnischen. Das Blut, das ich an der Turmmauer zu sehen geglaubt hatte, hatte ebenfalls dieses Zeichen gebildet, ehe es verschwand.

Die Echse legte Lorenzo eine ihrer Krallen unters Kinn.

»Wollt ihr jetzt auch noch wissen, wie's gemacht wird?«, fragte sie mit falscher Freundlichkeit. »Das geht so!«

Lorenzo schrie auf, als die Kralle weggerissen wurde und ihm die Haut zerfetzte.

Plötzlich sprach eine der Säulen neben uns. »Hey, Arachnua«, sagte sie. »Bist du inzwischen völlig übergeschnappt?«

»Schnauze!«, fauchte die Echse.

Es war gar nicht die Säule, die gesprochen hatte. Auf einem Mauervorsprung an der Säule hockte urplötzlich ein Spitzi. Über dem linken Auge trug er eine schwarze Klappe. Das war der Kobold, der uns vor ein paar Tagen die Tür zum Hinterzimmer der Miesen Muschel vor der Nase zugeknallt hatte.

Die Echse schien zu schmelzen, als würde eine schwarze Ummantelung von einer hellen Kerze tropfen. Im nächsten Moment stand wieder Ariana vor uns. Sie leckte sich einen

Blutstropfen vom Fingernagel. Dann schüttelte sie sich und sah Lorenzo an. »Ein Tropfen Blut genügt…«

»Was fällt dir ein, die beiden hierher zu bringen?«, fragte der Kobold. »Wir sollten sie erst in einer Stunde…«

Aber Ariana wuchs wieder zu der Lederamazone mit der Armbrust.

Die Frau sah sich entnervt nach dem Kobold auf dem Mauervorsprung um. »Sag mir nicht, was ich zu tun habe!«, fauchte sie. »Die Pläne wurden geändert.«

»Geändert?«, echote der Spitzi. »Von wem? Von Ffff… ääh, unserem Auftraggeber? Oder von dir?«

»Zwei der Reservespieler haben sich geweigert mitzumachen«, berichtete das Lederweib angewidert. »Die bilden sich tatsächlich ein, sie könnten sich so was wie einen Ehrenkodex leisten… Mit nur drei Leuten war mir die Sache zu unsicher. Also regeln wir die Dinge auf meine Weise!«

»Der Boss hatte Recht, als er meinte, ich solle ein Auge auf dich haben«, stellte der Kobold fest. »Du bist durchgeknallt. Wir reden zuerst mit … du weißt schon, wem.«

»Dazu ist keine Zeit mehr«, verneinte die Amazone. »Es sind Nebelhexen An der Straße aufgetaucht. Die haben mich heute Nacht beinahe aufgespürt. Ich habe schon viel zu lange dieses Mädchen gespielt. Aus der Gestalt tropft die Magie wie Wein aus einem lecken Fass.«

»Nur noch eine Stunde!«, wiederholte der Kobold. »Wir ziehen das durch, wie besprochen. Dann kannst du dich aus dem Staub machen.«

»Ich sagte doch, zwei Ersatzspieler machen nicht mit«, wiederholte die Frau namens Arachnua lauter als zuvor. Wieder hatte sie blitzschnell die Armbrust in der Hand.

Der Kobold stieß einen schrillen Pfiff aus. Im nächsten Augenblick wurden die Doppelflügel der Küchentür mit so einer Wucht aufgestoßen, dass sie krachend gegen die Wände knallten.

Im Dunkeln dachte ich zuerst, ein riesiger Bär mit zotteligem Fell stünde in der Küche. Der bückte sich und schob den Kopf und eine Schulter durch den Türrahmen. Eine Hand von grünlich grauer Färbung, so groß wie ein Suppenkessel, donnerte auf die Bodenfliesen. Eine Staubwolke wallte auf und kleine Stein- und Mörtelbrocken flogen davon. Hornige Krallen scharrten über den Stein. Das war kein Bär!

Das Wesen knurrte und versuchte die zweite Schulter mit einem Ruck durch den Rahmen zu schieben. Mit einem lauten

Krachen kam die Schulter frei. Ein Türflügel, der halbe Türrahmen und geborstene Mauersteine polterten durch den Raum.

Das riesige bepelzte Ding schob sich in den ehemaligen Rittersaal und richtete sich auf. Der unangenehme Geruch, den ich an der Lücke in der Mauer wahrgenommen hatte, wurde zum Gestank. Das Wesen roch wie ein riesiger, nasser Hund. Ein nasser Hund, der sich in dem Sack mit verfaulten Zwiebeln gewälzt hatte. Ich sah Arme wie grüne Baumstämme, geschmückt mit eisernen Reifen. Man konnte nicht genau sagen, wo die zottige Fellweste aufhörte und die schwarze Mähne des Wesens begann. Kleine, schwarz glänzende Augen blitzten unter verfilzten Strähnen hervor. Es hatte Ohren wie große grünliche Fledermausflügel, mit jeder Menge Ringen darin. Die unteren Eckzähne ragten aus dem schweren Kiefer wie die Hauer eines Wildschweins. Das zottige Riesenvieh zog eine ewig lange Keule aus der Küche herein, die in einem dicken Wurzelknoten endete. Er war mit Dornen gespickt.

Diese Waffe hatten wir schon einmal gesehen.

Das Wesen, das den Zugang zur Küche vollkommen ausfüllte, konnte nur eines sein.

»Du hast den Troll hierher gebracht?«, kreischte Arachnua. »Das ist gegen die Abmachung!«

»Genauso, wie es gegen die Abmachung ist, die Jungen hierher zu locken und ihnen Todesangst einzujagen«, entgegnete der Kobold ruhig. »Wir nehmen sie jetzt mit zum Treffpunkt. Soll doch der Sheriff überlegen, was er mit ihnen anfängt.«

»Wie hast du den hier reingebracht?«, schnappte die Hexe. »Wie bist du selber reingekommen?«

»Wieso kannst *du* den Geheimgang benutzen?«, fragte der Spitzi zurück.

»Da staunst du, was?« Die Schwarzhaarige hob die Armbrust. »Die Dinge ändern sich! Alles wird sein wie früher. Und weil das so ist, tanzt ihr ab jetzt nach meiner Pfeife.«

»Da wäre ich nicht so sicher …«, erwiderte der Kobold. »Wenn du schießt, haut Glubschnak dich zu Brei. Egal welche Gestalt du annimmst.«

Die Frau wollte etwas sagen, aber ein tiefes Knurren von dem Troll, der reglos wie ein großer, haariger Felsen vor der zerschmetterten Küchentür hockte, ließ sie verstummen.

Auf ein Zeichen des Kobolds wankte der Troll um den Tisch herum und trat hinter Arachnua.

»Wir gehen jetzt zum Treffpunkt!«, befahl der Kobold dem Lederweib. »Du gehst voran, damit ich dich sehen kann! Und lass die Finger von der Armbrust!«

»Schon gut!«, fauchte Arachnua. Uns zischte sie zu: »Wir sprechen uns noch, verlasst euch drauf!«

Sie ging zum Portal und der Troll setzte sich ebenfalls in Bewegung. Der Gestank war bestialisch, als sich das Riesenmonster an uns vorbeischob. Der Kobold wies mit einem spitzen Finger auf uns.

»Und ihr kommt auch mit!«, befahl er. »Auf geht's!«

Im nächsten Moment war der Mauervorsprung leer und der Kobold tauchte neben dem Troll wieder auf. Ich hatte gar nicht gewusst, dass Kobolde so etwas können.

»Lass die Irre nicht aus den Augen!«, ermahnte er den Troll, der gerade an dem wilden Weib vorbei nach einem Flügel des Portals angelte.

Ich wollte schon losmarschieren, als Lorenzo mich am Ärmel packte und heftig in die andere Richtung zerrte. »Jetzt!«, rief er. »Ab durch die Küche!«

Im Laufen riss er die Laterne vom Tisch, die das gestaltwandelnde Weib dort abgestellt hatte. Wir schossen durch die zerstörte Tür und rannten an den Kochstellen vorbei zum Kellerabgang. Ich verstand nicht, was der Kobold und die Hexe schrien. Ich rannte einfach hinter Lorenzo her.

Als wir den letzten Kellerraum erreichten, bestätigte sich im Licht der Laterne, was ich beim Hereinkommen nur vermutet hatte. Es gab keinen Tunnel in der hintersten Wand. Da war nur, etwa in Brusthöhe, ein rechteckiges schwarzes Loch, wo ein Ziegelstein fehlte. Aber Lorenzo bremste nicht ab. Er sprang aus vollem Lauf gegen die Mauer. Ohne nachzudenken tat ich es ihm gleich. Im nächsten Moment rannten wir durch den Geheimgang, der uns dazu gerade genug Platz ließ.

Wir rannten, so schnell es in dem Tunnel ging. Ich sah nicht ein einziges Mal über die Schulter, aber ich bekam Kopfweh von dem Versuch, meine Ohren nach hinten zu drehen um mögliche Verfolger zu hören. Doch niemand war hinter uns her.

Dann stolperten wir aus dem Tunnel in die Grabkammer. Lorenzo ließ den Lichtstrahl der Laterne wild über die Wände tanzen.

»Verdammt, wohin jetzt?«, stöhnte er. »Welche Nische ist die richtige?«

Ich stieß einen kleinen Schrei aus, als das Lampenlicht über etwas auf dem Boden huschte.

»Lorenzo!«, rief ich. »Da auf dem Boden! Leuchte noch mal hin!« Der Schädel, auf den ich getreten war, lag jetzt andersherum da. Die zersplitterten Knochenteile daneben ergaben im Großen und Ganzen einen Arm und eine Hand. Es sah aus, als hätte das Skelett einen Arm erhoben. Und der wies zur Wand, auf eine ganz bestimmte Nische.

»Die ist es!«, meinte Lorenzo. Als er die Schulter hineinschob, dehnte der Spalt sich sofort aus. Wir rannten weiter.

»Höflichkeit zahlt sich eben aus!«, rief Lorenzo mir grinsend über die Schulter zu. »Gut, dass wir uns entschuldigt haben.«

Wir schossen aus dem Grab heraus und fielen über einen schiefen, nassen Grabstein, der im Weg war. Ein paar Meter hügelabwärts waren wir beide schlitternd und rutschend wieder auf den Beinen. Wir rannten durch den stärker gewordenen Regen.

Das Knochenloch hatte viel von seiner Bedrohlichkeit verloren. Was konnte einen schon erschrecken, wenn man beinahe von einer schwarz geschuppten Riesenechse getötet worden wäre und einem ein fast schon zu Staub zerfallenes Skelett den Weg aus seinem Grab gezeigt hatte? Ganz zu schweigen vom Anblick eines leibhaftigen Trolls. Und seinem Geruch.

Wir hatten nicht den Atem, um uns über irgendwelche weiteren Fluchtpläne zu unterhalten. Aber es gab sowieso nur einen Weg: bergab.

Das Einzige, was uns Sicherheit geben konnte, war eine Menschenmenge. Noch besser Menschen, die uns kannten. Also war klar, dass unser Ziel die Miese Muschel sein musste.

DIE TÜR INS LICHT

Keine zehn Minuten später erreichten wir wieder den Hinterhof der Kneipe. Doch als ich den Arm ausstreckte um die Tür aufzureißen, sprang die Lederhexe vom Küchendach und landete direkt hinter uns. Sie schubste uns hart gegen die Tür. Sie war dem Troll und dem Kobold also entkommen. Und sie hatte gewusst, wohin wir laufen würden.

Als ich mich umdrehte, berührte die Spitze des Armbrustbolzens meine Stirn. Mit der anderen Hand riss sie Lorenzo die Laterne weg.

»Ende der Spritztour!«, verkündete das wilde Ungeheuer. Ihr schwarzes Haar klebte in nassen Strähnen an ihrem hässlichen Schädel. »Troll oder nicht, ich mach euch jetzt kalt!«

»Niemand wird hier kaltgemacht!«, rief der Kobold, der urplötzlich auf den Mülltonnen neben uns stand. »Wir warten auf den Sheriff!«

»Keine Chance«, stellte Arachnua fest. »Der kommt nicht und ich kann die verdammten Nebelhexen riechen, die uns einkreisen. Ich mach hier Schluss!«

Erstaunlich. Alles, was *ich* riechen konnte, waren die Mülltonnen und mein Angstschweiß. Und plötzlich auch den Trollgestank.

»Das wirst du bleiben lassen!«, fauchte der Kobold. »Oder soll ich Glubschnak sagen, dass Arachnua böse war? Du weißt, dass ihn ein Armbrustbolzen nicht aufhalten kann…«

Schatten bewegten sich am anderen Ende des Hofs, streckten sich und schließlich ragte der Troll wie ein kleiner Berg in den Regenschleiern auf. Ein Baumstammarm hob langsam die Keule über das Trollgebirge. »Bööööse?«, knurrte es aus der Dunkelheit.

Die Frau namens Arachnua zeigte einen kurzen Moment der Unsicherheit. Ihr Blick zuckte ein klein wenig in Richtung des Trolls und die Armbrust bewegte sich einen Zentimeter nach oben. Lorenzo sprang sie an. Seine Hand schoss vor und stieß ihren Arm nach oben. Die beiden krachten auf den festgestampften Boden.

Aber die Frau war kein jugendlicher Fußballspieler, der sich von einem Frontalangriff Lorenzos so leicht beeindrucken ließ. Er drückte mit beiden Händen ihren Waffenarm von sich weg. Sie schlug ihm das Gehäuse ihrer Laterne gegen die Schläfe.

Also warf ich mich auf diesen Arm um ihr die Laterne aus der Hand zu winden. Doch so einfach war das nicht. Die schwarze Lederhexe hatte Kräfte wie ein Bär und kämpfte auch wie einer. Nachdem man ihm versehentlich mit einer Lanze in den Popo gepiekst hat. Wir rollten zu dritt über den schlammigen Boden. Lorenzo und ich hielten verzweifelt ihre Arme fest, aber sie trat nach uns und versuchte immer wieder einen von uns in die Nase zu beißen.

Der Kobold schrie: »Glubschnak, bring sie schnell auseinander! Neiiiin, nicht mit der Keule!«

Im nächsten Moment flog Lorenzo mit einem Aufschrei über mich weg und überschlug sich zweimal. Ein kleiner schwarzer

Eisenbolzen schickte mir plötzlich die Nachricht, dass er sich gleich in Bewegung setzen würde. Ich grabschte wild nach Arachnuas anderem Arm, der mit der Armbrust herumschwang. Noch mal der Schrei: »Niiiicht die Keeuuuuleeeee!«

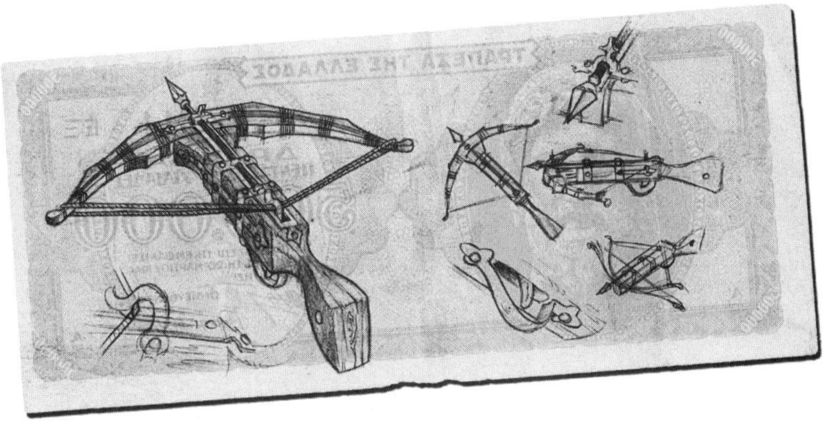

Schon beim »Nii« traf das dicke, dornenbewehrte Ende der Keule und schleuderte die Hand mitsamt der Armbrust in meine Richtung. Ich stieß mich ab und versuchte im Knien einen Salto rückwärts zu machen. Das heißt, ich wollte mich einfach flach auf den Rücken werfen, damit der Armbrustbolzen Platz hatte, über mich wegzufliegen. Aber Platz war genau das, was der Bolzen und ich nicht hatten. Er war sehr nahe, als er abgefeuert wurde, und zwischen mir und der Hintertür der Muschel war einfach nicht genug Raum. Bevor mein Rücken den Boden berührte, knallte ich mit dem Kopf gegen die Tür.

Der Salto war verunglückt, weil er mittendrin zu Ende war. Ich *stand* plötzlich im Hof. Alles war ganz still. Der Regen hatte aufgehört.

Erst jetzt sah ich, dass wir beobachtet worden waren. Leute traten aus den dunkelsten Schatten des Hinterhofs. Warum hatten sie nicht eingegriffen? Warum sagte keiner von ihnen ein Wort? Ich kannte keine von diesen unheimlichen, schweigenden Gestalten, aber sie kamen mir alle irgendwie vertraut vor.

Plötzlich ergoss sich strahlend helles Licht in den Hinterhof, als in meinem Rücken eine Tür aufgestoßen wurde. Sie hätte gar nicht da sein dürfen. In dieser Wand gab es keine Tür. Und keine Fackel brannte so hell wie das Licht, das den Türrahmen ausfüllte. Die seltsamen Zuschauer waren in dem Licht verschwunden.

Ich machte einen Schritt auf die Tür zu. Die Welt drum herum wurde dunkel und bedeutungslos. Doch plötzlich hörte ich eine Stimme. »Das ist doch wohl nicht dein Ernst?«, fragte sie. »Keine fünf Schritte entfernt wird gleich dein bester Freund Lorenzo erschossen und du *gehst* einfach?«

»Was? Wer?«, stotterte ich. Es war, als sei ich für eine Minute eingenickt und würde jetzt erschrocken die Augen aufreißen, weil mich jemand geschüttelt hatte. »Wer wird erschossen? Wer … wer spricht da überhaupt?«

Ein riesiges Buch mit einem rötlich braunen Ledereinband schwebte aus dem Schatten neben meiner Tür ins Licht. Auf dem Einband war mit andersfarbigem Leder das strenge Gesicht eines bärtigen alten Mannes teils gesteppt, teils geprägt. Und dieses Gesicht sprach zu mir. Aber in meinem gegenwärtigen Zustand konnte mich auch das nicht erschüttern. Da war das Licht und alles war gut.

»Vergiss die Tür!«, verlangte das Buch. »Sobald du sie zugemacht hast, kannst du Lorenzo warnen.«

Mit einiger Anstrengung erinnerte ich mich, wer Lorenzo war und dass er mir einmal sehr viel bedeutet hatte. Aber die Tür zuzuschlagen … das war zu viel verlangt.

»Ich muss gehen!«, erklärte ich dem Buch. »Es ist *meine* Tür!«

»Natürlich ist sie das«, erwiderte das Ledergesicht. »Vielleicht geht sie nie wieder auf. Aber sieh dich um!«

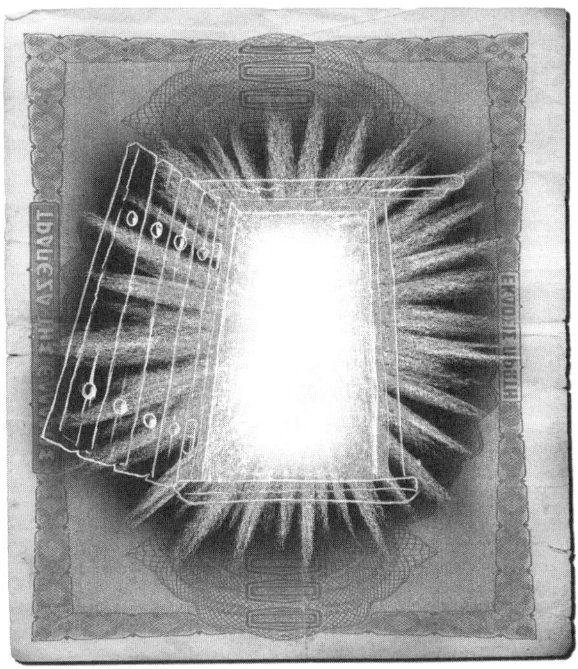

Es war fast unmöglich, sich von dem Licht loszureißen und wieder in den schäbigen Hinterhof zu blicken. Ich hatte die Tür gepackt und fast geschlossen. Aber ganz zudrücken konnte ich sie nicht. Alles in mir schrie danach, sie wieder aufzustoßen und in das Licht zu gehen, das den Hof erfüllt hatte und jetzt nur noch durch einen schmalen Spalt schimmerte.

Die Geräusche der Welt kehrten zurück. Und eines davon wurde immer lauter. Es fing ganz leise an und wurde zum Schluss ein heulender Schrei:

»Ihr SchweineIhrSchweineIhrSchweineIHRSCHWEINE**IHR-SCHWEINE**!«

Das war Lorenzo, der geschrien hatte. Er hielt jemand im Arm, der ganz verdreht an der Hintertür der Muschel lag. Die Kleidung kam mir irgendwie bekannt vor. Und plötzlich schwappte eine Welle der Kälte durch mein Gehirn. Da am Boden, das Kleiderbündel, das sich nicht mehr rührte ... das war ich! Aus meiner Stirn ragte der schwarze Bolzen. Ein ganz dünner Blutfaden rann in mein linkes Auge.

Mit einem Schlag wusste ich, wer die Leute waren, die vorhin plötzlich schweigend aus den Schatten gekommen waren. Warum sie mir bekannt vorkamen, obwohl ich nur einen von ihnen selber gesehen hatte. Das war der alte Mann mit dem stoppeligen grauen Bart und den wenigen Zahnstummeln gewesen. Ich hatte ihn im Winter hinter den Tonnen gefunden. Er musste schon lange dort gelegen haben. Sein Körper war ganz steif gefroren. Die Frau mit der blutgetränkten Schürze ... sie hatte als Spülerin gearbeitet und war hier hinten im Hof von einem Besoffenen erstochen worden. Kurz vorher hatten Lorenzo und ich angefangen in der Muschel zu arbeiten. Aber ich hatte vorhin mindestens noch fünf andere Leute gesehen.

Alles in allem war ich dann der achte Tote, der sein Ende im Hinterhof der Miesen Muschel gefunden hatte.

Der Kobold schrie auf den Troll ein, der ganz verdutzt auf das Ende seiner Waffe starrte. Lorenzo hielt den William, der da reglos an der Tür lehnte. Den Will, der mitten im Hof stand und einfach nicht glauben konnte, was da passiert war, sah er gar nicht.

Und weder er noch die beiden anderen Fantasmanier sahen, dass die Gestaltwandlerin sich aufgesetzt hatte. Sie klemmte die Armbrust unter ihren verletzten Arm und fummelte einen neuen Bolzen aus einem der Gurte, die sich über ihrer Brust kreuzten. Sie versuchte die Sehne mit den Zähnen zu spannen. Ich schrie, so laut ich konnte, aber niemand schien mich zu hören.

Wenn nichts geschah, würde Lorenzo gleich neben mir stehen. Aber eigentlich fand ich das gar nicht so schlimm. Wir würden gemeinsam in dieses wunderschöne Licht gehen. Ich wünschte mir fast, dass sie endlich schießen würde.

Da tauchte das Buch neben mir auf. »Denk an den blöden Fred«, flüsterte es.

Ich verstand zuerst nicht, was das Buch meinte. Aber dann fiel mir wieder ein, wer der blöde Fred war.

Der blöde Fred hatte nur ein Auge und oberhalb davon eine böse Delle im Schädel, die sich bis zu seinem Ohr zog. Seine Zunge hing ihm immer aus dem Mund, genau wie sein Hemdzipfel aus der Hose. Er erledigte die Botengänge für Pater Reginald. Zumindest bei schönem Wetter. Bei Gewitter sperrte ihn der Pater in einen Schuppen. Darin tobte und schrie der blöde Fred, bis das Unwetter vorbei war. Es hieß, dass er als

Kind versehentlich einen Pfeil ins Auge bekommen hatte und noch ein Teil der Spitze in seinem Kopf steckte. Ich stellte mir vor, dass Lorenzo so enden könnte, wenn das gestaltwandlerische Miststück mit der linken Hand nicht richtig zielte. Das durfte nicht passieren.

Die Hexe hob die Armbrust mit der linken Hand. Ohne noch einmal hinzusehen drückte ich die Tür hinter mir zu und schrie: »Lorenzo, pass auuuf!«

Lorenzo schoss hoch. Das Lederweib fuhr zu mir herum und feuerte zum zweiten Mal in dieser Nacht auf mich. Ich bewegte mich nicht. Ich fühlte keine Nachricht von dem Armbrustpfeil ausgehen. Es prickelte ein bisschen in der Brust, dann fuhr der Bolzen mit einem »Plopp!« hinter mir in die Mauer, in der es jetzt keine Tür mehr gab.

»Will ...«, flüsterte Lorenzo.

»Ein verdammter Geist!«, fauchte die Gestaltwandlerin. Plötzlich wurde es in den Gassen vor dem Hinterhof laut.

»Hierüber, Sheriff!«, brüllte eine Männerstimme.

Die Lederhexe rief mit der verängstigten Mädchenstimme Arianas: »Zu Hilfe! Zu Hilfe! Er hat seinen Freund erschossen!«

»Bring sie zum Schweigen!«, schrie der Kobold den Troll an. Aber dessen Keule sauste wirkungslos über ihren Kopf weg, weil sich das Biest wieder in Ariana verwandelt hatte, die viel kleiner war. Sie sprang auf und rannte aus dem Hinterhof, laut nach dem Sheriff schreiend.

Viele Stimmen antworteten ihr, die schnell näher kamen.

»Wir hauen hier ab!«, bestimmte der Kobold.

Lorenzo machte einen Schritt auf mich zu (also weg von dem Will, der sich nie wieder rühren würde, hin zu dem, der ich jetzt war). Sein Bein knickte unter ihm weg.

»Heb ihn hoch, Glubschnak!«, befahl der Kobold und deutete auf Lorenzo, der mich mit großen Augen anstarrte. »Wir bringen ihn in Sicherheit.« Dann zog er dem William, der da an der Tür lag, die Mütze vom Kopf. »Und du kommst besser auch mit«, sagte er zu mir.

Der Troll packte Lorenzo hinten am Kragen und hob ihn hoch wie ein Hundebaby.

Der Kobold war plötzlich vom Tonnendeckel verschwunden. Im nächsten Augenblick tauchte er auf dem Rucksack des Trolls auf.

»Nicht da raus!«, bellte er den Troll an, der Ariana alias Arachnua nachlaufen wollte. »Über die Dächer!«

Der riesige Troll sprang hoch und packte eine Dachrinne. Die riss er zwar aus ihren Verankerungen, aber er hatte schon einen Arm aufs Dach geschwungen, ehe sie nach unten fiel.

Plötzlich wurde ich in die Höhe gerissen wie ein Fisch am Haken. Ich hob die Arme, als die Dachrinne genau auf mich drauffiel, aber sie segelte einfach durch mich durch. Ich spürte nur ganz kurz ein leichtes Kribbeln.

Unten kam Ariana zurück in den Hof gelaufen. Der Troll warf sich flach aufs Dach. Noch im Laufen verwandelte sich das Mädchen … in Lorenzo! Er zerrte meine Leiche von der Tür weg und ließ sie daneben in eine Pfütze gleiten. Dann richtete er … nein, *sie* sich auf. Der falsche Lorenzo hatte plötzlich die verdammte Armbrust in der linken Hand. Und mit der wartete er, über meine Leiche gebeugt.

»Hat sie dich gekratzt?«, fragte der Kobold im Flüsterton. Lorenzo hob den Kopf und zeigte ihm den blutigen Striemen an seinem Kinn.

»Verdammter Riesenhaufen Trollkacke!«, fluchte der Kobold leise.

Der Sheriff kam in den Hof gerannt, gefolgt von Männern mit Fackeln. Der falsche Lorenzo warf die Armbrust weg, riss die Tür zur Muschel auf und verschwand im Kneipenlärm. Die Hilfssheriffs wollten ihn verfolgen, aber natürlich rempelten sie sich am Eingang zur Kneipe gegenseitig und hätten sich mit ihren Fackeln die Haare angekokelt, wenn die nicht nass vom Regen gewesen wären.

Die Männer wichen zurück, als Ariana blutend aus der Tür taumelte. Sie brach dramatisch zusammen und der Sheriff fing sie auf.

»Er … er hat … seinen Freund erschossen!«, japste sie. »Ich habe alles mit ansehen müssen! Mir hat er die Hand gebrochen! Und er ist zur Vordertür raus.«

Dann wurde sie ohnmächtig. Oder tat zumindest so.

»Alle Mann durch die Kneipe!«, befahl Sheriff Hatchett. »Nacheinander! Und dann ausschwärmen! Den Burschen kriegen wir noch!«

Plötzlich erwachte Ariana wieder zum Leben. Sie sah sich wild um, riss sich vom Sheriff los und rannte aus dem Hinterhof.

»Wahrscheinlich sind die Nebelhexen wirklich in der Nähe«, raunte der Kobold. »Und die Hilfssheriffs suchen auf dem Marktplatz. Zum Wald, Glubschnak!«

Ich wollte nach unten, den Männern erklären, dass alles eine große, hinterhältig inszenierte Lüge war. Aber wieder wurde ich unwiderstehlich hinter dem Troll hergezogen.

Ich flog über die Dächer der Siedlung. Vor mir sprang der Troll von einem First zum nächsten. Manchmal krachte eine Dachkonstruktion unter seinem Gewicht, aber er war immer schon weiter, ehe er einbrechen konnte. Ich folgte seinem Zickzack-Kurs, als wären wir durch eine unsichtbare Leine verbunden.

Unter uns erwachten die Straßen und Gassen zum Leben. Überall liefen Bewaffnete mit Fackeln herum.

»Den schnappen wir uns!«, rief einer. »Verdammter Mörder!«

»Wie heißt er überhaupt?«, wollte ein anderer wissen.

»Lorenzo!«

»Findet Lorenzo, den Mörder!«

Dann bremste der Troll abrupt und warf sich flach auf das Dach, das er gerade überquerte.

Ich bin mir sicher, dass er trotzdem gut zu sehen gewesen wäre, wenn einer der Fackelträger am Waldrand zu uns hergesehen hätte. Zwischen dem Schuppen, auf dessen Dach wir uns befanden, und dem Wald lag ein Stück freie Fläche, auf dem Männer der Stadtwache hin und her liefen.

Ein Gürtel aus Müll, der wie Treibholz an einer Hochwasserlinie gegen die Hütten hin anstieg, trennte die äußersten, schäbigsten Behausungen vom Wald. Die kleinen, verschlungenen Pfade zwischen den Müllhaufen waren Teil unseres Heimwegs. Und hier hatte Sheriff Hatchett also sicherheitshalber auch noch Männer postiert, falls wir der Schlägerei entkommen wären.

Der Troll packte seine Keule fester. »Gehen wir runter?«, knurrte er.

»Nein!« Der Kobold schüttelte energisch den Kopf. »Für heute haben deine Keule und du genug angerichtet!«

»Aber dann kommen wir nicht zum Waldrand«, wandte der Troll ein. »Wo können wir sonst hin?«

»Die Hütten da drüben liegen näher am Wald. Versuch den Weg.«

»Zu alt. Zu morsch«, widersprach der Troll. »Ich breche ein und stecke fest. Dann haben sie uns.«

»Blut…«, flüsterte Lorenzo. Er konnte kaum noch seine Lippen bewegen.

»O nein!«, wehrte der Kobold ab. »Heute wird kein Blut mehr vergossen.«

»Die Blutende Burg!«, stöhnte Lorenzo. »Dort können wir uns verstecken. Da suchen sie nicht.«

FLUGSTUNDEN

Ab ging's über die Dächer und ich flatterte wieder hinterher wie eine Fahne an einem wild gewordenen Streitwagen.

Im Gegensatz zu den Gassen An der Straße war es im Knochenloch totenstill. Natürlich ging der Sheriff davon aus, dass niemand so blöd war, einen steilen Berg hinaufzulaufen, von dem er nicht wieder herunterkann. Auch die selbst ernannten Hilfssheriffs, die nicht zur Wache gehörten, würden nicht bis ins Knochenloch kommen. Den Berg hochzusteigen war anstrengend. Und das Knochenloch allein oder zu zweit zu durchsuchen war kein verlockender Gedanke.

Ich dachte an den Geheimgang. Würde er sich für den Troll auch so weit öffnen wie nötig? Das schien mir unmöglich. Dazu müsste so viel Erde und Fels zur Seite weichen, dass der ganze Friedhof verschoben würde.

Aber der Troll namens Glubschnak rannte an den Gräbern vorbei, hinauf zum Haupteingang der Burg.

»Da können wir nicht rein!«, rief ich von hinten. »Es gibt keine Brücke und das Tor ist zugemauert.«

Der Kobold drehte sich zu mir um. »*War* zugemauert!«, meinte er grinsend. »Das haben wir geändert.«

Das stimmte tatsächlich. Von den Ziegelsteinen, die das Burgtor verschlossen hatten, hingen nur noch ein paar Brocken an den Mauern.

Glubschnak erreichte den Burggraben und sprang darüber. Als er landete, schienen die schweren Mauern zu zittern. Der Troll trabte weiter in den Burghof.

»Genauso sind wir vorhin auch in die Burg«, erklärte der Kobold vom Rucksack aus. »Wer auch immer das Tor mit den lächerlichen Ziegelsteinchen zugemauert hat, hätte sich mal überlegen sollen, warum die Burgmauern meterdick sind. Alles andere ist nicht trollsicher. Glubschnak ist durch das Mäuerchen geflogen, als wär's aus Bauklötzen.«

Im Hof sah die Burg mitgenommener aus als von außen. Boden und Wände waren kohlrabenschwarz verbrannt. Teilweise sah das Gestein aus wie geschmolzen. Überall lagen verkohlte Balken und Mauerteile herum. Der Troll betrat das Haupthaus. Als ich aus dem Regen heraus war, merkte ich erst, dass ich ihn gespürt hatte. Das merkwürdige Prickeln wie von winzigen Nadelstichen, das ich die ganze Zeit gefühlt hatte, hörte schlagartig auf. Das waren die Regentropfen gewesen, die durch mich hindurchgefallen waren.

Wir kamen an ein großes Portal, dessen Flügel offen standen. Dahinter lag der Saal mit den Steinsäulen und dem langen Tisch in der Mitte. Am anderen Ende entdeckte ich die geborstene Küchentür. Zwischen Mauerbrocken und Holz vom Türrahmen sah ich unsere Fußspuren im Staub. Ein Türflügel war halb unter den Tisch gerutscht, der andere hing schief in den Angeln. Wir waren wieder da, wo unsere Flucht begonnen hatte.

Doch der Troll stapfte an dem Saal vorbei und stieg die breite Wendeltreppe im höchsten der drei Türme hinauf.

Als wir an einem Fenster vorbeikamen, schimmerten die Lichter der Stadt weit unter uns. Vom nächsthöheren, gegenüberliegenden Fenster aus sah man das dunkle Nordmeer. Schließlich kamen wir im obersten noch vollständig vorhandenen Stockwerk an. Es muss einmal zwei weitere darüber gegeben haben, aber wohl zum größten Teil aus Holz. Vom letzten zeugte bloß noch ein gemauerter Ring und vom Boden des Stockwerks über uns waren nur die steinernen Teile übrig geblieben. Ein hohler Steinsockel im Boden unseres Stockwerks und ein spiralförmig aufsteigender Ring aus eisernen Haltern in der Wand zeigten, wo früher eine hölzerne Wendeltreppe hinaufgeführt hatte. Ein großer Teil des Bodens vor uns war nass vom Regen und der hohle Steinsockel war voll Wasser. Aber der Regen hatte endlich aufgehört. Über uns funkelten vereinzelte Sterne zwischen schnell ziehenden Wolken.

Der Troll lehnte seine Keule an die Wand. Ohne Lorenzo von seinem Baumstammarm zu nehmen, legte Glubschnak den Rucksack ab. Er wühlte darin herum, bis er eine schmutzig aussehende Flickendecke fand, die er auf dem trockenen Teil des Bodens ausbreitete. Dann legt er Lorenzo erstaunlich behutsam darauf. Der rappelte sich jedoch sofort wieder auf und machte einen Schritt auf mich zu. Sein Bein knickte unter ihm weg und er fiel mit einem Schmerzensschrei zur Seite.

»Bleib liegen!«, befahl der Kobold. »Sonst kannst du das Knie für immer vergessen! Sobald die Luft rein ist, bringen wir dich zu einem Magier, der das heilen kann.«

»Ja, aber das Spiel …«, stöhnte Lorenzo.

»Spiel? Was für ein Spiel?«, fragte der Kobold ungläubig. »Wovon redest du?«

»Wir müssen morgen das Spiel gewinnen!«, erklärte ich.

»Gewinnen?«, echote der Kobold. »Ihr habt doch längst verloren! Hört mal, mir tut das alles wirklich furchtbar Leid, so war das nicht geplant, aber ihr müsst einsehen ...«

»Mir tut's auch Leid, dass du jetzt so durchsichtig bist«, brummte der Troll. Er drehte verlegen seine Keule zwischen den Pranken. »Ich wollte nicht, dass das böse Weib auf dich schießt. Ich dachte, ich kann ihr das Eisending aus der Hand hauen.«

Ich konnte nur nicken. Jetzt zu sagen »Schon gut, ist nicht so schlimm!«, brachte ich nicht über die Lippen. So was durfte nicht passieren. Ich konnte die Welt sehen und hören, aber das Sehen hatte einen grünlichen flimmernden Rand und das Hören einen verwirrenden Nachhall. Und das war's. Alle anderen Fäden, die mich mit der Welt verbunden hatten, waren abgeschnitten. Eine Dachrinne segelte durch mich durch, als wäre ich gar nicht da. Ein Armbrustbolzen, der mich in die Brust traf, hatte nur leicht geprickelt und war in der Wand hinter mir gelandet. Und irgendwas steuerte mich gegen meinen Willen hierhin und dorthin.

Niemand konnte von mir erwarten, dass ich jetzt sagte »Kann ja mal vorkommen ...«

Plötzlich grinste der Troll. »Hey, alles nicht so schlimm! Morgen gehen wir zu Merellyn. Der ist ein großer Zauberer. Der macht deinen Freund wieder gesund. Tut mir echt Leid mit dem Knie. Und der hat ein Buch, das macht dich wieder ganz!«

»Ein Buch?«, hakte ich nach. »Vielleicht mit einem Gesicht vorne drauf?«

»Weiß nicht.« Glubschnak kratzte sich an der fliehenden Stirn. »Hab das Buch noch nie gesehen. Aber es ist ein dickes Zauberbuch. Und jeder weiß, dass der bekloppte alte Merellyn es hat.«

»Bekloppt?«, rief ich. »Eben hast du noch gesagt, er wäre ein großer Zauberer …«

»Glubschnak, halt den Mund!«, zischte der Kobold, ehe er sich an mich wandte. »Merellyn ist ein großer Zauberer, das könnt ihr uns glauben. Kann schon sein, dass er ein bisschen verrückt ist, aber er wird uns helfen, so viel ist sicher.«

Während er das sagte, verschwand er plötzlich und tauchte im nächsten Moment auf der Schulter des Trolls wieder auf. Er bemühte sich leise zu sprechen, aber ich verstand ihn so deutlich, als flüstere er in mein Ohr und nicht in das von Glubschnak. Hätte nicht gedacht, dass das Geisterdasein auch Vorteile mit sich bringt.

»Sag nichts mehr!«, befahl der Kobold. »Sicher kann der Alte was für das kaputte Knie tun … wenn er mal anwesend ist. Aber mach dem Durchsichtigen keine Hoffnungen mit dem Buch. Das Macronomicon ist gefährlich. Es könnte alles noch viel schlimmer machen!

Hört mal, es tut mir wirklich Leid«, sagte der Kobold dann zu uns. »Glubschnak ist wahrscheinlich der dämlichste Troll, den man in ganz Fantasmanien finden kann. Aber wenn ich ihn nicht geholt hätte, hätte euch die Irre schon hier oben in der Burg fertig gemacht. Mein Name ist übrigens Schnick. Ich bin ein Halbblut. Halb Kobold und halb …«

»*Halb*kobold?«, rief Lorenzo erstaunt. »Aber du bist der spitzigste Spitzi, den ich je … ich meine der, äh … koboldischste … Dings.«

»Schon gut«, wehrte der Halbkobold namens Schnick ab. Sein schiefes Grinsen erzeugte spitze Grübchen über seinen langen, spitz zulaufenden Koteletten.

»Und was ist dann die andere Hälfte von dir?«, bohrte ich nach.

»Poltergeist«, sagte Schnick und fügte dann schnell hinzu, als müsse er sich dafür entschuldigen: »So was kann sehr nützlich sein. Glaubt mir!«

»Von Fresseisen ist euer Auftraggeber, oder?«, unterbrach Lorenzo. »Die Irre mit der Armbrust meinte, sie hätte keine Lust, sich an die Abmachungen zu halten. Was für Abmachungen?«

»Na ja, wir … also Glubschnak und ich, wir … sind eine Räuberbande. Ich bin der Boss. Nur gibt's in letzter Zeit nicht mehr allzu viel zu rauben. Unser Geschäft läuft nicht so gut, seit keine Karawanen mehr nach Fantasmanien ziehen.«

»In letzter Zeit?«, wandte Lorenzo ein. »Die Karawanenstraße ist doch schon ewig vom Wald überwuchert. Ich kann mich mein ganzes Leben lang an nichts anderes erinnern. Und ich bin, äh … weiß nicht, mindestens elf.«

»Es ist elf Jahre und neun Monate her, um genau zu sein«, korrigierte der Kobold. »Ja, das Räuberhandwerk ist seit langem in der Krise. Deshalb arbeiten wir ab und zu für Baron von Fresseisen. Heute Nacht hatte er ziemlich viele Leute im Einsatz. Er wollte euch unbedingt kriegen.«

»Ja, wir hatten schon so einen Verdacht«, bestätigte ich. »Er will, dass die Juniors das Spiel gewinnen. Von Fresseisen hat über Strohmänner wahnsinnig viel Geld auf sie gesetzt. Und ohne Lorenzo und mich … vor allem ohne Lorenzo … wird's für die Rotznasen sehr schwer. Aber deswegen muss er uns doch nicht gleich ermorden lassen!«

Der Kobold winkte ab. »Das war auch überhaupt nicht vorgesehen. Aber Arachnua drehte in letzter Zeit immer mehr durch. Seit eurem kleinen Zauberfeuerwerk drüben am Waldrand. Der alte Eisenfresser, ääh, von Fresseisen hätte sie rausschmeißen sollen, aber sie war zu wertvoll. Ich habe sie beobachtet. Als sie euch von der Muschel wegführte, bin ich euch gefolgt. Dann verschwand sie mit euch in dem Grab. Ich wusste von dem Gang, aber für Wesen wie uns war er immer versperrt. Als ich sah, dass sie ihn benutzen kann und euch in die Burg schleppte, habe ich Glubschnak geholt. Während ihr im Geheimgang wart, sind wir durch die Ziegelmauer gedonnert.«

Plötzlich dämmerte mir, dass es vielleicht gar keine gute Idee gewesen war, uns ausgerechnet in der Burg zu verstecken. Sah so aus, als säßen wir eher in einer Falle als in einem sicheren Versteck.

»Was ist, wenn diese Arachnua den Sheriff mit seinen Leuten hierher bringt?«, fragte ich. »Oder selbst auftaucht um sich in der Burg zu verstecken?«

Der Kobold schüttelte den Kopf.

»Dem Sheriff oder Baron von Fresseisen wird sie ganz sicher nichts sagen«, meinte er. »Der hat uns nämlich strengstens verboten herzukommen. Vor dem Baron hat sie Angst. Der hat sie irgendwie nach Arkanon gebracht und kann sie auch wieder verschwinden lassen. Der fantasmanische Wald duldet das Kommen und Gehen von Zwergen, Kobolden und Trollen, aber Wesen ihrer Art ist das Betreten des Grenzwalds verwehrt. Sie braucht den Baron um Arkanon verlassen zu können. Vor den Stadtwachen sind wir also sicher. Und wenn sie selbst hierher kommt …« Er sah zu dem Troll hinüber, der eingeschlafen war und dabei seine Keule hielt wie ein Kuscheltier.

»…wird es ihr bald Leid tun«, beendete Schnick seinen Satz. Er begann auf und ab zu wandern. Dabei flimmerte er manchmal ein bisschen und tauchte ruckartig an einer anderen Stelle wieder auf.

»Ich weiß gar nicht, warum sie euch hier raufgeschleppt hat«, sagte der Kobold nach einer Weile. »Wahrscheinlich wollte sie euch Angst einjagen. Zum Glück hat sie euch in den Saal geführt, wo Glubschnak Platz hatte. Wenn sie in einem der engeren Gänge beschlossen hätte euch zu erledigen, wären wir gar nicht an euch rangekommen. Aber diese irren Weiber wollen solche Sachen immer ganz dramatisch inszenieren.«

»Was für Weiber?«

»Sirenen. Arachnua ist eine Sirene.«

»Arach… klingt wie gespuckt. Sind die alle so?«

»Im Großen und Ganzen … ja. Sie bringen hauptsächlich Seeleute dazu, ihre Schiffe in den Untergang zu steuern. Aber Arachnua ist eine von den völlig Durchgeknallten.« Schnick beugte sich vertraulich vor. »Passt auf, das war der Plan:

Arachnua – das junge Mädchen, nicht die Verrückte mit der Armbrust – lockt euch in den Hinterhof der Miesen Muschel. Dort warten die Ersatzspieler, die morgen nicht zum Einsatz kommen. Es gibt eine Schlägerei. Sheriff Hatchett und seine Hilfssheriffs kommen *zufällig* in den Hinterhof und verhaften euch alle. Für den Fall, dass ihr in die kleinen Gassen entkommt, sollten Glubschnak und ich die Abfangjäger spielen. Davon, dass der Sheriff zusätzlich Männer am Waldrand postiert, wusste ich allerdings nichts. Die sind wirklich auf Nummer sicher gegangen. Das junge Mädchen, das von Fresseisen in letzter Zeit überall als seine Schreiberin vorgezeigt hat, sollte gegen euch beide aussagen und ihr hättet am Spieltag in

Untersuchungshaft gesessen. Alles ganz offiziell. Niemand hätte Verdacht geschöpft, wenn die Schreiberin vom alten Fresseisen gegen seine Jungs ebenso aussagt wie gegen euch.

Aber die Ersatzspieler haben sich geweigert und Arachnua hat ihren eigenen Plan entwickelt. Wie es dann wirklich gelaufen ist, wisst ihr ja selbst.«

Nicht zu fassen. Ich war tot, nur weil ein mieser Fettsack mit einem Freundschaftsspiel zwischen Kindern viel Geld verdienen wollte. Ich steckte zwischen zwei Welten fest, weil eine Sirene sich nicht an einen Plan gehalten hatte, der uns »nur« ins Gefängnis bringen sollte. Eine Sirene! Ich hatte gar nicht gewusst, dass es so etwas gibt.

Und jetzt war ich … mehr oder weniger tot und Lorenzo war schwer verletzt. Für mich sah sein Knie nicht so aus, als ob er jemals wieder Fußball spielen würde. So konnte das doch nicht enden!

»Die Sache ist noch nicht zu Ende!«, sagte Lorenzo prompt. Er packte den schlafenden Troll an einem Arm und versuchte ihn zu schütteln. »Was ist das für ein Buch, das William wieder ganz machen kann?«

Ehe Glubschnak aufwachte, fuhr Schnick dazwischen. »Vergiss es!«, befahl er Lorenzo. »Es gibt kein Buch, das so was kann. Es wurde vor elf Jahren und neun Monaten vernichtet. Passt auf, wir bleiben heute Nacht und morgen bis nach Sonnenuntergang hier. Um die Zeit ist das Spiel in vollem Gange und die Mörderjagd ist erst mal vergessen. Dann können wir uns aus dem Staub machen. Wir nehmen euch mit nach Fantasmanien, zu Merellyn, dem Magier. Der wird sich um dein Knie kümmern.«

Lorenzo wollte etwas erwidern, aber dann nickte er nur und hielt den Mund. Der Kobold meinte, dass sei ein Einverständnis, und legte sich auch schlafen.

Aber ich sah Lorenzo an, dass er das noch lange nicht so hinnehmen würde. Seine Kiefermuskeln mahlten. Das kannte ich. Es bedeutete, dass sein Gehirn die schlechten Nachrichten zerbiss.

Und wenn ihr mich heute fragt, warum *ich* mich nicht viel mehr aufgeregt habe in dieser Nacht, in der ich ermordet wurde, dann fallen mir nur zwei Gründe ein.

Einer war sicher, dass ich keine Zeit gehabt hatte, mich tot zu fühlen. Ich habe später gehört, dass Geister Monate und manchmal Jahre brauchen um nach ihrem Tod wieder zu erscheinen. Ich war ja nicht mal eine Sekunde weg gewesen. Die wilde Jagd ging einfach weiter.

Der andere und viel wichtigere Grund aber war, dass ich an Lorenzo glaubte. Wenn der den Entschluss gefällt hatte, dass er die Wirklichkeit nicht hinnehmen wollte, würde sie sich für ihn verbiegen müssen. *Er* würde es ganz bestimmt nicht tun. Ich glaubte fest daran, dass er diese Macht hatte. Die Macht, Dinge zu ändern.

Außerdem war am nächsten Tag das Spiel und darum mussten wir uns kümmern, auch wenn wir selbst nicht spielen konnten. Die Verdammten Rotznasen waren immer noch unser Team.

Die beiden Fantasmanier schnarchten. Ich setzte mich zu Lorenzo. Das heißt, ich schwebte im Schneidersitz mal wenige Zentimeter, dann wieder eine Handbreit über der Decke auf dem Steinboden. Wir versuchten einen Plan zu schmieden, aber uns fiel bis zum Morgengrauen nichts Vernünftiges ein. Irgendwann verstummte Lorenzo und sah mich verwundert an. Es war kurz vor Sonnenaufgang und merklich heller im Turm geworden.

»Ich glaube, du wirst blasser«, sagte er nachdenklich. »Du verschwindest doch nicht oder so was?«

Ich sah meine Hände an. Sie waren blass, als hätte jemand die Farbe aus mir rausgewaschen. Mein Gesicht, meine Haare und die alte, ausgebeulte Kleidung und so waren schon noch da, aber es sah aus, als hätte jemand ein Bild von mir an eine weiße Hauswand gemalt und es dann nicht sehr gründlich wieder weggewischt.

Ein erster Sonnenstrahl fiel durch eine leere Fensteröffnung im Osten.

Ich hielt eine Hand in den Lichtstreifen. Wo er mich traf, war meine Hand verschwunden! Als ich sie zurückzog, war sie wieder da.

»Hey, du bist im Tageslicht unsichtbar!«, stellte Lorenzo fest. »Das heißt, du kannst hier raus und den Jungs eine Nachricht bringen!«

»Ja, aber welche?«, fragte ich. »Was sollen wir ihnen sagen?«

»Lass mich noch mal nachdenken«, forderte Lorenzo. »Also, wir hatten überhaupt keine Ersatzspieler. Wir waren elf und jetzt fehlen zwei. Das macht, äh … genau neun!«

»Gut gerechnet«, erwiderte ich. »Aber leider falsch. Wir waren seit letztem Sommer bloß noch neun, seit Barne und Danael zu den Monsters sind. Ohne uns stehen also nur sieben Rotznasen auf dem Feld, außer du lässt die fünf Daumenlutscher mitspielen. Berrin ist der Älteste von denen. Ich glaube, er wird bald sechs. So schlecht spielt er gar nicht.«

»Hör auf, hör auf!«, rief Lorenzo. »Ich hab schon verstanden, dass wir überhaupt keine Chance haben. Wir müssen das Spiel irgendwie verschieben.«

»Das wird der Baron nicht zulassen«, meldete sich Schnick. »Es ist viel zu viel Geld im Spiel.« Der Kobold hatte die Augen noch geschlossen, aber wohl schon eine Weile zugehört.

»Aber er kann doch nicht elf durchtrainierte Spieler gegen sieben Rotznasen antreten lassen und hinterher das Geld aus den Wetten kassieren!«, rief ich.

»Ich bin sicher, er kann.« Schnick setzte sich auf. »Ich habe gehört, dass er Arachnua diktiert hat, diesen Satz in den Vertrag zu schreiben: ›Die Verdammten Rotznasen treten mit so vielen Spielern an, wie am Spieltag verfügbar sind.‹ Und euer heiliger Patrick hat in seiner Geldgier unterschrieben.«

»Aber die Buchmacher zahlen doch nicht bei so einer offensichtlichen Schiebung!«, wandte Lorenzo ein.

»Die Inhaber der Wettbüros haben sicher etwas Ähnliches unterschrieben«, erklärte Schnick. »Dafür hat Fresseisen doch die Sirene Arachnua gebraucht. Die sind gut darin, in anderen Leuten völliges Vertrauen zu ihnen zu erzeugen. Als süße, unschuldige Ariana hat sie den Leuten Verträge unter die Nase gehalten, die sie lieber nicht zu genau lesen sollten. Jeder hat alles geglaubt, wenn es von Ariana kam.«

Das hatten wir am eigenen Leib erfahren!

»Soweit ich weiß, hat Fresseisen es sogar auf die Plakate schreiben lassen, die überall in der Stadt hängen. Ganz klein natürlich.«

Darauf wussten wir nichts zu erwidern. Es stand also die schlimmste Niederlage bevor, die wir je kassiert hatten, seit Lorenzo unser Spielmacher war. Und sie war unabwendbar.

Plötzlich setzte sich Glubschnak ruckartig auf. »Unterwachmannsanwärter Glubschnak!«, brüllte er mit geschlossenen Augen. »Wenn der Herr Feldwebel sagt: ›Tor schließen!‹, dann meint er damit: zumachen! Nicht aufs eigene Tor schießen!«

Wir sahen verständnislos von Glubschnak zu Schnick und wieder zu dem Troll. Der knallte donnernd auf den Rücken, rollte sich zur Seite und schnarchte weiter.

»Glubschnak hat sich mal bei der königlichen Burgwache beworben.« Schnick zuckte mit den Schultern. »Ist aber in der Probezeit durchgefallen.«

»Aufs eigene Tor schießen ... Ich glaube, ich hab eine Idee, die funktionieren könnte!«, rief Lorenzo plötzlich. »Die Rotznasen müssen absichtlich verlieren.«

»Absichtlich?«, wiederholte ich. »Dazu werden sie gar keine Gelegenheit haben. Die Soccers werden sie überrennen!«

»Ja, und dann schießen die ein Tor«, bestätigte Lorenzo. »Aber danach haben die Rotznasen Anstoß und müssen sofort ein Eigentor schießen. Denn dann haben die Rotznasen *wieder* Anstoß und schießen sofort *wieder* ein Eigentor. Und so weiter und so weiter.«

»Aber dann bricht doch der Schiedsrichter ab«, wandte ich ein. »Und die Leute werden die Wettlokale stürmen. Das gibt einen Aufstand!« »Genau!« Lorenzo grinste.

Dann musste auch ich grinsen.

»Genial?«, fragte Lorenzo.

»Genial!«, bestätigte ich.

»Genial?«, echote Schnick. »Wieso?«

»Wir vermasseln von Fresseisen sein Spiel«, erklärte Lorenzo. »Wenn die Rotznasen nicht kämpfend untergehen, sondern ganz offensichtlich das Spiel verlieren wollen, wird das Spiel abgebrochen und die Wetten sind ungültig.«

»Absichtlich verlieren?«, stotterte der Kobold.

»Genau. Niemand schlägt die Verdammten Rotznasen!«, verkündete Lorenzo.

»Außer die Verdammten Rotznasen selbst!«, ergänzte ich.

»Also gut«, meinte Schnick. »Da ihr nichts anderes im Sinn habt als dieses Spiel ... Wir müssen sowieso bis zum Einbruch der Dunkelheit warten. Es ist genug Zeit für dich, William, eure Freunde zu warnen und wieder hierher zu kommen. Aber wir müssen dafür sorgen, dass du auch weißt, was du zu tun hast.«

»Wieso?«, fragte ich. »Ich schleich mich zum Waisenhaus, erzähl den Jungs, was los ist, und komme wieder her. Dabei bleibe ich möglichst im Sonnenlicht, weil ich da unsichtbar bin.«

»Na gut«, sagte der Kobold. »Dann geh mal zur Treppe.«

Ich probierte es, aber alles war ganz anders als in der Nacht. Da war ich ohne eigenen Willen hinter dem Troll hergesegelt.

Schon das Aufstehen war beinahe unmöglich. Ich wollte mich mit einer Hand auf dem Boden abstützen, aber ich konnte ihn gar nicht berühren. Stattdessen trudelte ich, noch halb im Schneidersitz, nach oben. Dabei schaffte ich es wenigstens, in eine aufrechte Position zu kommen. Mitten in der Luft versuchte ich zur Treppe zu gehen. Ich bewegte mich auch in die richtige Ecke, aber dabei stieg ich immer höher und wurde immer schneller. Vor der Turmmauer wollte ich abbremsen, aber ich rauschte einfach hindurch und landete im Freien. Als ich nach unten sah, konnte ich einen Schrei nicht unterdrücken. Ich schwebte neben dem Turm, und zwar auf der Nordseite. Unter meinen Füßen, die im Morgenlicht kaum zu sehen waren, ging es hunderte von Metern weit nach unten. Am Fuß der Steilklippe donnerte das Nordmeer gegen die Felsen. Viele der Möwen, die den Morgen mit ihrem Geschrei erfüllten, flogen ein ganzes Stück unter mir!

Wieder zog mich etwas magnetisch zu dem Kobold hin.

»*Das* meinte ich«, erklärte Schnick mit spitz hochgezogenen Augenbrauen. »Du hast keine Ahnung, wie man sich als Geist bewegt. Du willst alles so machen wie vor deinem … wie vorher. Du benutzt deine Beine zum Gehen. Nur gehst du nicht, du schwebst. Wenn du anfängst mit den Haxen zu rudern, segelst du wer-weiß-wohin.«

»Was soll ich denn dann machen?«

»Weißt du, Geist sein hat auch seine Vorteile. Denk einfach nur an einen bestimmten Ort. Dann fliegst du von selbst dorthin. Such dir mal irgendwas in der Nähe aus, zum Üben.«

»Alles klar.« Ich konzentrierte mich auf den Steinsockel, wo in früheren Tagen die Treppe weiter nach oben geführt hatte. Plötzlich schob mich dieselbe Kraft durch die Luft, die mich in der Nacht hinter dem flüchtenden Troll hergezogen hatte. Erstaunt schwebte ich durch den Turm. Leider hielt ich vor dem Sockel nicht an. Ich segelte durch den Stein und hielt erst in der Mitte an.

Wie schon einige Male zuvor zog mich etwas in Richtung Kobold.

»Du hast ›Steinsockel‹ gedacht, stimmt's?«, riet er.

»Mhm.«

»Na ja, da bist du ja auch gelandet. *Im* Sockel. Denk also besser an den Platz knapp davor.«

Ich versuchte es und diesmal haute es hin.

»Klasse, was?«, meinte Schnick.

Sobald ich mich aber nicht konzentrierte und meine Beine statt meines Geistes benutzte, ging's sofort steil aufwärts. Außerdem musste ich lernen, dass ich Gegenstände nicht als Ziel, sondern nur als eine Art Landmarke für einen Landeplatz ansehen durfte. Wenn ich dachte »Steinsockel«, stand ich mit den Beinen im Regenwasser, das sich dort gesammelt hatte. Das kribbelte. Wenn ich dann aus dem Sockel schwebte, waren zwar meine Beine nicht nass. Aber das Kribbeln war unangenehm. Ich musste also »Boden vor dem Steinsockel« denken und nicht einfach nur »Sockel« um nicht mittenrein zu rauschen. Schlimmer war es, wenn man plötzlich in einer Steinsäule steckte, weil man sich die als Ziel ausgesucht hatte statt der leeren Luft direkt daneben. Wenn ich mit dem Kopf *in* irgendetwas stecken blieb, war ich völlig verwirrt. Es kribbelte und ich fühlte mich jedes Mal ein bisschen wie das Material, in dem ich steckte. Außerdem verlor ich die Orientierung, weil ich nur noch Stein oder Holz sah. Dann musste ich den Kopf irgendwie wieder ins Freie kriegen und mir ein neues Ziel suchen.

Schnick übte mit mir im Burghof. Ich bewegte mich nur sehr langsam fort. Der Hof war übersät mit Ruinenteilen und Mauerbrocken. Ich musste mir meine Ziele immer sehr sorgfältig aussuchen um nicht in irgendetwas zu verschwinden, aus dem ich mich dann mühsam wieder befreien musste. Schnick meinte, ich sollte etwas von der Art übernehmen, wie Poltergeister sich fortbewegen. Sie schweben nicht wie Geister und Gespenster sichtbar dahin und dorthin, sondern versetzen sich mit einem Augenzwinkern von einem Ort zum anderen. Allzu weit können sie bei solchen Ortswechseln nicht springen. Sie tun sich auch bei weitem nicht so leicht wie Geister durch Materie zu gleiten. Deshalb müssen sie darauf achten, nicht in irgendetwas stecken zu bleiben, schon gar nicht mit dem Kopf, weil sie Sichtkontakt zum nächsten Ziel brauchen. Für Schnick als Halbkobold wäre es sowieso todesgefährlich gewesen. Wenn er als Poltergeist in eine Mauer sprang und sich mittendrin versehentlich in einen Kobold verwandelte, würde wahrscheinlich Blut aus der Wand spritzen und das war's dann mit Schnick, dem Kobold. Also musste er sich auf seinem Weg durch das Ruinenlabyrinth auf dem Burghof noch viel mehr konzentrieren als ich. Er war trotzdem verdammt schnell. In einer Sekunde war er am anderen Ende des Burghofs und in einer weiteren Sekunde wieder neben mir. Für dieselbe Strecke brauchte ich mehr als fünf Minuten und blieb mindestens dreimal irgendwo stecken.

»Pass auf, jetzt mach es mal so wie ich«, befahl er. »Ich denke nicht ›Boden vor dem Mauerbrocken‹. Und dann ›So, was nehmen wir als Nächstes? Ah, den Balken da drüben …‹, und so weiter. Ein Poltergeist denkt ›MauerbrockenBalkenFelsenNagelMauerbrockenZiegelsteinBalkenTorbogen!‹« Und wieder stand er am anderen Ende des Hofs.

Anfangs verstand ich nicht richtig, wie er das meinte. Wenn ich mir kurz vor jeder Landung ein neues Ziel suchte, änderte ich manchmal meine Flugrichtung völlig sinnlos, sauste plötzlich rückwärts oder blieb einfach mitten in der Luft hängen. Dabei hatte ich vor den Landungen viel mehr Zeit als er, weil ich schwebte und nicht ruckartig sprang. Erst als ich gelernt hatte nicht alles, was ich sah, auch zu denken, funktionierte es. Wenn mein Blick hektisch hierhin und dorthin zuckte und ich dachte: »Die Mauer! Nein, doch nicht, lieber den Balken, oder warte … da drüben, die Treppe …«, war ich längst unterwegs wie ein Ballon, dem furzend die Luft ausging.

Als ich das raushatte, wurde das Schweben zu einem verdammt schnellen Vergnügen. Jetzt durfte ich wieder einfacher denken. Nur »Säule«, nicht »Platz neben der Säule«. Es zog mich dorthin, aber ehe ich mittendrin steckte, dachte ich »Mauer«. Schon zog es mich in einer scharfen Kurve in eine andere Richtung. Ehe ich in die Mauer glitt, musste ich mir wieder ein neues Ziel suchen. Ich machte also keine Punktlandungen mehr, sondern änderte ständig meine Ziele. So musste ich sie nicht so gründlich aussuchen und wurde immer schneller.

Und das war's. Ich dachte an ein Ziel und suchte mir das nächste, während ich hinschwebte. Ich hatte fliegen gelernt!

ROTZNASENVERHÖR

Ich machte mich auf den Weg. Durch die Mauer und über den Friedhof zu schweben war kein Problem. Die Regenwolken waren verschwunden. Es herrschte hellster Sonnenschein. Während ich über die Gräber segelte, war ich völlig unsichtbar. Mein größtes Problem war, nach unten zu steuern und den Boden zu erreichen. Nach oben ging es immer wie von selbst.

Als ich die ersten Hütten erreichte, mühte ich mich eine Zeit lang ab immer auf der Sonnenseite der Gassen zu bleiben. Das war an manchen Stellen gar nicht so einfach.

Dann kam eine Passage, da war es einfach unmöglich. Ein lang gezogenes Gebäude auf der Ostseite tauchte die ganze Gasse in Schatten. Sollte ich es wagen, einfach durchzuhuschen? Nein, überall waren Leute unterwegs. Da kam ich nicht ungesehen durch.

Ich überlegte fieberhaft, wo der sonnigste Weg verlief, und verdrehte die Augen über meine eigene Blödheit, als es mir einfiel: Auf dem Friedhof hatte ich es doch schon gemacht. Ich war über den Gräbern im Sonnenlicht dahingesegelt. Aus alter Gewohnheit hatte ich versucht auf dem Boden zu bleiben.

Ich wünschte mich zum Dach der Lagerhalle, neben der ich stand (oder schwebte). Und plötzlich lag der sonnigste Weg durch die Vorstadt vor mir. Schatten warfen nur ein paar Kamine und Giebel.

Das machte richtig Spaß. Ich suchte mir immer weiter entfernte Ziele und merkte, dass ich immer schneller wurde. Bald hatte ich das Ende der Behausungen erreicht. Vor mir am Waldrand lag das Waisenhaus.

Ich überlegte, welchen Weg ins Haus ich nehmen musste, um ungesehen zum Schlafsaal zu kommen. Der heilige Patrick schlief nämlich in der Pförtnerloge am Eingang. Wer reinkam, musste sein Geld bei ihm abliefern. Und glaubt mir, er wusste verdammt gut, wer wie viel verdiente. Da half es nichts, sich Verstecke für das Geld zu suchen, ehe man das Haus betrat. Rechnen konnte er viel besser als Schreiben, vor allem mit Münzen.

Dann erinnerte ich mich wieder daran, dass ich ja ein Geist war. Ich war schon zweimal durch eine Turmmauer gesegelt. Da konnte doch wohl eine Schlafsaalwand kein Problem sein. Die kahle Bude, in der früher Grenzsoldaten geschlafen hatten, musste ich nicht sehen um sie mir als Ziel vorzustellen.

Es klappte einwandfrei. Im nächsten Moment stand ich zwischen den uralten, klapprigen Stockbetten. Die Jüngeren waren schon in der Küche, Griesbrei kochen. In den oberen Etagen der Betten schliefen um diese Tageszeit nur noch Ben, Elmo, Rigo, Akaim und Quassel. Aber es war niemand im Schlafsaal.

»Ihr sagt mir jetzt sofort, was ihr über den Aufenthalt Lorenzos wisst!«, bellte plötzlich eine Stimme, die mir bekannt vorkam. »Ihr deckt einen gesuchten Mörder! Er hat einen von euch auf dem Gewissen, denkt mal *daran*!«

Die Stimme kam aus dem Speisesaal. Ich schwebte zur Tür des Schlafraums. Mist, am anderen Ende des langen Gangs stand ein Hilfssheriff im Eingang. Er drehte mir zwar den Rücken zu und sprach mit jemand draußen, aber im Gang war es sehr dunkel. Da war ich ziemlich gut zu sehen und die Strecke bis zur Speisesaaltür war ganz schön weit.

Ich musste nachdenken. Wenn ich durch die Wand links von der Tür ging, landete ich in der Küche. Ich wusste aber nicht, ob da jemand drin war, der mich nicht sehen sollte. Ich legte mich vor der Wand auf den Boden. Das heißt, ich brachte mich knapp über dem Boden in eine waagerechte Position. Aus irgendeinem Grund war es mir unmöglich, den Boden zu berühren. Ich konnte die Hand reinstecken, aber dann drückte es mich hoch, bis sie wieder im Freien war.

Ich rollte mich herum und segelte durch die Mauer. Es war immer noch dunkel und kribbelte überall. Das kam daher, weil ich zwischen Tellern und Tassen im Geschirrschrank gelandet war. Das Geschirr und die Schrankfächer steckten in mir oder umgekehrt, was weiß ich. Ich wusste nur, dass es kribbelte. Ich schob mein Gesicht vor, bis es aus der Schranktür lugte. In der Küche war niemand.

Ich machte eine weitere Rolle seitwärts und schwebte waagerecht in der Küche. Langsam ließ ich mich zur Klappe für die Essensausgabe treiben. Im Speisesaal gab es gleich links von der Durchreiche ein großes Fenster, durch das Sonnenlicht hereinfiel.

Ich streckte meine Hand ins Licht. Ja, dort war ich unsichtbar. Ich konnte es wagen, den Kopf über die Theke zu heben.

Die Jungs drängten sich auf einer der Bänke zusammen. Sie sahen bleich und verängstigt aus. Um sie herum standen mehrere Männer der Stadtwache. Sie stützten sich auf die Stiele von Hellebarden. Und sie hatten auch Schwerter umgegurtet. Schwerter! Sie benahmen sich wirklich so, als ob Lorenzo ein gefährlicher Mörder sei.

Ich konnte nicht verstehen, warum wir ihnen so wichtig waren.

Zugegeben, sie hatten eine Leiche gefunden. *Meine* Leiche. Aber Tote gab es An der Straße öfter, ohne dass die Stadtwache sich dafür interessierte. Da musste es sich normalerweise schon um einen von den reichen Kaufmännern handeln, damit Sheriff Hatchett sich persönlich darum kümmerte. Aber da stand er, mitten in unserem Speisesaal, der für mich jetzt gar nicht mehr nach Kohl roch.

Wieso waren wir so wichtig?

»Er hat euren Freund ermordet!«, polterte der Sheriff. »Und ihr deckt ihn immer noch!«

»Das kann nicht sein!«, widersprach Quassel. »Lorenzo und William sind … waren die besten Freunde.«

»Außerdem wissen wir wirklich nicht, wo er ist«, ergänzte Elmo. »Aber wenn wir's wüssten, würden wir es nicht sagen. Er hat's nicht getan!«

»Das reicht!«, brüllte der Sheriff. »Ihr seid alle festgenommen! Ich nehm euch mit aufs Revier, da könnt ihr euch die Leiche von eurem Freund William anschauen! Vielleicht fällt euch dann ein, wo dieser Lorenzo steckt.«

»Aber mein lieber Sheriff Hatchett!«, säuselte eine Stimme von der Tür her. »*Ich* glaube den Jungen. Sie würden doch nicht am Tag ihres wichtigsten Spiels eine solche Dummheit begehen und einen Mörder decken.«

Ich schwebte ein Stück nach links. Von Fresseisen! Er war so dick, dass er gerade noch durch den geöffneten Türflügel passte, durch den vier von uns nebeneinander rennen konnten.

»Das Spiel wird doch nicht stattfinden, o-oder?«, hauchte jemand aus der anderen Ecke. Das war der heilige Patrick! Er war fast so blass wie ich, sodass ich ihn bis jetzt gar nicht bemerkt hatte. Er war richtig mit der Wand verschmolzen.

»Aber natürlich wird das Spiel stattfinden!«, trompetete von Fresseisen. »Wir können die Zuschauer doch nicht enttäuschen. Selbstverständlich werden wir mit Trauerflor auflaufen und vor dem Spiel eine Gedenkminute für den armen Jungen einlegen.«

»Aber wir haben überhaupt keine Leute mehr!«, wandte Patrick ein. »Unser Torwart ist … ist tot und unser Spielmacher ist verschwunden. Es sind nur noch sieben Spieler übrig. Wir können nicht spielen.«

»Aber sicher könnt ihr!«, widersprach von Fresseisen. »Wir müssen! Das sind wir der Siedlung An der Straße und der ganzen Stadt Arkanon schuldig. Außerdem«, setzte er mit einem Grinsen hinzu, »ist doch die Magie auf eurer Seite.«

Ich war drauf und dran, mitten in den Speisesaal zu platzen und zu erzählen, wie es wirklich gewesen war. Dann konnte der Sheriff nicht mehr so tun, als wäre Lorenzo der Mörder.

»Ähm, äh … nein!« Der heilige Patrick sprach, als säße ein Frosch in seiner Kehle. Er nahm jedoch seinen ganzen Mut zusammen. »Nein, wir weigern uns anzutreten!«

Von Fresseisens massiger Körper schob Tische und Bänke beiseite, als er sich zu Patrick in der Ecke durchwand. Einen Moment hatte ich den Eindruck, dass der Tisch von selber zur Seite lief, als hätte er zusätzliche Beine bekommen. Aber von Fresseisen versperrte mir die Sicht. Er packte den Heiligen an der Schulter und zerrte ihn mit erstaunlicher Kraft nach vorn. Patrick sah aus wie eine Lumpenpuppe, als von Fresseisen mit einem Arm um seine Schultern auf und ab ging und den Heiligen mitzerrte.

»Es ist so«, erklärte er scheinbar geduldig. »Wie ich zufällig weiß, hast du eine große Summe auf deine Rotzbeulen ...«

»Nasen!«, zischte Quassel. Aber von Fresseisen ließ sich diesmal nicht ärgern.

»... gesetzt. Ich glaube fast, das war alles, was du im Laufe der Jahre aus den armen Kindern herausgequetscht hast. Wenn ihr nicht antretet, haben die Monster Soccer Juniors gewonnen und dein Geld ist futsch.«

Patrick bekam große Augen und weiche Knie. Wenn von Fresseisens eiserner Griff ihn nicht aufrecht gehalten hätte, wären sie wahrscheinlich nach hinten durchgeknickt. Doch der Fettwanst war noch nicht fertig. »Darüber hinaus haben wir einen Vertrag, in dem steht, dass du, und nur du persönlich, mit deinem Privatvermögen für alle Ausfälle haftest, die mir beim Nichtantreten deiner Mannschaft entstehen.«

»Ja, natürlich, aber ...« Patrick wurde plötzlich steif wie ein Stock. Dann überschlug sich seine Stimme. »Privatvermögen?«

»Das dürfte schwierig werden, weil du ja durch den Wettverlust keines mehr hast«, fuhr von Fresseisen genüsslich fort. »Außerdem kann ich mir vorstellen, dass eine Menge Leute, die ebenfalls auf die kleinen Rotzerchen ...«

»Nasen!«

»... gesetzt haben, ihr Geld von *dir* wiederhaben wollen, weil ihr uns kampflos den Sieg überlassen habt.«

»Aber ... aber ... aber«, stotterte der Heilige auf der Suche nach einem Ausweg. »Wir haben keine vollzählige Mannschaft.

Ihr solltet auch nur mit sieben Leuten antreten. Das wäre nur fair!«

Von Fresseisen blieb stehen und ließ Patrick los. Der eierte noch ein paar Schritte, ehe ihm klar wurde, dass er gar nicht mehr herumgeschoben wurde. Er hielt direkt vor dem Plakat an, auf dem das Spiel angekündigt wurde. Wir hatten es im Speisesaal neben die Tür gehängt.

»Du stehst gerade so günstig«, schnurrte von Fresseisen. »Lies mir doch mal vor, was auf dem Plakat steht.«

»Lesen?«, fragte der heilige Patrick entgeistert. »Ich ... ich hab's an den ... äh, Augen ...«

Von Fresseisen watschelte entnervt zu ihm hin. »Also: Monster Soccer Juniors.« Er rahmte mit den Händen den Teamnamen unseres Gegners ein. Dann fuhr er mit dem Finger eine winzige Zeile darunter nach. »In Klammern: Zehn Feldspieler und ein Torwart sowie fünf Ersatzspieler.« Er machte wieder den Rahmen. »Verdammte Rotznasen.« Er grinste Quassel an. »Ein schöner Name.« Und fuhr die winzige Zeile darunter entlang. »Acht Feldspieler, ein Torwart. Zusatz: Die Verdammten Rotznasen treten mit der Spielerzahl an, die am Spieltag verfügbar ist.«

Von Fresseisen klopfte Patrick auf die hängende Schulter. »Und genauso, mein Guter, steht's auch in unserem Vertrag.«

»Aber den hab ich nie gelesen!«, schrie Patrick verzweifelt. »Ichichich kann ... gar nicht richtig lesen. Und deine Schreiberin hat lauter ganz winzige Zeilen gemacht. Du hast gesagt, das wäre das Übliche, das sei schon in Ordnung. Du hast mich reingelegt!«

»Reingelegt?« Von Fresseisens Schweinsäuglein wurden noch kleiner, als die Fettmassen in seinem Gesicht sie sowieso schon machten. »Dein Wunderstürmer hat ein magisches Gewitter entfesselt um meinen Sohn zu besiegen. Dann ist er durchgedreht und hat seinen Kumpel erschossen. Jetzt seid ihr noch zu siebt. Du hast unterschrieben, dass ihr auch mit so wenigen Spielern antreten werdet. Ihr habt euch selber reingelegt!«

Er wandte sich an den Sheriff, der genau wie seine Wachen diese Auseinandersetzung wortlos verfolgt hatte.

»Hör mal zu, Hatchett, diese Jungs sind schon in so großen Schwierigkeiten. Wenn die was über diesen irren Mörder wüssten, hättest du sie heute Morgen nicht aus den Betten zerren können. Die wären längst über alle Berge, genau wie dieser Lorenzo. Lassen wir sie in Ruhe, damit sie sich auf das Spiel vorbereiten können.«

Sheriff Hatchett nickte nur und machte seinen Helfern ein Zeichen abzurücken. Natürlich. Von Fresseisen brauchte eine Restmannschaft, die antreten musste, damit er das große Geld abräumen konnte. Im Gefängnis nützten ihm die letzten Rotznasen nichts.

Da fasste ich einen Entschluss. Bei Sonnenuntergang, wenn das Spiel angepfiffen wurde, würde ich nicht auf dem Weg nach Fantasmanien sein, sondern an einem Ort, an dem ich diese Fettsau fertig machen konnte!

Als Letzter watschelte Frasbert von Fresseisen aus dem Raum. »Wir sehen uns bei Sonnenuntergang!«, warf er dem heiligen Patrick noch hin, ehe sein fettes Hinterteil um die Ecke wabbelte.

Der Heilige stürzte den ungebetenen Besuchern hinterher.

»Warte! Frasbert! Frasi!«, heulte er. »Das kannst du mir doch nicht antun! Wir sind doch Freundäää!«

Das war meine Chance. Ich schwang mich durch die Klappe der Essensausgabe. Zu sehen war ich nicht, weil an dieser Stelle das volle Sonnenlicht in den Raum schien.

»Erschreckt jetzt nicht und schreit bloß nicht!«, forderte ich die übrig gebliebenen Rotznasen auf.

Sie erschraken natürlich höllisch. Das war ja gar nicht zu verhindern. Aber keiner von ihnen schrie.

»Ich bin's, William«, sagte ich ganz ruhig. »Ich gehe jetzt in die dunkle Ecke, in der vorhin der Heilige stand. Dann könnt ihr mich sehen.«

In der Ecke drehte ich mich um und sah kurz auf meine Hände. Ja, da war ich wieder. Ziemlich blass, aber eindeutig da. Die Rotznasen saßen auf der Bank wie angefroren.

»Williams Geist!«, flüsterte Quassel. Natürlich war er es, der als Erster seine Sprache wiederfand.

»Richtig«, bestätigte ich. »Also, als Erstes: Lorenzo hat mich natürlich nicht umgebracht. Aber ich *bin* tot, wie ihr sehen könnt. Lorenzo ist schwer verletzt, ausgerechnet am Knie. Wir haben uns einen Plan ausgedacht für das Spiel heute Abend.«

»Was ist passiert, William?«, fragte Elmo ruhig.

Ich erzählte es ihnen so kurz und knapp wie möglich. Wo wir uns versteckten, verriet ich den Rotznasen nicht. Was sie nicht wussten, konnte man nicht aus ihnen herausprügeln.

»Jetzt zu heute Abend«, endete ich. »Wir hätten gerne mit euch Kriegsrat gehalten, aber ich kann euch im Augenblick nur erklären, was Lorenzo und ich uns für das Spiel ausgedacht haben. Der heilige Mistkerl darf mich auf keinen Fall sehen. Und ihr könnt sagen, ob ihr einverstanden seid oder nicht. Lorenzo und ich wollten während des Spiels nach Fantasmanien abhauen. Aber den Plan habe ich vorhin, während des Auftritts vom fetten Fresseisen, geändert. Zumindest für mich. Ich muss zurück in unser Versteck und es Lorenzo erzählen.«

Ich sagte den Jungs, was wir uns ausgedacht hatten. Und dann erklärte ich ihnen, was *ich* vorhatte. Sie hörten schweigend zu und schworen mir, dass sie mitmachen würden.

Als der heilige Patrick schluchzend hereinschlurfte, verschwand ich im Lichtbalken vor dem großen Fenster.

»Mistkerle, Mistkerle, Mistkerle!«, flennte er. »Jeder denkt nur an sich. Es gibt kein Mitgefühl unter den Menschen …«

Sein Blick fiel auf das Häuflein Rotznasen.

»Und ihr seid genau solche Mistkerle!«, fauchte er. »Dieser Lorenzo war mir schon immer verdächtig! Behauptete, er hätte keine Magie. Und dann dreht er durch und sticht William ab, den lieben Jungen! Ihr werdet heute Abend alles geben, was ihr könnt, und noch viel mehr. Ist mir egal, ob ihr auf dem Platz sterbt! Besser das, als wenn ihr verliert! Denn wenn das passiert, bring *ich* euch nach dem Spiel ALLE um!«

Lieber Junge? Selbst ohne Körper spürte ich noch die blauen Striemen auf dem Rücken von seinem Eichenprügel. Aber auch der Heilige würde heute sein Fett abkriegen.

Ich verschwand durchs Fenster in das helle Sonnenlicht, wo ich völlig unsichtbar war.

Dann machte ich mich wieder auf den Weg über die Dächer um mit Lorenzo zu reden. Alles ging glatt (und verdammt schnell) bis zum Friedhof.

Auf dem Hinweg hatte ich die steinernen Grabmale von oben gesehen und war einfach darüber weggesegelt. Jetzt schaute ich direkt in eines der Gräber und fühlte eine Eiseskälte. Die Gräber riefen mich. Mir war plötzlich glasklar, dass mein Platz in so einem Grab war, nicht hier draußen im Sonnenlicht. Ich sah die Wände der Grabkammer mit den Nischen vor mir und die Reste der Skelette, die langsam zu Staub wurden. Ich war mir sicher, dass der Schädel sich wieder gedreht hatte und mit seinen leeren Augenhöhlen direkt zu mir herstarrte. Zu dem Ort, an dem ich in eisiger Todeskälte festgefroren war.

In mir war keine Kraft und keine Energie mehr. Ich wusste, dass mein Weg nicht in die Burg führte, sondern in eines der Gräber. Erst bei ihrem Anblick wurde mir klar, was wirklich in der Nacht passiert war. Ich war tot. Das Leben war zu Ende. Wenn ich die Tür ins Licht nicht mehr finden konnte, würde mir nur die Dunkelheit der Grabkammer bleiben.

AASDISTELN

»Du bist sehr schnell als Geist«, sagte plötzlich hinter mir eine Mädchenstimme, die mir irgendwie bekannt vorkam. Ich fuhr herum. Das wilde Mädchen aus dem Wald, das unseren Ball mit dem Speer festgehalten hatte, duckte sich in die Büsche. Nica hatte die ältere Hexe sie genannt. Sie trug immer noch ihre Blut- und Lehmbemalung, aber die vielen Waffen hatte sie diesmal nicht dabei.

»Ich hatte Mühe, dir hinterherzukommen«, erklärte sie, ziemlich außer Atem.

»Du bist mir gefolgt?«

»Ja. Ich war in eurem hässlichen Haus, als du deinen Freunden den Plan erklärt hast. Ein guter Plan. Vielleicht können wir euch helfen.«

»Was? Wieso warst du …?«, begann ich. Dann fiel mir etwas anderes ein. Ich hielt meine Hand vors Gesicht und sah sie nicht. »Wieso kannst du mich sehen? Ich seh mich ja nicht mal selbst!«

»Das würdest du aber, wenn du ein bisschen … toter wärst.«

»Was soll das denn heißen?«

»Ach, das ist gar nicht so leicht zu erklären«, winkte das Mädchen ab. »Lass uns einen Bogen um den Friedhof machen.

Wenn du erlaubst, komme ich mit dir in die Burg. Das Tor ist ja jetzt frei. Ich kann hochklettern.«

Plötzlich war es ganz einfach. Ich sah nicht mehr zu den Gräbern hin. Wir machten einen Umweg durch das Knochenloch. Als wir die letzten Häuser hinter uns gelassen hatten, schwebte ich geradeaus zur Burg hinauf. Das Wolfsmädchen stieg im Schutz der Bäume hinunter in die kleine Schlucht, die als Burggraben gedient hatte. Ich wartete, bis sie wieder in Sicht kam. Das dauerte gar nicht lange. Nica kletterte zielstrebig zum Tor hoch und schwang sich über die Reste der Ziegelmauer, durch die der Troll gesprungen war. Ich schwebte über den Graben zu ihr hin.

»Also, jetzt noch mal von vorn!«, sagte ich, als wir uns die Turmtreppe hinaufbewegten. »Du warst im Waisenhaus, als ich den Jungs den Plan erklärte. Aber wo?«

»Unter der Holzplatte auf Stelzen.«

Ich musste einen Moment überlegen, was sie meinte.

»Ach, unterm Tisch? Also doch. Ich dachte mir schon, dass sich da was bewegt.«

»Du weißt nicht mal, was ein Tisch ist?«, kam Lorenzos Stimme vom obersten Treppenabsatz. Er stand wackelig da oben, kreidebleich im Gesicht, und hielt sich mit beiden Händen an der Wand fest. Es war ganz deutlich sichtbar, dass er starke Schmerzen hatte. Loslassen konnte er die Wand nicht, sonst wäre er hingefallen.

Nica blieb auf der Treppe stehen. Ich konnte nicht so abrupt bremsen und schwebte noch ein Stückchen höher. Warum ging höher so leicht?

»Natürlich weiß ich, was ein Tisch ist!«, behauptete die junge Hexe namens Nica.

»Wieso warst du im Waisenhaus?«, fragte ich, ehe die beiden in Streit geraten konnten.

»Wir bewachen die Grenze. Ich war im Wald bei eurer Fußball-Lichtung. Als ich sah, dass Bewaffnete zu eurem Haus unterwegs waren, habe ich mich reingeschlichen um zu hören, was sie zu sagen haben.«

»Ihr bewacht die Grenze? Warum?«

»Gestern Nacht hätten wir die Gestaltwandlerin fast geschnappt. Wir waren hier und sahen, dass das Tor aufgebrochen war. Aber es war niemand mehr da. Wir folgten der Spur hinunter in die Arme-Leute-Stadt, in deren Gassen man sich so schwer zurechtfindet. Doch wir verloren Arachnuas Spur. Sie muss sich in etwas Neues verwandelt haben, von dem wir noch nichts wussten. So ist sie uns noch einmal entkommen. Aber der Wald wird sie nicht nach Fantasmanien fliehen lassen.«

Sie wandte sich an Lorenzo. »Bist du von der Gestaltwandlerin gekratzt worden?«

Lorenzo hob das Kinn und deutete auf den Kratzer. Die Hexe nickte. »Als ich hörte, dass du zum Mörder geworden sein sollst, habe ich mir schon gedacht, dass es deine Gestalt ist, die sie angenommen hat.«

»Wieso denn?«, fragte Lorenzo ärgerlich. »Könnte doch sein, dass ich ein Mörder bin …«

»O nein!«, widersprach Nica. »Das könntest du nicht. Das hab ich gesehen, als du mich … als wir am Waldrand …«

In dem Moment setzte sich hinter Lorenzo der Troll auf und rief: »Mit rechts wird gegrüßt! Rechts ist da, wo der Daumen links ist! Erst die Keule in die linke Hand nehmen, sonst macht's beim Grüßen ›Peng!‹, und der Helm fliegt davon.«

Die Hexe ließ sich auf ein Knie fallen und zauberte von irgendwoher ein armlanges Blasrohr, das sie blitzschnell in Anschlag brachte.

Schnick tauchte mit erhobenen Armen am Rand der Treppe auf.

»Alles in Ordnung!«, rief er hektisch. »Kein Grund zur Aufregung! Wir sind friedlich!«

Nica senkte das Blasrohr ein paar Zentimeter.

»Wirklich, Glubschnak stellt keine Gefahr dar«, versicherte der Kobold. »Er hat nur Alpträume von seiner Probezeit als Wachmann.«

Nica drehte sich zu Lorenzo und mir um. »Ihr kennt die beiden?«, fragte sie misstrauisch. »Den Troll und den ... halb Kobold, halb Poltergeist? Interessant.«

»Ja, wir kennen sie«, bestätigte Lorenzo. »Zuerst waren sie ... na ja, nicht gerade auf unserer Seite. Aber dann haben sie uns geholfen.«

Er ließ sich zu Boden sinken. »Wie hast du das gemacht?«, fragte er zwischen zusammengebissenen Zähnen. »Wie konntest du wissen, dass er ein Halbblut ist?«

»Genau!«, fügte ich an. »Und wie konntest du mich im Sonnenlicht sehen?«

»Und wie konntest du sehen, dass ich kein Mörder sein kann, als wir ... am Waldrand ...«

Keiner von den beiden wollte die Worte »gekämpft haben« in den Mund nehmen. Aber das hatten sie, auch wenn sie es beide nicht zugeben wollten. Wahrscheinlich, weil keiner von ihnen gewonnen hatte.

»Ihr seht nicht in die anderen Ebenen«, erklärte das Mädchen, als wüsste jeder sofort, was das sein sollte. »Ihr seid so, hm…, einfältig ist nicht das richtige Wort. Eher einschichtig. Aber das ist ganz normal. Ihr seid schließlich Jungs.«

»Alles klar«, meinte Lorenzo. »Und Mädchen sind natürlich viiieeel schlauer.«

»Das habe ich nicht gesagt«, verteidigte sich die Hexe. Sie war die restlichen Stufen hinaufgestiegen und deutete auf Lorenzos Knie. »Soll ich mir das mal ansehen?«

»Wofür soll das gut sein?«, maulte der eingeschnappt. »Willst du dir ein verbeultes Knie auf mehreren Ebenen ansehen?«

»Lass sie machen!«, warf Schnick ein. »Die Nebelhexen sind gute Heilerinnen.«

Nica kniete sich neben Lorenzo und erweiterte den Riss in seinem Hosenbein.

Das Knie sah fürchterlich aus. Es war doppelt so dick wie das andere und blauschwarz angelaufen.

»Da ist noch was anderes«, stellte Nica fest.

»Vielleicht ein zweites Knie?«, fragte Lorenzo. »Auf einer anderen Ebene? Vielleicht kannst du's hierher hexen? In die einzige Ebene, die blöde Jungs wie wir sehen können…«

»Da ist noch was außer der Verletzung«, erklärte die Hexe ernst. Sie tat so, als hätte sie seine Sticheleien nicht gehört. »Da ist ein Gift im Spiel. Wie ist das passiert?«

»Das … das war ich.«

Glubschnak war jetzt wach. Er deutete mit einem Finger, so groß wie ein Rollbraten, auf die Keule, die an der Wand lehnte. »Damit.«

Nica ging hinüber und hockte sich vor die Keule. Sie starrte eine Weile auf den Wurzelknoten mit den Dornen. Dann zog sie ein kleines Messer aus dem Stiefel und schälte vorsichtig einen Streifen von einem der Dornen ab.

»Von welcher Pflanze sind die?«, wollte sie wissen. »Von der Jahresblume?«

Der Troll kratzte sich hinter einem fledermausflügeligen Ohr. »Äh, kann schon sein«, brummte er. »Wir nennen sie ›Wiedersehen‹-Blume. Wenn ich damit jemand schlage und der fliegt durch die Luft, kann man nach einem Jahr dasselbe noch mal sehen. Der fliegt wieder durch die Luft, obwohl ich ihn gar nicht gehauen habe. Sehr lustig.«

»Das *ist* die Jahresblume«, stellte Nica fest, die gar nicht darauf einging, was für merkwürdige Sachen Trolle lustig fanden. »Sehr gefährlich. Ich kann die Schmerzen lindern, aber heilen kann man so was nur mit einem echten Zauber.«

Die Hexe zog ein dorniges Kraut aus einem Lederbeutel, den sie unter ihrem Wolfsfellumhang trug. Sie sah sich suchend um. Dann wandte sie sich kurz entschlossen an den Troll.

»Hier, zerkau das mal, bis es nur noch Brei ist«, ordnete sie an. »Aber nicht runterschlucken!«

Gehorsam steckte Glubschnak sich das Gestrüpp in sein großes Maul und begann zu kauen. Nica nahm ihr Messer und schnitt ein Stück von der alten Decke ab, auf die der Troll Lorenzo gelegt hatte.

»Fertig?«, fragte die Hexe nach einer Weile. Als der Troll nickte, hielt sie ihm den Streifen Decke in ihren gewölbten Händen wie eine Schüssel hin.

»Spucken!«, befahl sie.

Glubschnak spuckte den grünen Brei in das Tuch. Nica kniete sich wieder neben Lorenzo und begann sein Knie mit der grünen Pampe einzureiben.

»Buääh, das stinkt wie tausend tote Katzen!«, beschwerte sich Lorenzo.

»Hilft aber gegen die Schmerzen«, belehrte ihn die Hexe. Mit dem Kinn deutete sie auf die Decke. »Reißt mir noch ein paar Streifen davon ab.«

»Glubschnak, mach du das!«, forderte der Kobold.

Aber der Troll kniete vor dem mit Wasser gefüllten Treppensockel. Er hatte die vertrockneten Wurzeln der Ranke abgerissen, die vom nächsthöheren Stockwerk aus dem Fenster herunterhing. Den stacheligen Klumpen tauchte er immer wieder ins Wasser und schrubbte dann seine Zähne und die Zunge damit ab. »Kang nich«, stammelte er. »Much Kähne kukchen.«

»Das Zeug hat's wirklich in sich«, bemerkte Schnick grinsend. »Die Zähne hat er sich noch nie geputzt. Was ist das für ein Höllenkraut?«

Aber Nica antwortete nicht. Der Kobold packte die Decke und nagte mit seinen nadelspitzen Zähnen ein Loch hinein. Dann fuhr er mit den Fingernägeln in das Loch und erweiterte es, bis er einen Streifen abreißen konnte. Auf diese Weise produzierte er drei Bandagen, die er Nica reichte. Die wickelte das Tuch fest um Lorenzos Knie und bandagierte es mit den Streifen. Dann sprang sie auf, taumelte ein paar Schritte zurück und holte tief Luft. Erst jetzt begriff ich, dass sie die ganze Zeit die Luft angehalten hatte.

»Aasdisteln«, keuchte sie. Dann stürzte sie zur Tränke und schrubbte sich die Hände.

Und Lorenzo … der lag auf dem Rücken und schnappte nach Luft.

Vielleicht war es ausnahmsweise gar nicht so übel, ein Geist zu sein. Der Troll stank nicht mehr nach nassem Hund mit verfaulten Zwiebeln und den Gestank der Aasdisteln hatte ich überhaupt nicht mitbekommen.

Als so gut wie kein Wasser mehr in dem Steintrog war, legte sich der Troll erschöpft wieder schlafen. Er schnaufte bald ruhig und regelmäßig, aber von Zeit zu Zeit streckte er seine große lila Zunge heraus und schabte mit seinen Klauen darüber. Schnick gesellte sich zu ihm und schlief auch bald.

Erst nach einiger Zeit richtete Lorenzo sich auf die Ellbogen auf. »Mir ist kotzübel!«, stöhnte er. »Aber das Knie tut nicht mehr ganz so weh.«

Er sah die Hexe lange mit zusammengekniffenen Augen an, ehe er ein »Danke!« herauspresste. Das Mädchen brauchte fast genauso lange um zu antworten.

»Gern geschehen!«

Dann wandte sie sich an mich.

»Erzähl ihm, was du vorhast«, forderte sie. »Ich habe auch noch eine Idee, von der ich euch erzählen möchte.«

Als ich Lorenzo meinen Plan erklärt hatte, nickte er. Er versuchte genauso wenig mich davon abzuhalten, wie ich es bei seiner verrückten Wette versucht hatte. Im Gegenteil.

»Na gut«, sagte er. »Aber du gehst nicht allein.«

»Wie willst du das machen?«, wandte ich ein. »Du kannst auf dem Knie ja nicht mal stehen!«

»O doch! Dieses stinkende Zeug wirkt Wunder. Ich habe überhaupt keine Schmerzen mehr. Schau her!«

Lorenzo stand auf. Aber im nächsten Moment verzog er das Gesicht. Er schwankte. Aus einem Reflex heraus schossen meine Hände vor um ihn zu stützen. Doch sie glitten widerstandslos durch seine Arme hindurch. Ich spürte nur ein leichtes Kribbeln, aber Lorenzo schauderte und zuckte zurück. Er taumelte gegen die Wand und fiel der Länge nach hin.

Nica schaute auf ihn hinunter. »Das hättest du nicht tun sollen«, erklärte sie ruhig, als ob Lorenzo das inzwischen nicht selbst wüsste. »Der Brei aus Aasdisteln dämpft die Schmerzen, aber nur von außen kann keine Pflanze eine solche Verletzung heilen.«

»Das hab ich gemerkt«, antwortete Lorenzo. »Das grüne Zeug hat das Knie ziemlich taub gemacht, aber ich kann auf dem Bein nicht stehen.«

Ich nickte. Aber ich wollte etwas anderes wissen.

»War's schlimm, als ich dich berührt hab?«

Er schüttelte zu schnell den Kopf.

»Nein, nein. Nur … unerwartet«, log er.

»Lorenzo, sag mir die Wahrheit!«, verlangte ich.

Er schwieg, eine unangenehm lange Zeit.

»Es war furchtbar«, gestand er dann. »Mir war eiskalt, als hätte ich Schüttelfrost. Und … und …«

»Und was?«

»Ich … ich habe in ein offenes Grab geblickt. Aber es war viel … tiefer als jedes normale Grab. Endlos tief. Und es zerrte an mir. Ich hatte ganz kurz das Gefühl, ich würde da reinstürzen. Es war viel schlimmer, als gestern Nacht in das Grab mit dem Geheimgang zu schauen.«

Als er das sagte, wurde ich traurig. Ich erinnerte mich, was ich auf dem Friedhof gefühlt hatte, ehe Nica auftauchte. Wo ich eigentlich sein sollte. In einem dunklen, kalten Grab.

Ich zuckte zusammen, als ich etwas spürte, das mehr war als dieses leichte Kribbeln – fast eine Berührung. Ich fuhr herum und sah gerade noch, wie die junge Hexe ihre Hand zurückzog.

»Ich verstehe nicht ganz, wovon ihr zwei redet«, meinte sie. »William ist nicht mehr am Leben, das stimmt. Aber der Tod und das Grab sind weit entfernt. Er befindet sich in einer nahen Zwischenwelt.«

»Wie nah? Kann man ihn da wieder raus … ich meine *zurückholen?*«, fragte Lorenzo sofort.

Sie sah ihn an, als hätte er vorgeschlagen, sie solle den Troll küssen.

»Es gab einmal Magier, die so etwas bewerkstelligen konnten«, sagte sie schließlich. »Aber genau diese Art von Magie hat sie vernichtet. Wir Nebelhexen würden nicht einmal im Traum daran denken, etwas so Schreckliches zu versuchen.«

Das war eine typische Mädchenantwort… Sie hatte jetzt bestimmt nicht gesagt, dass es ging. Sie hatte aber auch nicht wirklich gesagt, dass es *nicht* ging.

Lorenzo hatte ein Grab gesehen, das Mädchen nicht. Es gab da ein paar Mistkerle, von denen ich hoffte, dass es ihnen bei einer Berührung von mir so wie Lorenzo gehen würde. Denen würde ich heute noch das Vergnügen bereiten, einen langen, eiskalten Blick in das Grab zu werfen, das Lorenzo beschrieben hatte. Wobei das Vergnügen ganz auf meiner Seite sein würde.

»Du hast was von einer Idee erzählt…«, begann Lorenzo.

»Ja. Unsere Anführerin ist sicher, dass die Gestaltwandlerin heute Abend in dem großen Haus ohne Dach sein wird«, sagte Nica. »Wir werden auch dort sein. Wir werden sie zwingen, ihre wahre Gestalt anzunehmen.«

»Das ist gut!«, rief Lorenzo.

»Das ist gar nicht gut!«, widersprach ich. »Dieses schwarze Riesenvieh mit den Reißzähnen und den scharfen Klauen…«

»Keine Angst, wir können sie kontrollieren«, meinte die Hexe selbstsicher. »Aber ich möchte mehr tun, als sie den Leuten einfach in ihrer wahren Gestalt zu zeigen. Es werden ganz viele Leute dort sein, stimmt's?«

Als wir nickten, fuhr sie an Lorenzo gewandt fort: »Wir müssen sie zwingen *deine* Gestalt anzunehmen. Die Leute müssen euch beide gleichzeitig sehen. Dann werden sie wissen, dass du William nicht ermordet hast.«

»Soll mir recht sein!«, sagte Lorenzo grimmig. »Noch schöner wär's, wenn ihr sie auch noch zwingen könntet, mit meiner Gestalt das kaputte Knie zu übernehmen. Na ja … wir müssen den Spitzi und den Troll einweihen«, meinte er dann.

Schnick tauchte urplötzlich neben ihm auf. »Selber Spitzi, sieh dich mal an. In was müsst ihr uns einweihen?«

Da hatte er gar nicht so Unrecht. Es war zwar ein himmelweiter Unterschied zwischen Schnick und Lorenzo. Aber wenn einer von uns etwas Koboldhaftes an sich hatte, war es Lorenzo. Seine Ohren, Nase, Augenbrauen und das Kinn gingen in die Richtung. Vielleicht hatte er irgendeinen Kobold als Ururgroßvater in seinem Stammbaum.

»Wir können nicht mit nach Fantasmanien gehen«, sagte Lorenzo unumwunden.

Der Kobold stutzte. »Nicht mitgehen? Ich würde eher sagen, ihr könnt nicht hier bleiben. Außerdem können wir hier nichts mehr für dein Knie tun.«

»Das habe ich nicht gemeint«, erklärte Lorenzo. »Wir wollen ja mit nach Fantasmanien. Aber nicht bei Sonnenuntergang. Wir haben noch eine Rechnung zu begleichen. Danach kommen wir gerne mit.«

Ich nickte bestätigend.

Schnick sah wortlos mehrmals von einem zum anderen. Dann nickte auch er.

»Ihr zwei Irren wollt ins Stadion«, stellte er fest. Und dann sagte er genau das Gleiche wie Lorenzo.

»Na gut. Aber ihr geht nicht allein. Glubschnak und ich kommen mit.«

Mir fiel ein Stein vom Herzen. Um mich hatte ich mir keine Sorgen gemacht. Mich konnte keiner festhalten. Aber ich hatte nicht gewusst, wie ich Lorenzo hin- und vor allem aus dem Stadion wieder rausbringen sollte.

Wir erzählten dem Kobold, was wir vorhatten. Er grinste.

»Da hab ich was für dich!«, feixte er. »Das Einzige, was mir mein Vater, dieser Rumtreiber, hinterlassen hat. Der war noch ein Poltergeist vom alten Schlag. Konnte jedes Haus und jede Hütte innerhalb einer Woche räumen. Wo der gepoltert hat, hat's keiner länger ausgehalten.«

Er zog an einer Lederschnur, die er um den Hals trug, etwas aus seinem Kittel. Der Gegenstand war etwa so groß wie ein Kieselstein, sah aber ein bisschen aus wie das Haus einer Schnecke.

»Das ist eine Sprechmuschel vom Mare Zentauri«, erklärte Schnick. »Wir können sie jetzt nicht ausprobieren, aber die wird deinen Auftritt unvergesslich machen.«

Ich wollte schon danach greifen, als mir einfiel, dass das nicht ging.

»Schade«, sagte ich. »Lorenzo kann sie benutzen, aber ich nicht. Ich kann ja nichts greifen.«

»Stimmt ja«, pflichtete der Kobold mir bei. »Das werden wir ändern, aber das schaffen wir nicht an einem Nachmittag. Ich komme mit und halte sie für dich.«

»Aber dann sehen dich die Leute«, wandte Lorenzo ein. »Wir wollen ja, dass alles ganz überraschend passiert.«

Plötzlich war Schnick verschwunden. Die Muschel mit der daran hängenden Lederschnur schwebte aber noch in der Luft.

»Mich sieht man nur, wenn ich es will!«, verkündete Schnicks Stimme. »Ich bin zur Hälfte Poltergeist, schon vergessen?« Und Plopp!, war er wieder da.

Nica verschwand um ihren Hexenschwestern zu erzählen, was passiert war und was wir vorhatten. Sie musste ihnen auch dringend berichten, welche neue Gestalt das Biest Arachnua annehmen konnte.

Es würden also ein gesuchter Mörder, der Geist des Ermordeten, eine Bande bis an die Zähne bewaffneter Nebelhexen, ein Poltergeist und ein Troll im Stadion auftauchen. Vor zwanzigtausend Zuschauern. Das konnte heute Abend wirklich interessant werden.

Schnick machte sich nicht die Mühe, Glubschnak den Plan zu erklären. Er sagte ihm nur, dass wir ins Stadion gehen würden und dass er heute seine Keule benutzen durfte.

Der Troll grinste. Seine unteren Eckzähne sahen wirklich aus wie die Hauer eines Wildschweins.

Der Kobold kratzte mit einem spitzen Fingernagel das Oval des Stadions in den Staub auf dem Boden. Dann zeichnete er ein Rechteck an einer der Längsseiten ein.

»Das ist die Haupttribüne im Süden«, erklärte er. »Darunter befinden sich unter anderem die Wachräume. Dort und auf der Haupttribüne rund um von Fresseisen werden sich die meisten Ordner aufhalten.«

Er machte ein Kreuz gegenüber, in der Mitte der nördlichen Tribüne.

»Hier sollte Lorenzo ganz oben auf der Stadionwand auftauchen. So haben die Ordner den weitesten Weg. Sie müssen über den Rasen zur Nordtribüne laufen und die hochklettern. Dadurch müsstet ihr genug Zeit gewinnen, um zu sagen, was ihr loswerden wollt. Aber es ist und bleibt gefährlich, weil Lorenzo nicht weglaufen kann.«

GEISTERSTUNDE IM STADION

Nach einem Nachmittag, der nur sehr zäh verging, meinte Schnick mit einem Blick zur Sonne endlich, dass es Zeit sei, aufzubrechen.

Das war auch gut so. Glubschnak hatte beinahe den Turm zum Einsturz gebracht, als er bei einem Übungsschlag seine Keule gegen einen Stützbalken donnerte. Seinen Rucksack hatte er schon fertig gepackt auf dem Rücken.

Lorenzo nahm die Binden ab und wusch sich vorsichtig den grünen Brei vom Bein.

»Sonst riechen sie fünf Meilen gegen den Wind, wo ich bin«, sagte er angeekelt.

Unsere größte Sorge war, dass der riesige Troll sich bei Tageslicht nicht verborgen halten konnte, aber die war unbegründet. Außer uns war niemand mehr in den Gassen An der Straße unterwegs.

Der Lärm einer aufgebrachten Menge und ein plötzlicher wütender Aufschrei aus tausenden von Kehlen sagten uns, dass die Verdammten Rotznasen angefangen hatten Eigentore zu schießen. Das Geschrei wurde immer lauter, nicht nur weil wir uns dem Stadion näherten, sondern vor allem, weil die Leute immer wütender wurden. Wir mussten uns beeilen.

Glubschnak rannte jetzt in vollem Tempo, Schnick und Lorenzo als Reiter auf seinem Rucksack. Ich ließ mich wie in der Nacht davor an der unsichtbaren Leine ziehen.

Glubschnak sprang aus vollem Lauf an der Stadionwand hoch und grub seine riesigen Klauen in die Holzbalken. Dann kletterte er höher. Jedes Mal, wenn er seine Krallen ins Holz schlug, klang es, als werde das Stadion mit einem Rammbock angegriffen.

Es wurde still und stiller auf den Tribünen, als immer mehr Zuschauer verstummten, weil sie das Donnern der Trollfäuste hörten.

Der Lärm erstarb mit einem letzten Seufzer. Und in diese plötzliche Stille hinein ertönte ein schriller Pfiff.

»Aus! Aus! Ich erkläre dieses Spiel für null und nichtig!«, rief eine Stimme. Das war der Schiedsrichter! Von Fresseisens Wettbetrug war in diesem Moment geplatzt. Aber damit würden wir uns nicht zufrieden geben.

Das wütende Geschrei brandete wieder auf, aber es brach ab, als eine Trollpranke den nächsten Donnerschlag auslöste. Der Troll zog sich hoch bis knapp unter den Rand der Tribünenrückwand, sodass er gerade noch außer Sicht war. Lorenzo ergriff das Geländer, das die Stadionwand begrenzte, und schwang sich mit Glubschnaks Hilfe hinauf. Einen Moment schwankte er unsicher auf dem verletzten Knie, aber er fing sich.

Ich raste mit einem Affenzahn an ihm vorbei. Das war nicht nur mein eigener Wille, etwas anderes beschleunigte mich zusätzlich. Ich landete genau auf dem Anstoßpunkt.

»Ich bin hier, Junge«, flüsterte Schnicks Stimme. »Und die Sprechmuschel auch.«

Alle Gesichter waren Lorenzo zugewandt. Der Schatten, den die Westtribüne auf den Rasen warf, hatte den Anstoßpunkt beinahe erreicht.

»Ich bin nicht der Mörder meines Freundes William!«, brüllte Lorenzo, so laut er konnte. »Und dafür habe ich einen Zeugen!«

Die Leute schrien durcheinander. Von Fresseisen war in der Ehrenloge aufgesprungen. Er beugte sich so weit übers Geländer, wie es seine Fettmassen zuließen.

Der Schatten der Westwand berührte meine Füße.

»Ergreift ihn!«, schrie von Fresseisen mit sich überschlagender Stimme. Sein Fettfinger wies auf Lorenzo.

Ein übereifriger Zuschauer sprang sofort hoch und versuchte Lorenzos Beine zu packen. Im nächsten Moment zerrte ihn seine Frau am Kragen weg.

Die Ordner rannten los, von der Ehrenloge hinunter zum Rasen. Mehr Schlägertypen mit Ordnerarmbinden quollen aus den Ausgängen der Wachräume.

Die Sonne versank hinter der Westtribüne. Die Sprechmuschel schwebte vor meinem Mund. Aus den Augenwinkeln sah ich, dass die Rotznasen losliefen um die Fackeln rund ums Spielfeld zu löschen.

»Hört mich an!«, brüllte ich. Die Menge schrie angsterfüllt auf. Dann war es totenstill. Ich war selber erschrocken.

Meine Stimme war donnernd laut und mit einem schrecklichen Stöhnen und Heulen unterlegt. Das hatte sich angehört, als hätte ich aus dem tiefsten Höllenschlund ins Stadion gebrüllt.

»HÖRT! MICH! AN!«, wiederholte ich. Und wieder schrien die Leute auf. Von Fresseisen taumelte mit aufgerissenen Augen vom Geländer weg und fiel auf seinen Thron. Die Sonne war untergegangen. Ich stand deutlich sichtbar auf dem Anstoßpunkt. Zuschauer drängten in Wellen die Tribünen hoch, weg vom Rasen. Fizzbert, von Fresseisens fetter Sohn, der mir am nächsten stand, fiel mit einem Mäusequieken ohnmächtig um. Ich sprach weiter in die Muschel. Die Rotznasen hatten alle Fackeln an den Rändern des Spielfelds gelöscht. Es wurde noch ein bisschen dunkler im Stadion und ich war wieder ein Stück besser zu sehen.

»LORENZO IST NICHT MEIN MÖRDER! WIR SIND ÜBERFALLEN WORDEN, WEIL FRASBERT VON FRESSEISEN VERHINDERN WOLLTE, DASS WIR HEUTE SPIELEN UND DIE VERDAMMTEN ROTZNASEN GEWINNEN. ER HAT EINEN GIGANTISCHEN WETTBETRUG VOR!«

Die Menge heulte auf vor Wut. Die Kaufleute aus der Stadt, die mit von Fresseisen in der Ehrenloge saßen, sprangen von ihren Sitzen auf. Sie wünschten sich jetzt sicher, sie wären seiner Einladung nie gefolgt.

Aber einer von ihnen versuchte doch glatt noch sich in Szene zu setzen. »Das ist empörend!«, rief der gut gekleidete Städter und deutete auf mich. »Diese Anschuldigungen müssen wir uns nicht gefallen lassen!«

Was für ein Schleimer!

»SCHNAUZE!«, donnerte ich. »VON DIR SCHLEIMKÜBEL WAR NIE DIE REDE!«

Aber eine andere Person sprang dem Schleimer aus dem Schatten der Ehrenloge bei. Ein zartes Mädchen mit Haaren wie leuchtender Bernstein.

»Das ist ein böser Zauber!«, schrie sie. »Ich habe selbst gesehen, wie dieser Lorenzo seinen Freund erschossen hat!«

Die Stimmung der Menge schwankte. Viele glaubten ihr. Wir hatten am eigenen Leib erlebt, wie leicht sie das Vertrauen der Leute geschenkt bekam.

»Das ist ein Dämon, der die Ordnung unserer Stadt zerstören will!«, rief die helle Mädchenstimme. »Glaubt ihm … nicht … ich … ich …«

Sie taumelte und griff sich an den Kopf. Sie wuchs ein Stück und ihr Haar wurde für einen Moment strähnig und dunkler, ehe sie wieder Ariana war. Das Geschrei verstummte. In der Stille war leiser Gesang zu hören. Die Nebelhexen traten auf den Rasen. Monoton singend näherten sie sich der Ehrenloge.

Das Monster konnte die Gestalt der engelsgleichen Schreiberin nicht halten. Sie wuchs und wurde zu der wilden Amazone in schwarzem Leder. Im nächsten Moment schrumpfte sie und bekam kastanienbraunes Haar.

Niemand schrie. Zwanzigtausend Menschen stießen gleichzeitig den Atem aus. An der Brüstung der Ehrentribüne stand ein zweiter Lorenzo. Wieder ging eine Veränderung mit dem Wesen vor. Ganz kurz zeigte sich das hübsche Mädchen, ehe das Lederweib wieder hervorbrach.

»Ergreift ihn!«, kreischte die Sirene Arachnua und deutete zur Nordtribüne. »Ergreift diesen Lorenzo!«

Die Ordner, die auf den Rasen gelaufen waren, zögerten. Von Fresseisen schrie: »Einen Goldmonstrar für den, der mir Lorenzo bringt!«

In dem Moment verwandelte sich das hübsche Mädchen wieder. Auf der Süd- und der Nordseite des Stadions stand jeweils ein Lorenzo.

»Aber welchen, Chef?«, wollte ein großer Ordner mit kahl rasiertem Schädel wissen.

Ein anderer drehte sich im Kreis. »Wie viele gibt's denn überhaupt?«, fragte er verwirrt.

Fresseisen wies auf den echten Lorenzo.

»ZEHN Goldmonstrar, wenn ihr mir diesen Lorenzo bringt!«

Die Ordner setzten sich in Bewegung. Sie machten einen Bogen um die Hexen und um mich, dann rannten sie zur Nordtribüne.

»DEN WOLLEN SIE FANGEN!« Ich deutete auf den echten Lorenzo. Dann wandte ich mich um und zeigte auf das irre Weib, das immer noch Lorenzos Gestalt hatte. »ABER DER DA IST MEIN MÖRDER!«

Die Masse brüllte wie ein verwundetes Tier. Die Bewegung der Menge von mir weg verwandelte sich in eine Welle hin zur Ehrentribüne mit der Loge in der Mitte. Diese Welle bekam richtig Schub, als Glubschnak über die Stadionwand sprang und krachend auf den obersten Rängen der Nordtribüne landete. Die eifrigsten Ordner ganz vorne erwischte es am schlimmsten, weil ihre Kollegen nachdrängten und nicht gleich begriffen, dass es jetzt nur noch einen Weg gab – weg von dem Troll.

Arachnua sah, was kommen würde. Die ersten Zuschauer versuchten die Brüstung der Ehrenloge zu erklettern. Sie zog sich in den Schatten zurück und wandte sich um zum Ausgang. Aber an der Tür rüttelte bereits von Fresseisen – vergebens.

Schnick hatte einen seiner unsichtbaren Sprünge dorthin gemacht und die Tür vom Gang aus verbarrikadiert.

Ich flog rasend schnell hinauf in die Ehrenloge. Aber nicht schnell genug.

Zwei der Nebelhexen waren auf die Knie gefallen. Andere fassten sich an die Kehle. Der Gesang brach ab. Etwas griff die

Nebelhexen an! Ich spürte es wie einen kalten Lufthauch, eine riesige, dunkle Schwinge, die einmal über das Stadion strich und sich wieder entfernte. Das Stadion lag bereits in der Dämmerung, aber für einen Moment verschwand auch dieses spärliche Licht, wie es an einem Sommertag geschieht, an dem eine einzelne Wolke schnell an der Sonne vorbeizieht.

Arachnua nutzte diesen Moment und nahm den einzigen Ausweg, den sie noch hatte. Sie verwandelte sich in die große Raubechse, die wir in der Blutenden Burg gesehen hatten.

Das schwarze Biest sprang auf die Brüstung der Ehrentribüne und von dort aufs Dach. Jetzt brach endgültig Panik aus. Die Echse fauchte vom Dach herunter und verschwand.

Von Fresseisen fuhr herum, als ich in der Ehrenloge landete. Zwei Ordner, die versucht hatten, Zuschauer davon abzuhalten, in die Loge zu klettern, waren wie erstarrt vor Schreck. Das gab den Männern, mit denen sie gerauft hatten, Gelegenheit, sie über das Geländer nach unten zu zerren. Die Kaufleute, die mit in der Loge gesessen hatten, rückten so weit wie möglich von ihrem Gastgeber ab.

»Dadas das hahab ich nie gewollt!«, stammelte von Fresseisen. »Nieniemand sollte verletzt werden! Es wawar ein Unfall, mein, mein, meinmein … Ehrenwort!«

»Sprich nicht von Ehre, du fetter Fettsack!«, zischte ich. »Und hör auf zu zittern, sonst fängst du an zu schwabbeln. Ich will dir nur zeigen, was dich erwartet.«

Die feinen Damen aus der Stadt wurden allesamt ohnmächtig. Ihre edlen Gatten standen ihnen bei, indem sie über die Brüstung flüchteten. Was mit ihren Frauen geschah, kümmerte sie nicht. Sie ließen sich lieber von aufgebrachten Vorstädtern verprügeln, als mit mir in der Loge zu bleiben. Schade.

Meine Hand schoss vor. Aber ich berührte den fetten Unterweltkönig nicht am Arm oder am Bauch. Ich steckte meine Hand direkt in seinen Brustkorb, dahin, wo bei anderen Leuten das Herz sitzt. Mein Arm kribbelte bis zum Ellbogen.

Von Fresseisen riss Augen und Mund auf. Aus seinen Lungen kam ein gepresstes Stöhnen. Er schüttelte verzweifelt den Kopf. Tränen liefen ihm über die fetten Wangen.

Seine klopsförmige Hand mit den Wurstfingern grabschte nach einem Lederbeutel, den er an einer langen Schnur um seinen Hals trug. Er riss die Schnur ab und schleuderte den Beutel zu Boden.

»Ich will nicht! Ich will nicht! Ich will nicht!«, heulte er.

Ich trat einen Schritt zurück. Von Fresseisen fiel auf die Knie. Er hielt sich die Brust und weinte hemmungslos.

Ich sah mich im Stadion um. Überall waren Prügeleien im Gange. Die Ordner versuchten sich die Leute mit Knüppeln vom Leib zu halten, aber die Zuschauer waren zu wütend um sich abschrecken zu lassen. Und selbst wenn sie das nicht waren, drängten andere nach, die einfach nur versessen darauf waren, von den vielen Ungeheuern wegzukommen, die so plötzlich im Stadion aufgetaucht waren. Überall herrschte Gedränge und Chaos. Einen freien Kreis gab es nur rund um Glubschnak.

Pfiffe von Polizeitrillerpfeifen ertönten in den Gassen rund ums Stadion. Erst jetzt fiel mir auf, dass Sheriff Hatchett nicht mehr in der Loge war. Als ich zum Anstoßpunkt geflogen war, hatte ich ihn aber deutlich gesehen. Mist! Der hatte sich abgesetzt und die Stadtwachen geholt.

Ich wandte mich ein letztes Mal an von Fresseisen. Eine Sache musste ich noch sicherstellen.

»Hab dich nicht so!«, fauchte ich. »Ich hab dir nicht das Herz herausgerissen. Du hast ja keins. Nur eins noch: Du wirst dafür sorgen, dass den Jungs im Waisenhaus nichts passiert! Der Sheriff soll seine Finger von ihnen lassen, ist das klar? Sonst komme ich wieder und hole mir doch noch dein verfettetes Herz!«

Frasbert von Fresseisen nickte unter Tränen. Ich konnte es nicht lassen und tätschelte noch einmal seinen Kopf. Er heulte auf.

Ich sah, dass Glubschnak Lorenzo packte und mit einem gewaltigen Sprung über die Tribünenwand verschwand.

Ich schaffte es, mich vor einer Sitzreihe hinzuknien. Das ist gar nicht so leicht für einen Geist, bei dem ständig alles nach oben strebt. Ich sah in ein Paar weit aufgerissene Augen, die unter der Bank hervorlugten. Da kauerte der heilige Patrick und hatte gehofft, dass er so unsichtbar wäre wie vor zwölf Stunden, als er sich im Speisesaal in der dunkelsten Ecke herumgedrückt hatte. Ich bohrte ihm den Finger in die Nasenspitze. Er schrie auf und zuckte zurück. Dabei stieß er sich furchtbar den Kopf an der nächsthöheren Sitzreihe.

»Für dich gilt dasselbe, du geldgieriger Mistkerl!«, flüsterte ich. »Du wirst ab jetzt die Jungs in Ruhe lassen!«

Er nickte idiotisch schnell und konnte damit gar nicht mehr aufhören.

Ich schwebte dahin, wo der Lederbeutel lag, den sich der Fettkloß vom Hals gerissen hatte.

»Schnick, bist du da?«, flüsterte ich.

»An deiner Seite«, wisperte der Kobold.

Ich deutete auf den Beutel. »Nimm den mit. Bitte. Und dann lass uns von hier abhauen!«

Ich sah, wie der Beutel bis in Kniehöhe schwebte und dann verschwand, vermutlich in einer von Schnicks Taschen. Im nächsten Moment schoss ich aus dem Stadion.

Vor mir rannte Glubschnak Richtung Wald. Ich erschrak. Bogenschützen der Stadtwache waren dem Troll auf den Fersen. Und Lorenzo saß ungeschützt auf seinem Rucksack! Vielleicht hatten wir uns zu viel Zeit gelassen.

Von Fresseisen hätte die Jagd bestimmt abgeblasen, aber der saß eingesperrt in seiner Ehrenloge. Und Sheriff Hatchett hatte von der Begegnung des Barons mit mir nichts mitbekommen, weil er die Wachen geholt hatte. Der folgte immer noch seinen alten Befehlen.

Ich ging tiefer und berührte zwei Bogenschützen, die gerade anlegten. Beide schrien auf und jagten ihre Pfeile irgendwohin, nur nicht Richtung Troll.

Aber ein wesentlich größerer Trupp mit Bögen bewaffneter Männer kam vom Marktplatz her angerannt.

Am westlichen Stadiontor nahmen sie Aufstellung.

»Legt an!«, befahl der Sheriff.

Eine Reihe Bogenschützen kniete sich hin. Die zweite stand dahinter. Sie spannten ihre Bögen und richteten die Pfeile auf Lorenzo, der zusammengekauert auf Glubschnacks Rucksack saß.

Glubschnak würde es nicht rechtzeitig schaffen, zwischen den Häusern in den kleinen Gassen zu verschwinden.

Doch ehe der Sheriff den Befehl zum Feuern geben konnte, wurde den Männern klar, dass sie gleich überrannt werden würden. Die Zuschauermassen kamen wie eine Flutwelle aus dem westlichen Tor herausgeschossen.

Die Bogenschützen versuchten aus ihrer Formation heraus in Deckung zu rennen, aber es war zu spät. Sie wurden von der Menge mitgerissen, zwischen die Marktstände, in die Gassen, hin zu den Wettbüros. Ein einziger Pfeil wurde abgefeuert. Er zischte ins Stroh eines Daches, ein ganzes Stück von Lorenzo entfernt.

TROLLSPRUNG

Dann waren wir in den kleineren Gassen und entfernten uns von dem Aufruhr auf dem Marktplatz. Glubschnak stampfte im Zickzack durch das verwinkelte Viertel. Er hatte ein Wahnsinnstempo drauf. Hausecken, Dachvorsprünge oder Ladenschilder, die ihm im Weg waren, gab es nicht mehr, wenn der Troll vorbei war. Dass es steil bergauf ging, bremste ihn nicht im Geringsten.

Schließlich kam der Waldrand in Sicht. Doch dort warteten weitere Männer auf uns. Glubschnak brach durch einen Zaun ins Freie. Sofort wurde auf ihn geschossen. Und der Riesentroll war ein Ziel, das kaum zu verfehlen war. Als er kehrtmachte und an mir vorbei zurück zwischen die Hütten rannte, konnte ich sehen, dass mehrere Pfeile in seiner Brust steckten! Aber auch das konnte ihn nicht aufhalten. Er packte sie im Laufen und riss sie heraus. Da begriff ich, dass sie seine stinkende Fellweste gar nicht durchdrungen hatten. Das Ding *nicht* zu waschen war also doch für etwas gut. Nur einen Pfeil musste er sich aus dem Arm ziehen. Dunkelgrünes Blut floss aus der Wunde, aber nicht viel.

Glubschnak rannte im Schutz von Ställen und Lagerschuppen weiter den Hang hinauf Richtung Norden, immer parallel zum Waldsaum. Aber es gab keine Lücke. Die Bewaffneten bildeten eine dichte Kette vor dem Wald. Der Troll wandte sich noch zweimal nach links zum Waldrand und versuchte durchzubrechen. Aber jedes Mal wurde er von einem Pfeilhagel empfangen. Wir wurden immer weiter zurückgedrängt. Mehr Männer kamen von unten, von der Wache am Westtor. Sie trieben uns praktisch den Mystelberg hinauf zur Burg.

Schließlich ließen wir die letzten Hütten hinter uns und Glubschnak stampfte durch das Gestrüpp dahinter weiter auf den alten Friedhof. Der Troll trampelte über die Gräber und rempelte Grabsteine schief.

Die ganze Zeit hoffte ich, dass Schnick irgendeinen Plan hatte und wir nicht einfach in die Falle getrieben wurden. Aber es hatte nicht den Anschein. Der Kobold sah sich nur immer wieder nach den Verfolgern um. Glubschnak hatte einen ziemlich guten Vorsprung herausgeholt, aber der nützte uns nichts. In der Burg war der Weg zu Ende. Wenn sie Lorenzo jetzt einfingen, war unser großer Auftritt im Stadion nichts mehr wert. Die Männer, die hinter uns her waren, hatten davon nichts gesehen oder gehört.

Es war der Troll, der einen Plan hatte. Als er die Hügelgräber erreicht hatte, drehte er plötzlich um.

»Haltet euch gut fest!«, sagte er zu Schnick und Lorenzo, die auf seinem Rucksack hockten.

»Was hast du vor?«, wollte der Kobold wissen.

»Ich springe!«

Glubschnak wies nach unten. Im Westen wurde der Friedhof von einer Schlucht begrenzt. Die Leute nannten sie den »Tiefen Riss«. Das war eigentlich eher ein Fjord. Die Steilklippe, über der die Blutende Burg thronte, schwang hier plötzlich nach Süden und bildete den »Riss«, der weit in den Wald hineinreichte.

Die Idee, auf die fantasmanische Seite zu springen, war absolut hirnrissig.

Denn der Wilde Wald wuchs ein ganzes Stück auf unserer Seite der Schlucht hinauf. Dadurch war es unmöglich, an einer Stelle abzuspringen, wo der Tiefe Riss so schmal war, dass man darauf hoffen durfte, drüben anzukommen. An der Stelle, wo der letzte Baum des Waldes stand, war der Riss bereits an die dreißig Meter breit.

»Du bist total bescheuert«, sagte Schnick ungläubig. Aber »Lass es bleiben!«, sagte er nicht.

Ein Geräusch im Grabmal hinter mir ließ mich herumfahren. Die schwarze Echse mit den orangefarbenen Streifen sprang mich aus dem Grab heraus an. Ich zuckte zurück, aber natürlich fuhr sie durch mich durch und traf Lorenzo.

Die beiden stürzten zwischen die Gräber. Glubschnak wollte sie packen, aber er verkeilte sich zwischen zwei Grabsteinen. Lorenzo und die schwarze Echse rollten über den Friedhof. Arachnua richtete sich hoch auf. Krallen blitzten im Schein herannahender Fackeln.

»Dich erledige ich noch, bevor das hier zu Ende geht!«, kreischte sie.

Doch ehe sie Lorenzo die Kehle zerfetzen konnte, wurde sie von vielen Pfeilen aus Blasrohren getroffen. Die Nebelhexen stürmten heran. Im Laufen zogen sie ihre Waffen.

Ihr Auftauchen und der Anblick der vielen Waffen stoppte den Haufen Bogenschützen, der gerade dabei war, den Friedhof zu stürmen.

Arachnua krümmte sich und schrie laut auf. Sie warf sich herum und hetzte den Hang hinauf. Die Trollkeule zertrümmerte einen Grabstein neben ihr, aber Arachnua traf sie nicht. Das Biest kreischte, als es ein zweites Mal durch mich hindurch musste. Ich hoffe, dass sie viel schlimmere Dinge erlebte als das Kribbeln, das ich fühlte. Sie verschwand im Grabmal.

Eine der Hexen trat zu uns. »Diese Burg ist ein Tor, durch das Wesen wie sie hierher gelangen können«, erklärte sie. »Dass dieses Tor geöffnet ist, ist kein gutes Zeichen. Eine stärkere Macht, als Arachnua sie je erlangen könnte, hat uns in dem großen Haus ohne Dach angegriffen. Sie ist noch weit entfernt, aber sie sucht einen Weg hierher.«

Uns blieb keine Zeit, zu erfahren, was das gewesen war. Ein einzelner Pfeil fuhr in die Erde eines Grabes nahe bei uns. Die Hexen hoben ihre Blasrohre in Richtung der Bogenschützen und Glubschnak schüttelte brüllend seine Keule. Die Männer wichen zurück.

»Wir werden versuchen das Tor zu schließen«, fuhr die Hexe fort. Sie wandte sich an den Troll. »Du willst den Sprung wagen? Dann tu es jetzt. Wir lenken die da unten ab.«

Sie nickte ihren Schwestern zu.

»Wir greifen an«, sagte sie. »Aber nur, bis der Troll gesprungen ist. Sobald er in der Luft ist, zerstreuen wir uns. Jede muss dann selbst sehen, wie sie durchkommt. Wir treffen uns wieder hier und folgen der Sirene in den Tunnel.«

Glubschnak hob Lorenzo auf seinen Rucksack. Die Nebelhexen zogen ihre Waffen. Das Geräusch dabei klang wie das Zischen in einem Nest voller gereizter Schlangen. Da kam so viel Stahl zum Vorschein, dass man glauben konnte, es stünden dreimal mehr Kriegerinnen in der Reihe.

Dann rannten die Hexen los, ihre Waffen schwingend. Dabei schrien sie wie Wildkatzen, deren Junge in Gefahr sind. Die vordersten Schützen, die sich inzwischen auf den Friedhof gewagt hatten, wichen zurück. Unter den Männern entstand so was wie eine Wellenbewegung hangabwärts. Die ganze große Truppe der Bogenschützen drängte zurück zwischen die Hütten. Sie rempelten sich gegenseitig an und manche fielen sogar hin. Keiner dachte in dem Tumult daran, auf die heranstürmenden Hexen zu schießen.

Glubschnak setzte sich hinter ihnen in Bewegung und ich mit ihm. Der Troll folgte den bergab rennenden Hexen bis zur

Mitte des Friedhofs. Dann schwenkte er nach rechts und nahm richtig Fahrt auf. Die Erde zitterte bei jedem seiner Tritte. Noch immer schoss niemand, weder auf uns noch auf die Hexen.

Aber von unten kam der Sheriff mit weiteren Männern heran. »Worauf wartet ihr?«, rief er atemlos. »Schießt doch!«

Pfeile sirrten durch die Luft, fielen aber ein gutes Stück entfernt von uns zu Boden. Glubschnak stürmte auf den Rand der Schlucht zu. Einen kleinen Schuppen, der im Weg war, rammte er einfach zur Seite. Je näher der Tiefe Riss kam, desto klarer wurde, dass die Entfernung zwischen den Felswänden für einen Sprung zur anderen Seite zu weit war.

Dann war der Rand der Klippe erreicht und Glubschnak stieß sich ab. Es war der mächtigste Sprung, den ich jemals in meinem Leben gesehen habe. Ich wurde an dem magnetischen

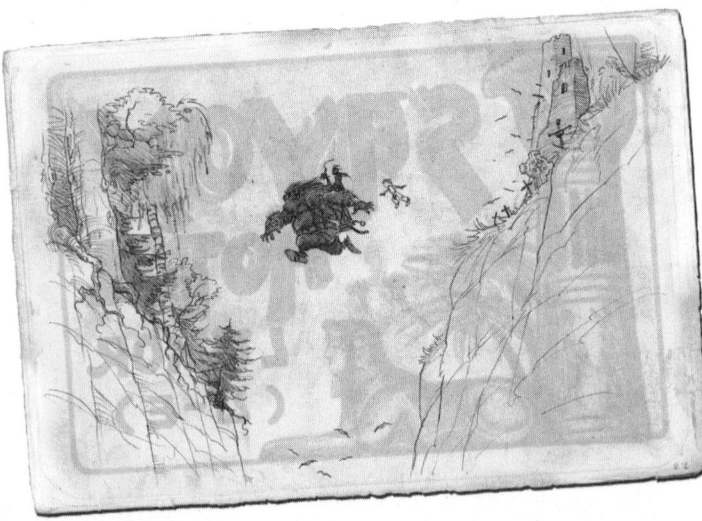

Band, das den Troll und mich verband, hoch in die Luft und weit hinaus über die Schlucht gerissen. Er ruderte wild mit Armen und Beinen, als könnte er in der Luft weiterlaufen. Es war unglaublich, aber es sah so aus, als würde er es schaffen!

Niemand schoss mehr auf uns. Eine Zeit lang war nur noch das Rauschen des Windes zu hören. Dann raste die Felswand auf uns zu und es war schlagartig klar, dass der Troll es nicht schaffen würde. Gleichzeitig hörte ich aber schon von weitem die Stimmen: »Ach, du lieber Schreck, da kommt Glubschnak angeflogen!«

»Der hat's aber eilig!«

»Glaubt er vielleicht, dass er ein Vöglein ist?«

»Wo will er denn jetzt hin?«

»Blödian, der will nirgends hin, der stürzt ab!«

»Fängt ihn jemand auf?«

»Klar, wartet mal, ich hab eine Wurzel in der Nähe ...«

Glubschnak donnerte krachend gegen die Felswand. Er versuchte sich irgendwo festzukrallen, aber seine hornigen Fingernägel kratzten haltlos über bröckelndes Gestein. Plötzlich wickelte sich eine Wurzel mit dem Geräusch einer knallenden Peitsche um das linke Handgelenk des Trolls. Die Wurzel wurde noch ein Stück in die Länge gezogen, dann hing Glubschnak daran. Unter seinen Füßen ging es hunderte Meter senkrecht bergab.

»Könnte mir vielleicht mal jemand helfen?«, fragte eine Stimme gepresst. »Der Kerl wiegt tausend Kilo!«

Ein vielfaches Peitschengeräusch erklang und weitere Wurzelstränge wickelten sich um Glubschnaks Handgelenke.

»Zieht ihn hoch!«

»Tun wir doch!«

»Was isst der eigentlich? Der wiegt ja mehr als der fette Drache in dem Märchen von der Dicken Dame Sahnetort!«

»Hieß die wirklich Sahnetort? War es nicht eher Sahnefort?«

»Keine Ahnung. Auf jeden Fall war die Dame mindestens so fett wie ihr Drache.«

»Quatschkopf. Wie hätte sie dann auf ihm reiten können?«

»Weiß ich doch nicht! Ich bin ein Baum, ich reite nicht auf Drachen und ich werd auch nicht fett. Das sind nur Jahresringe, die kann keiner vermeiden.«

Unter all dem Geschwätz wurde Glubschnak mitsamt seinen beiden Passagieren Schnick und Lorenzo nach oben gehievt, bis zum Rand der Klippe.

»Rückt mal ein Stück, los, macht Platz!«

»Immer langsam! Mein Rücken ist ganz vermoost…«

»Jetzt mach schon, du Latschenkiefer!«

Holz knarrte, als bräche ein Segelschiff auseinander. Vor uns öffnete sich eine Lücke zwischen den Bäumen und Glubschnak wurde hineingezogen.

Das war also das Gemurmel, das einem die Nackenhaare aufstellte, wenn man den Wilden Wald betrat. Die Bäume sprachen! Jetzt, als Geist, konnte ich deutlich verstehen, was sie sagten.

Glubschnak rappelte sich auf und bedankte sich reihum bei den Bäumen. Sie sprachen nicht nur, sie hatten auch Gesichter. Kleine Augenhöhlen unter schweren Brauen aus Baumschwämmen. Krumme Astnasen. Schrundige, dunkle Mundöffnungen, umrahmt von Moosbärten. Als ich noch am Leben war, hätte ich so was bestimmt übersehen. Aber jetzt trat das alles ganz deutlich hervor.

Doch Glubschnak wurde unterbrochen von einem Pfeilhagel, der plötzlich von der anderen Seite der Schlucht herabregnete.

»Macht, dass ihr wegkommt!«, befahl eine Eiche. Die Lücke zur Schlucht hin begann sich zu schließen. Dabei erklangen wieder die Segelschiffgeräusche.

Das Knarren und Knirschen von Holz schoben wir wie eine Bugwelle vor uns her, als wir uns einen Weg durch den Wald bahnten. Äste und Stämme bogen sich und versuchten Platz für uns zu schaffen.

Dann waren wir durch den dichtesten Baumgürtel durch und der Troll wurde schneller.

»Glubschnak, lauf zur Höhle Nr. 1!«, rief Schnick. »Bis dahin kann kein Mensch durch den Wilden Wald vordringen. Dort können wir übernachten, ehe wir uns auf den Weg zu Merellyn machen.«

DAS ZEICHEN DES SCHWARZEN LORDS

Die Höhle Nr. 1 lag direkt unter dem Kamm eines bewaldeten Höhenrückens. Es war eigentlich gar keine richtige Höhle. Unter einer gewaltigen Baumwurzel war die Erde vom Regen ausgespült. Dieses natürliche Loch war noch ein Stück tiefer in den Hang hineingegraben worden und hatte ein Dach aus abgebrochenen Ästen und Zweigen bekommen, die zwischen die knorrigen Wurzeln des Baums geklemmt worden waren.

Für den Troll war die Höhle aber zu klein. Wenn man sie für ihn passend gegraben hätte, wäre der Baum umgestürzt. Die beiden Fantasmanier benutzten die Höhle wohl hauptsächlich, um Feuerholz trocken zu halten.

Nicht weit unterhalb dieses halb natürlichen Unterstands entsprang eine Quelle. Rinnsale plätscherten zwischen Moosbüscheln über rundgeschliffene Steine, füllten einen von Birken und Schilf gesäumten Tümpel und wirbelten in einem kleinen Bach davon. Wind rauschte durch Baumwipfel und dicht mit Blättern beladene Büsche. Es war ganz anders als An der Straße. Es war Natur, sonst nichts. Es gab weit und breit nichts von Menschen Gemachtes. Keine Häuser, Straßen, Brunnen. Nicht mal Müll.

Als Glubschnaks Rucksack in der Höhle verstaut war und der Troll ein kleines Feuer am Höhleneingang gemacht hatte, fragte ich Schnick: »Jetzt verrat mir mal, wie du das machst, dass ich immer so schnell zu dir hinfliege. Das warst doch jedes Mal du, oder? Über den Dächern? Im Stadion und vorhin, über dem Tiefen Riss.«

Der Kobold nickte. Er zog meine alte Mütze aus einer Tasche seiner speckigen Weste.

»Die Mütze? Meine Mütze zieht Geister an?«, fragte ich ungläubig.

»Nein. Es ist das silberne Abzeichen.« Er drehte die Mütze und deutete auf meine Anstecknadel. »Der Ball mit den Flügeln oder Hörnern oder was das ist. Silber hat mehr magische Kraft als alle anderen Metalle. Wenn ich das Silber reibe, zieht es dich an. Nur dich. Keinen anderen Geist.«

»Weil es … mir gehört hat?«

»Weil Silber magische Kraft hat und du den Anstecker geliebt hast. Ich hab dich öfter in der Muschel gesehen und du hast alle naselang danach gegriffen, ob er noch da ist. Ich dachte mir, das könnte nützlich sein. Hör mal, wenn du gelernt hast als Geist Dinge zu greifen, kannst du die Mütze mit der Nadel natürlich wieder tragen. Ich wollte sie dir nicht klauen.«

»Werde ich das lernen?«

»Klar. Ich bring's dir bei. Poltergeister haben es da natürlich leichter. Bei denen ist es von Geburt an eingebaut. Sonst könnten sie ja nicht poltern.«

Eine Zeit lang saßen wir still am Feuer, der Troll draußen, wir in der Höhle. Das heißt, die anderen saßen. Ich konzentrierte mich darauf, nicht an die Decke zu schweben. Oder gleich ganz hindurch.

»Gegenfrage!«, verkündete Schnick. »Was war in dem Beutel, den ich mitnehmen sollte?«

Er wühlte in seiner Hosentasche und zog den Beutel heraus. Er löste die Verschnürung, griff hinein und holte eine Art silbernes Schmuckstück heraus. Er hielt es ins Licht des Feuers. Plötzlich schleuderte er das Ding mit einem Aufschrei von sich. Der Troll rutschte mit einem Wimmern ein Stück zurück in die Dunkelheit.

»Du lässt mich so was in der Hosentasche rumschleppen?«, keuchte Schnick entgeistert. »Es muss weg! Ich hab es angefasst! Es muss weg! Hoffentlich findet er mich nicht!«

Lorenzo und ich starrten auf den Silberschmuck, der vor uns auf der Erde lag. Zwischen zwei Engelsflügeln schwebte der Kopf eines Einhorns über einem Kometenschweif. Plötzlich veränderte sich das Licht des Feuers, wurde dunkler und der Halsschmuck wurde zu einem Dolch. Aus den Engelsflügeln waren Vampirflügel geworden. Deutlich sah man die dünnen Röhrenknochen darin. Der Kopf des Einhorns verwandelte sich in eine zum Schrei verzerrte Totenmaske und der Kometenschweif ähnelte plötzlich einem Drachenschwanz. Das war Arianas Tätowierung, das Zeichen, das auch in den Schuppen der Echse aufgeflammt war! Dann loderte das Feuer wieder heller und der Anhänger verwandelte sich zurück in ein seltsames, aber nicht bedrohliches Schmuckstück.

Lorenzo sah hoch. »Was ist das?«, fragte er tonlos.

Eine Zeit lang antworteten weder der Kobold noch der Troll.

Dann schluckte Schnick und flüsterte heiser: »Das ist das Zeichen des Lords der Finsternis. Der Mundovoros, der schwarze Lord, kehrt zurück!«

»Der was?«, fragte ich. »Wer kehrt zurück?«

Aber beide Fantasmanier schüttelten den Kopf.

»Sprecht nicht darüber!«, verlangte der Kobold. »Denkt nicht mal daran!«

»Na gut, ich wollte auch ganz was anderes fragen«, sagte Lorenzo nach einer Weile. »Habt ihr noch was von dem Stinkebrei? Mein Knie tut wieder höllisch weh.«

Der Kobold seufzte.

»Glubschnak, such Aasdisteln!«, befahl er dann.

Der Troll nahm sich einen brennenden Ast als Fackel und verschwand im Wald. Sofort war das Geschimpfe der Bäume zu hören.

»He, nimm bloß die Fackel weg, ehe du mir meine schönen Blätter ankokelst!«

»Runter von meinen Schösslingen, du Riesentrampel!«

»War dieser Ast überhaupt tot, bevor du ihn angezündet hast, du Rohling?«

Kurz darauf kam Glubschnak mit einer Hand voll Disteln zurück. Er stand am Höhleneingang und trat unruhig von einem krummen Bein aufs andere.

»Worauf wartest du?«, wollte Schnick wissen. »Zerkau sie, damit wir den Umschlag machen können.«

»Ich … ich will nicht«, sagte der Troll verbissen.

»Du willst nicht? Wieso denn nicht?«

»Hab die Zahnbürste in der Burg vergessen.«

»Jetzt hab dich nicht so!«, schimpfte Schnick. »Du hast das ausgefressen. Dein Problem, wenn's jetzt nicht schmeckt.«

»Also gut«, brummte der Troll und schob sich ein Büschel Aasdisteln in den Mund. Mit angewidertem Gesicht kaute er darauf herum. Schließlich spuckte er den grünen Brei mit einem Würgen in seine linke Hand. Er bestrich Lorenzos geschwollenes Knie damit, dann wankte er taumelnd aus der Höhle. »Verbinden musst *du* es!«, hustete er dem Kobold zu. Dann fiel er an der Quelle auf die Knie und steckte den Kopf unter Wasser.

Schnick verschwand plötzlich. Ganz hinten in der Höhle erhob sich eine alte Decke wie von selbst und begann sich in dünne Streifen zu schälen. Die Streifen wickelten sich um Lorenzos Knie.

»So ist es besser auszuhalten«, erklärte Schnicks Stimme aus dem Nichts. »Ein Poltergeist riecht so gut wie nichts. Das ist nützlich, beim Stinkbombenschmeißen und so.«

Erst als er fertig war, tauchte er wieder auf. Glubschnak hatte immer noch seinen riesigen Schädel unter Wasser. Der Tümpel brodelte und spie Blasen. Nach endlosen Minuten tauchte der Troll wieder auf und zog fauchend Luft in seine Lungen. Dann kam er triefend zum Höhleneingang. »Riechen tut das Zeug gar nicht so übel«, stellte er fest. »Aber es schmeckt wie Omas Spinat-Stinktier-Auflauf. Was haben wir gekotzt, wenn's den am Freitag gab …«

Glubschnak legte sich neben dem Feuer schlafen. Der Kobold machte es sich in der Wurzelschlinge bequem, auf der er den ganzen Abend gesessen hatte. Sein helles Schnarchen klang wie der sirrende Flügelschlag einer Libelle, die sich in ein Zimmer verirrt hat und nicht mehr nach draußen findet.

Glubschnak kippte krachend auf den Rücken. Dann brach der Lärm erst wirklich los. Wenn der Troll ausatmete, hörte sich sein Schnarchen an wie ein Felsrutsch. Und wenn er einatmete, klang es, als ob ein Orkan die Felsen wieder den Berg hinaufwirbelte.

Lorenzo war völlig weggetreten, wohl vom Geruch des Aasdistelbreis. Ich wollte mich auch hinlegen, aber das ging nicht. Das heißt, ich konnte mich schon hinlegen, aber jedes Mal schwebte ich langsam wieder in eine aufrechte Position. Ich konnte die Augen zumachen, aber die Welt verschwand nicht. Meine Lider waren durchsichtig. Damit hatte ich nicht gerechnet. Es war das erste Mal, dass ich als Geist schlafen wollte, aber ich spürte nicht die geringste Müdigkeit. Nach all der Aufregung gestern und in der Nacht davor erlebte ich plötzlich das absolute Gegenteil: Langeweile. Es war langweilig, allen anderen beim Schlafen zuzusehen. Langsam verstand ich, warum Geister nachts spuken und andere Leute nicht schlafen lassen.

Schließlich schaffte ich es, mich in einen Zustand zu versetzen, der so nah ans Schlafen herankam, dass ich die Höhlenwände und das doppelte Schnarchen nicht mehr wahrnahm. Allerdings merkte ich auch nicht, dass ich wieder angefangen hatte nach oben zu schweben. Ich wachte von einem seltsamen Kribbeln aus meinem Geisterhalbschlaf auf und musste feststellen, dass ich gerade durch das Holz des Höhlendachs driftete.

»Wenn du schlafen willst, komm hier rüber«, raunte eine Stimme hinter mir. Ich fuhr herum. Zuerst dachte ich, der Baum, zwischen dessen Wurzeln ich schwebte, hätte gesprochen. Aber dann löste sich etwas aus dem Schatten unter dem Baum.

Es war das Buch! Das Buch mit dem Gesicht auf dem Einband. Langsam kam es näher. Das Mondlicht erreichte die tiefen Augenhöhlen des Gesichts nicht, sodass es wie eine Totenmaske aussah. Gleichzeitig hatte ich den Eindruck, dass das Buch fast so durchsichtig war wie ich. Dass es gar nicht richtig da war.

Es fing an zu grinsen. Das war etwas, was man von diesem strengen Gelehrtengesicht nicht erwarten würde. Noch weniger erwartete man ein Gebiss, mit dem jeder Werwolf zufrieden gewesen wäre.

Ich hatte tausend Fragen an das Buch, aber ich bekam kein Wort heraus. Schnick hatte zu Glubschnak gesagt, das Ding sei gefährlich. Ich erinnerte mich nicht genau an den Namen, den er benutzt hatte. Irgendwas mit Makkaroni. Uns gegenüber hatte der Kobold behauptet, es sei vernichtet worden. Aber es kam im Mondlicht auf mich zu und sah wirklich gefährlich aus. Ich driftete langsam rückwärts und schwor mir, mich nie wieder über Langeweile zu beschweren.

Das Buch öffnete sich. Die Doppelseite, die aufging, enthielt keine Schrift. Stattdessen bedeckte eine Zeichnung beide Seiten. Es war eine einfache Kohlezeichnung von einem schlichten Zimmer. Eigentlich war es nur eine Kammer mit einem winzigen Fenster hoch unter der Decke und einem Brett, das an Ketten aus der Wand geklappt wurde und als Schlafstatt diente. Die Zeichnung veränderte sich, als das Buch näher kam. Farbe blühte in den gezeichneten Gegenständen auf, erst blass, dann immer kräftiger. Einzelheiten wurden im Holz des Bettes und in den Mauersteinen sichtbar. Ich erkannte sogar Rostflecke auf den Ketten, die das Bett hielten. Die Wand über dem Bett war mit Krakeleien beschmiert.

Das Buch änderte leicht seine Richtung, während es meinem Zurückweichen folgte. Daraufhin wanderte der Schatten, den das Bett warf, über den Boden! Das Bild wurde erhellt vom Mond über Fantasmanien. Wie konnte ein echter Mond Schatten in einem flachen Bild werfen?

Dann war da noch ein anderer Schatten auf dem Steinboden der Kammer. Ich bewegte mich und dieser Schatten folgte mir. *Ich* warf einen Schatten in ein Bild! Aber es war kein Bild. Es war eine echte Kammer mit einem schlecht gemachten Bett. Ihre Wände wuchsen über mir in die Höhe. Ich machte einen Schritt vorwärts und erschrak. Mein Schuh hatte ein Geräusch auf dem Boden gemacht. Als ich an mir heruntersah, zuckte ich zusammen. Ich war nicht mehr durchsichtig. Ich hatte wieder ein Gewicht. Ich fasste nach der Kette und meine Hand schloss sich um kaltes Eisen! Dann betastete ich mein Gesicht. Ich war wieder da!

»Leg dich ruhig schlafen, William«, wisperte eine Stimme. »Jetzt bist du zu Hause ...«

Aber das stimmte nicht. Das Fenster hoch oben unter der Decke war vergittert. Die Krakeleien an den Wänden stammten von Leuten, die in dieser Kammer Jahre verbracht hatten. Das hier war eine Gefängniszelle!

Als ich eine schwere Tür in den Angeln quietschen hörte, warf ich mich herum. Ich war in einer Zelle und die Tür schloss sich! Ich machte einen Satz darauf zu. Plötzlich verlor ich das Gewicht wieder, das ich eben noch gespürt hatte. Ich wurde durch einen Türspalt gerissen, der für den alten William aus Fleisch und Blut schon viel zu schmal gewesen wäre.

Ich war wieder im Wald und schoss durch das Dach der Höhle, direkt zu Lorenzo. Er hielt meine Mütze in der Hand.

Offensichtlich hatte er die silberne Ansteckнadel gerieben und mich so zurückgebracht.

»William! Ich bin aufgewacht und war mir plötzlich ganz sicher, dass du in Gefahr bist. Da hab ich …« Er brach ab und sah betreten auf die Nadel. »Tut mir Leid. Das muss furchtbar sein, so durch die Gegend gezerrt zu werden. Wie ein Hund an der Leine.«

»So ungefähr«, sagte ich. »Aber du hattest Recht. Ich *war* in Gefahr.« Dann erzählte ich Lorenzo, was passiert war.

»Weißt du, was seltsam war?«, sagte ich am Ende. »Das Buch war gar nicht richtig hier. Anfangs war es sogar durchsichtig. Aber als ich in die Zeichnung trat, war alles echt.«

»Alles klar«, meinte Lorenzo mit einem Gesichtsausdruck, als wäre ihm so was schon hundertmal passiert. »Eine Hallozi…dingsbums, eine Hallinuzzinazzi…ion, die das Buch schickt. Hatzinatzi… na, egal. Dieses Buch gibt es. Und es kann dir deinen Körper zurückgeben. Wenn dieser Merellyn dieses Buch hat, werden wir es finden. Und wir werden es zwingen, dir deinen Körper zu geben, ohne irgendwelche blöden Tricks mit Gefängnistüren und all so was.«

DIE STRASSE DURCH FANTASMANIEN

Am Himmel wuchs langsam ein grauer Streifen über die Baumwipfel. Ich wurde blasser. Als ich nach draußen schwebte, fühlte ich wieder das Kribbeln der Regentropfen. Es war wie eine sanfte Erinnerung an die Stiche, die man spürt, wenn ein eingeschlafenes Bein wieder aufwacht. Ich dachte an das Gefühl, das ich heute Nacht ganz kurz gehabt hatte. Meinen Körper wieder zu spüren, sein Gewicht zu balancieren …

Mit einem Ruck setzte sich der Troll auf und sagte hastig: »In Friedenszeiten fragt die Wache: ›Wer da, Freund oder Feind?‹ Wenn bereits Pfeile oder andere Geschosse fliegen, braucht die Frage nicht gestellt zu werden.« Dann schüttelte er sich wie ein Hund und sah sich verwirrt um.

»Macht euch nichts draus«, meinte Schnick gähnend. »Ich sagte ja schon, Glubschnak hat sich vor langer Zeit bei der königlichen Wache beworben. Am Ende der Probezeit ist er durchgefallen. Er träumt wirklich jede Nacht von der mündlichen Prüfung.«

Glubschnak angelte neues Holz aus den Tiefen der Höhle, wo es vor dem Regen geschützt gewesen war, zum Eingang. Er warf es auf die nur noch schwach glimmenden Scheite und Schnick blies hinein, bis die Flammen wieder angefacht waren. Dann zog der Troll etwas aus einem blutfleckigen Jutesack an einem hölzernen Pflock, der in die lehmige Höhlenwand getrieben war. Was er da herausholte, sah für mich wie das stark angenagte Hinterbein eines Pferdes aus. Eines beschlagenen Pferdes!

Er hielt den blutigen Teil über das Feuer, bis er ausreichend verkohlt aussah, dann biss er herzhaft hinein. Schnick kletterte auf das Bein und beteiligte sich an der Mahlzeit.

Glubschnak streckte uns das Viertel Pferd entgegen.

»Frühstück?«, brummte er.

Lorenzo und ich schüttelten heftig die Köpfe.

»Wie könnt ihr das essen?«, fragte Lorenzo mit einem Kratzen in der Kehle. »Das stinkt schlimmer als das Schleimzeug auf meinem Knie!«

Der Troll und der Kobold fuhren erstaunt herum. Dann starrten sie lange auf den Pferdefuß, ehe sie schließlich wieder uns ansahen.

»Na ja, zugegeben, ganz frisch ist es nicht mehr«, gestand Schnick ein. »Aber zum Wegwerfen ist es zu schade. Wir ernähren uns schon fünf … nein, fast sechs Wochen von dem Gaul. War ein stattliches Tier.«

»Wo habt ihr den her?«, wagte ich zu fragen.

»Haben wir gefunden …«, behauptete Glubschnak.

»Ja, an der Straße, ungefähr fünf Meilen westlich von hier«, bestätigte der kleine Kobold.

Ich deutete in die andere Richtung.

»Aber du hast doch gestern gesagt, An der Straße liegt im Osten«, sagte ich verwundert.

»Ach, ich meine doch nicht An der Straße, wo von Fresseisen regiert.« Schnick machte eine wegwerfende Handbewegung. »Ich rede von der wirklichen Straße. Weiter drinnen in Fantasmanien gibt es ihn noch, den alten Karawanenweg. Der Wald hat nur die Grenzen dichtgemacht.«

Er deutete auf das abgenagte Bein. »Der Gaul hing noch im Zaumzeug, als wir ihn fanden. War noch nicht lange tot«, erzählte der Kobold. »Ein paar Gnome hatten ihn angenagt, aber sonst war er in gutem Zustand. Das Fuhrwerk und der Fahrer waren allerdings verschwunden …«

»Dann werden wir auf der Straße reisen?«, wollte Lorenzo wissen.

»Neiiin!«, riefen die beiden erschrocken.

»Bist du verrückt?«, fragte der Kobold. »Wir verlassen die Deckung der Bäume auf keinen Fall! Wenn wir auf der offenen Straße reisen, weiß bis zum Abend jeder Werwolf und Nachtalb und Ghoul und Raubtroll entlang der Strecke, dass wir da sind und zwei…eineinhalb Menschen dabeihaben.«

Das klang gar nicht gut. Wir An der Straße hatten uns für harte Kerle gehalten! Das waren wir auch, im Vergleich zu den Stadtkindern … Dann hatten uns zwei Wesen, von denen das eine rasiermesserscharfe Zähne hatte und das andere groß war wie ein Gebirge, nach Fantasmanien geschleppt. Zwei Wesen, die von sich behaupteten Räuber zu sein. Wir hatten ihnen zugesehen, wie sie zum Frühstück ein blutiges, angesengtes Pferdebein verschlungen hatten. Und diese beiden hatten Angst vor dem, was *noch* in Fantasmanien lebte!

Um das Maß voll zu machen, wandte der Kobold sich noch mal an mich. »Und du glaub ja nicht, dass dir als Geist nichts mehr passieren kann. Nachtmare fressen Geister!«

»Das versteh ich nicht«, wandte Lorenzo ein. »Wenn's so gefährlich ist, auf der Straße zu reisen, wieso erzählen dann alle An der Straße, äääh … ich meine in unserer Dings … in der Vorstadt, dass früher alles so viel besser war, als die Karawanen noch hin- und herzogen?«

»Jaaa, früher!«, rief Schnick leicht genervt. »Früher war die Straße natürlich völlig sicher. Der König wachte doch über sie.« Der Kleine verdrehte die Augen, als müssten wir alles über die Geschichte seines magischen Königreichs wissen. Als hätten wir das in der Schule durchgenommen und wären nur zu blöd uns zu erinnern.

Glubschnak hatte inzwischen seinen Rucksack gepackt. Er hob Lorenzo behutsam hoch und schulterte seine verdammte Keule.

»Los geht's!«, stellte er fest und trabte hügelauf in den Wald.

Ich sah mich nach dem Anhänger um, den Schnick gestern neben die Feuerstelle geworfen hatte. Aber der war verschwunden.

Wir waren drei Tage unterwegs. Mit der Zeit fand ich es ziemlich langweilig, mich immer nur auf das dicke Ende von Glubschnaks Keule zu konzentrieren, aber auf diese Weise zog es mich wie an einer Schnur hinter dem laufenden Troll her. Schnick hatte gemeint, er hätte keine Lust, den ganzen Tag lang an meinem silbernen Anstecker zu reiben. Es wäre eine gute Konzentrationsübung für mich, wenn ich selbst dafür sorgte, dass ich dem Troll hinterherkam.

Wir übernachteten noch zweimal in ähnlichen Unterständen, immer nah an der Straße, die wir jetzt ganz deutlich sehen konnten. Aus der dritten Höhle mussten wir erst eine Horde

Gnome verjagen, die es sich darin gemütlich gemacht hatte. Jeder einzelne von ihnen verwünschte uns beim Hinauslaufen auf eine Weise, dass selbst uns hartgesottenen St. Patricks-Waisen die Ohren rot anliefen.

Aber Schlimmeres als die Gnome bekamen wir während unserer Reise nicht zu Gesicht. Einmal versteckte sich Glubschnak und machte uns auf einen Werwolf aufmerksam, der angeblich keine hundert Meter vor uns die Straße beobachtete. Der Troll deutete immer wieder auf die Stelle, aber weder Lorenzo noch ich konnten irgendetwas entdecken.

Doch als wir dann weiterliefen, sah ich aus dem Augenwinkel ganz kurz zwei orange glühende Punkte. Aber als ich mich umdrehte, war da nichts, außer ein paar Zweigen, die sich bewegten. Ob ich für einen Moment davonhuschendes schwarzes Fell gesehen habe, kann ich heute nicht mehr sagen.

Dass etwas so Gefährliches wie diese Werwölfe auch noch so schwer zu entdecken war, machte die Kerle nicht gerade sympathischer.

WALTER, DER WAHNSINNIGE WÜRGER

Am Abend des dritten Tages erreichten wir das Dorf Flüsterwald. Es war die erste größere Ansammlung von Behausungen, die wir in Fantasmanien sahen.

Gegen Mittag waren wir in die Ausläufer einer niedrigen Bergkette geraten, die von Norden aus ihre Finger ins Land streckte. Die Hügel wurden steiler, an vielen Stellen brach schroffes Felsgestein durch, als sei die Haut der Erde durchgescheuert. Aber der Wald wurde kaum lichter. Kiefern und Tannen krallten sich an den Hängen fest, wo immer sie konnten. Die Laubbäume drängten sich in den schmaler werdenden Tälern zusammen.

Kurz vor Sonnenuntergang wagten wir uns aus dem Wald auf die Straße. Es war jetzt auch fast unmöglich, abseits davon voranzukommen.

Wir wanderten über einen Kamm, hinter dem die Straße in drei wilden Schwüngen, erst nach rechts, dann nach links und am Ende wieder rechts steil abfiel. Danach verschwand sie geradewegs in einem schnell fließenden Fluss und tauchte auf der anderen Seite wieder auf um einen neuen Bergrücken hochzuklettern. Eine Furt!

Und genau an der Furt lag das Dorf Flüsterwald. Es bestand nur aus wenigen Häusern, die sich alle um ein viel größeres drängten, dessen riesiges, ausladendes Strohdach aussah, als hätten die Erbauer bei seiner Konstruktion heftig gestritten. Auf der Seite, die von der Straße abgewandt war, hatte es einen vernünftigen Giebel und ordentliche Fenstergauben. Aber zur Straße hin wölbte sich das Dach wie der Buckel einer Riesenschildkröte. Aus dem hinteren Teil des Daches ragten viele gemauerte Kamine. Auf dem vorderen Teil gab es einen einzigen Kamin, aber der war größer als alle anderen. Nur aus dem stieg Rauch auf. An der Straße hätte man dieses Dorf samt dem Schildkrötenhaus verstecken und nicht wiederfinden können. Aber in der Vorstadt gab es kein einziges Gebäude, das so stabil gebaut war wie die Häuser hier. Selbst die Ställe und Nebengebäude von Flüsterwald sahen wie kleine Festungen aus. Das lag wohl auch daran, dass alle Türen und Läden fest verschlossen waren. Obwohl die Dunkelheit bereits mit dem Flusswasser von den Bergen her ins Tal kroch, brannte nirgends eine Fackel oder Laterne.

Aber wir betraten das Dorf nicht. In der zweiten Kurve bogen wir nach links auf einen kleinen Pfad ab, der oberhalb der Häuser den Hang entlangführte. Der Pfad mündete in eine kleine Lichtung am Hochufer des Flusses. Darauf stand ein einzelner, sehr großer, aber stark verkrümmter Baum. Die Blätterkrone fehlte. Sein mächtiger Stamm war zersplittert, als hätte der Blitz eingeschlagen. Dicke Wurzeln liefen kreuz und quer über den Boden der Lichtung. Erstaunt sah ich, dass mehrere starke Seile von massiven, fest im Boden verankerten Pfosten über die zwei einzigen Äste schräg nach oben liefen. Wir standen vor einer gigantischen Felsnadel, die sich von dem Höhenrücken, über den wir eben gekommen waren, abgespalten hatte. Die Seile liefen halb um die Felsnadel herum und endeten in einer hölzernen Konstruktion, die über ihren oberen Rand ragte. Dort oben schien sich ein Gebäude zu befinden, aber das war durch die treibenden Wolkenfetzen nur schwer zu erkennen.

Schnick rief: »Kundschaft!«

Eine ganze Weile tat sich nichts, aber plötzlich kam Leben in den Baum. Der Stamm verdrehte sich knarzend und ein schrundiges Gesicht wandte sich uns zu. Der Baum funkelte uns aus einem einzelnen bösen Auge an. Auf der anderen Seite des krummen, mehrfach gebrochenen Astes, der wohl die Nase war, starrte ein schwarzes Astloch ins Leere. Darum herum wies die schrundige Rinde viele Narben auf.

»Darf ich vorstellen?«, sagte Schnick. »Das ist Walter, der Wahnsinnige Würger. Er bringt uns nach oben.«

»Wenn du *das* glaubst, bist *du* der Wahnsinnige!«, grollte der Baum. »Ich befördere doch keinen Bergtroll!«

Er versteckte sein vernarbtes Gesicht hinter einem unbelaubten Ast und drehte sich knarzend von uns weg.

»Walter, du weißt genau, dass du verpflichtet bist, jeden Fahrgast zu befördern«, mahnte der Kobold. »Wir haben einen Verletzten hier und müssen dringend zu Merellyn.«

Der Baum wandte sich uns wieder zu. »*Einen* Verletzten?«, fragte er hämisch. »Wenn ihr nicht sofort verschwindet, mache ich daraus vier!« Plötzlich gerieten seine Wurzeln in Bewegung. Sie schnellten alle auf einmal aus der Erde. Ich fühlte mich wie in den Fängen eines Riesenpolypen.

Glubschnak schlug halbherzig mit seiner Keule gegen eine Wurzel, die ihn bedrängte. Aber die schlug so hart zurück, dass der Troll taumelte.

»Schon gut!«, rief Schnick. »Wir gehen.«

Die Wurzeln sanken zu Boden, meiner Meinung nach in einer anderen Anordnung als zuvor.

»Wir gehen in den Halben Humpen«, sagte Schnick, als wir einigermaßen außer Hörweite waren. »Vielleicht finden wir jemand, der den Würger überreden kann.«

Glubschnak stieg zum Dorf ab.

»Was war das denn für einer?«, wollte Lorenzo wissen.

»Walter ist ein verurteilter Mörder«, berichtete Schnick. »Er hat vor zwölf Jahren zwei Holzfäller getötet. Ganz in der Nähe von eurem Waisenhaus.«

»Wie bitte?«, entfuhr es mir. »Das ist drei Tagesreisen von hier entfernt! Wie soll er …?«

»Er ist nicht hier gewachsen«, unterbrach der Kobold. »Hier brummt er nur seine Strafe ab. Eigentlich war er von seinen Mitbäumen zum Tode verurteilt worden. Aber Merellyn hat ihn gerettet. Seitdem spielt er hier den Aufzug zum Turm.«

»Ein Baum wurde von Bäumen zum Tode verurteilt, weil er Menschen umgebracht hat?«, fragte Lorenzo ungläubig. »Ich hatte nie den Eindruck, dass sich die Bäume darum scheren, wie es den Menschen geht.«

»Ganz so war es auch nicht«, gab Schnick zu. »Er wurde verurteilt, weil die Städter nach dem Tod der Holzfäller ein Feuer im Wald gelegt hatten, bei dem viele Bäume und vor allem Schösslinge starben. Außerdem wurde er eher von den Dryaden verurteilt, die *in* den Bäumen wohnen, als von den Bäumen selbst.«

»Was sind Tiraden?«

»*Dryaden*. Baumnymphen. Eine Elfenunterart. Auch in den fantasmanischen Wäldern gibt es viele Bäume, die nicht sprechen können. Erst wenn eine Dryade in einen Baum einzieht, beginnt er zu sprechen. Allerdings bleibt ihm diese Fähigkeit auch dann, wenn die Baumnymphe stirbt oder weiterzieht. In Walter wohnt jedenfalls keine mehr.«

»Und warum hat dieser Merellyn ihn gerettet?«

»Keine Ahnung.«

Wir ließen den Wald hinter uns und liefen an niedrigen Weidezäunen entlang ins Dorf. Auf der Hauptstraße wandten wir uns nach rechts und standen vor dem großen Haus mit dem buckeligen Strohdach. An seiner Vorderfront aus massiven Balken brannte eine einzelne Fackel, die ich vom Hügelkamm aus nicht gesehen hatte. Sie beleuchtete ein grobes Holzschild, das an Ketten von einem eisernen Halter hing. Darauf war ein zerbrochener Krug gemalt. Das war also der Halbe Humpen.

Schnick verschwand von Glubschnaks Rucksack und tauchte an der Tür des Wirtshauses wieder auf. »Überlasst das Reden mir!«, befahl er. Als er die Tür aufstieß, fiel warmes Licht auf die Straße. Kaminrauch und der Lärm vieler Stimmen quollen heraus.

»Hey, Leute!«, rief Schnick in den Gastraum hinein. »Macht Platz, hier kommt die gefährlichste Räuberbande der Welt!«

»Schnick! Glubschnak!«

»Ihr Rumtreiber! Wo wart ihr so lange?«

»Gib einen aus, alter Polterheini!«

Das und ähnliche Rufe schallten uns entgegen.

»Wartet!«, übertönte eine Stimme den Lärm. »Wir müssen ein bisschen umräumen, wenn Glubschnak auch reinwill. Er soll mir nicht wieder die Möbel zerdeppern! Helft mal alle mit!«

Es gab einen kleinen Tumult. Das Rücken von Tischen und Stühlen war zu hören. Der Empfang war beruhigend. Auch nicht anders als an einem der Stammtische in der Muschel.

Ein kleiner Mann mit einer Schürze vor einem stattlichen Bauch trat auf die Straße. Er sah auf den ersten Blick ganz menschlich aus. Auf den zweiten musste man allerdings zugeben, dass Menschen keine kleinen Hörner aus den Schläfen wachsen. Und natürlich haben sie auch keine spitz zulaufenden Ohren, mit denen sie herumwedeln können wie ein Esel, der Fliegen verscheucht.

»Rein mit euch!«, sagte er. Ich fragte mich nur, wie Glubschnak durch die Tür kommen sollte, ohne das ganze Haus einzureißen. Doch der Wirt drehte einfach die Fackel neben der Eingangstür, bis sie waagerecht stand. Sie erlosch und ein Rumpeln lief durch die Hausfront. Plötzlich bewegten sich die einzelnen Balken, glitten abwechselnd nach links und nach rechts und rotierten dabei. Im Handumdrehen war eine stattliche Öffnung entstanden, durch die der Troll mühelos eintreten konnte. Der Wirt drehte die Fackel wieder aufrecht. Mit einem Plopp! kehrte die Flamme zurück und die Balken führten hinter Glubschnak das gleiche Ballett rückwärts auf, bis die Wand wieder stand.

Jetzt begriff ich. Der vordere Teil des Wirtshauses war für Leute wie Glubschnak gebaut. Es gab keine Zwischendecken. Hoch über uns wölbte sich die Dachkonstruktion. Der Wirt musste keine Angst haben, dass Glubschnak sie einriss, wenn er aufrecht stand. Ich schätze, dass etwa vier Trolle von Glubschnaks Kaliber hier Platz gehabt hätten. Weiter hinten war der Gastraum erhöht und über zwei kurze, breite Treppen links und rechts erreichbar. Das war praktisch, weil die kleineren Gäste so wenigstens einigermaßen auf Augenhöhe mit den Trollen waren. Außerdem waren sie durch eine Brüstung voneinander getrennt, sodass niemand Angst haben musste, dass sich ein Troll versehentlich auf ihn setzte. Tja, ein Wirt in Fantasmanien musste Rücksicht auf die verschiedensten Größen nehmen, wenn er Gäste empfangen wollte.

Als der Troll Lorenzo von seinem Rucksack hob und ich ins Blickfeld schwebte, wurde es schlagartig still.

»Alles in Ordnung!«, rief Schnick. »Die beiden sind Freunde von, äh … außerhalb. Der hier hat sich ein bisschen verletzt.«

»Von außerhalb, hä?«, echote ein haariger Gast, der mit seinem weiten, fransigen Umhang aussah wie eine sehr große Fledermaus mit Perücke. »Wo liegt 'n das?«

»Das ist so weit weg …«, wand sich Schnick. »Das kann man jetzt sooo genau gar nicht sagen …«

»Vielleicht kommen sie gar nicht von da!«, rief ein anderer Gast. Er machte eine Pause, bis alle sich erwartungsvoll zu ihm umgedreht hatten. Dann sagte er bedeutsam: »Vielleicht kommen sie von ganz woanders!«

Obwohl niemand gesagt hatte, von wo wir jetzt genau gekommen sein sollten, wandten sich alle wieder uns zu und starrten uns argwöhnisch an. Es herrschte eine unangenehme Stille. Was würde passieren, wenn die Fantasmanier erfuhren, dass wir aus Arkanon kamen?

Aber wir fanden es nie heraus. In die Stille hinein sagte nämlich jemand aus dem Hintergrund:

»Mich würde vor allem interessieren, ob ihr von da, wo die herkommen, die achtundneunzig Fantasmo mitgebracht habt, die ihr mir noch schuldet!«

Wieder fuhren alle Köpfe herum. Hinter dem Tresen stand der Wirt und hielt einen Filzdeckel hoch, auf dessen Rand rundum kleine Zeichen gekritzelt waren.

»Ach, das!«, rief Schnick und dann, viel leiser: »Das hatte ich vergessen ... verflixt, ich wusste doch, dass es einen Grund gibt, warum ich gleich zum Turm raufwollte!«

»Kommt mal an die Bar!«, befahl der Wirt. »Das müssen wir ausführlich besprechen! Und ihr anderen, glotzt nicht so! Jemand soll Glubschnak ein Fass Bier bringen!«

Der übliche Kneipenlärm kehrte zurück, als wir zur Bar schlichen. Das heißt, Schnick schlich, Lorenzo hüpfte einbeinig, auf den Kobold gestützt, und ich schwebte hinterher.

Der Wirt winkte uns zur äußersten Ecke des Tresens, wo dieser an den Trollbereich stieß, sodass sich auch Glubschnak zu uns gesellen konnte. »Denkt euch gefälligst bessere Geschichten aus, wenn ihr Fremde hierher bringt«, raunte der Wirt, während Lorenzo und Schnick auf Barhocker kletterten. »Kommen von außerhalb … sag doch gleich laut, dass sie aus Arkanon sind! Heutzutage weiß man nie, wer alles mithört und was aus solchen dummen kleinen Geschichten wird … Die Flüsterwäldler sind in Ordnung. Aber wir haben heute eine Horde Fuhrleute aus Linvermis da. Ihr wisst schon, die Stadt in den Drachenbergen. Gerüchte machen schnell die Runde.«

Schnick sah betreten aus. Der Wirt stellte unaufgefordert einen Becher vor dem Kobold ab. Das Getränk darin sah einigermaßen nach Bier aus, aber Lorenzo meinte, es hätte einen leichten Himbeer- und einen sehr starken Faulige-Erde-Geruch. Schnick stürzte es in einem Zug hinunter und wischte sich den Mund mit dem Ärmel ab.

»Ich bin übrigens Ruppig. Ruck Ruppig«, wandte sich der Wirt an Lorenzo und mich. »Stolzer Besitzer des Halben Humpen. Modernstes Gasthaus diesseits der Fracht-Fort-Furt.«

Lorenzo schüttelte seine ausgestreckte Hand, aber ich winkte nur ein bisschen.

»Na ja, was Besseres ist mir auf die Schnelle nicht eingefallen«, gab der Kobold zu. »Wir wollten eigentlich gleich hinauf zum Turm, aber der Würger hat sich geweigert.«

»Beim Wahnsinnigen Würger war ich schon jahrelang nicht mehr«, meinte Herr Ruppig. »Aber eine andere Möglichkeit, zum Turm zu gelangen, gibt's nicht. Der Alte hat die Brücke immer noch nicht repariert. Er ist seit ewigen Zeiten nicht mehr hier gewesen. Nur Myrabella kommt einmal im Monat um eine Lieferung aus Linvermis abzuholen.« Er zeigte auf uns. »Sind die beiden alt genug für ein Stechapfelweinchen?«

Schnick schüttelte den Kopf. Wie konnte der Wirt so was fragen? Wollte er sein Weinchen durch mich durchschütten?

»Außerdem sind William und ich Sportler!«, merkte Lorenzo an. Ruppig musterte uns von oben bis unten. »Hab ich mir gleich gedacht«, sagte er mit Pokermiene.

Glubschnak nuckelte genüsslich an seinem Fass. Kein Wunder, dass die beiden eine Rechnung von achtundneunzig Fantasmo stehen hatten.

Ich wusste damals noch nicht, dass man solche Beträge von einer Währung in die andere umrechnen muss. Jedenfalls waren achtundneunzig Monstrar etwa so viel, wie Lorenzo und ich zusammen in drei Jahren verdienten.

Als ich mich wieder zur Bar umdrehte, standen zwei Becher Wasser vor uns. Es war seltsam genug, dass sich niemand über den Anblick eines Geistes aufregte. Dass Herr Ruppig aber offensichtlich glaubte, ich könnte was trinken, gab mir zu denken. Der plauderte inzwischen weiter. »Und weißt du, was einmal im Monat ankommt?«

Schnick schüttelte den Kopf. Dabei zog er die Augenbrauen hoch und die Mundwinkel nach unten, sodass zwei umgekehrte, spitze Vs in seinem Gesicht entstanden.

»Drachenfett«, verkündete der Wirt, als verrate er uns das Geheimnis, wie die Welt sich dreht. »Wisst ihr, was man mit Drachenfett anstellt?«

Jetzt schüttelten wir alle vier den Kopf.

»Was kann man denn mit Drachenfett anstellen?«, fragte Glubschnak.

»Es heißt, Drachenfett hilft beim Fliegen!«, rief der Wirt. »Aber vielleicht schmieren sie es sich auch aufs Brot. Was zu essen hat Merellyns Haushälterin jedenfalls seit Jahren nicht mehr gekauft. Vielleicht ist der Alte längst tot.«

Wir sahen uns betreten an.

»Aber das könnt ihr morgen ja selbst rausfinden«, fuhr der Wirt fort. »Die Lieferung für den Turm war bei dem Zeug, das mir die Fuhrleute gebracht haben. Myrabella kommt morgen um sie abzuholen, dann könnt ihr mit ihr hochfahren. Ich kann mir nicht vorstellen, dass der Würger es wagt, sich dem alten Dragoner zu widersetzen.«

Wir machten es uns also in der Gaststube des Halben Humpen bequem, da die Fuhrleute alle Zimmer belegt hatten. Sie feierten ziemlich lang, aber Ruck Ruppig sorgte dafür, dass sie uns in Ruhe ließen.

Am nächsten Morgen brachen sie verkatert auf. Ihre Fuhrwerke wurden von Tieren mit zottigem Fell und tief nach unten geschwungenen, wuchtigen Hörnern gezogen. So was wie die hatte ich noch nie gesehen. Ich habe den Namen der Tiere nicht genau mitbekommen, aber ich glaube, dass die Kutscher sie »Glub« nannten.

DIE TÄTOWIERTE FEE

Erst am frühen Nachmittag kam Myrabella. Die Wirtshaustür wurde mit Wucht aufgestoßen, sodass wir alle, einschließlich Glubschnak, zusammenzuckten.

Als der Wirt gesagt hatte, dass der wahnsinnige Baum es nicht wagen würde, sich dem »alten Dragoner« zu widersetzen, hatte ich mir eine fette Alte mit gezücktem Nudelholz vorgestellt, so eine Art Mini-Glubschnak mit Lockenwicklern.

Stattdessen kam eine große Libelle in den Gastraum geschossen, von deren Flügeln so etwas wie glitzernder Diamantenstaub rieselte. Das Insekt flog zielstrebig zum Tresen und landete darauf. Sobald die Flügel stillstanden, hörte der Glitzerregen auf. Aber von Insekt konnte keine Rede sein und erst recht nicht von einer fetten Alten. Myrabella war eine Fee. Sie war ungefähr drei Handbreit groß und … sehr hübsch. Das Einzige, was ein bisschen störte, waren die blauen Tätowierungen, die sie von Kopf bis Fuß bedeckten, und die riesigen, spitz zulaufenden Ohren. Die blaue Farbe passte zwar gut zu ihrem langen, flachsblonden Haar, aber sie lenkte schon sehr von ihrer Schönheit ab.

Sie beäugte Lorenzo und mich abschätzig und sah sich dann nach dem Wirt um.

»Guten Morgen, Herr Ruppig«, sagte die Fee. Sie hatte eine schöne hellklingende Mädchenstimme, aber ihr Ton war keineswegs freundlich. »Ist meine Lieferung angekommen?«

»Guten Morgen, Myrabella«, antwortete der Wirt ohne Umschweife. »Hier ist sie.«

Er langte unter den Tresen und stellte dann einen Tiegel aus massivem Eisen vor der Fee ab, der genauso groß war wie sie und mindestens den dreifachen Umfang hatte. Der Deckel war mit vielen Schnüren an den Behälter gebunden und die waren mit Wachs versiegelt. Auf dem Etikett prangten lauter spinnenbeinige Krakelbuchstaben, wie ich sie noch nie gesehen hatte. Insgesamt sah der Behälter aus wie eine Urne. Als wäre jemand gestorben und eingeäschert worden, ein Onkel vielleicht, und jetzt sollte er per Post verschickt werden, damit die Tante in seiner weit entfernten Heimatstadt ihn auch noch mal sehen konnte. Wie das zarte Wesen mit den Libellenflügeln dieses Ding hochheben sollte, war mir ein Rätsel. Aber sie tat es mit einer Leichtigkeit, als wäre der Eisentiegel ihr Puderdöschen.

In dem Moment trat Schnick an sie heran.

»Hallo, Myrabella!«, sagte er ungewohnt schüchtern. »Wir sind's, Schnick und Glubschnak.«

Die Fee musterte den Kobold von oben bis unten, als müsse sie darüber nachdenken, ob er auch die Wahrheit sagte. Schließlich nickte sie und sagte zum Wirt: »Pass auf, dass sie ihre Rechnung bezahlen, Herr Ruppig!«

»Wir haben einen Verletzten hier, der dringend Merellyns Hilfe braucht«, fuhr der Kobold hastig fort. »Aber der Wahnsinnige Würger wollte uns nicht zum Turm befördern.«

Myrabella hatte bereits abgehoben und schwebte über der Theke. Der Sternenstaub, der von ihren Flügeln rieselte, verglühte, ehe er auf das blank gescheuerte Holz traf. »Die Praxis ist geschlossen«, sagte sie knapp.

Schnick deutete auf Lorenzo und mich. »Die beiden wurden von Arachnua angegriffen und wir kamen ihnen zu Hil…«

»Von Arachnua?«, unterbrach die Fee. »Wo?«

»In der Menschenstadt«, erklärte Glubschnak. »Wo die Schmugg…«

Ein gezischtes »Psssst!« von Schnick unterbrach ihn.

»In der Menschenstadt«, wiederholte die Fee. »Und ihr wart ganz zufällig auch dort?«

»…nein, nicht *ganz* zufällig«, presste Schnick heraus. »Aber wir wollten niemand verletzen, es war nur…«

»Das kommt davon, wenn ihr euch mit diesem Gesindel herumtreibt!«, schimpfte Myrabella. »Schwierigkeiten, nichts als Schwierigkeiten!«

Aber sie setzte den Tiegel ab und sah zu uns herüber.

»Menschen! Neue Schwierigkeiten!«, stöhnte sie, als hätte der Kobold ein paar verlauste Straßenköter angeschleppt. »Aber gut, kommt mit.«

Myrabella flog den Weg zur Lichtung mit dem irren Baum vor uns her. Erst dort drückte sie Glubschnak den eisernen Behälter in die Hand. Dann flog sie zum Wahnsinnigen Walter. Schon nach kurzer Zeit kam sie glitzernd wieder hinter dem mächtigen Stamm hervorgeschossen.

»Alles klar«, verkündete sie. »Ihr fahrt mit Walter. Ich fliege.«

»Mir wär's lieber, du fährst mit«, meinte Schnick. »Ich mach mir Sorgen um Lorenzo. Er ist verletzt und der Baum…«

In dem Moment drehte uns der Würger sein narbiges Gesicht zu.

»Sprich es doch aus, Knochensack!«, knarrte der Baum. »Der Baum ist wahnsinnig! Was, wenn er uns unterwegs … *verlieren* würde …? Es sind an die hundert Meter nach unten. Was würde das platschen! Wuahaha!«

Er wurde von einem solchen Lachanfall geschüttelt, dass Rindenstückchen und Pilze, die auf Walter wucherten, nach unten fielen.

»Walter, lass das!«, zischte die Fee. »Ich werde auch mitfahren. Und verloren wird gar nichts!«

»Schon gut!«, erwiderte der Baum. »Also, tretet näher, ich beiße nicht. Hab heute schon fünf Krähen und ein Backenhörnchen gefressen. Wuahaha!«

»Macht euch nichts daraus«, meinte Myrabella. »Geht nah an den Stamm heran. Tretet ruhig auf die Wurzeln. Ihr müsst euch draufstellen, wo sie am dicksten sind.«

»Alles an Bord?«, fragte der Würger, als sein Lachanfall zu Ende ging. »Dann kann's ja losgehen. Aber der Troll hilft ziehen, sonst könnt ihr's vergessen!«

Plötzlich schnellten wie am Vorabend die Wurzeln hoch. Eine Zeit lang herrschte um uns herum wildes Gepeitsche. Dann hatten sich die Wurzeln rundherum zu einer hohen Reling verflochten. Wir standen sicher wie in einem Korb. Zwei große, blattlose Äste fuhren nach oben. Zweige wickelten sich um eines der drei Seile, die von den Pfosten durch die Baumkrone und dann den Felsen hinaufliefen.

»Hier musst du anfassen, riesengroßer Blödmann!«, rief der Wahnsinnige Walter. »Und ziehen! Und ziehen!«

Gehorsam packte Glubschnak mit an. Auf die Beleidigung des Baumes erwiderte er nichts. Er war wirklich ein gutmütiger Kerl.

Wir rumpelten ruckweise nach oben. Wenn der Baum und der Troll nachfassten, sackten wir jedes Mal wieder ein kleines Stückchen nach unten, aber ein Sicherungsseil sorgte dafür, dass wir nicht ganz zurückrutschten.

Es ging weit in die Klamm hinaus. Durch die Lücken zwischen den Wurzeln sah man Stromschnellen um spitze Felsen tanzen. Aber an der abgewandten, ruhigeren Seite des Felsens glaubte ich einen Steg und ein kleines Boot erkannt zu haben.

»Irre, oder?«, flüsterte Lorenzo mir zu.

»Ja, der Baum ist absolut …«

»Ja, ja, der sowieso!«, unterbrach er mich. »Aber ich meine auch alles andere. Hättest du dir jemals träumen lassen, dass man einen Baum als Gondel benutzt? Der einen an einem Seil über eine tiefe Schlucht einen Berg hochzieht? Ich meine, hey: ein Mörderbaum, der Vögel und kleine Tiere frisst! Hier gibt's Werwölfe! Trolle! Spitz… Kobolde! Blaue Elfen! Das hätt' ich nicht gedacht.«

Das war wieder mal typisch Lorenzo. Wenn der Baum jetzt durchdrehen sollte und seinen Wurzelkorb öffnete, war er am meisten in Gefahr. Ich würde einfach davonschweben. Die Fee konnte fliegen. Schnick war als Poltergeist in der Lage, sich mit einem Augenzwinkern woandershin zu versetzen. Wahrscheinlich nicht bis auf die Spitze der Felsnadel, aber zumindest auf das Führungsseil. Und den Troll würde der Baum nicht so leicht abschütteln. Aber während ich mir Sorgen machte, genoss Lorenzo den Ausflug!

Das Seltsamste war, dass wir nicht sehen konnten, wohin die Reise ging. Die Spitze der Felsnadel war in Wolken gehüllt. Glubschnak und Walter zogen uns mitten hinein. Schade. Da hätte ich zum ersten Mal die Gelegenheit gehabt, Wolken zu

berühren. Und jetzt war ich mittendrin und konnte sie nicht anfassen. Aber Lorenzo meinte, es sei nichts als verdammt nasser Nebel.

Erst als wir fast schon oben angekommen waren, schälte sich das Balkengerüst aus dem Nebel, das wir gestern Abend von unten nur vage erkannt hatten. Der Baum schlang ein paar Seile um Haltepfosten und verankerte sich so selbst. Dann öffnete er seine Wurzeln, sodass wir festen Boden betreten konnten. Das heißt natürlich, die anderen betraten. Ich schwebte. Es war trotzdem ein seltsames Gefühl. Der Nebel war so dicht, dass man nur erahnen konnte, was vor einem lag. Der Würger hätte seine Wurzeln genauso gut zur anderen Seite öffnen können und wir wären ins Nichts getreten. Aber er hatte es nicht getan. Glubschnak und Schnick standen auf festem Boden.

Es war nützlich, dass die Flügel der Fee beim Fliegen glitzerten. So konnten wir ihr folgen ohne versehentlich über den Rand des Felsens zu fallen. Schließlich standen wir vor einer schweren beschlagenen Eichentür, zu der ein paar ausgetretene und teilweise geborstene Stufen führten. Als ich hochblickte, schien sich der Turm jedes Mal, wenn die treibenden Nebelschwaden die Sicht für einen Moment freigaben, verändert zu haben. Ich brauchte eine Weile, um zu begreifen, dass sich das Gebäude aus mehreren Türmen und Nebentürmchen und aberwitzig weit aus dem Gemäuer ragenden Erkern zusammensetzte, die untereinander durch schmale Brücken, Freitreppen und gemauerte Bögen verbunden waren. Man sah jedes Mal ein anderes Stück von dem Bauwerk, wenn sich ein kleines Loch in den Wolken auftat. Die vielen Wehrgänge und Zinnen wirkten düster. Dass aber überall wilder Wein an den Mauern hochwuchs, milderte den Eindruck.

DER DIMENSIONSFLUGTURM

Myrabella öffnete die schwere Tür mit mehreren gemurmelten Zaubersprüchen. Als wir alle im Vorraum waren, knallte sie die Tür mit Schwung zu. Mit einem zarten Finger auf die Treppe deutend, meinte sie: »Geht schon nach oben und legt den Verletzten ins Behandlungszimmer. Ich muss noch die Tür verrammeln.«

Ich sah fasziniert zu, wie sie Balken und Riegel, die ich zu meinen Lebzeiten nicht hätte heben können, mühelos in ihre Halterungen wuchtete.

Sie deutete mit dem Daumen über die Schulter zur Treppe. »Du auch!«, befahl sie. »Ich muss ein paar Verriegelungszauber ausführen, die braucht niemand zu sehen.«

Ich schwebte die steile Stiege hoch. Im ersten Stock gab es einen schmalen Gang, von dem links und rechts mehrere Türen abgingen, und am Ende wieder eine Holztreppe, die weiter in den Turm hinaufführte. Ich wusste nicht, wohin die anderen gegangen waren. Türen öffnen konnte ich nicht. Aber inzwischen wusste ich schon ein bisschen was übers Geistertum. Ich steckte einfach meinen Kopf durch jede Tür und sah mich im Zimmer dahinter um. Bevor ich die anderen gefunden hatte, kam die Fee herauf. »Lass das!«, zischte sie.

»Was denn?«, fragte ich scheinheilig, während ich weiter den Turm hinaufschwebte. »Dieses Geistergetue«, meinte sie abfällig. »Durch Türen und Wände huschen. Unsichtbar werden und woanders wieder auftauchen. Du bist in einem fremden Haus. Hat dir niemand beigebracht anzuklopfen?«

Jetzt wurde mir ihr Geschimpfe zu bunt. »Wie soll ich das bitte schön anstellen?«, wollte ich wissen. »Ich kann nirgends anklopfen. Wenn ich es versuche, flutscht mein Arm durch die Tür. Und wenn jemand sagen würde ›Herein!‹, könnte ich die Tür nicht öffnen! Mir bleibt gar nichts anderes übrig, als durchs Holz zu schweben.«

Die Fee war völlig unbeeindruckt. Sie sprach weiterhin mit mir, als wäre ich ein ungezogenes kleines Kind. »Papperlapapp!«, schnappte sie. »Natürlich können auch Geister ein paar Benimmregeln respektieren. Das wirst du schon lernen. Bist du nie zur Schule gegangen?«

Nein, bin ich nie, Fräulein Oberlehrerin. Und schon gar nicht als Geist. Das dachte ich mir, aber ich sprach es nicht laut aus.

Inzwischen waren wir ein Stockwerk höher geschwebt und über eine andere Treppe wieder einen halben Stock tiefer, wahrscheinlich in ein Nebengebäude. Die Fee öffnete eine Tür, hinter der Schnick und Glubschnak mit Lorenzo warteten.

Der Eindruck, den ich in den paar Zimmern bekommen hatte, in die ich wortwörtlich den Kopf gesteckt hatte, bestätigte sich hier. Dieser Turm wurde von ganz unglaublichen Schlampern bewohnt. Ich konnte mir jedoch nicht vorstellen, dass die strenge Fee so eine war. Also blieb nur dieser Zauberer Merellyn, den wir noch nicht zu Gesicht bekommen hatten.

Das Behandlungszimmer war ein kleines bisschen ordentlicher als die Räume, die ich schon gesehen hatte, aber wahrscheinlich nur deshalb, weil hier mehr Platz war.

An einem hölzernen Gestell war ein kleines, verkrümmtes Skelett festgeschraubt, vermutlich von einem Gnom. Von der Decke baumelte an schweren Ketten ein riesiges Ungetüm, von dem wir später erfuhren, dass es ein ausgestopftes Riesenkrokodil war. Überall an den Wänden hingen Schautafeln, zum Teil in mehreren Schichten übereinander. Sie zeigten das Innere von Zwergen oder fein gemalte Pilze, daneben eine Liste mit der Überschrift AUF KEINEN FALL ESSEN!, über die jemand schwarze Tinte gekleckert hatte. Sie war also völlig nutzlos. Aber abgenommen hatte sie niemand. Andere Tafeln zeigten die richtigen Handgriffe bei der Massage von ausgerenkten Astralkörpern, zehn böse Blickarten zum Verhexen von Kühen oder korrektes Baden in Drachenblut. Eine Tafel mit der Überschrift ERSTE HILFE BEI DRACHEN-BISSWUNDEN zeigte drei Bilder und einen fett geschriebenen Satz. Auf dem ersten Bild weckte ein simpel gemalter kleiner Ritter die Aufmerksamkeit eines Drachen, indem er dem Untier mit seiner Lanze in den Hintern piekste. Auf dem zweiten war der halbe Ritter im Rachen des Lindwurms verschwunden. Im dritten Bild waren der Drache und die Lanze alleine.

Die Unterschrift besagte:

VERGISS ES!!!

In Einmachgläsern auf hohen Regalen schwammen unbeschreiblich eklige Dinge in ebenso widerlichen Flüssigkeiten. Das Zeug sah aus wie Krötendärme, achtköpfige Spinnen mit

Fangzähnen oder Gehirn in Aspik. Bei manchem Glasinhalt hatte man den Eindruck, dass er sich bewegte. In einem geräumigen Kamin lag ein vom Ruß geschwärzter Kessel umgestürzt auf kalter Asche. Auf seinem Grund war ein verdächtig aussehender grüngelber Brei eingetrocknet. Daneben und halb darin lag das Skelett einer Ratte, die vermutlich an dem Brei gestorben war.

Auf Nebentischen verstaubten Reagenzgläser in hölzernen Gestellen, bauchige gläserne Gefäße mit gewundenen Hälsen, leere Vogel- und Rattenkäfige. Überall standen vielarmige Leuchter mit heruntergebrannten Kerzenstummeln, von denen herabgetropftes Wachs wie in gefrorenen Sturzbächen hing. Dazwischen hatten mehrere Generationen von Spinnen ihre Netze gewoben. Alles sah so aus, als sei es seit langer Zeit nicht benutzt worden.

Lorenzo lag auf einem großen Tisch in der Mitte des Raums. Er war aus schwerem Eichenholz mit reich verzierten, gedrechselten Beinen. Aber die Tischplatte wies alte Blutflecken auf, die tief ins Holz eingedrungen waren. Mit so was kannte ich mich aus. Alle Tische in der Miesen Muschel hatten ähnliche Flecken.

»Ist der Meister … äh, anwesend?«, fragte Schnick vorsichtig.

Die Fee verzog die Mundwinkel. »Nicht in dem Sinne, dass er uns hier helfen könnte«, stellte sie fest, während sie die fleckigen Lumpen abwickelte, die um Lorenzos Knie gebunden waren. »Er geht jetzt immer öfter und bleibt immer länger weg. Irgendwann findet er nicht mehr zurück.«

Ich verstand nicht, wovon sie redete.

Die Fee fuhr zurück. »Bäh, was habt ihr denn da draufgeschmiert?«, fauchte sie. »Etwa Aasdisteln?«

Als der Kobold und der Troll verlegen nickten, wies sie auf einen steinernen, in die Wand eingelassenen Trog.

»Da drüben ist der Brunnen. Wascht ihm das Zeug ab, bevor mir schlecht wird.«

Ich schwebte mit Glubschnak zu dem Brunnen, aber es war kein Wasser darin. Glubschnak packte eine gebogene eiserne

Stange, die über dem Becken aus der Wand ragte, und zog daran. Er bewegte den Hebel mehrere Male schnell auf und ab. Plötzlich gurgelte es in einem gekrümmten Kupferrohr neben dem Hebel, dann schoss daraus Wasser in das Steinbecken.

Ein Pumpbrunnen! Davon hatte ich schon gehört. Angeblich hatte sich von Fresseisen einen in seine Privatgemächer im Stadion einbauen lassen. Sehr modern. Und wir hatten gedacht, in Fantasmanien herrsche finsterstes Mittelalter.

Lorenzo stöhnte auf, als Glubschnak anfing sein Knie mit einem nassen Tuch abzureiben. »Lass nur!«, sagte er gepresst. »Ich mach es selbst.«

Inzwischen hatte Myrabella ein paar Kerzen angezündet, weil es draußen langsam dunkel wurde. Sie flog mehrmals zu den Regalen und holte verschiedene Tiegel und Glasfläschchen, die sie neben Lorenzos Bein an der Tischkante aufreihte. Dann landete sie auf dem Tisch und marschierte zu Lorenzos Knie. Sie untersuchte das Bein von allen Seiten. Für mich hatte sich das Knie nicht verändert. Die Schwellung war nicht zurückgegangen. Wenn sich überhaupt was geändert hatte, war der Bluterguss höchstens noch dunkler geworden. Die Fee zeigte auf drei blutverkrustete Löcher an der Außenseite des Knies. Um die Einstiche herum saßen Schwellungen auf der Schwellung und die Haut war fast schwarz.

»Wie ist das passiert?«, wollte sie wissen.

Schnick rückte ein Stück von Glubschnak ab. »Das kannst *DU* erklären ...«, zischte er dem Troll aus dem Mundwinkel zu.

Der kratzte sich verlegen an der Nase.

»Also, das war so ...«, begann er zögernd. »Oder nein, ich fang ganz anders an! Also wir, das heißt, Schnick und ich ...«

»Ich will wissen, wie es passiert ist!«, fauchte die Fee.

»Mimimit der Keule war's!«, beeilte sich Glubschnak zu erklären. »A... Aber nicht mit Absicht!«

Myrabella stützte die Fäuste auf die Hüften.

»Zeig mir die Keule!«, forderte sie. »Aber vorsichtig!«

Behutsam streckte ihr Glubschnak seinen Hartholzprügel hin. Kaum hatte Myrabella das dornenbewehrte Ende in Augenschein genommen, schlug sie die Hände vor die Augen.

»Ich fasse es nicht!«, murmelte die kleine Fee gepresst. »Dornen von der giftigen Jahresblume ...«

Und dann schrie sie ganz laut: »Du Trottel hast ihm das Knie zerschmettert mit Dornen von der Jahresblume! Was für ein verrotteter Verstand ... ach, was red ich von Verstand! Wie kommst du Null-Hirn dazu, ausgerechnet *diese* Dornen an dein Deppenspielzeug zu montieren?«

»Ich, äh ... aber das machen bei uns alle ... mein Opa und meine Brüder ... alle«, stotterte der Troll. »Wir ... äh, wenn's eine Rauferei gibt, schnappen wir uns unsere Keulen und dann gibt's was aufs Dach. Das ... das ist ein Mordsspaß ... bei uns.«

»SPASS?«, brüllte die Fee ungläubig.

Schnick suchte die Wände nach einer Fluchtmöglichkeit ab.

»Na ja ... das ist lustig, weil ... das kommt wieder«, versuchte Glubschnak zu erklären. »Onkel Roschmik sitzt zum Beispiel ganz friedlich am Feuer und plötzlich fliegt er quer durch den Raum und knallt an die Wand. Hehe.«

»Hehe«, wiederholte Myrabella mit Frost in der Stimme. »Mir bleibt hier leider das Witzige am Trollhumor verborgen. Was ist daran lustig?«

»Aber das ist doch der Spaß ...«, feixte der Troll. »Opa hat Onkel Roschmik vor einem Jahr ordentlich eins mit der Keule verpasst. Und plötzlich passiert's noch mal! Wusch, und ...«

»GLUBSCHNAK! STOPP!«, schrien Schnick, Myrabella und ich. Das Ende der Keule, die Glubschnak in Erinnerung an den gelungenen Trollspaß geschwungen hatte, bremste knapp vor Lorenzos Gesicht. So knapp davor, dass dessen weit aufgerissene Augen schielen mussten um sie zu sehen.

Die schwarzen Knopfaugen unter den buschigen Brauen des Trolls weiteten sich. »'tschuldigung!«, murmelte er. Behutsam ließ er die Keule sinken. »Ist vielleicht gar nicht so lustig. Muss man vielleicht dabei gewesen sein …«

Myrabella wandte sich kopfschüttelnd an Lorenzo und mich.

»Die Jahresblume ist eines der giftigsten Gewächse Fantasmaniens«, erklärte sie. »Wenn eine Verletzung damit vergiftet ist und nicht mit dem korrekten Zauber geheilt wird, taucht dieselbe Verletzung nach einem Jahr wie aus dem Nichts wieder auf. Und im Jahr darauf wieder und so fort.«

Myrabella schüttelte den Kopf.

»Da trau ich mich nicht ran!«, gestand sie. »Wir müssen Merellyn zurückholen.«

Die Fee flog zu einem etwas schimmelig aussehenden, schweren Samtvorhang, der in einem Torbogen am hinteren Ende des Behandlungszimmers hing, und zog ihn mit Schwung beiseite.

»Komm mit!«, befahl sie dem Troll. »Du musst mir kurbeln helfen.«

Dahinter ging es eine Treppe hoch, die so schmal war, dass sich Glubschnak nur mit Mühe durchquetschen konnte. Ich schwebte hinterher. Die Treppe endete in der Mitte eines kreisrunden Raumes, an dem auf den ersten Blick das Erstaunlichste war, dass er leer war. Keinerlei Unordnung! Jede Menge eiserne Tiegel, wie der, den Myrabella beim Wirt abgeholt hatte, waren ringsherum an der Wand aufgereiht. Vor jedem leeren Tiegel lag fein säuberlich der dazugehörige Deckel. Aber es wehten immer wieder Regenschleier durch den Raum und auf dem Boden gab es große Pfützen, die nur langsam zwischen die Dielen sickerten. Anscheinend waren die Wolken, durch die wir gekommen waren, höher gewandert und hatten angefangen ihre Wasserlast abzuwerfen. Ich schaute nach oben, ob es in diesem Raum überhaupt ein Dach gab.

Als ich den Blick hob, sah ich, dass wir in einem hohen Turm waren und die Unordnung nicht am Boden, sondern an den Wänden herrschte. Der Turm hatte eine hölzerne Decke, aber sie war aus irgendeinem Grund an eisernen Ketten aufgehängt und schwankte im Wind, sodass der Regen immer wieder einen Weg in den Turm fand.

Doch das Zeug an den Wänden kam mir nur auf den ersten Blick wie fürchterliche Unordnung vor, weil es von allem so viel gab. Bei genauerem Hinsehen war durchaus ein gewisses Muster in der Anordnung des Durcheinanders zu erkennen. Vieles gab es viermal.

Umlaufend an der Wand waren metallbeschlagene Holzkästen montiert. An vier Stellen waren sie unterbrochen. Dort ragten Apparaturen mit ineinander greifenden Zahnrädern aus den Wänden. Dahin liefen die Ketten von der Decke quer in die Holzkästen. Mehr Apparate wuchsen darüber aus den Wänden, deren Sinn mir noch weniger klar war.

Reihen von Kristallkugeln ruhten unterhalb dieses ganzen mechanischen Krimskrams in eisernen Ringen, die aus der Wand ragten. Die Kugeln waren von unterschiedlicher Größe. Die kleinsten lagen genau unter Sanduhren. Dann schwoll der Umfang der Kugeln an bis zum größten Exemplar in der Reihe, das jeweils auf halbem Weg zwischen zwei Sanduhren lag, und wieder ab bis zum nächstkleinsten unter einer Sanduhr. Zwischen den Uhren gab es halbwegs von Apparaten freie Stellen an den Wänden, wo Sternenkarten aufgehängt waren.

Manche der Kristallkugeln zeigten nichts als Finsternis. Durch andere zog Nebel, in einigen flimmerten Sterne. Und in einer, es war keineswegs eine von den größten, zog sogar eine flammende Sonne über einen erstaunlicherweise schwarzen Himmel.

Vier gegenüberliegende Metallkästen öffneten sich und aus ihnen wuchsen vier Stäbe, an denen sich rasend schnell je zwei kleine Eisenkugeln drehten. Ein schriller Pfiff ertönte und ein anderer Kasten, von dem es ausnahmsweise nur ein Exemplar gab, stieß fauchend eine Dampfwolke aus. Dann fielen aus vier Behältern Bleikugeln in Rinnen, rollten im Kreis an der Wand entlang und verschwanden in vier weiteren Kästen, die sich ebenfalls genau gegenüberlagen. Daraufhin kippten vier riesige Sanduhren, die darüber montiert waren, auf den Kopf.

»Genau der richtige Zeitpunkt!«, rief Myrabella und begann an einem Schwungrad zu kurbeln. Obwohl sie Bärenkräfte hatte, fiel es ihr schwer, und ich sah auch, warum. Drei andere Schwungräder mussten über die Zahnräder und Ketten mitbewegt werden.

»Los, hilf mir schon!«, rief sie dem Troll zu. »Sonst geht er in die nächste Transition!«

Gehorsam eilte Glubschnak an eine der Kurbeln. Jetzt ging es schneller. Ein Knarren und Kettenrasseln ertönte von oben – von sehr hoch oben. Ich sah hinauf. Die Decke des kreisrunden Turms senkte sich langsam.

Als sie herunterkam, sahen wir, dass auf ihr ein noch seltsamerer Apparat stand, von dem das Regenwasser triefte. Das

Ding sah ein bisschen aus wie ein Boot, in das man eine Kutsche nur für eine Person eingebaut hatte. Das Boot hatte große Kufen, wie ein Pferdeschlitten. Es gab mehrere Segel, aber sie waren nicht so angebracht, dass sie den Wind einfangen konnten. Zwei von diesen Konstruktionen aus Holz und Leinwand waren waagerecht an den Seiten montiert. Eine viel größere in der Form riesiger Fledermausflügel überdachte das ganze Fahrzeug. Über Leitungen, die aussahen wie gewaschene Schafsdärme, durch die ganz dünne, biegsame Kupferdrähte liefen, war das Gefährt – wenn es eines war – mit den Apparaturen an den Wänden des Turms verbunden. Es musste eines sein, denn in dem einzelnen Sitz in der Mitte hing bewusstlos der klapperdürrste Mann, den ich je gesehen habe. Seine Kleidung bestand nur aus einer klatschnassen Hose, Hosenträgern und darüber einer Weste. Sein langer Bart klebte wie graues Seegras an seiner eingefallenen Brust. Er trug eine Lederhaube und an einem Band um seinen Kopf etwas, das wie Fenster für die Augen aussah.

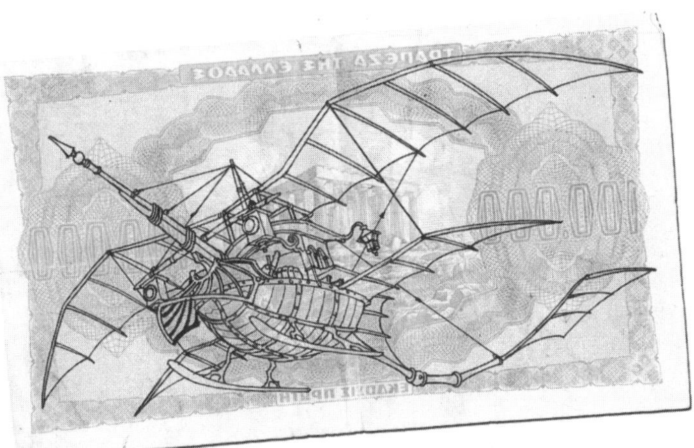

Noch mehr Aasdisteln

An der Straße gab es, außer im Westtor, kein Fensterglas. Bei der ewigen Umbauerei wäre alles Glas über kurz oder lang zerbrochen. Also verzichtete man von vornherein auf diesen teuren Luxus. Den leisteten sie sich nur in der Oberstadt.

Aber je ein kleines Fensterchen für jedes Auge – so was hatte ich noch nicht gesehen.

Mit einem Stöhnen setzte sich der Mann auf. Das heißt, *etwas* setzte sich auf. Der dürre Körper lag immer noch zusammengesunken auf der Seite.

Es war sein Geist! Wir hatten den Kerl nicht rechtzeitig vom Dach geholt und er war erfroren. Der Geist zeigte direkt auf mich. »Tot oder Außerkörpererfahrung?«, fragte er interessiert.

»Wie? Was für Erfahrung?«, stammelte ich. »Ich weiß nicht, was du meinst.«

Der Geist nickte. »Also tot«, stellte er fest. »Sehr bedauerlich. Schon länger her?«

»Nein, gar nicht …«, begann ich.

»Mit wem redest du?«, wollte Glubschnak wissen.

Ich deutete auf das Gefährt. »Mit dem Geist hier. Der arme Kerl ist da oben erfroren.«

»Ach, er ist schon zurück!«, rief Myrabella, die eine andere Kurbel drehte, wodurch sich das Dach schloss. »Lass nur, der ist nicht tot. Noch nicht. Wenn er allerdings so weitermacht …«

Plötzlich zuckte ein Arm der Leiche. Ihr Kopf rollte hin und her. Der Geist sah sich danach um.

»Entschuldige, ich …«, begann er. Dann riss es ihn gewaltsam nach hinten, in den Körper, und der setzte sich auf. Der dürre Mann schob die Augenfenster hoch und schüttelte wild den Kopf. Regenwasser spritzte aus seinem Schnurrbart überallhin. Er blinzelte und sah sich verwirrt im Raum um. Ich bemerkte, dass er unter den großen noch zwei kleinere, runde Augenfenster trug. Als er die Fee entdeckte, fragte er ärgerlich: »Warum hast du mich zurückgeholt? Ich hatte noch zwei Transitionen vor mir!«

»Aber das ist Wahnsinn!«, schimpfte Myrabella. »Das sind sechs Sprünge hintereinander! Irgendwann findest du nicht mehr zurück. Oder du erfrierst wirklich! Wann hast du das letzte Mal was gegessen?«

Ha! Sie redete sogar mit dem Mann, den Schnick »Meister« genannt hatte, wie eine Mutter mit einem ungezogenen Kind. Aber sie hatte auch Recht. Auf den vorstehenden Rippen des Zauberers hätte man Xylophon spielen können.

Der stöberte in seinem Gefährt herum, hob hier einen Deckel, öffnete da eine Klappe.

»Gegessen, gegessen …«, murmelte er geistesabwesend. »Ah, hier! Bitte schön, ein Butterbrot! Proviant! Nahrung! Ballaststoffe …«

Er hielt der Fee etwas Grünlich-Graues hin, das wohl mal eine Scheibe Brot gewesen war, inzwischen aber so vertrocknet, dass sie geschwungen war wie ein Sattel.

»Das ist total verschimmelt!«, rief Myrabella angewidert. »Das ist Monate alt. Außerdem hast du es nicht gegessen, sondern es nur durch die Dimensionen kutschiert.«

»Ach, essen, wer denkt ans Essen!«, wehrte der Dürre ab. »Ich sage dir, da draußen ist etwas im Gange. Eine Veränderung. Revolution! Andersartigkeit! Vor genau fünfundzwanzig Tagen habe ich ein Leuchtfeuer gesehen, eine Zusammenballung von Magie, wie es sie seit dem schrecklichen …«

Der Zauberer hielt inne.

»Wer sind eigentlich all die Leute hier?«, wollte er plötzlich wissen. »Gäste? Schutzsuchende? Patienten? Ein Überfall?«

Er deutete auf mich. »Der hier kommt mir bekannt vor. Déjà-vu. Schon mal gesehen. Ich vergesse nie ein Gesicht. Aber Namen! Kann mir keine Namen merken …« Er stieg kopfschüttelnd von der Plattform. Dass er klatschnass und blau gefroren war, schien er gar nicht zu bemerken.

»Wir brauchen deine Hilfe«, erklärte Myrabella ruhig. »Ein zerschmettertes Knie. Leider ist die Verletzung mit Gift von der Jahresblume infiziert.«

Der Zauberer riss die Augen auf. »Jahresblume! Wiedergänger! Alles von vorn! Zurück auf Los! Schrecklich, schrecklich.« Er sah an Glubschnak hoch. »So was machen doch nur Dings, wie heißen die noch mal …«

Glubschnak richtete einen astdicken grünen Zeigefinger auf sich selbst und öffnete den Mund, aber der Zauberer hob abwehrend die Hand.

»Nichts sagen, ich komm von selber drauf! Riesen? Nein, die sind sogar dafür zu blöd … Orks! Nein, ist denen nicht fies genug. Ich hab's gleich! Groß, grün, kräftig, dumm wie Bohnenstroh … TROLLE! Natürlich! Warum sagt mir das keiner?«

Er wandte sich von Glubschnak ab, der ihn verdutzt anstarrte.

Während wir zum Behandlungstisch eilten, fragte mich der dürre Kerl: »Der Verletzte bist doch hoffentlich nicht du? Sehr schwer zu heilen, was du hast. Man nennt es Tod.«

»Nein, der Verletzte liegt auf dem Behandlungstisch.«

Die Fee zerrte Merellyn zu Lorenzo hinüber. Er untersuchte Lorenzos Knie womöglich noch gründlicher, als Myrabella es schon getan hatte. Dabei murmelte er ständig vor sich hin, schüttelte den Kopf, fuchtelte mit den Händen und linste immer wieder zu den Einmachgläsern mit dem ekligen Zeug drin.

Es wurde später und später. Myrabella brachte dem Zauberer ein riesiges Handtuch und eine trockene Hose. Dann zündete sie alle Kerzen und Fackeln im Raum an.

Lorenzo winkte mich zu sich. »Hast du das gehört?«, wollte er wissen.

»Was gehört?«, fragte ich zurück.

»Was er gesagt hat. Er sagte, es ist schwer zu heilen!«

»Das glaub ich auch. Dein Knie ist total zertrümmert.«

»Doch nicht mein Knie. Er hat mit *dir* gesprochen. Er sagte, was du hast, ist schwer zu heilen.«

»Ja. Blöder Witz.«

Lorenzo kniff die Augen zusammen. »Ich glaube nicht, dass dieser Mann Witze macht. Was er sagt, klingt lustig, aber der meint alles todernst.«

Wir sahen beide Merellyn an, der gerade eine Diskussion mit einem unsichtbaren Kollegen führte.

Ich beugte mich nah an Lorenzos Ohr. »Ja, vielleicht … der Troll hat doch auch so was gesagt«, flüsterte ich. »Er sagte, dass der Zauberer dieses Buch hat, das mich wieder … ›ganz‹ machen könnte. Und das Erlebnis bei Höhle Nummer eins … Ich meine, es war eine Gefängniszelle, aber ich hatte wieder einen Körper!«

Plötzlich stand, wie aus dem Nichts, der Kobold neben mir. »Sag das nicht!«, forderte er. »Denk es nicht! Es ist gefährlich! Gefährlich! Gefährlich!« Und weg war er.

Lorenzo wollte etwas sagen, aber plötzlich hob Merellyn die Stimme. »Das ist es!«, rief er. »Die Lösung! Heilung. Ende des Leidens. Natürlich, natürlich! Warum bin ich nicht von selbst … ach, ich *bin* ja selbst draufgekommen. Das ist schön.«

Er sah sich nach Myrabella um.

»Wir werden zwei Behandlungsmethoden anwenden!«, erklärte der Zauberer. »Es handelt sich um zwei verschiedene Probleme. Verletzung und Vergiftung. Vergiftung und Verletzung. Oder umgekehrt. Die Verletzung ist im Großen und Ganzen mechanisch. Da hilft ein Zauberspruch und viel Ruhe. Die Vergiftung ist magisch-chemischer Natur und muss mit einem Gegengift behandelt werden. Und zwar *vor* dem Zauberspruch. Sonst heilen wir den Knochen und schließen die Magie des Giftes darin ein.«

Lorenzo und ich sahen uns an.

»Klingt, als ob er wüsste, was er tut«, gab ich zu. »Nur, ich hab's nicht verstanden.«

»Natürlich weiß er, was er tut!«, fauchte mich die Fee an. Sie deutete zum Dach des Turmzimmers nebenan und sagte etwas freundlicher: »Auch da oben. Er übertreibt's nur immer mehr.«

Der Zauberer blätterte in einem Buch, das breiter als hoch war. Darin gab es viele Spalten, die voll gekritzelt waren mit feinen

Tintenzeichen. Meine bescheidenen Kenntnisse reichten nicht aus, um auch nur ein Wort zu entziffern. Wahrscheinlich war es in einer Geheimschrift geschrieben. Er blätterte Seite für Seite um und fuhr langsam mit dem Finger über die Einträge.

Der Troll und der Kobold schliefen längst. Myrabella hatte sich in einer leeren Holzschüssel unter einem alten Lederhandschuh zusammengerollt. Sogar Lorenzo döste weg.

Ich segelte zu den Bücherborden, die zum größten Teil über den grausigen Einmachgläsern lagen. Um sie zu erreichen, musste der Zauberer auf eine Leiter mit Rollen klettern oder die Fee fragen. Ich schwebte langsam an den Buchrücken entlang, aber keiner kam mir bekannt vor. Hätte ich doch nur etwas greifen und bewegen können! Dann hätte ich jedes Buch aus dem Regal gezogen und nachgesehen, ob der Einband ein Gesicht trug. Aber ich war mir sowieso ziemlich sicher, dass es nicht in diesem Raum war. Die Bücher hier unterschieden sich gewaltig in Höhe, Breite und Umfang. Doch ein so großer Wälzer wie der, der mir zweimal erschienen war, befand sich nicht unter ihnen.

Hinter mir rief der Zauberer: »Carduus cadaveris foetori horribilis! Ich fass es nicht! DAS ist das Gegenmittel! Ist ja ekelhaft!«

Alle schreckten hoch, außer dem Troll, der sich nur herumrollte und Schnick abwarf, der auf seinem fassartigen Bauch geschlafen hatte. Wenn ich nur an den Geruch von Glubschnaks Fellhemd dachte … also, ich hätte mir einen anderen Schlafplatz gesucht.

Merellyn zeigte Myrabella den Eintrag im Buch. Die Fee verzog angeekelt das Gesicht.

»Wie …«, sie schluckte hörbar. »Wie wird das Mittel hergestellt?«

Der Zauberer sah sie betreten an. »Man muss es gründlich zerhäckseln und im … Mörser zerstoßen … und den Brei in eine Presse geben und … entsaften. Der Extrakt kommt in eine Spritze … und ab ins Knie damit.«

Myrabella sah zu Lorenzo hinüber, der sich auf die Ellbogen aufgerichtet hatte. »Der arme Kerl!«, flüsterte sie. Ich hörte sie trotzdem. »Kann er nicht daran sterben, wenn es in seinen Blutkreislauf gerät?«

Merellyn schüttelte den Kopf. »Viel wahrscheinlicher ist, dass einer von uns stirbt, wenn es mir nicht gelingt, vernünftige Schutzmasken herzustellen.«

Schnick tauchte unvermittelt zwischen den beiden auf. »Was ist los?«, wollte er wissen. »Wo liegt das Problem?«

»Wir kennen das Gegenmittel!«, erklärte der Zauberer niedergeschlagen.

»Ach? Was soll dann die Aufregung? Ist es schwer zu besorgen?«

»Nein, gar nicht«, antwortete Myrabella. »Es wächst praktisch überall, wo es ein bisschen sumpfig ist.«

»Ich bin sicher, wir finden jede Menge davon auf Bauer Stumpligs Südweide«, fügte Merellyn hinzu. »Seine Kühe schauen immer so seltsam drein, wenn sie dort gegrast haben.«

»Aber was *ist* es denn?«, platzte Schnick heraus.

»Carduus cadaveris foetori horribilis!«, eröffnete ihm die Fee.

Schnick sah sie verständnislos an. »Tut mir Leid, diese ausländischen Wörter … ich war als Kind lange krank und …«

»Erzähl mir nicht, dass du in einer Schule warst!«, schnappte Myrabella. »Das fantasmanische Wort ist: Aasdisteln!«

Der Kobold riss die Augen auf. Dann breitete sich ein Strahlen auf seinem spitzen Gesicht aus. »Aber dann haben wir den

Jungen ja die ganze Zeit über richtig behandelt!«, rief er erstaunt. »Wir sind Genies!«

»Ihr habt die Verletzung mit Aasdisteln behandelt?«, hakte Merellyn nach.

»Aber sicher!«, bemerkte Schnick stolz und betont lässig.

»Eine Nebelhexe hat ihnen gesagt, dass die Disteln das richtige Mittel sind«, warf ich ein.

Schnick sah mich schmollend an. Dabei wurden seine Augenbrauen und Mundwinkel wieder ganz spitzig.

»Eine Nebelhexe?«, wiederholte Merellyn. »Monsterjäger! Feind aller Unholde! Jaja, die wissen erstaunlich viel. Andererseits … Seltsam, dass jemand, der in den Schwarzfiebersümpfen wohnt, sich so gern mit Waranblut beschmiert. Würde ich in einer Gegend, in der die Mücken groß wie Kinderfäuste sind, nicht riskieren …«

»Ich habe ihnen erst vor ein paar Stunden befohlen das Zeug abzuwaschen«, unterbrach Myrabella den zerstreuten Redefluss des Magiers. Sie sah aus, als hätte sie auf eine besonders saure Zitrone gebissen.

Fast, aber nur fast, hätte ich gern gewusst, wie dieses Zeug roch. Es musste schrecklich sein, so wie sich der Zauberer und die Fee aufregten. Aber der Troll hatte die Disteln gekaut!

Ich schwebte zu Lorenzo. »Hast du das gehört?«, fragte ich. »Der grüne Schleim ist tatsächlich das Gegenmittel.«

Lorenzo sah genauso niedergeschlagen aus wie die Fee und der Zauberer.

»Ist es wirklich so schlimm?«, wollte ich wissen.

Lorenzo nickte. »Einfach höllisch«, meinte er. »Das einzig Gute daran war, dass ich in den letzten Tagen von dem Gestank oft so benebelt war, dass ich das Knie kaum noch spürte …«

»Wir müssen einen Freiwilligen, äh … überreden der Südweide vom alten Stumplig einen Besuch abzustatten«, verkündete Merellyn. »Ja, einen Freiwilligen. Einen Helden. Jemand mit Verantwortung. Mit Opfermut. Ohne Angst. Ohne Verstand, äh, ich meine … ohne, ohne … am besten ohne Geruchssinn.«

»Na, das wäre was für mich«, meldete ich mich. »Mein Geruchssinn ist komplett weg.«

»Hervorragend!«, rief der Zauberer. »Warte, ich hol dir eine Sichel. Aber zieh vorsichtshalber auch noch Handschuhe an.«

»Ich hab nur einen Witz gemacht!«, erklärte ich. »Ich habe keinen Geruchssinn, weil ich ein Geist bin. Ich kann nichts greifen.«

Merellyn, der schon auf dem Weg zur Tür gewesen war, drehte sich erstaunt um.

»Du kannst nichts greifen?« Er zog die Augenbrauen hoch. »Woher kommt das?«

»Sagte ich doch gerade. Ich. Bin. Ein. Geist. Gei-heist! Körperlos. Durchsichtig. Ich gleite durch alles durch.«

»Das müssen wir ändern«, stellte der Zauberer in geschäftsmäßigem Ton fest. »Myrabella, sprich mit, wie hieß er noch, dieser Typ, an dem alles so … spitzig ist? Nichts sagen, ich komm von selber drauf! Schnapp? Schnuck? Schnitz?«

»Schnick?«, fragte die Fee genervt.

»Genau. Sprich mit Spick, er soll dem Jungen hier alles beibringen. Schließlich ist er Poltergeist. Zumindest zur Hälfte. Ich hol die Sichel.«

Und raus war er zur Tür. Dass eine Sichel mir nichts nützte, hatte er schon wieder vergessen.

Merellyn kam mit der Sichel zurück und streckte sie mir geistesabwesend hin. In einem Reflex griff ich zu. Merellyn ließ los und das Ding fiel klirrend zu Boden.

»Ach, ich vergaß!«, murmelte er. »Körperlosigkeit. Pure Erscheinung. Willensprojektion. Aber ich will dir mal was sagen: Wenn du nie was über Geister gehört hättest, könntest du die Sichel greifen. Noch wahrscheinlicher wäre allerdings, dass es dich gar nicht gäbe. Na, egal. Wer ist der nächste … äh, Freiwillige?«

»Der Troll«, schlug Lorenzo vor. »Er hat uns das alles schließlich eingebrockt.«

»Ha, und außerdem ist er an den Gestank gewöhnt«, ergänzte ich. »Er hat das Zeug jeden Tag für den Umschlag gekaut.«

Merellyn riss die Augen hinter den kleinen, runden Fenstern auf. »Gekaut? Trolle sind schon erstaunliche Wesen. Erstaunlich robust. Und erstaunlich blöd. Aber Freiwilliger ist Freiwilliger, wie ich immer sage. Äh, Spitz, würdest du ihn bitte wecken und ihm mitteilen, dass er Freiwilliger ist?«

»Schnick!«, korrigierte der Kobold. »Ich heiße Schnick. Spitz ist eine Beleidigung!«

»Entschuldigung. Wie konnte ich nur auf das Wort ›Spitz‹ kommen?«

Schnicks spitze Augenbrauen zogen sich zusammen und bildeten einen weiteren Spitz über seiner spitzen Nase. Vielleicht hatte Lorenzo nicht Recht, als er meinte, der Zauberer könnte überhaupt keine Witze machen.

Aber der Kobold ging zum Pumpbrunnen, vor dem der Troll immer noch schlief, und trat ihm kräftig in die Rippen. Der setzte sich auf und sagte hastig: »Wenn Verdunkelung ist, muss alles dunkel sein! Also, Laternen aus und nicht wieder eine anzünden um nachzuschauen, ob alle aus sind!« Dann dämmerte ihm, wo er war. »Was ist los?«, fragte er beunruhigt. »Warum schaut ihr alle so? Ich hab die Keule nicht angerührt!«

Inzwischen fiel das Licht der Morgensonne durch die östlichen Rundbogenfenster.

Myrabella erklärte dem Troll, was er tun sollte. Glubschnak wirkte sehr erleichtert. Die Sichel sah in seiner Hand aus wie eine krumme Nagelfeile.

Myrabella flog mit glitzernden Flügeln zu einem der hohen Bogenfenster. »Ich sage Walter Bescheid!«, rief sie. »Ihr werdet schon miteinander klarkommen.«

Glubschnak war schon auf dem Weg zur Tür, doch plötzlich drehte er um und holte sich seine Keule. Dann trabte er wieder zur Tür.

»Glubschnak!«, rief die Fee im Alarmton. Der blieb im Türrahmen stehen, wie eingefroren. »Wir brauchen nur die Disteln. Keine von Bauer Stumpligs Kühen zum Frühstück!«

»Kein Frühstück«, wiederholte der Troll ohne sich umzudrehen. »Ist klar.« Dann rannte er davon.

Merellyn begann fieberhaft in Schubladen und Schränken zu wühlen. Teilweise verschwand er bis zur Hüfte in dem Müll, der sich auch dort angesammelt hatte.

Schnick tauchte urplötzlich neben den knochigen Beinen des Zauberers auf. Die waren das Einzige, was von ihm noch aus dem Schrank schaute, den er gerade durchstöberte.

»Wonach suchst du denn?«, wollte der Kobold wissen. Er spähte ebenfalls in die dunklen Tiefen des Schranks, passte aber auf, dass er nicht hineinfiel und im Müll unterging.

Der Kopf des Zauberers tauchte auf. Seine Augenfenster hingen ganz schief. »Ich brauche Material um Schutzmasken herzustellen«, erklärte er atemlos. »Atemschutzmasken. Geruchshemmer. Lebensrettende Nasenklemmen. Irgendwas!«

»Aber das ist überhaupt nicht nötig!«, beruhigte ihn Schnick. »Du sagst Glubschnak einfach ganz genau, wie er die Disteln auspressen soll. Der hält den Geruch aus.«

»Wirklich?« Merellyn konnte sein Glück noch nicht fassen. »Wir müssen gar nicht ...«

»Nein, müsst ihr nicht. Wenn du Glubschnak ungefähr hundertmal erklärst, was er tun soll, kann's kaum schief gehen. Wenn doch, holt er halt neue Disteln.«

ZAUBER OHNE ZAUBERER

Wir richteten eine Kette von Anweisern ein, an deren Ende Glubschnak arbeitete. Im Behandlungszimmer stand Merellyn neben Lorenzo an einem Pult und las vor, was als Nächstes zu tun war. Myrabella, die im Türrahmen schwebte, rief es Schnick zu, der am nächsten Treppenabsatz stand. Der gab es an mich weiter und ich glitt einfach durch die Tür, hinter der Glubschnak werkte, und teilte ihm mit, was er tun sollte. Wenn er Fragen hatte, was ungefähr bei jedem zweiten Handgriff der Fall war, ging's die ganze Nachrichtenkette zurück, dann warteten wir, bis die Antwort wieder bei ihm eintraf.

Alles klappte ziemlich gut. Der Troll stampfte lediglich einen Steinmörser in zwei Teile und drehte das eiserne Gewinde der Presse so heftig in die falsche Richtung, dass eine Art spiralige Eisenstange daraus wurde. Aber Merellyn hatte noch ein Gewinde auf Lager und weiter ging's. Der Troll beschwerte sich nur einmal, weil ihm schwindlig war. Merellyn wollte eine Pause anordnen, aber Glubschnak erklärte, dass der Schwindel vom Hunger käme, weil Myrabella ihm nicht erlaubt hatte sich eine Kuh zum Frühstück mitzunehmen. Die Disteln machten ihm nichts aus, solange er sie nicht kauen musste.

Am frühen Abend hielt Merellyn eine Spritze, gefüllt mit klarer grüner Flüssigkeit, in der Hand. Ich sah mit Schaudern die lange Nadel am Ende der großen Glasampulle.

Ich hab mich dann aber doch überwunden und zugesehen, wie der alte Zauberer das grüne Zeug an vier verschiedenen Stellen in Lorenzos Knie spritzte.

»Geht's dir schon besser?«, wollte ich nach der vierten Spritze wissen.

Lorenzo schüttelte den Kopf. »Eigentlich nicht«, stöhnte er sehr leise. »Unter meiner Haut ist überhaupt kein Platz mehr. Wenn der Kerl noch mal was von der Suppe reindrückt, platzt mein Knie!«

Doch Merellyn hatte gute Ohren. »Ja, tut mir Leid«, meinte er. »Aber dieser Teil der Behandlung dient nicht zur Linderung der Schmerzen. Wir sorgen jetzt nur dafür, dass sie in einem Jahr nicht wiederkommen.«

Myrabella tauchte mit glitzernden Flügeln neben dem dürren Zauberer auf. Sie trug einen leicht krummen Stab aus Wurzelholz, der am einen Ende ganz abgegriffen und am anderen verkohlt war. Den drückte sie Merellyn in die Hand.

Plötzlich veränderte sich etwas. Vielleicht lag's nur daran, dass genau in diesem Moment die Sonne hinter den Bergrücken im Westen verschwand. In dem letzten Lichtstrahl, den sie durch das hohe Fenster im Rücken des Zauberers schickte, schien er zu wachsen. Ein dunkler Schemen, der ihn in diesem Licht zu umgeben schien, glühte golden auf, als das Licht verschwand und der Himmel sich rot färbte.

Mit dem Stab in der Hand sah der alte Zauberer plötzlich bedrohlich aus. Sein Gesicht lag im Dunkeln, doch der Himmel hinter ihm schien in Flammen zu stehen. Nur Merellyns Augenfenster warfen das Licht der ersten Kerze zurück, die Myrabella angezündet hatte.

»Und jetzt, meine jungen Freunde...«, sagte er leise. »Jetzt werden wir etwas gegen die Schmerzen tun!«

Glubschnak und Schnick wichen unwillkürlich zurück an die Wand. Auch ich segelte ganz langsam rückwärts, obwohl ich das gar nicht wollte. Lorenzo hatte sich wieder auf die Ellbogen aufgerichtet.

Merellyn hob den Stab kerzengerade über den Kopf.

»Reverentime!«, sagte er. Er senkte den Kopf. Der Stab zeigte immer noch zur Decke. Alle hielten den Atem an. Der Himmel war jetzt violett, ein erster Stern flammte auf. Dann ging alles ganz schnell. So schnell, dass ich nicht genau sagen kann, was passierte.

Es war ganz klar, dass der Zauberer zu einem längeren Spruch ansetzte, der sehr hohe Konzentration erforderte. Doch plötzlich schoss der Zauberstab herunter, riss den dürren Magier mit sich nach vorn und ein fauchender Blitz schoss aus der Spitze des Stabs in Lorenzos Knie. Der bäumte sich auf und sog die Luft ein. Aber er schrie nicht, er hielt wie erstarrt den Atem an. Wind jagte durchs Zimmer, wirbelte beschriebene Blätter durch den Kamin und blätterte rasend schnell offene Bücher um. Myrabella wurde hoch unter die Gewölbedecke geschleudert. Und dieser Wind ging nicht durch mich hindurch wie der draußen im Wald. Ich flog gegen eine Wand, aber nicht hindurch! Ich prallte von ihr ab und wurde zurück ins Zimmer gerissen.

Schnick verschwand einfach. Sogar Glubschnak fiel auf die Knie und klammerte sich am Rand des Pumpbrunnens fest. Und die ganze Zeit waren Merellyn und Lorenzo wie erstarrt, verbunden durch die Entladung, die zwischen Zauberstab und verletztem Knie hin- und herjagte.

Dann verschwand der Blitz. Ich bin mir nicht sicher, ob die plötzliche Finsternis, die uns umhüllte, von draußen hereinkam oder nur in unseren Augen entstand. Erst allmählich schälte sich das Fenster aus der Dunkelheit, durch das der tiefblaue Abendhimmel schien. Über den Bergen hing ein letzter violetter Streifen.

Alles, was ich hörte, war das Atmen von Lorenzo, der in tiefen Zügen nach Luft rang. Schnick tauchte fluchend auf einem der höchsten Schränke auf. Myrabella zündete die Kerzen wieder an. Dann flog sie zum Tisch, an dem der alte Zauberer kopfschüttelnd Lorenzos Knie betrachtete.

»Ist es…«, begann die Fee, doch sie brach ab, als Merellyn nickte.

»Sieh dir das an«, verlangte er. »Geheilt! Und ich hatte noch nicht mal mit dem Zauberspruch angefangen!«

So, wie er das Bein drehte und wendete, hätte er Lorenzo noch vor wenigen Minuten zum Schreien gebracht. Aber der saß nur da und starrte fassungslos auf sein Knie.

Von der Schwellung war überhaupt nichts mehr zu sehen. Die Blutergüsse hatten keinerlei Spuren hinterlassen. Auch die schwarzen Löcher von den Dornen und die vier roten Punkte von der Spritzennadel waren verschwunden.

»Junge, wie hast du das gemacht?«, wandte sich Merellyn an Lorenzo.

»Ich hab überhaupt nichts gemacht!«, verteidigte sich der. »Das Ding ist plötzlich losgegangen. Ich konnte mich nicht mehr bewegen. Nicht mal atmen. Noch ein bisschen länger, und ich wäre tot gewesen.«

»Du hast es *nicht* gemacht?«, hakte der Zauberer nach. »Aber *ich* hab's auch nicht gemacht! Ich kann ohne den richtigen Spruch gar nicht zaubern. Es gibt seit fast zwölf Jahren keinen Magier mehr in Fantasmanien, der das kann.«

Er begann murmelnd auf und ab zu wandern und kaute dabei abwechselnd an den Fingerknöcheln und den -nägeln. Dabei sah er immer wieder zu Lorenzo hin.

Der schwang die Beine vom Tisch.

»Hey, schau mal!«, forderte er mich auf. »Alles wie neu!«

Dann wandte er sich an Myrabella.

»Sag mal, meine Hübsche, gibt's hier auch mal was zu essen? Ich hab einen Bärenhunger.«

Meine Hübsche. Das war wieder typisch Lorenzo. Er tat einfach so, als wäre nicht gerade so viel seltsame Magie durch den Raum gegeistert, dass sogar ein erfahrener alter Zauberer wie Merellyn sich nicht erklären konnte, was passiert war.

Ich erwartete einen heftigen Anschiss von der strengen Fee, aber sie schmunzelte nur.

»Was zu essen ...«, wiederholte sie. »Sollst du haben, Großmaul!« Damit schoss sie glitzernd durch die Tür.

Lorenzo sprang vom Tisch und fing an sein Knie mit den seltsamsten Verrenkungen zu testen. Er hüpfte auf dem geheilten Bein herum und machte einbeinige Kniebeugen.

Plötzlich kam der Zauberer angeschossen. »Lass das!«, rief er. »Aufhören! Schluss! Du weckst das Gift wieder auf!«

Lorenzo sah ihn verduzt an. »Aber es tut gar nicht mehr weh«, beharrte er. Und stand immer noch auf einem Bein.

Merellyn drückte das andere herunter, bis wieder beide Füße den Boden berührten. Er hielt Lorenzo den Zeigefinger unter die Nase. »Ein Jahr!«, schnappte er. »Du wartest ein Jahr! In der

Zeit wird das Knie nicht belastet. Nicht übermäßig, will ich sagen. Also, nicht anders als sonst auch!«

»Nicht anders als sonst auch?«, echote Lorenzo. »Dann ist ja alles klar. Ich spiele jeden Tag Fußball. Schlimmer kann man seine Knie gar nicht belasten.«

»Fuß? Ball? Was ist das?«, fragte Merellyn verdattert.

Lorenzo langte in die Umhängetasche, die er seit vier Tagen und fünf Nächten nicht abgelegt hatte, und zog den Ball hervor.

»Zwei Mannschaften, jeweils elf Mann, treten gegeneinander an. Jede Mannschaft versucht den Ball so oft wie möglich ins Tor der anderen Mannschaft zu schießen. Und man muss verhindern, dass die anderen ins eigene Tor treffen. Dabei darf der Ball nur mit den Füßen berührt werden. Bloß der elfte Mann, der Torwart, darf auch die Hände benutzen.«

Ziemlich gut erklärt, würde ich sagen. Aber Merellyn hatte nichts verstanden.

»Spielt ihr das quer durch die Stadt?«, fragte er.

»Wieso Stadt?«

»Na, wo solltet ihr sonst Tore finden, außer in einer Stadtmauer?« Guter Einwand. Lorenzos Erklärung war wohl doch ein bisschen mangelhaft.

»Nein, nein, man nennt es ›Tore‹, aber in Wirklichkeit sind's eher Holzrahmen mit einem Netz dahinter, um den Ball aufzufangen. Die Rahmen sind nicht so hoch, aber so breit wie Tore.«

»Und der Ball brennt beim Spielen?«, kam die nächste Frage.

»Brennt dabei?« Jetzt war es Lorenzo, der verwirrt aussah. »Oh, ach so, nein! Nur der hier ist ein bisschen angesengt. Hat wohl zu viel Magie abbekommen.«

Jetzt horchte der Zauberer auf. »Man spielt dieses Fuß…ball mit Magie?«

»Nein, eigentlich ist das verboten«, erklärte Lorenzo. »Aber natürlich tricksen alle mit Magie herum. Nur ich nicht.«

»Wieso du nicht?«

»Weil ich's nicht kann«, gestand Lorenzo. »Ich glaube, ich bin der Einzige in ganz Arkanon, der keinen Funken Magie in sich hat.«

Auf diese Eröffnung reagierte Merellyn äußerst seltsam. Er schlug die Hand vor den Mund und starrte Lorenzo eine Minute lang mit aufgerissenen Augen an. Dann rannte er nach draußen und rief nach der Fee. »Myrabella! Myrabella!«, hörten wir seine leiser werdenden Rufe durch den Turm hallen.

Lorenzo wandte sich zu mir um. »Was hat er denn?«, fragte er kopfschüttelnd. »Ist das so schlimm, wenn jemand keine magische Begabung hat?«

»Vielleicht hat er noch nie gehört, dass es so was gibt«, überlegte ich laut. »In Fantasmanien ist bestimmt alles irgendwie magisch.«

»Hoffentlich schmeißt er uns jetzt nicht raus«, meinte Lorenzo. »Wir müssen hier bleiben! Ich will unbedingt dieses Buch finden.«

Plötzlich schob sich die Spitze von Schnicks grünem Filzhut zwischen Lorenzos Mund und mein Ohr. Verwundert sahen wir nach unten.

»Gefährlich, gefährlich, gefährlich!«, verkündete der Halbkobold mit drohendem Zeigefinger – und war verschwunden.

»Und wenn es hundertmal gefährlich ist!«, brüllte Lorenzo in den Raum. »Ich werde niemals hinnehmen, dass mein bester Freund ein Geist ist! Wir werden wieder zusammen Fußball spielen, darauf könnt ihr Gift nehmen! Von mir aus sogar von der Jahresblume!«

Für einen Moment glühte die Hoffnung wie eine Kerzenflamme in meiner Brust. Wenn Lorenzo sich etwas vorgenommen hatte, ließ er nicht mehr locker. Aber die Kerze wurde gleich wieder gelöscht.

»Es wird kein Fußball gespielt!«, rief der Zauberer, der gerade zur Tür hereinkam. »Nicht in diesem Jahr!«

Lorenzo wollte etwas sagen, aber Merellyn winkte ab.

»Kommt in die Küche, das Essen ist fertig«, verkündete er. »Dabei können wir besprechen, wie es weitergehen soll. Die Zukunft, meine Herren! Jeder hat eine, manch einer kann sie nur nicht finden!«

Wir folgten ihm durch das verschachtelte Treppenhaus zur Küche. Das würde eine Zeit dauern, bis wir uns in diesem Gemäuer zurechtfanden.

Die Küche war richtig gemütlich. Es gab einen riesigen, gemauerten Herd mit Dutzenden von Klappen und Löchern. Im größten brannte ein Feuer. Überm Ofen war eine kupferne Dunstabzugshaube montiert. An Holzstangen darum herum waren Pfannen und Schöpfkellen aufgereiht. Auf den Fensterbrettern wucherten Gewürzkräuter in Bottichen, andere hingen in getrockneten Büscheln von der Decke, daneben ganze Schinken und Würste. Auf dem Tisch türmten sich alle möglichen Speisen. Dabei hatte der Wirt vom Halben Humpen gesagt, Myrabella hätte schon seit Jahren nichts mehr zu essen gekauft.

Verdammt, und für mich kam dieses Schlaraffenland zu spät! Ich konnte das Essen nicht riechen, nicht anfassen und schon gar nicht … essen. Ich hatte auch gar keinen Hunger. Ich erinnerte mich nur, wie gern ich gegessen hatte. Aber solche Leckereien, wie sie hier aufgetischt wurden, hatten nie auf unserem Speiseplan gestanden. Wenn sich der heilige Patrick die Mühe machte, auf die kleine Tafel neben der Essensausgabe zu schmieren, was es am nächsten Tag gab, war es immer das gleiche Wort: Kohl. Trotzdem schaffte er es, jedes Mal was anderes zu schreiben. Kool. Gohl. Kol. Kohel. Khol. Koll. Und was weiß ich noch alles.

Glubschnak versuchte sich in die Eckbank zu quetschen, gab sich dann aber schnell mit einem kleinen Hocker zufrieden. Sein Kopf stieß gegen aufgehängte Töpfe und Pfannen. Um für einen Bergtroll bequem zu sein, hätte die Küche umgebaut werden müssen.

Während der Mahlzeit löcherte Merellyn uns, aber vor allem Lorenzo, mit seinen Fragen. Er wollte möglichst genau herausfinden, wann wir geboren waren, wer unsere Eltern waren und warum An der Straße alle Magie in sich hatten, nur ausgerechnet Lorenzo nicht. Aber das waren lauter Fragen, auf die keiner von uns eine Antwort hatte. Je öfter wir »weiß nicht«, »keine Ahnung«, »nie davon gehört« sagten, desto aufgeregter und verzweifelter wurde der dürre Zauberer.

Schließlich griff die Fee ein. Sie fragte einfach, wie es dazu gekommen war, dass Lorenzo sich die Verletzung zuzog und ich zum Geist wurde. Darüber konnten wir ausführlich berichten. Als ich aber erzählte, dass ein Buch mit einem Gesicht auf dem Einband mich davon abgehalten hatte, durch eine Tür zu gehen, die es gar nicht gab, wurde Merellyn noch aufgeregter. Als ich dann noch die Begegnung bei Höhle Nr. 1 erwähnte, wo das Buch mich in eine Zelle gelockt hatte, war's ganz aus mit ihm.

»Das Macronomicon!«, schnaufte er. »Der Dämonen-Almanach! Das mächtigste Zauberbuch aller Zeiten! Der Zerstörer Fantasmaniens! Diener des Mundovoros …«

»Da ist noch etwas!«, flüsterte Schnick. Er winkte den Zauberer mit seinem spitzen Zeigefinger näher heran. Der beugte sich zu dem Kobold hinunter.

»Es gibt Gefolgsleute des Mundovoros in der Menschensiedlung!«, wisperte Schnick. »Von Fresseisen, der reichste und mächtigste Mann dort, hat sich einen silbernen Anhänger mit dem Zeichen des finsteren Lords vom Hals gerissen. Versehentlich habe ich das Ding mit nach Fantasmanien geschleppt.«

Erschrocken fuhr Merellyn hoch. »Wo ist das Zeichen jetzt?«, fragte er viel zu laut.

»Keine Ahnung«, musste Schnick zugeben. »Vor Schreck habe ich das Ding in der Höhle Nummer eins weggeworfen und am nächsten Morgen konnte ich es nicht wiederfinden.«

»Das ist nicht gut«, meinte der Zauberer kopfschüttelnd. »Es ist, wie ich schon vermutete. Die dunklen Mächte kehren zurück. Der Anhänger hätte vernichtet werden müssen. Er hat große magische Kraft.«

Er holte eine kleine Kristallkugel aus einer Küchenschublade und rieb mit einem Zipfel seiner Weste darüber, bis sie von innen heraus zu glühen begann. Dann schirmte er das Ding mit der Hand gegen unsere Blicke ab und murmelte Beschwörungen hinein.

Wir konnten nicht sehen, was die Kugel ihm zeigte. Er starrte eine Zeit lang hinein und zog plötzlich die Augenbrauen hoch. Kurz darauf erlosch das Licht im Kristall. Er legte die Kugel zurück in die Schublade und wandte sich an Myrabella.

»Es ist noch im Kerker«, berichtete er. »Angekettet wie eh und je. Aber es hat einen Weg gefunden, dem Jungen hier zu erscheinen. Seeehr beunruhigend.«

Lorenzo und ich tauschten einen Blick. Auch wir waren beunruhigt. Aber Myrabella befragte uns weiter, wobei sie sich quasi rückwärts durch die Geschichte tastete, bis wir bei der Wette landeten, die so viel Magie auf dem Bolzplatz freigesetzt hatte. Da meldete sich Merellyn wieder zu Wort.

»Das ist es, was ich vor fünfundzwanzig Tagen gesehen habe!«, verkündete er. »Oh, ihr Unwissenden! Ihr habt ein gewaltiges Leuchtfeuer über den dunklen Ozeanen von Raum und Zeit entzündet! Ein Leuchtfeuer, das weithin sichtbar war! Und ich fürchte, dass es von den falschen Mächten gesehen wurde, denn ich verzeichnete Bewegung in einigen Dämonensektoren. Bewegung, die dem Leuchtfeuer zustrebte, sobald es begann!« Er lehnte sich zurück und starrte uns der Reihe nach mit aufgerissenen Augen und hochgezogenen Brauen an. Plötzlich deutete er auf Lorenzo. »Sag mal, hast du irgendwelche Brandnarben?«

Lorenzo schreckte hoch. »Wer, ich? Ja … am linken Oberarm und … dahinten, an der Schulter. Als ich drei war … oder vielleicht vier … hat's im Waisenhaus gebrannt.«

Merellyn tauschte bedeutsame Blicke mit Myrabella aus.

»Das stimmt«, meldete ich mich zu Wort. »Ich hab Brandnarben an beiden Schienbeinen. Eigentlich ist jeder von unserem Jahrgang … irgendwo ein bisschen angebrannt. Sie haben uns alle aus dem Schlafsaal gerettet, aber unverletzt blieb keiner.«

Merellyn sackte in sich zusammen.

»Ein Brand«, wiederholte er. »Im Schlafsaal.«

»Halb so wild«, meinte Lorenzo. »Ich glaube, ein paar von den Jungs, die damals in unserem Alter waren, haben gezündelt.«

Myrabella schwirrte nah ans Ohr des Zauberers und begann zu flüstern. Wieder hörte ich alles, was sie sagte, laut und deutlich. »Brand im Waisenhaus hin oder her«, raunte sie in Merellyns Ohr. »Ich halte es trotzdem für sehr wahrscheinlich, dass er es ist.«

»Ich glaube es auch«, antwortete der und sah verstohlen zu Lorenzo hinüber. »Wenn er es ist, müssen wir die Kräfte freisetzen, die in ihm schlummern, aber wir dürfen auf keinen Fall noch einmal so viel Aufmerksamkeit erregen wie die Jungen vor einem Monat!«

»Nimm ihn als Lehrling auf«, schlug die Fee vor. »Zeig ihm einfache Übungen. Er darf nur nicht im Freien zaubern. Wenn seine Kräfte zu stark werden, soll er unten in den Katakomben üben. Die sind bleiversiegelt!«

»Ja, gut«, stimmte Merellyn zu. »Ich werde eine Zeit lang auf die Dimensionssprünge verzichten. Wenn die Getreuen des Königs das magische Feuer dieser Kinder nicht gesehen haben, sind sie sowieso zu weit entfernt um mit meiner derzeitigen Ausrüstung aufgespürt zu werden. Ich muss ein mächtigeres Dimensionsflugzeug bauen.« Dann wandte sich der Magier wieder an uns. »Wir werden Folgendes tun!«, verkündete er. »Ihr bleibt hier bei uns im Turm. Ich werde dich zum Lehrling nehmen, Loredano.«

»Ich heiße Lorenzo«, widersprach der. »Aber ich will gern dein Lehrling werden.«

»Gut! Äh ...« Merellyn schien überrascht, dass Lorenzo so bereitwillig zugestimmt hatte. »Ja, dann wäre das mal geklärt. Und du, Willibald ...«

»William!«

»Richtig. Immer diese Namen ...« Er sah Schnick an. »Nun, ich schlage vor, dass du die Ausbildung von Willoby hier übernimmst. Wenn mein Kalender stimmt, ist das Schuljahr in zwei Wochen zu Ende. Da lohnt es sich nicht, die Jungs jetzt noch hinzuschicken. Dann sind sechs Wochen Ferien und danach können Lilliam und Worenzo zu Herrn Rosenholz in die Dorfschule gehen. So lange bist du sein Lehrer.«

»Er heißt William«, korrigierte der Kobold. »Ich kann ihm das eine oder andere beibringen, was für einen Geist nützlich ist ... Aber was meinst du mit Ausbildung?«

»Ich möchte, dass du ihm alles beibringst, was ein Poltergeist kann«, erklärte der Zauberer.

»Du möchtest einen Poltergeist aus ihm machen?« Schnick konnte es nicht glauben. »Noch nie, zum Teufel, hat jemand einen Poltergeist *bestellt*!«

»Nun, es kann sehr nützlich sein, einen Geist in unseren Reihen zu haben, der das Poltern beherrscht, es aber nicht so zwanghaft tun muss wie ein Poltergeist.«

»He, was heißt hier zwanghaft?«, wehrte sich Schnick. »Ich habe nicht *eine* Blumenvase oder sonst was umgekippt, seit ich hier bin. Ich bin noch nicht mal nachts in Holzschuhen über die Treppe gehopst. Ich bin nicht zwanghaft!«

»*Jetzt* nicht«, erwiderte die Fee ruhig. »Aber wir haben bald Vollmond.«

Der Halbkobold maulte noch ein bisschen, stimmte aber schließlich zu mich zu unterrichten. Unsere Fragen zu dem, was denn in Fantasmanien passiert war, um was für dunkle Mächte es sich handelte und von woher sie zurückkehrten, wollte niemand so recht beantworten.

»Wenn Lorenzo der ist, für den ich ihn halte, werdet ihr rechtzeitig alles erfahren«, sagte der Zauberer nur. »Wenn er es nicht ist, gibt es keinen Grund euch weiter als nötig in den kommenden Sturm hineinzuziehen. Dann geht ihr eurer Wege und seid umso weniger in Gefahr, je weniger ihr wisst.« Und das war's. Mehr kriegten wir nicht aus den Fantasmaniern heraus.

Jetzt waren wir also Lehrlinge. Lorenzo sollte ein Zauberer werden und ich … ein Poltergeist! Das waren so ziemlich die zwei letzten Berufe, auf die wir gekommen wären, wenn wir die Wahl gehabt hätten.

DER EINFACHSTE ZAUBERSPRUCH DER WELT

Warum hast du Ja gesagt?«, wollte ich von Lorenzo wissen, als wir in der Kammer im Ostturm, die man uns zugeteilt hatte, alleine waren.

»Ja gesagt? Wozu?«, fragte er zurück.

»Dazu, ein Zauberer zu werden. Du hast doch immer gesagt, du hasst Magie.«

»Na ja … nicht mehr so wie früher«, meinte er nachdenklich. »Ich meine, immerhin hat sie mein Knie geheilt.«

»Ja, aber …«, begann ich, aber Lorenzo legte seinen Finger über die Lippen. Er schlich zur Tür und sah nach draußen. Da war niemand. Lorenzo warf sich auf sein Bett. Witzigerweise standen zwei in der Kammer. Ich konnte meins nicht mal berühren, geschweige denn mich drauflegen.

»Ich habe Ja gesagt, weil wir so hier bleiben können«, erklärte er. »Das Buch, das dich angeblich wieder ›ganz‹ machen kann, ist hier. Ich will es finden.«

»Es finden? Und dann?«

»Dann werden wir es bitten dich wieder ganz zu machen.« Lorenzo verschränkte die Arme unter seinem Kopf.

»Bitten?«, rief ich. »Du hast doch gehört, was Merellyn gesagt hat! Es hat halb Fantasmanien vernichtet, oder so ähnlich, und es liegt angekettet im Kerker! Außerdem wollte es mich im Wald irgendwie … auffressen. Es wollte mich in sich reinziehen. Wie willst du so was *bitten*?«

»Wenn es sich nicht bitten lässt, werden wir es zwingen!«, beharrte Lorenzo.

»Das ist *die* Idee!«, lachte ich bitterernst. »Entschuldige mal bitte, mächtigstes, bösestes Zauberbuch der Welt, wir sind's, Lorenzo, der nicht zaubern kann, und William, durch den sogar der Regen durchprasselt. Du wirst mich jetzt sofort wieder ganz machen, sonst passiert etwas Schreckliches! Dann macht's Happs!, es hat uns gefressen und sagt: ›Stimmt!‹ …«

»Jetzt hör schon auf!«, brummte Lorenzo. »Erst müssen wir's mal finden. Bis dahin fällt uns vielleicht was ein. Ich hab noch einen Trumpf im Ärmel. Und wer weiß, vielleicht lerne ich doch noch zaubern!«

»Was für einen Trumpf?«

Aber Lorenzo hatte sich schon umgedreht und die Decke über den Kopf gezogen.

So gingen die Tage ins Land. Ich lernte mich unsichtbar zu machen und an einer anderen Stelle wieder aufzutauchen. Ich lernte als Skelett zu erscheinen. Als grünes Gruselmonster. Als weißes Bettlaken. Als schreckliche Leiche mit dem Armbrustbolzen in der Stirn. Bald konnte ich alles Mögliche darstellen. Ich lernte fest auf dem Boden zu stehen. Oder wenigstens nur so knapp darüber zu schweben, dass keiner was merkte. Ich lernte so zu tun, als lümmelte ich auf einem Stuhl oder einem Balken unter der Decke.

Was ich nicht lernte, war, etwas zu greifen. Egal was ich anstellte, es klappte nicht.

Schnick redete sich den Mund fusselig, aber die Gegenstände taten einfach so, als gäbe es mich nicht.

Dafür wurde ich beim Bewegen schneller und immer schneller. Und ich konnte auch zielen. Ich schoss wie ein Blitz hierhin und dorthin, nichts als ein bläulicher Rauchstreifen in der Luft, und Zack!, hielt ich genau da an, wo ich wollte.

Ein Geist ist in gewisser Weise nur so etwas wie ein Gedanke des Verstorbenen. Er erscheint, weil er selber glaubt, dass er da ist. Und auf die gleiche Art wird der Geist gesehen und gehört. Weil er dran glaubt.

Und da hatte auch Merellyn Recht gehabt. Hätte ich zu Lebzeiten eine andere Vorstellung von Geistern gehabt, wäre ich ein anderer Geist geworden. Ich konnte eigentlich froh sein, dass ich immer daran geglaubt hatte, dass man Geister sehen und hören kann.

Tja, es machte manchmal sogar Spaß, einer zu sein. Ich lernte so einiges, was ich als Torwart gut hätte gebrauchen können.

Aber Lorenzo – der lernte absolut überhaupt gar nichts. Egal was er anpackte, es ging schief. Das hatte Gründe, die man verstehen konnte, und Gründe, die wirklich unbegreiflich waren. Ich schaute manchmal beim Unterricht zu. Dass er sich bei Merellyns Lehrstunden schwer tat irgendwas zu kapieren, war kein Wunder. Der alte Zauberer redete so geschraubt und verdreht daher, dass man einfach nie wusste, worauf er eigentlich hinauswollte. Es ging meistens nur, wenn Myrabella dabei war und die endlosen Sätze Merellyns in handliche Portionen zerhackte. Außerdem unterbrach der alte Zauberer den Unterricht immer wieder, wenn seine kleine Kristallkugel, die er überallhin mitschleppte, ihm irgendwelche Bilder zeigte, die er für wichtig hielt. Dann rannte Merellyn in den Turm mit den vielen Geräten an den Wänden. Meistens beobachtete er nur eine Weile den Kreis aus großen und kleinen Kristallkugeln rundum an der Wand. Aber manchmal schwang er sich in das Ding, das er Dimensionsflugzeug nannte, hievte das seltsame Gefährt aufs Dach und blieb eine Zeit lang verschwunden – irgendwas zwischen einer Stunde und drei Tagen. Wenn er dann endlich wieder da war, um den Unterricht fortzusetzen, ging alles genauso schief wie vorher.

Lorenzo mischte zum Beispiel einen Trank. Er konzentrierte sich und machte alles exakt, wie Merellyn es ihm vormachte. Er nahm genau die gleichen Mengen und Portiönchen von den Zutaten, die teilweise aus den ekligen Gläsern im Behandlungszimmer kamen. Er rührte genauso lange wie der alte Zauberer, er achtete auf die Temperatur im Kessel, alles sehr korrekt. Aber es kam nie das heraus, was es werden sollte. Manche Tränke fingen an zu brennen und verrauchten, noch dazu meistens die, die man kalt anrührte. Andere gerannen zu dickem Brei. Oder dünner Suppe.

Zaubern, mit dem Stab und so, ging schon mal gar nicht. Da war sogar der dicke Fizzbert Lorenzo haushoch überlegen. Es gab überhaupt keinen Grund, zum Üben in die Bleikammern zu gehen. Lorenzos Zauberstab spuckte kein Fünkchen Magie.

Und Zaubersprüche! Es kam nicht ein einziges Mal vor, dass Lorenzo auch nur den einfachsten Spruch ohne Fehler aufsagte.

Da gab es einen ganz einfachen, den man benutzte, wenn die Vorräte in der Speisekammer nicht ausgehen sollten. Man hielt einfach den Zauberstab in einen Korb mit Äpfeln oder ein Glas mit Marmelade oder in die Steige mit den Kartoffeln. Nun musste man nur noch »Infinito!« sagen und fertig. Dann konnte man so viele Äpfel aus dem Korb nehmen, wie man wollte, es waren immer genauso viele drin wie am Anfang. Allerdings berichtete mir Lorenzo, dass Infinito-Lebensmittel nach einiger Zeit immer fader schmeckten. Schließlich verloren sie völlig ihren Geschmack. Wenn man nach einem Monat oder so den hundertsten Apfel aus dem Korb nahm, zerfiel er einem in der Hand zu breiigem Grieß. Merellyn belehrte uns, dass mit der Zeit die Magie aus allen Zaubersprüchen verrauchte.

Zum Beenden des einfachsten Zauberspruchs der Welt musste man den zweiteinfachsten benutzen. Zauberstab reinhalten und »Magicum conficium« sagen, die alten Zauberäpfel, oder was auch immer, wegwerfen und den Behälter wieder normal benutzen. »Magicum conficium« beendet alle einfacheren Zaubersprüche, allerdings nur dann, wenn es von derselben Person gesagt wird, die den ersten Spruch angewandt hat.

Selbst Glubschnak konnte den Infinito-Spruch benutzen, wenn er aufpasste und den Zauberstab nicht zu Zahnstochern zermatschte. Und sogar ich konnte es. Lorenzo steckte den Zauberstab in einen Sack mit Haselnüssen. Ich schwebte hin und murmelte »Infinito!«, schwuppdich, es funktionierte. Schnick und Lorenzo aßen den ganzen Nachmittag Nüsse, bis ihnen die Kiefer vom Kauen wehtaten.

Nur Lorenzo konnte das Wort einfach nicht aussprechen. Es kam Infitito raus. Oder Infminuto. Iffitomi. Unfenato. Effentino. Und was weiß ich noch alles.

Wir saßen abends in unserer Kammer. Lorenzo hatte ein Glas eingelegte Tomaten vor sich auf dem Boden stehen und den Übungszauberstab in der Hand. Er hielt ihn in das geöffnete Glas. Dann holte er tief Luft. Und atmete wieder aus. Und holte noch mal Luft. Und sagte: »Infff...makito!« Er sah mich genervt an. »Verdammt, William. Sag irgendein schwieriges Wort.«

»Verlängerungsspielzeit.«

»Verlängerungsspielzeit«, wiederholte Lorenzo. »Also, noch mal. Infinelo. Verdammt, verdammt! Sag ein noch schwierigeres Wort!«

»Verlängerungsspielzeitanzeigetafel.«

»Verlängerungsspielzeitanzeigetafel«, sagte Lorenzo. »Ich hab keinen Sprachfehler. Es muss gehen. Efnukato. Verflixt, verdammt, verflucht noch mal. Ein schwierigeres Wort!«

»Verlängerungsspielzeitanzeigetafel ... ääh, halteschraubenbohrloch.«

»Verlängerungsspielzeitanzeigetafelhalteschraubenbohrloch«, sagte Lorenzo blitzschnell. »Affinito! Scheiße! Infumero! Unfinuti! Offnekato! Enfumenfonero! Iffikiffofi!«

Er wurde immer lauter, während er dem Glas mit Tomaten immer sinnlosere Wörter zuschrie. Schließlich warf er den Zauberstab zum Fenster hinaus und brüllte ihm hinterher: »Affenkopfispinato! Zerspring doch in tausend Stücke, du Scheißding!«

Und genau das tat der Zauberstab.

Es gab einen gewaltigen Rums und einen Feuerball, aus dem ein greller Blitz nach oben zuckte. Wir sahen nicht, wo er einschlug, aber wir hörten, dass einer der Türme getroffen worden war. Holz splitterte und brach. Ich schoss durch die Wand nach draußen. Der Blitz war in einen baufälligen hölzernen

Erker hoch droben am benachbarten Turm gefahren. Der Vorbau löste sich oben herum von der Mauer und neigte sich quietschend und ächzend nach vorne. Einen Moment sah es danach aus, als würde der Erker so hängen bleiben. Dann schossen schnell nacheinander einige lange eiserne Nägel aus dem Mauerwerk und der Holzkasten rauschte nach unten, wo er auf einem Wehrgang in einer Explosion aus fliegenden, zersplitternden Brettern, Nägeln und Fensterläden endete.

Lorenzo am Fenster und ich draußen mitten in der Luft starrten fassungslos nach unten, ehe wir uns gegenseitig ansahen.

»Wie hast du das gemacht?«, fragte ich.

»Ich hab gar nichts gemacht!«, wehrte Lorenzo ab. »Ich hab nur den Zauberstab weggeworfen und gesagt: Zerspring doch in tausend …« Seine Augen wurden groß. »Das darf doch nicht wahr sein. Er hat's getan! Er ist in tausend Stücke zersprungen.«

Unten kam Merellyn aus einer Tür gestürzt. »Was ist passiert?«, rief er. »Ein Gewitter? Werden wir angegriffen? Ist ein Drache gegen den Turm geknallt?« Dann sah er den Trümmerhaufen, der einmal ein Erker gewesen war. In der Mauer des Nachbarturms schräg über uns klaffte ein Loch. Merellyn blickte zu uns hoch. Seine Augen verengten sich. »Wie ist das passiert?«, fragte er scharf.

Kurz darauf saßen wir in Merellyns Studierzimmer und versuchten zu erklären, was vorgefallen war. Merellyn wollte alle Wörter wissen, die Lorenzo ausgesprochen hatte. Die brachten wir natürlich nicht mehr so genau zusammen. Die, die ihr vorhin gelesen habt, geben nur ungefähr wieder, wie's für mich geklungen hat.

Myrabella kam herein. »Ihr seid wohl komplett wahnsinnig geworden!«, schimpfte sie. »Euer kleines Feuerwerk hat halb Fantasmanien aufgeweckt. Unten im Dorf sind die Lichter angegangen. Und sogar drüben am Rauchenden Zwerg habe ich Fackeln gesehen.«

Der Rauchende Zwerg war der Berg nordwestlich von der Furt. Mit viel gutem Willen konnte man, wenn man den Berg ansah, einen Zwergenkopf mit einer Pfeife im Mund erkennen.

»Richtig!«, bestätigte Merellyn. »Wir hatten doch gesagt, dass Zaubern im Freien auf keinen Fall infrage kommt. Wir wollen keine weitere Aufmerksamkeit erregen.«

»Ich hab doch gar nicht absichtlich gezaubert!«, wehrte sich Lorenzo. »Ich habe nur den Zauberstab durchs Fenster geworfen, weil wieder mal nichts funktioniert hat. Da ist er explodiert.«

»Wir müssen das wiederholen!«, verkündete Merellyn. »Aber nicht im Freien und auch nicht hier oben im Turm. Wir gehen in die Katakomben! Morgen.«

UNTER DEM FLUSS

Myrabella öffnete im tiefsten Keller eine Klappe im Boden, unter der sich tausende von Stufen weiter nach unten wanden. Sie führten durch mehrere Torbögen abwärts, die mit gemeißelten Darstellungen von Dämonen und anderem Kroppzeug verziert waren. Vor jedem Tor blieb Merellyn stehen und murmelte ein paar Beschwörungen. Es sah dann jedes Mal so aus, als würden sich die Dämonenfratzen, die einen eben noch aufmerksam angestarrt hatten, vom Fackellicht abwenden.

Beim ersten Tor hatte er dafür gesorgt, dass wir wussten, was uns erwartete, wenn wir versuchen sollten, ohne die Zaubersprüche durch den Bogen zu gehen. Der Zauberer zog einen alten Kochlöffel aus dem Gürtel und hielt ihn, Griff voran, zwischen die Reliefs. Die Luft kräuselte sich in ringförmigen Wellen von dem Löffelstiel weg, wie bei einem Stein, den man ins Wasser geworfen hat. Dann wurde für einen Moment alles schwarz, so als hätte der Torbogen geblinzelt. Merellyn zog den Löffel zurück. Der Stiel war nur noch halb so lang. Das Ende war verkohlt und rauchte leicht. Insgesamt gingen wir durch fünf solcher Torbögen.

Wir waren schon eine Weile abwärts gestiegen, als wir an einen Gang kamen, der waagerecht von der Wendeltreppe wegführte. Ein Rest Tageslicht schien herein und wir hörten das Rauschen von Wasser. Ich benutzte meine neu erworbenen Poltergeistfähigkeiten um für den Bruchteil einer Sekunde zu verschwinden. Wenn noch jemand hinter mir gegangen wäre, hätte er gesehen, dass ich ein bisschen flimmerte. Ich tauchte ganz kurz draußen am Ende des Gangs auf und sah mich blitzschnell um. Ich befand mich auf einer hölzernen Plattform, von der eine wackelige Treppenkonstruktion etwa zehn Meter tiefer zu dem Bootssteg führte, den ich gesehen hatte, als der Wahnsinnige Walter uns auf den Felsen hievte. Dort lag ein kleines Ruderboot, das vom schnell fließenden Wasser gegen den Steg gedrückt wurde. Dann war ich schon wieder bei den anderen.

Weil es danach noch eine ganze Weile abwärts ging, wusste ich, dass wir ein gutes Stück unter den Wasserspiegel abgestiegen waren. Je weiter wir nach unten kamen, desto unheimlicher wurde es. Die Fackel, die Merellyn trug, warf tanzende Schatten an Wände, die nur teilweise gemauert waren. Die Steine, die man zur Befestigung ins Erdreich geklopft hatte, trugen allesamt mystische Zeichen. Und soweit ich sehen konnte, war in keine zwei Steine das Gleiche eingemeißelt. Spinnen und andere Krabbeltiere flohen vor dem Fackellicht in Mauerritzen. Ich wollte gar nicht hinsehen, aber bei einigen größeren Rissen im Mauerwerk hatte ich so eine Ahnung, dass einem rot glühende Augen entgegenfunkeln würden, wenn man hineinlugte. Ich vermute, dass einiges von dem Zeug in den ekligen Einmachgläsern hier gefangen worden war. Und ich war froh, dass meine Füße nicht den Boden berühren mussten.

In einer kleinen Kammer am Fuß der endlosen Treppe beschwor Merellyn eine große, kreisrunde Steinplatte voller kabbalistischer Zeichen, die sich plötzlich bewegte und in einer tiefen Furche knirschend zur Seite rollte.

Dahinter lagen die Katakomben. Es waren mehrere höhlenartige Räume, voll mit eisernem Krempel. Ich glaube, dass es dort schon natürliche Höhlen gegeben hatte, die man erweitert und ein bisschen begradigt hatte.

Erst als Lorenzo verstohlen auf eine Art halb geöffneten Blechsarg zeigte und ich die eisernen Dornen im Inneren sah, dämmerte mir, dass wir uns in einer Folterkammer befanden. Es gab wirklich jede Art von Foltergerät, aber wie auch im Behandlungszimmer sah nichts so aus, als wäre es in letzter Zeit benutzt worden.

Einer der Räume war mit dicken Bleiplatten ausgekleidet. Dort machten sich Lorenzo und Merellyn ans Werk. Der alte Magier gab seinem Lehrling einen neuen Übungsstab.

»Also, wie war das?«, fragte er. »Du hast den Zauberstab geworfen und geschrien: ›Zerspring doch in tausend Stücke!‹.«

»Genau.«

»Dann mach dasselbe noch mal.«

Lorenzo warf den Stab quer durch den Übungsraum und rief: »Zerspring in tausend Stücke!«

Wir duckten uns hinter die Schutzmauer. Der Stab klapperte gegen die Wand und fiel zu Boden.

»Hm. Das war nicht exakt der Satz. Du hast ›doch‹ vergessen. Zerspring doch … und so weiter.«

Lorenzo warf den Zauberstab noch einmal und rief: »Zerspring doch in tausend Stücke!« Aber das Ergebnis war das Gleiche.

»Hast du sonst noch irgendwas gesagt?« Der Zauberer sah Lorenzo forschend an. Der schüttelte nur den Kopf.

»Doch, das hat er!«, meldete ich mich zu Wort. »Er hat ›du Scheißding‹ gesagt.«

Lorenzo sah mich vorwurfsvoll an.

»Stimmt doch!«, maulte ich. »Schließlich soll's funktionieren, oder?«

»Wir müssen alles probieren«, bestätigte Merellyn.

Lorenzo warf wieder.

»Zerspring doch in tausend Stücke, du Scheißding!«

Wir tauchten hinter die Schutzmauer, aber es passierte wieder nichts.

»War da sonst noch irgendwas?«, bohrte der Magier nach. »Ein anderes Wort? Oder ein magischer Gegenstand?«

»Nein, nichts«, meinte Lorenzo kopfschüttelnd. »Außer, das Glas eingelegte Tomaten war magisch.«

»Doch, doch, doch!«, rief ich. »Da war noch was! Du hast noch ein Wort geschrien.«

»Welches Wort?«

»Jetzt weiß ich es wieder. Du hast ›Affenkopfispinato‹ geschrien.«

»Affenkopfispinato?« Der Magier kratzte sich gedankenverloren den Bart. »Erstaunlich. Vielleicht erfindest du deine eigene Zaubersprache.«

»Das war kein Zauberwort«, erklärte Lorenzo. »Da hatte ich längst aufgegeben. Das Wort ist mir in dem Moment einfach so eingefallen. Das *wollte* ich sagen. Im Gegensatz zu dem ganzen Kauderwelsch vorher.«

»Das wolltest du sagen … Lass es uns versuchen! Hier ist der Zauberstab.«

»Affenkopfispinato!«, rief Lorenzo. »Zerspring doch in tausend Stücke, du Scheißding!«

Der Stab klapperte gegen die Wand und von dort zu Boden. Lorenzo ließ die Schultern hängen. Merellyn stützte sich mit den Ellbogen auf die Schutzmauer und bedeckte die Augen mit den Händen. »Dann war's vielleicht eines von den Wörtern vorher«, seufzte er.

»Aber an die kann ich mich nicht erinnern.«

»Wirf mal den Stab und sag nur ›Affenkopfispinato‹.«

Klapper, klapper.

»Vielleicht brauchen wir wirklich ein Glas mit eingelegten Tomaten«, stöhnte Merellyn.

Sie versuchten alles Mögliche. Bald waren sie so vertieft, dass sie mich gar nicht mehr beachteten. Also wollte ich ein bisschen durch die Katakomben geistern. Aber ich musste feststellen, dass ich nicht durch die Bleiplatten springen konnte. Außerdem hatte ich keine Fackel. Es steckten zwar mehrere unbenutzte in einem Halter neben der Tür, aber ich konnte sie ja nicht tragen.

Schließlich machten wir uns enttäuscht auf den Rückweg. Aber als wir die Bleikammer verließen, konnten wir doch noch einen kleinen Erfolg verbuchen. Im Schein der Fackel sahen wir eine Tür, ganz am Ende des Katakombengangs. Sie hatte keine Klinke und keinen Riegel, an dem man sie öffnen konnte. Doch sie hatte ein Schlüsselloch und schwere Angeln, die sie an der Felswand hielten. Es *war* eine Tür. Und die konnte nicht ins Freie führen. Wir waren tief unter der Erde, sogar unter dem Fluss. Das musste die Tür zum Kerker sein. Dahinter würden wir das Buch finden.

Aber das war wirklich nur ein winziger Erfolg. Auf dem Weg zu dieser Tür, die keine Klinke hatte und bestimmt auch mit einer Zauberformel geschützt war, gab es fünf Dämonentore und eine schwere Steinplatte, die alle nur mit Beschwörungen zu öffnen waren. Dafür brauchte man einen Zauberer. Lorenzo konnte aber nach wie vor kein klitzekleines bisschen zaubern. Ich hätte vielleicht ohne Zauberei durchkommen können, aber in dieser absoluten Finsternis brauchte man eine Fackel und die konnte ich nicht halten.

DER UNSICHTBARE LAUSCHER

Am nächsten Abend belauschte ich ein Gespräch zwischen Merellyn, Schnick und Myrabella. Ich könnte jetzt sagen, ich hörte es zufällig. Aber das stimmt nicht. Ich bin zufällig in das Gespräch geplatzt, unsichtbar versteht sich, und absichtlich geblieben um es zu belauschen.

Lorenzo übte im Gang vor unserer Kammer ein paar Kunststückchen mit dem Ball, obwohl es verboten war. Er ließ ihn von Knie zu Knie hüpfen oder balancierte ihn auf dem Rist, ehe er ihn wieder hochspielte, fing ihn zwischen den Schulterblättern und ließ ihn über den gebeugten Kopf abtropfen um ihn wieder hochzukicken.

Ich konnte es nicht ertragen, ihm dabei zuzusehen, ohne selbst eingreifen zu können. Also übte ich, wie ein echter Poltergeist an einer Stelle zu verschwinden und an einer anderen wieder aufzutauchen. So hopste ich durch den Turm, bis ich in die Küche kam. Obwohl ich als Geist nichts essen konnte und auch niemals Hunger hatte, war die Küche mein Lieblingsort in dem verwinkelten Turm.

Beinahe hätte ich mich gezeigt, aber ich hörte den Namen »Lorenzo« und beschloss vorerst unsichtbar zu bleiben. Am Tisch saßen Merellyn und Schnick. Myrabella hatte auf einem

umgedrehten hölzernen Trinkbecher mitten auf der Tischplatte Platz genommen.

»Also, für mich besteht überhaupt kein Zweifel, dass es der Junge ist«, sagte Merellyn gerade. »Ich meine, er hat doch keinen Sprachfehler. Er stottert nicht und verwechselt keine Buchstaben, wenn er was zu sagen hat.«

Der Kobold und die Fee nickten.

»Und dann bringt er so ein einfaches Wort wie ›Infinito‹ nicht über die Zunge«, fuhr der Zauberer fort. »Das nenne ich eine astreine Blockierung!«

»Hatte das Neugeborene dieselbe Haarfarbe?«, wollte nun Myrabella wissen.

»Was? Haarfarbe?«, erwiderte Merellyn fahrig. »Hmm. Darauf habe ich damals nicht geachtet. Ich glaube ... ja, ich glaube, sie waren schwarz.«

»Aber Lorenzo hat doch kastanienbraunes Haar«, wandte Myrabella ein.

»Das sagt gar nichts«, bemerkte Schnick. »Bei Kindern kann sich die Haarfarbe im Laufe der Jahre ändern.«

»Also, fassen wir zusammen«, sagte Myrabella. »Sein Alter kommt ziemlich genau hin. Soweit er es eben selber weiß. Die Haarfarbe des Säuglings war ... dunkel, sagen wir mal. In Gegenwart des Jungen geht Merellyns Zauberstab los, bevor er den Spruch aufsagen kann. Und der Stab tut genau das, was er soll. Er heilt Lorenzos Knie. Er ist also von jemand gesteuert worden.

Von Glubschnak wissen wir, dass er so was nicht kann. William scheint seine magischen Fähigkeiten mit seinem Tod eingebüßt zu haben. Wir drei wissen, dass wir nichts gemacht haben. Bleibt nur Lorenzo. Und der kann, obwohl er kein

Dummkopf ist, einen Zauberspruch, der nur ein einziges Wort enthält, nicht richtig aussprechen. Nicht ein einziges Mal.«

»Ich glaube, er ist es!«, sagte der Kobold mit Bestimmtheit.

»Aber ein Beweis wäre besser«, warf Merellyn ein. »Wenn wir etwas aus dem Waisenhaus hätten. Etwas Geschriebenes, wie zum Beispiel: Dryaden aus Fantasmanien haben einen Säugling abgegeben. Wir nannten ihn Lorberto.«

»Lorenzo!«, verbesserte Myrabella. »Außerdem glaube ich nicht, dass die Dryaden sich blicken ließen, als sie das Kind in die Menschenwelt brachten. *Wenn* sie's überhaupt waren. Sieht ihnen nicht ähnlich, sich um ein Menschenkind zu kümmern.«

»Wie dem auch sei. Aber die Waisenhaus… äh, Hirten? Aufseher? Waisenwarte? … na, jedenfalls müssen die so was doch aufgeschrieben haben. Aufzeichnungen. Berichte. Ein Protokoll. Oder vielleicht haben die Wächter in der Grenzstation etwas. Wahrscheinlich ist doch, dass der Säugling zuerst dorthin gebracht wurde.«

»Die alte Grenzstation *ist* jetzt das Waisenhaus«, berichtete Schnick.

»Umso besser!«, rief der Magier. »Die müssen einfach was haben. Den Namen Laurenzio und das richtige Datum. Oder einen Bericht, dass der Säugling abgegeben wurde und Lorelio getauft wurde.«

»Lorenzo!«, sagten Myrabella und Schnick im Chor.

»Exakt!«, bestätigte Merellyn. »Schnick, du und der Dings … du weißt schon, der grüne Kerl mit der Keule …«

»Der Troll.«

»Jawoll! Du und der, äh … Troll, ihr solltet der Grenzstation einen nächtlichen Besuch abstatten. Ein bisschen in alten Archiven wühlen. Einen Beweis bringen. Spionieren.«

»Das können wir gerne machen«, sagte Schnick. »Da gibt's nur ein Problem. Ich kann nicht lesen und ich vermute, Glubschnak weiß nicht mal, was Lesen ist. Wir zwei können also nicht nach der richtigen Aufzeichnung suchen. Wir können höchstens das ganze Archiv klauen.«

»Ich kann lesen«, sagte ich, immer noch unsichtbar.

Die drei fuhren herum. Ich trat einen Schritt vor und wurde sichtbar.

»William!«, riefen Schnick und Merellyn im Chor.

»Seit wann lauschst du?«, fragte Myrabella vorwurfsvoll. Ich ging nicht auf sie ein.

»Ihr wollt rausfinden, wer Lorenzo ist«, sagte ich. »Ihr habt einen Verdacht, wer er sein könnte, weil er nicht zaubern kann. Was glaubt ihr denn, wer Lorenzo ist?«

Eine ganze Weile herrschte betretenes Schweigen. Dann raffte sich Merellyn auf. »Wir glauben, dass Lorenzo sehr wohl magische Fähigkeiten hat. Sie sind aber vermutlich bei seiner Geburt blockiert worden.«

Ich dachte darüber nach.

»Könnte sein«, meinte ich dann. »Er war im Waisenhaus wirklich der Einzige, der absolut gar nichts Magisches konnte. Aber wer ist er dann? Und wer – oder was – hat seine Magie blockiert?«

»Das war seine Mutter. Zu seinem eigenen Schutz«, erklärte Merellyn. »Ich kann dir nicht sagen, wer er vermutlich ist, und das ist ebenso zu seinem Schutz wie auch zu deinem, William.«

»Trotzdem könnte er uns helfen«, warf Schnick ein und deutete auf mich. »Wir haben ja gerade erlebt, wie gut er sich unsichtbar machen und stillhalten kann. Und er kann durch Wände gehen. Der ideale Spion.«

»Na gut«, stimmte Merellyn zu. »Aber du schwörst, dass du schweigst wie ein Grab … äh, 'tschuldigung, das ist dir gegenüber eine blöde Bemerkung … also, dass du absolutes Stillschweigen bewahrst über alles, was ihr herausfindet. Auch und vor allem gegenüber Lorenzo!«

Ich nickte, obwohl ich es nicht richtig fand, vor Lorenzo Geheimnisse zu haben.

»Weißt du was?«, rief Schnick. »Wir nehmen Glubschnak gar nicht mit. Wir reisen auf Geisterart. Morgen Früh sind wir wieder zurück.«

DETEKTIVGEISTER

Der Troll hatte die Strecke von der Grenze bis zum Turm des Zauberers in drei Tagen zurückgelegt. Das war wirklich schnell. Aber die Art, wie wir reisten, war unschlagbar. Schnick verschwand einfach, in der Hand meine alte Mütze mit dem Fußballabzeichen. Ich verwandelte mich in ein Rauchwölkchen und wurde so blitzartig aus dem Gemäuer Richtung Osten gerissen, dass aus dem Rauch ein lang gestreckter bläulicher Streifen wurde. Mal ehrlich: Den Rauch hätte es gar nicht gebraucht, um wie der Blitz durch die Gegend zu rasen. Aber es sah einfach gut aus. Ich zischte über die Köpfe eines Gnomenrudels hinweg und ließ erstaunte (und furchtbar ordinäre) Ausrufe hinter mir zurück. Hinunter ins Tal, im Zickzack um ein paar Bäume und den nächsten Bergrücken hinauf. Das war der Teil des Geisterdaseins, der am meisten Spaß machte. Ich wurde zum ersten Mal in Höhle Nr. 3 wieder sichtbar.

Schnick stand vor mir und grinste.

»Geht's zu schnell?«, fragte er.

Ich schüttelte den Kopf. »Überhaupt nicht! Das sollten wir jeden Tag machen.«

Der Kobold lachte und war verschwunden. Ich verwandelte mich wieder und weiter ging die wilde Jagd.

Wir erreichten Höhle Nr. 2. Nach meiner Schätzung war keine Stunde vergangen, seit wir Nr. 3 verlassen hatten. Für die Strecke hatte der mächtige Troll einen ganzen Tag gebraucht!

»Bleib unsichtbar!«, zischte Schnick.

»Was ist los?«, flüsterte ich.

»Da unten. Sie überqueren die Straße.«

Ich linste durch die Bäume zur Straße runter, die im Mondschein ein helles, sich schlängelndes Band in einer dunklen Masse aus Bäumen und Unterholz war.

Jetzt sah ich sie auch. Wölfe!

Einer nach dem anderen verließ die Deckung der Bäume und huschte über die Straße um im Süden wieder im Dickicht zu verschwinden. Auf diese Entfernung war es nur schwer abzuschätzen, aber ich fand, dass die Biester ungewöhnlich groß waren.

Ich erschrak furchtbar, als sich der letzte Wolf auf die Hinterbeine aufrichtete und sichernd die Straße hinauf- und hinunterstarrte. Dabei schnupperte er die Luft wie ein Hund. Nur dass es bei ihm so aussah, als fräße er sie auf. Dann fiel er wieder auf alle viere und ließ sich von der Dunkelheit jenseits der Straße verschlucken.

»Werwölfe! So viele auf einem Haufen hab ich noch nie gesehen«, flüsterte Schnick.

»Können die uns irgendwas anhaben?«, fragte ich schaudernd.

»Dir sicher nicht«, antwortete der Kobold. »Aber ich kann nicht ewig im Poltergeistzustand bleiben. Und als Kobold bin ich ein netter Happen für zwischendurch. Aber in erster Linie wollte ich einfach nicht, dass sie uns sehen. Weiter zu Höhle Nummer eins.«

Irgendwie schien es mir sicherer, ab jetzt auf den blauen Rauch zu verzichten. Als wir Höhle Nr. 1 erreichten, blieb ich vorsichtshalber erst einmal unsichtbar. Aber Schnick stand im Höhleneingang und leuchtete mit einer kleinen magischen Laterne hinein. Die brauchte kein Feuer um Licht zu erzeugen. Im Grunde genommen hatte Merellyn für das Licht darin etwas Ähnliches wie den Infinito-Zauber angewandt. Man konnte die Kerze aus dem Gehäuse nehmen, aber das Licht in der Laterne ging trotzdem nicht aus.

Schnick schüttelte den Kopf. »Ist ja ekelhaft!«, murmelte er.

»Was ist ekelhaft?«

Er deutete auf den Jutesack, der immer noch an dem Haken in der Höhlenwand hing. Er war halb aufgerissen und das restliche Pferdebein hing heraus. Darüber krabbelten Maden. Sie hatten fette, glänzend schwarze Körper, aber weiße Köpfe. Mehrere der Biester fauchten ins Licht. Ich konnte das leise Pfeifen deutlich hören. Es war wirklich ekelhaft. Die Köpfe der Maden mit ihren schwarzen Knopfaugen sahen aus wie Totenschädel.

»Grabwürmer!«, sagte Schnick mit einem Schaudern. »Das Kroppzeug hat's hier früher nie gegeben. Erst ein Riesenrudel Werwölfe und jetzt das! Mit Fantasmanien geht's einfach bergab. Wer jetzt noch was von dem Pferdebein isst, kriegt verdammt scheußliche Albträume. Da würde selbst Glubschnak nicht mehr von der Nachtwächterprüfung träumen.«

»Bääh!«, rief ich. »Wer würde denn auf die Idee kommen, *das* noch zu essen?«

»Besagter Glubschnak zum Beispiel.«

Wir legten die letzten fünf Meilen zum Waisenhaus zurück. Am Rand des Bolzplatzes sahen wir uns um. In der Pförtnerloge am Eingang des alten Grenzhauses brannte wie immer Licht. Klar. Da hockte der heilige Patrick und wartete auf die Heimkehrer um ihnen ihr Geld abzuknöpfen. Der Bolzplatz sah seltsam aus. Auf der Waldseite des Platzes hatte bestimmt schon lange niemand mehr gespielt. Gras und Unkraut wucherten kniehoch. Nur vor dem östlichen Tor war die Erde so kahl wie immer.

»Hast du eine Ahnung, wo die Aufzeichnungen liegen könnten?«, fragte Schnick.

»Ehrlich gesagt, nein«, gestand ich. »Der heilige Patrick hat so gut wie nie irgendwas aufgeschrieben. Er kann ja gar nicht richtig schreiben. Aber es gibt zwei Zimmer im ersten Stock, die immer abgesperrt waren. Ich schlage vor, wir fangen dort an.«

Wir umrundeten das Haus und gelangten durch die Mauer in das Zimmer, das über unserem alten Schlafsaal lag.

Das Zimmer war ein typisches Speicherzimmer. Es gab Schränke und Truhen, ein paar Regale und jede Menge Unrat, der sich auf Schränken, Truhen und allem möglichen Sperrmüll stapelte.

»Wonach suchen wir eigentlich genau?«, fragte ich.

»Wir suchen irgendetwas, das belegt, wann Lorenzo in dieses Waisenhaus kam«, erklärte der Kobold. »Möglicherweise steht da auch, unter welchen Umständen er hierher kam. Aber am wichtigsten ist das Wann.«

In zwei Kisten entdeckte ich eine Menge Wachstäfelchen, in die Zeichen geritzt waren. »Halt mir die mal vor die Nase«, bat ich Schnick.

1 gepökelter Schinken: 15 Monstrar 95, 2 Körbe mit Äpfeln: 2 Monstrar 40, 1 Fass Sauerkraut: 4 Monstrar 10 … und so wei-

ter und so weiter. Die Wachstäfelchen waren Lieferantenrechnungen. Sie wurden von allen Händlern An der Straße benutzt. Ich glaube, ich sagte bereits, dass Papier ziemlich teuer war. Dass es im Turm des Zauberers so verschwenderisch viel davon in den Büchern gab, konnte ich mir nur mit dem Infinito-Zauber erklären.

Was ich mir aber nicht erklären konnte, war, wo die Lebensmittel geblieben waren, die angeblich ans Waisenhaus geliefert worden waren. Ich hätte es gemerkt, wenn wir jemals etwas davon bekommen hätten. Aber bei uns gab's morgens Haferbrei und abends Kohlsuppe. Jeden Tag.

Dann sah ich, dass auf die Deckel der beiden Kisten Buchstaben gemalt waren. Auf der, deren Inhalt wir gerade untersucht hatten, stand:

Ans Kloster zur Prüfung.

Auf der zweiten stand:

Vom Kloster bezahlt.

Schnick zeigte mir eines der Täfelchen aus der zweiten Kiste. Unten prangte ein Stempel mit dem Zeichen der Bettelnden Bruderschaft, das in der Mitte das Wort BEZAHLT trug. Da war mir alles klar. Patrick kaufte keine Lebensmittel. Der kaufte Rechnungen! Und die präsentierte er seinen Ordensbrüdern, die ihm dafür Geld gaben. Das schob er ein, ohne auch nur im Geringsten daran zu denken, für die Kinder im Waisenhaus irgendwas anderes als Haferflocken und Kohlköpfe zu kaufen.

Gepökelter Schinken! Ha!

Wir suchten das Zimmer weiter ab, aber sonst gab es nichts Geschriebenes. Im anderen Zimmer ebenfalls Fehlanzeige. Wir stellten das ganze Haus auf den Kopf, aber wir fanden keine Aufzeichnungen.

Ich hätte zu gern mit den Rotznasen gesprochen, aber die schliefen entweder fest oder waren um diese Uhrzeit noch gar nicht von der Arbeit zurück. Patrick, diese Ratte! Er ließ die Kinder arbeiten, damit sie für Kost und Logis bezahlen konnten, kassierte gleichzeitig vom Kloster und gab nichts von alldem weiter, was er einsackte. Ich hoffte, seine Wettgegner hatten ihn nach dem missglückten Spiel ordentlich gerupft.

Schließlich fragte Schnick im Speisesaal, den wir als Letztes durchsuchten: »Was steht da?« Er deutete auf die Wand neben der Tür.

Da war eine verlogene Szene hingemalt, mit einem Haus, vor dem ein Mann mit ausgebreiteten Armen stand. Ein paar Kinder blickten mit seligem, pausbäckigem Lächeln zu ihm auf. Hinter ein paar Apfelbäumchen strahlte die aufgehende Sonne in den Morgenhimmel. Darüber stand: »Gegründet vom heiligen Patrick im siebten Jahr des gestreiften Iltisses.« Das las ich dem Kobold vor.

»Das siebte Jahr des gestreiften Iltisses?«, flüsterte er. »Moment mal ... jetzt haben wir ... wie nennt ihr Menschen es? Das fünfte Jahr der Bisamratte. Genau. Aber dann ... dann ist das Waisenhaus erst acht Jahre alt! Wo wart ihr denn vorher?«

Ich dachte darüber nach. Aber ich wusste es nicht. Ich war elf. Wenn es so war, wie Schnick sagte, war ich bei der Gründung des Waisenhauses ungefähr drei gewesen. An diese Zeit konnte ich mich nicht mehr erinnern. Ich war einfach davon ausgegangen, dass wir schon immer am Waldrand gewohnt hatten.

Doch dann fielen mir die Wachstafeln in den Kisten wieder ein. Vom Kloster bezahlt.

»Vielleicht im Kloster der Bettelnden Bruderschaft?«, überlegte ich.

»Gar nicht so unwahrscheinlich, da die Bruderschaft offensichtlich für die Waisen zahlt«, meinte Schnick. »Und nicht zu wenig, wie wir gesehen haben. Wo liegt das Kloster?«

»Nicht sehr weit von hier. Im Süden, oberhalb des Stinkestrands.«

»Was stinkt? Doch hoffentlich nicht schon wieder Aasdisteln?«

»Algen. Verrottete Algen. Aber im Kloster riecht man davon nichts, außer wenn der Wind sehr ungünstig steht.«

Wir begaben uns ins Kloster. Es war jetzt schon ziemlich spät in der Nacht und die Bettelnden Brüder schliefen in ihren Zellen. Das machte die Sache einfacher. Schnick konnte sich in einen Kobold zurückverwandeln und alles in Ruhe durchsuchen. Ich brauchte mich nur dicht hinter ihm zu halten und vorzulesen, was er hochhielt.

Nach etwa zwei Stunden wurden wir fündig. In der Schreibstube, die vor dem Zimmer des Abts lag, fanden wir eine Kiste, auf deren Vorderseite stand:

WAISENHAUS

Neuzugänge – Abgänge

Darin befanden sich hölzerne Bücher. Das waren dünne beschriebene Holzplatten, die an einer Seite zwei Bohrlöcher hatten, durch die sie mit Lederschnüren zusammengebunden waren. Es gab ein Bündel mit beschriebenen Holzscheiben für das Jahrzehnt des Dachses, eines für das Jahrzehnt der Fledermaus und so weiter und so weiter. Die Aufzeichnungen reichten viel weiter zurück als bis zum Gründungsjahr des Waisenhauses. Anscheinend hatte das Kloster schon verwaiste Kinder aufgenommen, lange bevor der heilige Patrick diese Pflicht übernommen und ein einträgliches Geschäft daraus gemacht hatte.

Es dauerte eine ganze Weile, bis wir das Buch zum Jahrzehnt des gestreiften Iltisses fanden. Ich kannte mich mit diesen Jahresbezeichnungen gar nicht aus und Schnick musste immer erst umrechnen, weil die Fantasmanier eine andere Zeitrechnung hatten. Außerdem hatte ich ein bisschen geschwindelt, als ich verkündet hatte, ich könne lesen. Ich war mir ziemlich sicher, dass ich alle Buchstaben kannte. Aber bei den längeren Wörtern war ich elend langsam.

Schließlich kamen wir zum vierten Jahr des gestreiften Iltisses. Das heißt, wir kamen ans Ende der Einträge für das dritte Jahr. Das vierte fehlte komplett. Dann ging es mit dem fünften Jahr weiter.

Der erste Eintrag für das fünfte Jahr des gestreiften Iltisses war meiner:

William, Eltern unbekannt, abgelegt auf der Schwelle des Klosters.

In der Spalte Abgang stand: Ermordet im fünften Jahr der Bisamratte. William wurde elf Jahre alt.

Wir suchten dieses Buch und auch die anderen Bücher drei-, viermal durch. Aber es fehlte fast die gesamte Rotznasen-Mannschaft. Das machte keinen Sinn. Warum sollte jemand die Einträge der Fußballer entfernen, aber Kassiels alias Quassels Eintrag, Akaims und meinen drin lassen?

Klar, die waren noch drin, weil Quassel und Akaim im dritten Jahr des Iltisses ins Waisenhaus gekommen waren und ich im fünften. Wer auch immer die Seiten entfernt hatte, war nur am vierten Jahr interessiert gewesen. In diesen Jahrgang gehörte auch Lorenzo. Wenn die Seiten seinetwegen entfernt worden waren, war das ein Hinweis darauf, dass er irgendwie wichtig war. Ein Beweis, dass Lorenzo der war, den Merellyn suchte, war das aber nicht.

Draußen zeigte ein fahler Streifen am östlichen Horizont an, dass die Nacht fast zu Ende war. Wir mussten ohne ein Ergebnis zum Turm des Zauberers zurückkehren.

UNHEIMLICHE BESUCHER

Als wir berichteten, was wir gefunden hatten, strich sich Merellyn lange Zeit nachdenklich über den Bart.

»Also haben wir wieder keine endgültige Gewissheit«, stellte er fest. »Die Einträge könnten aus einem ganz anderen Grund fehlen. Aber wahrscheinlich ist doch, dass sie herausgenommen wurden um Lorenzos Herkunft zu verschleiern. Ich glaube weiterhin daran, dass er es ist.«

Aber was »es« war, erklärte der alte Zauberer nicht, weil wir in dem Moment die Küche betraten. Dort herrschte bedrückte Stimmung. Lorenzo, Glubschnak und Myrabella untersuchten etwas auf dem Küchentisch. Als wir wissen wollten, was los war, erklärte uns Merellyn: »Wir hatten heute Nacht Besuch. Von einem oder mehreren Wesen, die der dunklen Seite der Magie angehören. Wesen, die sich mit Haut und Haaren der Finsternis verschrieben haben.«

»Was ist passiert?«, fragte Schnick.

»Passiert ist nicht viel, soweit wir wissen«, räumte Merellyn ein. »Der Turm ist eine Festung. Alle Eingänge sind mehrfach geschützt. Aber es gibt Anzeichen, dass das Böse hier war.«

»Ihr wisst doch, dass ich überall im Hof und an den Fensterbrettern Blumenkästen habe«, sagte Myrabella. »Darin wachsen nur Stiefmütterchen. Die reagieren auf die Nähe dunkler Magie. Sie welken und vertrocknen. Ein absolut sicheres Warnsystem. Und jetzt seht euch meine Blumen an!«

Sie zeigte auf den Kasten in der Mitte des Tisches. Die Blumen darin waren nicht vertrocknet. Sie waren verbrannt! Als Myrabella eine Blüte berührte, zerfiel die zu schwarzer Asche.

»Aber wer … oder was war das?«

»Wissen wir nicht«, gab Merellyn zu. »Die Blumen im Hof haben kaum gelitten. Da es die Brücke nicht mehr gibt, die in den Hof führte, ist klar, dass das oder die Wesen nicht auf diesem Weg gekommen sein können. Der Wahnsinnige Würger hat niemanden heraufgebracht. Am schlimmsten hat es die Blumen an den Fenstern in den obersten Stockwerken getroffen. Es handelt sich also entweder um etwas, das sehr gut klettern kann und aus der Klamm heraufgekommen ist. Oder um fliegende Wesen, was ich für wahrscheinlicher halte.«

»Aber was kommt da infrage?«, sinnierte Schnick.

»Ich weiß es nicht«, sagte Merellyn. »Große Ungetüme wie Drachen oder Riesenfledermäuse hätten wir beim Landen hören müssen. Und Klauen hinterlassen Kratzer. Aber es ist nichts beschädigt.«

»Was kann fliegen und ganz lautlos landen?«, dachte Schnick laut. »Ghoule zum Beispiel? In den letzten Jahren sind immer wieder kleinere Banden von ihnen entlang der Straße aufgetaucht. Aber sie haben sich nie lange in der Gegend aufgehalten. Zu wenig Leichen.«

»Es sind eklige Biester, aber klug genug nicht hierher zu kommen«, meinte die Fee. »Der Friedhof von Flüsterwald ist gut gegen sie geschützt. Wenn der Alarm losgeht, gibt's eine Treibjagd.«

»Ich glaube nicht, dass, wer auch immer hier war, wegen des Friedhofs gekommen ist. Keine Zwischenlandung auf dem Turm. Pause. Ausruh-Zeit«, verkündete Merellyn. »Es war ein gezielter Besuch. Jemand wollte in den Turm eindringen. Und ich denke, das liegt daran, dass Lorenzo mit seiner unbedachten Zauberei die Aufmerksamkeit des Bösen erregt hat. Des Dunkeln. Der Finsternis.«

»Aber ich habe es wirklich nicht mit Absicht gemacht!«, rief der Beschuldigte. »Ich wünschte, ich hätte! Dann würde ich wissen, wie Magie funktioniert.«

»Und ich wünschte, ich wäre dabei gewesen«, versicherte Merellyn. »Dann hätte ich vielleicht einen Hinweis, *warum* es dieses eine Mal funktioniert hat.«

Ich dachte darüber nach. Ich *war* schließlich dabei gewesen und hatte mich an alles erinnert. Sogar an das Affenkopfispinato-Wort. Was hatte ich übersehen?

Dann fiel mir ein, was in den Bleikammern anders gewesen war. Vielleicht war das der Schlüssel.

»Äh, sag mal, Merellyn …«, wandte ich mich an den alten Zauberer. »Wenn man zaubert … muss man da innerlich ganz ruhig sein?«

»Das wäre das Beste, Willidur, mein Junge«, nickte Merellyn. »Ruhig. Konzentriert. Bei der Sache.«

»Na ja, vielleicht ist das die Lösung«, meinte ich. »Lorenzo war überhaupt nicht ruhig. Er war stinkesauer, als er den Zauberstab warf.«

Alle Köpfe wandten sich mir zu.

»Und außerdem glaube ich nicht, dass Lorenzo zum Zaubern irgendwelche Sprüche braucht«, fuhr ich fort. »Affenkopfispinato ist nichts weiter als ein blödes Wort. Lorenzo hat gleich nach dem großen Knall nämlich gesagt: ›Ich hab gesagt, er soll zerspringen, und der Stab hat's getan.‹ Aber dasselbe hat er in den Katakomben gesagt, und da hat es nicht geklappt. Ich glaube, er muss wütend sein zum Zaubern. Vielleicht ist es so einfach.«

Merellyn wandte sich zu Myrabella um. Sie starrten sich an und zogen beide bedeutsam die Augenbrauen hoch.

Aber alle Versuche, Lorenzo irgendwie zu ärgern oder aufzuregen, schlugen fehl. Er wusste, was sie vorhatten, und wurde einfach nicht sauer. Einmal hat ihm Myrabella sogar eine reingehauen. Nicht sehr fest, aber Lorenzo überschlug sich zweimal. Sie hatte wirklich Bärenkräfte.

Gezaubert hat Lorenzo auch an diesem Tag nicht.

VOLLMOND

Als der Mond zum ersten Mal seit unserer Ankunft seine vollste Phase erreichte, geschahen seltsame Dinge in der Nacht. Es fing damit an, dass ich träumte. Das war noch nie passiert, seit ich ein Geist geworden war. Und in diesem Traum kam das Buch wieder auf mich zu. Doch diesmal sah es wieder so aus wie im Hinterhof der Muschel. Streng und ernst, aber nicht so *vampirig* wie in der Nacht bei Höhle Nr. 1. Dafür war die Traumszene viel dunkler. Es gab in meinem Traum keinen Mond.

»Wenn ich dir helfen soll, musst du zuerst mir helfen!«, raunte das Buch. »Und dazu musst du hereinkommen!«

Es blätterte auf und ich sah wieder die Kohlezeichnung von der Kerkerzelle. Im Traum wich ich zurück, nahm aber gleichzeitig meinen ganzen Mut zusammen und fragte: »Was hilft es dir, mich einzusperren?«

Das Buch gab eine Antwort, aber sie wurde übertönt von einem schrecklichen Poltern. Ich fuhr hoch.

Es hörte sich an, als würde eine steinerne Bowlingkugel die Treppe hinunterkullern. Dann ein Kreischen. Das war das vielfach verstärkte Geräusch von Fingernägeln, die über eine gekalkte Wand kratzten.

Danach heulte eine Stimme: »DAS BÖSE IST ZURÜCKGEKEHRT! VERKRIECHT EUCH UNTER EURE DECKEN!«

Da war mir klar, was los war. Genauso hatte ich geklungen, als ich im Stadion die Sprechmuschel benutzt hatte. Das war Schnick! Wir hatten Vollmond und Myrabella hatte ja gesagt, dass das Poltern bei ihm in Vollmondnächten zwanghaft werden würde.

Ich schoss nach draußen ins Treppenhaus. Das Klirren von zerbrechendem Geschirr sagte mir, dass der Poltergeist jetzt in der Küche war. Aber als ich hinkam, hatte Merellyn den Polterer mit Hilfe seines Zauberstabs wieder in Koboldgestalt gezwungen. Myrabella und Glubschnak waren auch da. Schnick zitterte am ganzen Körper und wurde mehrmals unsichtbar. Doch der Zauberer hielt ihn in seiner Gestalt fest.

»Lass mich!«, heulte Schnick. »Ich werd wahnsinnig! Es juckt überall. Ich muss einfach ...«

Rasch warf er drei Teller von der Anrichte, ehe Merellyn ihn wieder im Griff hatte. Der Zauberer flößte dem Kobold einen Trank aus einer kleinen Kürbisflasche ein.

»Das wird dich beruhigen«, sagte er. »Trink morgen eine ganze Flasche vor dem Einschlafen. Und ihr anderen, geht wieder zu Bett. Ich glaube, Schnick kann sich jetzt beherrschen.«

Wir verließen die Küche. Ich war fast ein bisschen enttäuscht, dass nicht mehr los gewesen war.

Doch als ich unsere Kammer betrat, erschrak ich. Die Fensterläden waren weit geöffnet. Das Licht des riesigen Mondes, der strahlend über den Berggipfeln hing, flutete in unser Zimmer herein. Und die dunkle, spinnenartige Silhouette vor dem Mond – das war Lorenzo!

Er war aufs Fensterbrett geklettert und starrte den Mond an. Erst nach ein paar Sekunden begriff ich, dass er zwar mit einem Bein auf dem Fensterbrett stand, das andere gegen den Fensterbogen stützte, sich aber mit den Händen gar nicht festhielt. Er hatte sich in einem unmöglichen Winkel aus dem Fenster gelehnt und die weit ausgebreiteten Arme nach dem Mond ausgestreckt. So konnte sich kein Mensch halten. Er hätte eigentlich aus dem Fenster fallen müssen.

»Lorenzo!«, rief ich. »Was machst du denn da?«

Daraufhin wäre er beinahe wirklich abgestürzt. Er fuhr herum, ruderte wild mit den Armen und packte im letzten Moment einen Fensterladen. Dann angelte er mit dem Fuß nach dem Fensterbrett und zog sich herein.

Es schien Lorenzo richtig Mühe zu kosten, die Läden zu schließen. Er konnte seinen Blick einfach nicht vom Mond losreißen. Mit einem schweren Seufzer schlug er schließlich die Fensterläden zu und sperrte das Mondlicht aus.

»Was sollte denn das gerade?«, fragte ich. »Wolltest du dich runterstürzen?«

»Nein, ich …« Lorenzo verstummte. Erst dann schien er richtig aufzuwachen. »Nein, ich bin wohl geschlafwandelt oder so was. Gute Nacht.« Er drehte sich um und zog sich die Decke über den Kopf.

Am nächsten Morgen sah ich, dass die Stiefmütterchen im Blumenkasten an unserem Fenster arg trocken aussahen. Hatte das etwas mit Lorenzos nächtlichem Ausflug aufs Fensterbrett zu tun? Aber vielleicht hatte Myrabella nur vergessen, sie zu gießen. Und ich vergaß am nächsten Tag, sie zu fragen. Der Mond begann abzunehmen und alles wurde wieder normal.

Myrabella drängte, dass Merellyn unbedingt seine »Praxis« wieder eröffnen müsse. Wir verstanden nicht gleich, worum es ging.

»Unsere Vorräte gehen zur Neige«, sagte die Fee. »Der Troll frisst uns arm. Dein Lehrling ist auch kein schlechter Esser. Und sogar du nimmst inzwischen regelmäßig etwas zu dir.«

»Hmmm, was ist?«, fragte Merellyn zerstreut, während er seine Kristallkugel beobachtete. Die ruhte in einem Eisenring auf drei Beinen neben seinem Frühstücksteller. »Ach, die Vorräte. Ich gehe gleich nachher in die Speisekammer und …«

»Vergiss es!«, unterbrach ihn Myrabella. »Was auch immer wir in der Speisekammer haben, ist bereits dreifach mit Infinito behandelt. Es zerfällt alles zu geschmacklosem Matsch.«

»Was sollen wir dann machen?«, fragte der alte Zauberer ohne von seiner Kristallkugel hochzusehen.

»Wir müssen die Praxis wiedereröffnen«, sagte die Fee noch einmal.

Merellyns Kopf fuhr hoch.

»Die Praxis?«, wiederholte er entgeistert. »O nein, das kannst du mir nicht antun! Ich will nicht! Nicht wieder dieser endlose Strom von kranken Kobolden, gichtigen Gnomen und fiebrigen Feen! Von zwanghaften Zwergen, traumatisierten Trollen und winselnden Werwölfen! Von elenden Einhörnern und …«

»Das reicht!«, rief die Fee resolut. »Dann müssen wir halt dem Troll doch erlauben, sich über Bauer Stumpligs Kühe herzumachen …«

»Bloß nicht! Aber wie sollen die Leute herkommen?«, fragte Merellyn. »Wir haben doch keine Brücke mehr. Und wir können nicht von Walter verlangen, dass er täglich dutzende von …«

»Die Brücke ist in die Schlucht gestürzt, weil du *versehentlich* alle Nägel herausgezaubert hast«, unterbrach ihn Myrabella. »Versehentlich! Das hast du mit Absicht gemacht, damit keine Patienten mehr zu uns kommen können. Aber Glubschnak und Schnick sind gerade dabei, sie wieder aufzubauen.«

»Schon gut, schon gut, du hast gewonnen. Spielen wir halt wieder den magischen Landarzt.«

»Prima. Das wäre also geklärt«, sagte die Fee abschließend. »Ich habe bereits einen entsprechenden Aushang in der Dorfkneipe gemacht.«

»Im Halben Humpen?« Merellyn bekam einen sehnsüchtigen Gesichtsausdruck. »Da war ich schon ewig nicht mehr.«

Dann dämmerte ihm, was eben passiert war. Myrabella hatte die Sache nicht mit ihm besprochen, sie hatte ihm einfach nur mitgeteilt, was zu geschehen hatte.

»He, Moment mal!«, rief er. »Du kannst doch nicht einfach so über meinen Kopf hinweg entscheiden!«

Aber die Fee war schon zur Tür hinausgeflattert.

»Was ist ›die Praxis‹?«, fragte Lorenzo.

»Ach, während ich mein Dimensionsflugzeug gebaut habe, mussten wir von irgendwas leben«, erklärte Merellyn. »Also hab ich die Wehwehchen und Zipperlein der Leute von Flüsterwald und Umgebung geheilt. Die meisten haben uns dafür irgendwelche Nahrungsmittel oder andere Dinge des täglichen Gebrauchs gegeben.«

HEXENSCHUSS

An dem Morgen, an dem Merellyns magische Praxis wiedereröffnet werden sollte, wachten wir von einem Höllenlärm auf. Wir stürzten in den Gang.

Das Knallen einer gewaltsam aufgestoßenen Tür, plötzliches Gebrüll und das Splittern von Holz klangen von unten herauf. Myrabella schoss an uns vorbei, die Treppe hinunter. Lorenzo folgte ihr in großen Sprüngen, ohne daran zu denken, sein Knie zu schonen. Ich zischte hinterher.

Sie stürmten in ein Zimmer neben dem Behandlungsraum. Jetzt hatten wir zum ersten Mal nach dem Besuch im Halben Humpen Gelegenheit, richtig viele Fantasmanier kennen zu lernen. Allerdings interessierten die sich im Augenblick nicht für uns.

Einige der zarteren Wesen hatten sich in die Ecken zurückgezogen oder schwebten unter der Decke. Die handfesteren waren in eine wüste Schlägerei verwickelt. Zwei Waldtrolle droschen mit ihren überlangen, schwarz behaarten Armen auf eine Wetterhexe ein, die zwar ein blaues Auge hatte, aber unerschrocken Tritte gegen die krummen Schienbeine ihrer Gegner austeilte. Ein Zwerg bearbeitete mit seinem Hammer den Kopf eines unbekannten Wesens, von dem wir nicht wussten, ob es vorher schon so eckig gewesen war.

Zwei Gespenster hielten Stühle an den Lehnen gepackt, die sie sich wechselseitig auf den Kopf hauten. Jedes Mal, wenn ein Stuhl widerstandslos durch einen der beiden Gegner sauste, fiel der Hauer auf die Nase, worauf der Gehauene lauthals lachte.

Mittendrin stand doch tatsächlich ein Werwolf! Seine Silhouette sah vor dem hellen Rechteck des Fensters genauso aus wie die der Hexe Nica, als ich ihr das erste Mal begegnet war. Der zweibeinige Wolf war allerdings viel größer und mit Muskeln bepackt. Und er teilte Kopfnüsse aus. Aber plötzlich knackte laut und vernehmlich ein Knochen. Der Wolfsmensch wurde ganz steif und fasste sich mit verdrehten Augen an den Rücken.

Durch den ganzen Tumult schlichen Gnome mit gezückten Rasiermessern um unbewachte Geldbeutel von Gürteln zu schneiden.

»RRRUuuhe!!«, brüllte Myrabella in bester Kasernenhof-Lautstärke. Alle Köpfe fuhren zu uns herum.

»Die Sprechstunde ist eröffnet! Aber ihr wisst, wie das funktioniert«, rief sie. Sie deutete auf einen Metallkasten neben der Tür, aus dem ein Papierstreifen mit kleinen Nummern darauf hing. »Jeder zieht eine Nummer und wartet, bis sie angezeigt wird. Dann kommt er ins Sprechzimmer. Aber immer nur einer, außer natürlich die dreiköpfigen Monster und die Schwärme von Irrlichtern.«

Alle setzten sich betreten und starrten auf ihre Nummernzettel, dann auf die Anzeige über der Tür zum Sprechzimmer, auf der noch keine Zahl angezeigt wurde.

»Also los«, befahl Myrabella. »Der Patient mit der Nummer eins kann ins Sprechzimmer kommen, sobald seine Zahl angezeigt wird.«

Niemand rührte sich. Der große, altersgraue Werwolf sah trotzig von seinem Zettel hoch. »Deine blöden Nummern sind mir egal!«, knurrte er. »Ich bin der Werwolf! Ich bin als Erster dran!«

Sofort brüllten wieder alle durcheinander und schwenkten ihre Nummern. Ein Stuhl flog durch die Luft. Offensichtlich wusste niemand, wer die Nummer eins hatte.

Unerschrocken flog Myrabella mitten in den Tumult und dem Werwolf genau vor die Nase. »RRRRUUUUUHÄÄÄ!!!«, brüllte sie ihn an, dass seine Schnurrhaare im Wind zitterten.

Schon herrschte wieder Stille.

»Lass mich mal deinen Nummernzettel sehen!«, forderte sie.

Mürrisch gab ihr der Alte den Zettel.

»Das hab ich mir doch gedacht!«, rief Myrabella. »Der Werwolf hat die Nummer eins. Aber wie alle, die dreimal größer und stärker als der Lehrer sind, hat er in seiner Jugend wohl gedacht, er muss nicht zur Schule gehen und lesen lernen …«

Alle lachten, aber sie verstummten schnell, als der Werwolf sie aus roten Augen anblitzte.

»Das wäre also geklärt«, meinte Myrabella resolut. »Der Werwolf ist der Erste.«

»Ich kann lesen!«, maulte ihr der alte Wolf leise hinterher. »Nur nicht so lange Zahlen …«

Myrabella schob Lorenzo und mich hinüber ins Behandlungszimmer. Dort saß schon Merellyn auf einer Art Thron hinter einem Schreibtisch, der halbwegs freigeräumt worden war, hielt seinen Zauberstab und hatte ein dickes Buch vor sich liegen. Er trug einen schwarzen Umhang und hatte einen spitzen, ehemals nachtblauen Hut mit breiter Krempe auf dem Kopf. Darauf waren silberne, sichelförmige Monde und jede Menge

Sterne gestickt. Aber die Farbe des Hutes war schon ziemlich verwaschen und die Monde und Sterne so ausgeblichen, dass sie nicht mehr besonders gut zu sehen waren. Er schüttelte den Kopf und wies zur Tür ins Wartezimmer.

»So sind sie immer!«, seufzte er. »Wen wundert es da, dass ich lieber tagelang auf Dimensionsflug gehe, als diese Hinterwäldler ...«

»Nicht jetzt!«, zischte Myrabella und legte einen Schalter um, woraufhin die Anzeige müde ächzend auf 01 kroch und ein Gong ertönte.

Der alte Werwolf kam herein und schwenkte seinen Nummernzettel. Er hinkte zu dem Schemel vor dem Schreibtisch und ließ sich ächzend darauf fallen.

»Wo fehlt's denn?«, fragte Merellyn.

Der Werwolf sah Myrabella an und verlangte, plötzlich etwas verlegen: »Das Mädel soll rausgehen. Sonst kann ich's nicht sagen.«

Als Myrabella nach einigen Protesten beleidigt den Raum verlassen hatte, knurrte der Alte: »Mein Kreuz! Ich sollte bei diesem nasskalten Wetter nicht draußen sein. Davon bekomme ich immer das große Reißen. Ich kann mich kaum noch bewegen.«

»Ja, mal sehen ...« Merellyn schlug sein Buch auf und blätterte darin. Plötzlich erwachte die kleine Kristallkugel, die neben seinem Ellbogen in dem eisernen Reifen auf drei Beinen ruhte, zum Leben. Man sah Sterne und ein paar rote Streifen, zwischen denen weiße Nebel waberten. So etwas wie ein blaues Band schoss im Zickzack durchs Bild und war wieder verschwunden. Der Zauberer starrte in die Kugel. Dann sprang er auf, rupfte sich den spitzen Hut vom Kopf und drückte ihn

Lorenzo auf den Schopf. Danach rannte er zur Treppe, die in den Dimensionsturm führte. Im Laufen setzte er seine Lederhaube auf und zog sich die großen, eckigen Augenfenster über.

»Ich bin gleich wieder da!«, rief er. »Kümmert euch so lange um den Patienten!«

Ehe wir ihn aufhalten konnten, war er verschwunden.

Wir waren allein mit einem Werwolf. Dass er grau und alt war und Rückenprobleme hatte, machte da keinen Unterschied.

»Äh, bei allem Respekt …«, sagte Lorenzo, der nur seinen neuen Hut bestaunte, aber wie üblich nicht die Gefahr erkannte. »Aber *müssen* Sie denn bei dem Wetter raus?«

Der alte Werwolf sah ihn an wie ein zweites, nicht sehr üppiges Frühstück. »Willst du mich veräppeln, Junge?«, knurrte er. »*Muss* ich draußen sein? Kennst du jemanden, der einen Werwolf *rein*lassen würde?«

»Offen gestanden, nein«, gab Lorenzo zu. »Ihr Furcht erregendes Äußeres …«

»Genau darum geht es, Jungchen!«, unterbrach ihn der Werwolf.

Er wühlte in dem Lederbeutel, den er umgehängt hatte. Schließlich hielt der Alte ein Ungetüm von einer langen wollenen Unterhose in verwaschenem Rot hoch.

»Hab mir die hier besorgt. Einfach von einer Wäscheleine gezogen. Damit wird's sofort besser.«

»Das ist ja wunderbar! Dann verstehe ich nicht …«, begann Lorenzo.

»Aber ich kann sie nicht anziehen!«, heulte der Alte. »Die anderen Wölfe am Veteranen-Stammtisch lachen sich kaputt. Keine Beute hat mehr Respekt vor mir.«

»Mhm. Verstehe«, stammelte Lorenzo. »Der Doktor muss jeden Moment wieder hier sein.«

Aber das war gelogen. Wir hörten, wie die Ketten rasselten, als Merellyn sein Flugdingsbums aufs Dach zog.

»Hol Myrabella!«, flüsterte ich Lorenzo zu. Er nickte.

»Bis der Doktor wieder hier ist, holen wir am besten die Fee, damit ...«

Der Werwolf warf die Unterhose zu Boden und sprang zur Tür. Dort machte er einige komische Verrenkungen, bis der Krampf vom Hexenschuss nachließ. Dann stützte er sich gegen den Türrahmen und versperrte den Weg.

»Hier geblieben!«, fauchte er Lorenzo an, ehe er sich an mich wandte. »Und du bleibst auch hier! Sonst geht's deinem Freund schlecht! Ich sagte doch, keine Mädels. Das ist zu peinlich.«

Er deutete auf Lorenzo: »Hexe das Rheuma weg, Doktor!«

Daran war überhaupt nichts Komisches mehr. Ob mit oder ohne Rückenbeschwerden, Werwolf blieb Werwolf!

»Was machen wir denn jetzt?«, flüsterte Lorenzo aus dem Mundwinkel.

»Keine Ahnung!«, flüsterte ich zurück. »Vielleicht gibt's hier drin irgendwas, das ihm helfen könnte.«

»Moment!«, sagte Lorenzo. »Wir suchen ein Rheumamittel.«

»Mittel, Mittel!«, grollte der Alte. »Neumodisches Brimborium! Ein guter, alter Zauber hat noch immer geholfen!«

Die schreckliche Unordnung machte es nicht leicht, überhaupt irgendwas zu finden. Aber schließlich entdeckten wir doch etwas, das helfen konnte.

In einer Holztruhe, auf deren Deckel das Wort *ABC-Pflaster* eingebrannt war, fanden sich tatsächlich mehrere große Wärmepflaster.

»Da! Das können wir nehmen«, rief ich. »Lugnum hat sich solche Dinger auch auf den Rücken geklebt. Er sagte, die wärmen wunderbar.«

Lorenzo riss eines aus der Hülle. Er forderte den Werwolf auf sich umzudrehen und ihm zu zeigen, wo es am meisten schmerzte. Der Wolfsmensch wies auf eine Stelle knapp oberhalb des einzigen Kleidungsstücks, das er trug, eines ledernen Lendenschurzes.

Lorenzo klatschte kurz entschlossen das ABC-Pflaster auf die Stelle.

Der Alte fuhr überrascht herum.

»Das wird jetzt gleich sehr warm«, erklärte Lorenzo. »Das wird Ihnen gut tun.«

»Warm wird's«, bestätigte der Wolf. »Das ist ganz angenehm …«

Aber nach einigen Sekunden fragte er mit großen Augen und merklich höherer Stimme: »Wie warm wird das eigentlich genau?«

Er begann trotz seines Hexenschusses im Zimmer herumzutanzen. »Das brennt!«, schrie er. »Mach es weg, Zauberer! Das brennt!«

Ich starrte auf die Verpackung, die zu Boden gesegelt war. In der Eile hatten wir das riesige warnende Ausrufezeichen und die ellenlange Gebrauchsanleitung auf der Rückseite der Verpackung übersehen. Da stand als Erstes ganz groß:

ACHTUNG!
ABC-Pflaster für Drachen.
Nicht auflegen, wenn Ihre Haut weniger als 4000 Grad Celsius verträgt!

Lorenzo hastete um den tanzenden Werwolf herum. Er packte das rauchende Pflaster an den Enden und riss es mit einem gewaltigen Ruck ab.

Myrabella kam mit einem Eimer Wasser ins Zimmer geschossen, das sie dem heulenden Wolf ins Kreuz goss. Es zischte vernehmlich und eine Dampfwolke stieg auf.

Der Alte stöhnte erleichtert und bedankte sich bei der Fee. Dann wandte er sich an Lorenzo. »Also, ich weiß nicht, Zauberer«, meinte er. »Warm war's und ich habe getanzt wie ein Junger, aber deine Methoden sind schon ziemlich rüde.«

Doch Lorenzo antwortete nicht. Er starrte betroffen auf die Innenseite des Pflasters in seinen Händen.

Der Werwolf trat einen Schritt näher und sah die Bescherung. Er fuhr sich mit den Händen über den Rücken und ertastete eine große, rechteckige, völlig kahle Stelle. Das Fell, das sich dort eigentlich befinden sollte, klebte komplett im ABC-Pflaster.

Die große Pranke des Alten legte sich um Lorenzos Kehle. »Du wirst mir sofort das Fell da wieder hinzaubern!«, verlangte er. »Ohne Fell kann ich mich nicht blicken lassen. Außerdem spüre ich jetzt schon, wie es im Kreuz zieht!« Er ließ Lorenzo los, der hinter den Schreibtisch flüchtete.

»Mach irgendwas!«, zischelte er Myrabella zu. »Der frisst mich gleich auf!«

»Haarzauber, Haarzauber …«, murmelte Myrabella und blätterte in dem Buch, das Merellyn zurückgelassen hatte. Ihre Miene hellte sich auf. Sie tippte auf eine Seite und rief: »Nimm den hier!«

»William, hilf mir!«, raunte Lorenzo. »So gut bin ich nicht im Lesen!«

Wir gingen fieberhaft den Text durch. Mit der Überschrift hielten wir uns nicht auf, aber ich glaubte flüchtig das Wort GLATZKOPF gelesen zu haben. Als wir uns sicher waren, wie die einzelnen Wörter hießen, fing Lorenzo an.

»PELLATUM TRANSFORO!«, intonierte er. »CAPELLATORIUM RIKALLIMENTO! CRESCENDIMENICAFICIO! ACCENDOFORIMOTENGO!«

Soweit ich die Wörter verstanden hatte, war nicht ein falscher Buchstabe dabei. Aber wie immer passierte absolut gar nichts. Lorenzo wedelte mit dem Zauberstab in Richtung der kahlen Stelle am verlängerten Werwolfrücken. Er wiederholte den Spruch dreimal und das ohne jeden Versprecher! Wie bei den getrockneten Tomaten wurde er immer lauter.

»PELLA… ach, was soll's!« Lorenzo hatte genug. »Jetzt mach Haare, du blöder Stecken!«

Er schleuderte den Zauberstab von sich, sodass er den Alten im Kreuz traf und dann hinter dem Schreibtisch verschwand. Danach herrschte erwartungsvolles Schweigen. Der Werwolf starrte eine Zeit lang erstaunt auf die Stelle, wo der Zauberstab hingeflogen war. Dann musterte er Lorenzo über die Schulter, mit einem Blick, der klar ausdrückte, dass er den Zauberlehrling für komplett verblödet hielt. Wieder wanderte sein Blick zu der Stelle, wo der Zauberstab liegen musste. Er schüttelte langsam den Kopf.

Myrabella sagte nachdenklich: »›Blöder Stecken‹ ist wenigstens schon mal höflicher als ›du Scheißding‹…« Sonst passierte nichts.

Doch plötzlich stutzte der Werwolf. »Ah!«, meinte er. Und: »Oh!« Mit jedem erstaunten Ah! und Oh! wurde er ein Stückchen kleiner, krümmte sich immer mehr. Wir verfolgten seine seltsame Schrumpfung gebannt, bis er hinter dem Schreibtisch verschwunden war. Dann war es still.

Wir sahen uns verdutzt an. Was hatte der Zauberspruch mit dem Werwolf angestellt?

Plötzlich kam die Stimme des Alten gepresst von unten: »Helft mir hoch!«, verlangte er.

Lorenzo hastete um den Schreibtisch herum. Der Werwolf war nicht irgendwie unter dem Einfluss des Banns geschrumpft, er hatte sich nur gebückt und konnte sich von alleine nicht mehr aufrichten. Lorenzo zog und zerrte. Knochen knackten vernehmlich. Dann stand der Werwolf wieder aufrecht.

»Das ist ja wunderbar!«, rief er aus.

Er hielt seine lange Unterhose triumphierend hoch. Sie hatte Haare bekomme! Viele Haare. Ein dichtes graues Fell, fast von derselben Farbe wie das des alten Wolfs. Der Zauberstab steckte in der abknöpfbaren Klappe, die man hinten runterlassen konnte um … na ja, sein Geschäft machen zu können, ohne die Unterhose auszuziehen.

»Kein Schwein wird merken, dass ich meine lange Unterhose anhabe!«, jubelte das Untier. »Magier, ich muss schon sagen, du bist ein Magier!«

Er zog den Zauberstab aus dem Hosenlatz und steckte ihn dem Gnomenskelett am Holzgestell in eine leere Augenhöhle. Dann schlüpfte der Alte in seine Fellunterhose und wanderte prüfend ein paar Schritte auf und ab.

Er zog einen riesigen Fisch aus seinem Lederbeutel und knallte ihn auf den Schreibtisch. »Den hast du dir ehrlich verdient!«

Der Fisch sah frisch aus, war aber von mehreren Prankenhieben übel zugerichtet.

Der alte Werwolf stolzierte durch das Wartezimmer nach draußen. »Ich kann nur sagen, der Kerl versteht sein Handwerk!«, hörten wir ihn noch grummeln.

Schnick kam herein. Er sah dem Werwolf verwundert nach.

»Hat Merellyn endlich seinen Rücken in den Griff gekriegt?«, fragte er. Dann sah er sich im Behandlungszimmer um. »Wo ist er überhaupt?«

»Er ist nicht hier«, antwortete ich. »Lorenzo hat es getan. Er hat einer Unterhose Haare wachsen lassen.«

»Ja, höhö!«, sagte Lorenzo, selbst ganz erstaunt. »Ich habe gezaubert! Ich habe einen Werwolf geheilt.«

»Werwolf?«, wiederholte Schnick. »Aber der alte Happ-Schnapp ist doch kein Werwolf! Er ist ein *Quer*wolf. Der Unterschied zum Werwolf ist ungefähr so wie der von einem Kätzchen zu einem ausgewachsenen Tiger.«

»Was soll das denn sein, ein Querwolf?«, fragte ich. »Für mich sah er verdammt wie ein Werwolf aus.«

»Ein Querwolf ist schon so was Ähnliches«, erklärte Merellyn von der Treppe her. »Er kann sich aber in alles Mögliche verwandeln, nicht nur in einen Wolf. Für gewöhnlich bevorzugen sie natürlich die Gestalt eines Fleischfressers. Aber Schnick hat Recht. Im Vergleich zu einem Werwolf ist ein Querwolf so gefährlich wie ein Schoßhündchen.«

»Du bist gar nicht weggeflogen?«, stellte Lorenzo fest. »Und der Werwolf war gar keiner… Ihr habt das absichtlich gemacht!«

Merellyn grinste verlegen. »Wir haben nach einer Möglichkeit gesucht, deine Emotionen in andere Sphären zu locken.«

»Wie bitte?« Lorenzo konnte kaum fassen, was er gerade hörte.

»Wir wollten, dass du dich aufregst«, übersetzte Myrabella schlicht. »Als wir Happ-Schnapp, diesen alten Griesgram, im Wartezimmer sahen, kam uns die Idee.«

»Sehr witzig!«, maulte Lorenzo. »Als er mich am Hals packte, hab ich mir fast in die Hose gemacht!«

»Na ja, wir hatten eigentlich erwartet, dass du sofort zu einem Zauberspruch greifst«, gestand Myrabella. »Dass ihr auf die Idee mit dem ABC-Pflaster kommen würdet, konnten wir nicht ahnen. Danach war der Alte wirklich wütend.«

»Immerhin, du hast gezaubert!«, erinnerte ich ihn. Lorenzo verzog die Mundwinkel.

»Stimmt. Aber wenn ich nur zaubern kann mit anschließendem Toilettenbesuch um die Hose auszuleeren, lass ich's lieber ganz bleiben!«

»Sag das nicht!«, forderte Merellyn. »Wir sind dabei, den Bann zu brechen. Noch ein, zwei solche Erlebnisse und du kannst befreit ans Werk gehen. Der Durchbruch! Das Ziel.«

Lorenzo schaute den Magier mürrisch von unten herauf an, als glaubte er ihm nicht. Aber dann grinste er.

»Haben Wer… ich meine Querwölfe wirklich einen Stammtisch?«, wollte er wissen.

»Ja, unten im Dorf, im Halben Humpen«, bestätigte Schnick. »Da geht's oft hoch her.«

EIN TROPFEN RABENBLUT ZU VIEL

Nach diesem Vorfall behandelte Merellyn wirklich die Kranken.

Als Nächstes kam ein winziger Kerl herein, der Holzschuhe trug und einen Kilt, meiner Meinung nach aus Mäusefell. Auf dem Kopf trug er eine halbe Haselnussschale als Helm. Wir erfuhren, dass es sich um ein Wurzelmännchen handelte. Es beklagte sich piepsend über eine Pilzallergie.

»Soll er halt keine essen!«, maulte Lorenzo.

Aber wie sich herausstellte, aßen Wurzelmännchen keine Pilze, sie *wohnten* darin. Es gab ein ganzes Dorf irgendwo in der Nähe, unter Baumwurzeln. Da wollte er nicht wegziehen.

Merellyn sprach ein paar Beschwörungsformeln und gab dem Männchen einen Trank in einer winzigen Flasche mit. Eigentlich war die Flasche eine ausgehöhlte Eichel mit einem Verschluss aus einem Fetzen Baumschwamm. Als Bezahlung ließ das Wurzelmännchen eine einzelne Blaubeere in Lorenzos Hand fallen.

»Sag dem Troll, sein Mittagessen ist eingetroffen«, grummelte Merellyn in Richtung Myrabella. »Das kann ja heiter werden, wenn wir das grüne Fressmonster auf diese Weise ernähren müssen.«

In den nächsten Tagen erlebten wir einen Reigen der seltsamsten Wesen. Manche kannten wir schon, wie Kobolde, Trolle, Zwerge und Gnome. Andere waren uns neu, wie zum Beispiel grüne Grasgrusler, Blaubeerritter, das faule Flüstertier oder die Staubteufel. Die meisten Krankheiten waren aber ganz normal. Husten. Schnupfen. Ein verstauchter Fuß. Bauchweh von giftigem Sauerampfer. Und so weiter. Alle Lebensmittel, die die Patienten mitbrachten, kamen in getrennte Behälter, denen sofort der Infinito-Zauber verpasst wurde.

Merellyn ließ Lorenzo die Tränke mischen und sich an einfachen Zaubersprüchen versuchen. Bei den Tränken machte Lorenzo Fortschritte. Sie wirkten nicht immer genauso, wie sie sollten, aber sie stellten keine Sachen mit den Patienten an, die Merellyn nicht wieder reparieren konnte.

Nur mit den Zaubersprüchen ging gar nichts voran. Lorenzo konnte inzwischen auch sehr komplizierte Wörter und Sprüche ohne Fehler aufsagen. Aber er löste damit einfach gar nichts Magisches aus. Er versuchte es mit und ohne Zauberstab. Er fuchtelte damit herum oder warf das Ding, wie bei den beiden Malen, wo es geklappt hatte. Kein Ergebnis.

Ein paar Tage später entdeckte Merellyn durch Zufall doch einen Zauber, den Lorenzo beherrschte.

Sie waren dabei, einen komplizierten Trank zu mischen. Merellyn beugte sich an Lorenzo vorbei um eine Seite in dem Buch umzublättern, das auf einem hohen Pult neben ihrem Arbeitstisch stand.

Der Zauberer zuckte zusammen und sah nach unten. Er war gegen die Tragetasche gestoßen, in der Lorenzo Tag und Nacht den Fußball mit sich herumschleppte.

»Was ist das denn?«, wollte er wissen. Dabei tastete er nach dem Ball wie ein Blinder.

»Was ist was denn?«, fragte Lorenzo zurück. Er war so auf den Trank konzentriert gewesen, dass er nicht gleich mitbekam, was gerade passiert war. Ich verstand aber auch nicht, wieso Merellyn fragte. Lorenzo war niemals ohne den Ball anzutreffen.

»Er meint nur den Fußball in deiner Tasche«, erklärte ich Lorenzo. »Ist gerade dagegen gestoßen.«

Merellyn schreckte hoch. »Welchen Ball? Und was für eine Tasche?«

»Den Ball in der Tasche, die Lorenzo um die Schulter hängen hat«, antwortete ich verwundert. »Du weißt schon, das angekokelte runde Ding, das er dir gezeigt hat.«

»Ach, das. Aber er trägt keine Tasche.«

Merellyn nahm seine Augenfenster ab, blinzelte zu Lorenzo hinüber und setzte sich die Dinger wieder auf die große Hakennase. »Ich weiß wirklich nicht, von welcher Tasche du sprichst, Willibald.«

»William. Die Tasche an Lorenzos linker Hüfte. Deren Tragegurt er sich über die rechte Schulter geschlungen hat. Die musst du doch sehen!«

Merellyn schüttelte den Kopf. Lorenzo griff danach und wollte den Ball herausholen, aber der Zauberer hielt ihn davon ab. »Moment! Warte mal. Ist es möglich …?«

Er holte seine Kristallkugel hervor und rieb sie an seinem Kittel, bis sie glühte. Darin erschien Lorenzo, der sich über den Tisch beugte, hinter ihm das Pult mit dem Buch. An seiner linken Seite baumelte die Tasche, rund gewölbt von dem Fußball darin.

»Tatsächlich!«, rief der Zauberer. »Erstaunlich. Er verbirgt sie! Wahrscheinlich völlig unbewusst. Du hast mehr Magie in dir, als du dir träumen lässt, mein Junge!«

Die Kugel erlosch.

»Könnte ich noch mal einen Blick auf den Ball werfen?«, bat Merellyn. »Den du da in dem Beutel an deiner … linken Seite trägst?«

»Ja, natürlich«, erwiderte Lorenzo. Er griff in die Tasche. Irgendwie änderte sie daraufhin ihre Farbe. So als wandere ein Schatten. Wenn zum Beispiel jemand eine Fackel von der linken in die rechte Hand nimmt. So sah ich es jedenfalls.

»Ha, da ist sie ja!«, rief Merellyn. »Weißt du eigentlich, mein lieber Junge, dass du deine Tasche bis zu diesem Moment vor allen Blicken verborgen hieltest? Nur William hat sie gesehen. Aber er ist ja auch ein Geist.«

Lorenzo mit dem Ball in der Hand riss die Augen auf.

»Ich habe *was* getan?«

»Die Tasche.« Merellyn deutete auf den alten Beutel, der jetzt schlaff an Lorenzos Seite hing. »Sie war unsichtbar. Als ich dich nach dem Ball fragte, ist sie plötzlich aufgetaucht.«

»Das … ich weiß nicht …«, stammelte Lorenzo. »Das habe ich nicht gemerkt. Ich weiß gar nicht, wie so was geht …«

Merellyn nickte.

»Du hast Angst um den Ball«, stellte er fest. »Er ist dein wertvollster Besitz. Ich weiß, dass du heimlich spielst. Abends im Gang.«

»Nein, nein, ich …« Lorenzo verstummte. Dann sagte er entschlossen: »Doch. Ich muss einfach üben, sonst zerreißt es mich. Und ja, ich hab in meinem ganzen Leben nichts Wertvolleres besessen. Eigentlich gehört der Ball allen Verdammten

Rotznasen, aber ich hatte keine Gelegenheit, ihn ins Waisenhaus zu bringen.«

»Den Verdammten Rotznasen?«, wiederholte der Zauberer fragend.

»Das ist unsere Mannschaft«, erklärte ich. »Wir haben uns so genannt, weil man uns überall, wo wir spielen wollten, mit Schimpfwörtern weggejagt hat. Am alleröftesten bekamen wir ›Ihr Verdammten Rotznasen!‹ zu hören.«

»Ihr seid wirklich verrückt nach diesem Spiel, stimmt's?«, stellte Merellyn nachdenklich fest. »Es geht aber auf keinen Fall, Lorenzo, dass du mehr tust, als diese Übungen auf der Stelle! Bloß nicht laufen oder schnelle Kehrtwendungen. Du würdest es nach Ablauf des Jahres sehr bereuen. Mit ziemlicher Sicherheit wäre es dann mit Fußball für immer vorbei.«

Lorenzo nickte ergeben. Aber ich war mir nicht sicher, ob er dem alten Zauberer wirklich glaubte. Merellyn wandte sich an mich. »Wie ist es denn für dich, nicht mehr Fußball spielen zu können? Es muss doch furchtbar sein!«

Der Zauberer hatte keine Ahnung, wie furchtbar! Ich hatte mir nicht einmal mehr erlaubt darüber nachzudenken, wie grausam es war.

»Es ist die Hölle!«, platzte es aus mir heraus. »Ich bin jetzt seit zwei Monaten ein Geist. Ohne Fußball fühlte es sich an wie zwei Monate unter Wasser ohne Luft zu holen. Ich *muss* unbedingt lernen die Dinge wieder greifen und bewegen zu können. Ich muss Fußball spielen, sonst werde ich verrückt!«

Merellyn nickte und wanderte nachdenklich davon. »An diesem Spiel hängt mehr, als wir uns vorstellen können«, murmelte er. »Es ist kein Zufall, dass die beiden mit diesem Ball ...«

Dann war er zur Tür hinaus und ich konnte den Rest nicht verstehen.

Am nächsten Tag entdeckten wir noch eine magische Fähigkeit an Lorenzo. Er sollte einen ganz einfachen Trank mischen, bei dem auf neunzehn Milliliter verhexten Lorbeersaft mit zerstoßenem Stechapfel einundzwanzig Tropfen halb geronnenes Rabenblut aufgegossen werden mussten. Merellyn warnte uns, dass ein Tropfen zu viel das Gebräu zur Explosion bringen konnte.

Ich zählte mit Lorenzo, als er die kleine Messingflasche mit dem Blut über die grüne Glasflasche hielt, in der sich der Lorbeersaft befand. Die dunkelrote Flüssigkeit brauchte ewig, bis sich genug am Flaschenhals gesammelt hatte, damit sich ein zäher Tropfen davon löste. Die Schwierigkeit war eigentlich nur, zwischen zwei Tropfen nicht zu vergessen, wie viele schon in die grüne Flasche gefallen waren. Einer zu viel konnte eigentlich nur fallen, wenn man sich verzählte. Ansonsten war immer genug Zeit, das Fläschchen mit dem Blut wegzunehmen.

Doch dann gurgelte es plötzlich in dem kleinen Messingbehälter und er spie drei Tropfen schnell hintereinander aus. Lorenzo riss das Fläschchen weg, aber die drei waren schon unterwegs. Wir wussten beide, dass der dritte Tropfen der eine zu viel war. Doch ich traute meinen Augen nicht, als dieser Tropfen plötzlich auf halbem Weg durch den grünen Flaschenhals in der Luft gefror. Das lag an Lorenzos rechtem Zeigefinger, der direkt darauf deutete.

Lorenzo sah mich über den Flaschenkopf hinweg genauso erstaunt an wie ich ihn. Er bewegte probeweise seinen Finger leicht auf und ab – der dunkelrote Tropfen folgte jeder seiner

Bewegungen. Lorenzo hob ihn aus der Flasche und ließ ihn in der Luft kreisen. Dann bewegte er ihn über die kleine Messingflasche und zog seinen Finger ein. Das Rabenblut fiel zurück in seinen ursprünglichen Behälter.

Lorenzo stellte das kleine Fläschchen ab und wandte sich um. Er deutete mit beiden Zeigefingern auf das zusammengenagelte Gnomenskelett. Als er die Finger hob, riss das Skelett seine Knochenarme hoch. Lorenzo senkte die Finger und das Skelett ließ die Arme wieder fallen. Wir sahen uns an. Lorenzos Mund war zu einem schiefen Gibt's-doch-gar-nicht!-Grinsen verzogen.

Das Skelett schaute an sich herunter, tastete über seine blanken Rippen und rief mit Lorenzos Stimme: »Waah! Ich mach nie wieder Diät!«

Als wir endlich aufhören konnten zu lachen und nur noch gelegentlich gackern mussten, beugte sich Lorenzo zu mir und flüsterte: »Davon sagen wir aber erst mal nichts!«

»Wieso nicht?«

»Wenn ich das kann, kann ich bestimmt auch große Sachen bewegen.«

»Was für Sachen?«

»Rollende Steinscheiben zum Beispiel, die den Weg in die Katakomben versperren …«

Das meinte ich damit, als ich sagte, dass Lorenzo die Wirklichkeit verbiegen konnte. In Wirklichkeit war er der unbegabteste Zauberlehrling aller Zeiten. In Wirklichkeit waren die Hindernisse auf dem Weg zum Buch unüberwindlich. Aber das interessierte Lorenzo nicht die Bohne. Er entdeckte, dass er einen Blutstropfen mit der Kraft seines Willens bewegen konnte. Damit war für ihn der Weg frei. Er dachte nicht daran,

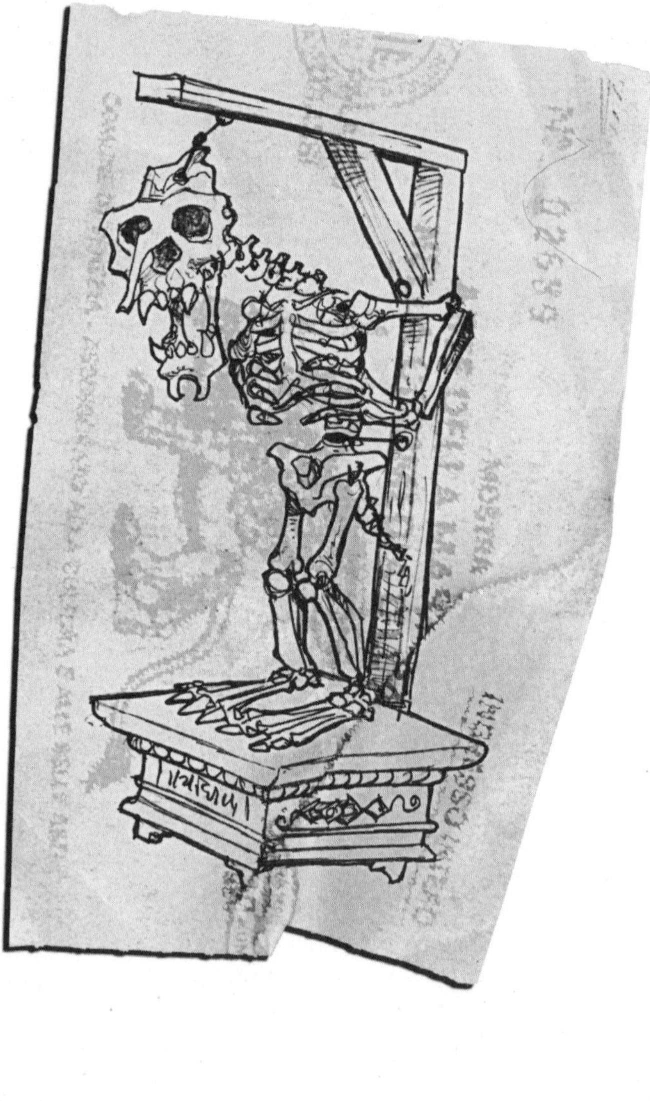

als Nächstes mit einem Löffel oder etwas Ähnlichem zu üben und dann vielleicht zu kleinen Blumentöpfen überzugehen.

»Da gibt's nur ein Problem«, wandte ich ein. »Oder eigentlich fünf Probleme, um genau zu sein. Vor der Steinscheibe, die du vielleicht mit viel Übung bewegen kannst, liegen die Dämonentore. Da gibt's nichts zu bewegen. Da helfen nur Zaubersprüche. Und das *sechste* Pro…«

»Ist ja schon gut!«, unterbrach mich Lorenzo. »Ich arbeite noch dran!«

DER EXORZIERTE DORFSCHULLEHRER

Der erste Schultag kam und verging, ohne dass wir uns in die Dorfschule bemühen mussten. Der Lehrer, Herr Rosenholz, war noch nicht von einer Reise zurückgekehrt, die er in den Ferien unternommen hatte. Am nächsten Tag und am übernächsten war es das Gleiche.

Aber am vierten Tag weckte uns Myrabella sehr zeitig. Das heißt, sie weckte Lorenzo und holte mich von der Decke runter, unter die ich im Dämmerzustand geschwebt war.

»Aufstehen, Jungs!«, rief die Fee munter. »Heute ist Schule!«

»Schule?«, brummte Lorenzo verschlafen. »Geht doch gar nicht. Der Lehrer ist nicht da, schon vergessen?«

»Ja, aber der Bürgermeister von Flüsterwald hat Merellyn gebeten, für ihn einzuspringen«, erklärte Myrabella. »Also hoch mit euch, beziehungsweise hoch mit dir, Lorenzo, und runter von der Decke mit dir, William!«

Verschlafen folgten wir Merellyn, der wieder seinen schwarzen Umhang und den spitzen Hut mit den verwaschenen Sternen angelegt hatte.

In Flüsterwald zogen die Leute den Hut und verbeugten sich manchmal sogar, wenn Merellyn vorbeischritt. Wir überquerten die Hauptstraße und stiegen den gegenüberliegenden Hügel wieder hinauf. Hinter dem letzten Bauernhaus gab es einige große Lehmhaufen mit Löchern darin. Ich brauchte eine Weile, bis ich kapierte, dass das Dorf noch nicht zu Ende war. Die Lehmhaufen waren hohl und darin wohnte eine ganze Gnomenhorde. Das schiefe Loch, das als Tür diente, spie gerade ein Rudel Gnomenkinder aus, die uns fröhlich lärmend auf dem Weg zur Schule begleiteten.

»Ksss, benimm dich!«, riefen einige Gnomenmütter aus Fenster- und Türöffnungen ihrem Nachwuchs hinterher. »Bsss, du sollst Fsss nicht schlagen! Hast du deine Pausenkastanie eingesteckt, Hsss?«

So hörten sich die Gnomennamen jedenfalls für mich an.

Aus einer Erdhöhle mit Strohdach und einem windschiefen, aus mehreren Löchern rauchenden Kamin fiel ein Knäuel wild schlagender Arme und tretender Beine.

»Gib das wieder her!«, schrie eine raue, aber noch junge Stimme. »Es gehört mir!«

»Pustekuchen!«, krähte eine andere Stimme. »Das hab *ich* jetzt!«

»Ihr Torfnasen!«, meckerte eine dritte. »Das war schon immer meins!«

Es ging anscheinend um ein total zerzaustes, völlig verängstigtes kleines Nagetier, das die jungen Waldtrolle sich gegenseitig grob aus den Händen rissen. An manchen Stellen fehlten dem armen Tierchen ganze Haarbüschel.

Eine Trollmutter sprang mit einem Aufschrei über das raufende Knäuel von Trollkindern. Sie hatte einen großen Reisigbesen in der Hand, mit dem sie jetzt rücksichtslos und mit voller Wucht auf ihre plärrenden Kinder einschlug.

Die Trolle flogen kreischend auseinander und konnten sich nur mit Mühe wieder aufrappeln.

»Aua, Mama, ich war's nicht!«

»Ich erst recht nicht!«

»Flumbum hat das Vieh einfach genommen!«, schrien die Trollkinder durcheinander. Das war der Mama völlig egal. Sie prügelte weiter auf ihren Nachwuchs ein, bis der so lange auf dem Boden herumgerollt war, dass ungefähr zwei Meter Abstand zwischen allen Streithähnen bestand. Die Trollmutter unterbrach ihre gewalttätige Erziehung nur kurz um Merellyn zuzunicken und »Tag, Herr Zauberer!« zu murmeln. Dann drosch sie weiter erbarmungslos auf ihre Söhne ein. Das kleine Tierchen nutzte die Gelegenheit um im Wald zu verschwinden.

Kurze Zeit später überholten uns die drei Trollrabauken johlend und schreiend. Sie verschwanden direkt vor uns unter einer mächtigen Eiche.

Auch Merellyn bog einen tief hängenden Zweig beiseite und bückte sich unter einer gewaltigen Wurzel hindurch. Das Klassenzimmer lag halb unter dem Baum zwischen den verschlungenen, dicken Wurzeln der Eiche, gut behütet von einem dichten Blätterdach.

Ein Haufen kleiner Gnome, Kobolde, Zwerge und alle möglichen anderen Zauberwesen starrten uns erwartungsvoll an. Nur die drei Trolle ganz hinten sahen nicht her. Sie waren damit beschäftigt, Schau-mal-hier-durch zu spielen. Ich weiß nicht, ob ihr das kennt. Man muss versuchen, den anderen dazu zu bringen, durch einen Ring zu schauen, den man mit Daumen und Zeigefinger bildet. Wenn der Gegner das tut, zeichnet man ihm mit dem Finger ein unsichtbares Kreuz auf den Oberarm und haut drauf, aber nicht sehr fest. Das macht man so lange, bis der Gehauene ›Danke‹ sagt. Wenn man dann nicht ›Bitte‹ sagt, ist man selber dran.

Aber die Trolle droschen sich mit aller Kraft auf die Oberarme. Dabei schrien sie vor Schmerzen und lachten sich gleichzeitig kaputt.

Merellyn vollführte sein übliches Ritual. Als Erstes stellte er den dreibeinigen eisernen Ring aufs Lehrerpult. Dahinein kam, wie immer, die Kristallkugel. Dann erst wandte er sich an die Klasse. »Guten Morgen, Kinder«, begann er.

»Guten Morgen, Herr Merellyn!«, plärrte es durcheinander.

»Wie ihr sicher alle wisst, ist Herr Rosenholz noch nicht von seiner Reise zurück«, fuhr der Zauberer fort. »Der Bürgermeister hat mich gebeten, ihn zu vertreten, bis er den Unterricht wieder aufnehmen kann.«

Leichtes Stöhnen war aus den hinteren Reihen zu hören. Die kleinen Fantasmanier hatten sicher gehofft, dass der Unterricht ausfallen würde. Merellyn drehte sich zu uns um.

»Das sind übrigens Loredano …«, wollte er uns vorstellen.

»Lorenzo«, berichtigte Lorenzo.

»Richtig. Und Willoby …«

»William«, unterbrach ich blöd grinsend.

»Genau. Die beiden sind Lehrlinge im Turm. Was steht heute auf dem Stundenplan?«

Ein Mädchen in der ersten Reihe meldete sich. Sie hatte blond gelocktes Haar, trug ein blütenweißes Kleid und hatte Schwanenflügel auf dem Rücken. Links und rechts von ihr saßen zwei Mädchen, die ihr fast aufs Haar glichen. Sie mussten eine Art Engel sein. Alle drei waren makellos schön. Gleichzeitig sahen sie so furchtbar hochnäsig und langweilig aus, dass es mich schauderte.

»Ja«, forderte Merellyn das Engelsmädchen zum Sprechen auf. Dazu stand sie auf.

»Heute haben wir zwei Stunden jüngere fantasmanische Geschichte und danach Heimatkunde, speziell Gift- und Heilpflanzen in der Umgebung von Flüsterwald. Dann ist Sportunterricht.«

Stolz auf ihren perfekten Vortrag setzte sie sich wieder. Nur eine gekaute Papierkugel aus einem Trollblasrohr, die sie am Hinterkopf traf, versaute ihren Auftritt ein bisschen. Sie sah sich wütend um und meldete sich gleich wieder um den Troll zu verpetzen. Aber Merellyn beachtete sie nicht.

»Jüngere fantasmanische Geschichte«, murmelte er. »Sehr interessant. Aber nicht ungefährlich. Mal sehen, was wir da besprechen müssen …«

Eine andere Papierkugel traf mich am Ohr. Wie konnte *mich* was treffen?

Ich sah mich nach dem Werfer um und entdeckte in einer der hinteren Reihen zwei Gespenster, die mir grinsend zuwinkten. Ich winkte verstohlen zurück. Gespenster sind anders als Geister. Geister sehen im Allgemeinen so aus, wie der Mensch oder das Wesen, das sie einmal gewesen waren. Gespenster sehen aus wie Bettlaken, manchmal auch wie kleine Nebelbänke, mit einem Mund und schwarzen Knopfaugen. Bei Bedarf fahren sie Arme und Hände aus, ganz wie es ihnen beliebt.

»Nun, wenn wir über jüngere fantasmanische Geschichte sprechen, kommen wir nicht darum herum, die große Schlacht auf der Königsburg zu behandeln«, sagte Merellyn. »Wer weiß etwas darüber?«

Die Arme der drei Engel fuhren hoch. In dem Moment war Bewegung in der Kristallkugel vor Merellyns großer Nase zu sehen. Wieder beachtete er die Engel nicht, sondern starrte in die Kugel. Diesmal zeigte sie keine Sterne oder Sonnen vor schwarzem Himmel. Sie begann von innen heraus zu glühen. Dann wirbelten dunkelgraue Schlieren darin herum, die sich zu Buchstaben und Wörtern formten und wieder zerflossen. Wir spähten hinter dem Umhang des Zauberers hervor. Da stand: »Bn angiff... angegriffen worn. worden. Exorsmuszaubr. Bitte wied inorzieren. Werde imer schwche. Rsolz.«

Merellyn sprang auf.

»Oh Gott!«, rief er. »Das ist doch ... ich muss zum Turm!«

Er riss seinen Zauberstab heraus, deutete auf sich selbst und rief: »Itinerio Torrim!«

Es gab einen kleinen Blitz und ein Rauchwölkchen, dann war der Zauberer verschwunden.

Lorenzo und ich standen total blöd vor einer Schulklasse aus lauter fantasmanischen Kindern, die uns erwartungsvoll anstarrten. Ausgenommen natürlich die drei Trolle. Die waren damit beschäftigt, ihren Nachbarn Tinte über die Hefte zu gießen. Die anderen glaubten anscheinend, wir würden den Unterricht fortsetzen. So sah also unser erster Schulbesuch aus. Die glaubten, wir wären die Lehrer!

Die drei Engelsmädchen meldeten sich immer noch. Lorenzo machte es Merellyn nach und sagte: »Ja?«

Das mittlere Mädchen stand wieder auf und trug vor: »Die Schlacht auf der Königsburg brach während der Taufe der Prinzessin Titanica aus. Der Mundovoros hatte alle Hexen und Zauberer in die Burg geschleust, die auf der Seite der Finsternis standen. Doch Mysterio Mystelzweig, der oberste Magier des Reiches, hatte das vorausgesehen und alle Hexen und Magier versammelt, die auf der Seite des Guten standen.«

Sie setzte sich wieder und wurde von einer weiteren nassen Kugel aus einem Blasrohr getroffen. Der Engel links von ihr stand auf.

»König Oberon nahm den Kampf gegen seinen Bruder auf. Die magische Schlacht war schrecklich. Keiner der beiden Kämpfer konnte einen Vorteil erringen. Weder die guten noch die bösen Magier waren in der Lage, zu siegen. Königin Titania eilte ihrem Gatten zur Seite. Da wusste der Mundovoros, dass er nicht gewinnen konnte. Deshalb griff er zu seiner letzten Waffe.«

Das zweite Mädchen setzte sich, wieder unter Trollbeschuss, und die Dritte stand auf.

»Niemand, auch nicht der große Mysterio, ahnte, dass das Macrocosmopolitoneposemanthopathologicomnipotenziaspiralonomicon, das mächtigste Zauberbuch der Welt, die Seiten gewechselt hatte. Als die Niederlage des Bösen unabwendbar war, entfachte das Buch eine gewaltige magische Explosion. Sie zerstörte den gesamten Südflügel der Königsburg und tötete Königin Titania. Alle Magier, die guten wie die bösen, und auch der König und der Mundovoros wurden davongeschleudert durch Raum und Zeit. Die kleine Prinzessin Titanica verschwand in der Verwirrung, die nach der Explosion herrschte. Seitdem gibt es keine Magier und Hexen mehr in Fantasmanien, außer Merellyn und den Nebelhexen, da sie als Einzige nicht zur Taufe auf der Burg waren.«

Auch sie setzte sich und kassierte leichten Trollbeschuss.

»Aber was ist ein Mundovoros und wie konnte er in die Burg gelangen? Wer ist der Bruder, gegen den der König gekämpft hat? Und wo liegt diese Königsburg? Doch nicht in der Menschenstadt?«, fragte Lorenzo.

Wieder meldeten sich die drei Engel und niemand sonst. Lorenzo machte erneut dem mittleren Mädchen ein Zeichen. Sie stand auf und sagte: »Der Mundovoros ist genau wie der König ein Hochelf. In die Burg gelangte er natürlich auf Einladung König Oberons. Er ist sein Bruder. Die Königsburg steht auf dem Königsberg, siebenhundert Meilen westlich von Flüsterwald. Die Burg in der Menschenstadt gehörte dem Ritterorden unter Mysterio Mystelzweig.«

Lorenzo sah mich an und sagte: »Manchmal bin ich froh, dass ich keine Familie habe. Zustände sind das!«

In dem Moment schoss Myrabella ins Klassenzimmer.

»Merellyn braucht euch im Turm!«, rief sie uns zu. »Macht schnell! Ihr anderen: Der Unterricht wird morgen fortgesetzt.«

INORZISMUS

Der Wahnsinnige Walter wuchtete uns im Eiltempo den Felsen hinauf. Als wir im Behandlungszimmer ankamen, schob Glubschnak gerade den schweren Tisch mit den alten Blutflecken zur Seite. Lorenzo und Myrabella räumten die Kerzenständer, das zusammengenagelte Gnomenskelett und die Tische mit den Reagenzgläsern, Rattenkäfigen und Glaskolben weg. Merellyn stellte die Kristallkugel auf den Tisch. Dann schlug er eines seiner Bücher auf und blätterte wild darin herum. Mehrere Seiten markierte er, indem er sie mit seinem Zauberstab zu einem matten Leuchten brachte.

In der Kugel waberten immer noch die Worte: »Bn angiff… angegriffen worn. worden. Exorsmuszaubr. Bitte wied inorzieren. Werde imer schwche. Rsolz.«

»Was soll denn das heißen?«, fragte ich. »Was ist ein Ex… Exi-ohrenmus-Zauber?«

»Eine Nachricht von Rosenholz!«, sagte Merellyn ohne die Augen vom Buch zu nehmen. »Er ist angegriffen und exorziert worden. Er meint Exorzismuszauber. Hatte wohl nicht mehr die Kraft, ordentlich zu schreiben. Wir werden ihn retten!«

Myrabella schoss mit einem großen Stück Kreide knapp über dem Fußboden hin und her. Sie malte einen Drudenfuß auf die

Dielenbretter. Das ist ein fünfzackiger Stern aus einer einzigen, sich ständig überkreuzenden Linie. Ich glaube, man muss den Stern zeichnen ohne abzusetzen, sonst wirkt er nicht. Drum herum malte sie zwei kreisförmige Linien als Umrandung. Zwischen die beiden Kreise schrieb sie jede Menge Wörter mit Buchstaben, die ich nicht kannte.

Merellyn übernahm die Kreide und malte in jede Sternspitze ein kompliziertes Hexensymbol, das er aus dem Buch kopierte. Myrabella stellte kleine, mit Kräutern gefüllte Bronzeschalen zwischen diesen Symbolen auf.

An der Straße hatten wir oft solche Drudenfüße und andere Hexensymbole gesehen, an Hauswänden und auf Ladenschildern oder auf dem Markt, wo sie als Anhänger verkauft wurden. Aber so aufwändig und kompliziert war keines der Zeichen, die von den Menschen An der Straße verwendet wurden.

Merellyn entzündete die Kräuter in den fünf Schalen. Dann befahl er uns allen, einen Kreis um das magische Zeichen zu bilden und uns an den Händen zu fassen. Lorenzo, Schnick und sogar Glubschnak schwankten, als sie in den Kreis traten.

»Mir ist ganz schwummerig von diesem Rauch!«, murmelte Lorenzo.

Ich wollte mich nicht in den Kreis einreihen, weil ich ja wusste, was für eine Wirkung eine Berührung durch mich hatte. Aber Merellyn befahl es mir. Ich tat also so, als würde ich den alten Zauberer und die Fee an der Hand fassen. Bei Myrabella fühlte ich das vertraute Prickeln, aber hauchzart. Bei Merellyn war es fast so, als spürte ich seine Hand.

Der Zauberer sang verschiedene Verse in einer Sprache, die ich noch nie gehört hatte.

Das Tageslicht, das den Behandlungsraum erhellt hatte, verschwand. In dem großen Zimmer herrschte solche Finsternis, dass man nicht mal mehr bis zu den Wänden sah. Das einzige Licht kam aus den rot glühenden Kräutertöpfen.

Merellyn verließ den Kreis und trat in die Mitte des Symbols. Er ritzte sich die Handfläche mit etwas, das wie der abgebrochene Zahn eines Riesenkrokodils aussah. Einige Tropfen Blut fielen auf die Dielen. Merellyn trat zurück und reihte sich wieder in den Kreis ein.

Zarter Nebel bildete sich über dem Mittelpunkt des Drudenfußes. Merellyn sang weiter. Der Nebel wurde dichter und drehte sich zu Spiralen. Schließlich wirbelte er so rasend schnell herum, dass das Auge gar nicht mehr mitkam. Aus dem Nebel schälten sich Kopf und Schultern eines Mannes, weiß wie die Nebelwand. Die Spiralen verschwanden langsam im Boden.

Über dem Drudenfuß schwebte der sehr blasse Geist eines schmächtigen Mannes mit einem langen Bart. Er kam mir irgendwie bekannt vor, aber ich erfuhr erst viel später, woher. Der Geist trug ein Kettenhemd und ein gewaltiges Schwert an seinem Gürtel. Zu der Zeit, als der kleine Ritter noch zu Fuß unterwegs gewesen war, hatte er die Schwertscheide garantiert ständig über den Boden geschleift. Über dem Kettenhemd trug er ein langes, mit blassem Blut beflecktes Nachthemd, auf dessen Brust ein Mistelzweig prangte. Unterhalb seines Brustkorbs klaffte ein übles Loch in dem Nachthemd und auch im Kettenhemd.

Es wurde wieder hell im Raum und der Rittergeist brach zusammen. Er benahm sich überhaupt nicht wie ein Geist. Er krachte mit einem vernehmlichen Plumps zu Boden und blieb zusammengekrümmt liegen. Dabei war er so blass, dass man die Dielen deutlich durch ihn hindurch sehen konnte.

»Glubschnak, heb Herrn Rosenholz auf!«, befahl Merellyn. »Wir bringen ihn in den Ostturm. Ich muss dringend in den Weinkeller. Haben wir noch was von dem Trollschnaps, der die Löcher in den Küchentisch geätzt hat?«

»Mehr als genug«, antwortete Myrabella. »In dem großen Glasballon unter der Treppe. Aber füll den Schnaps nicht in ein Blech- oder Holzgefäß. Der brennt dir ein Loch in den Boden.«

»Trollschnaps?«, brummte Glubschnak. »Für mich bitte auch ein Gläschen.« Er zeigte mit seinen dicken Fingern ein Gläschen von der Größe eines mittleren Fasses an.

Lorenzo und ich folgten dem Troll in den Ostturm. Ganz oben, über unserer Kammer, gab es ein schönes Kaminzimmer mit einem Bett. Die letzte Treppe war für Glubschnak zu eng. Er wandte sich zu Lorenzo um und sagte: »Trag du ihn hoch.«

»Bloß nicht!«, rief Lorenzo erschrocken. Mit einem verlegenen Seitenblick zu mir fügte er an: »Ich möchte lieber keinen Geist anfassen …«

»Ach, bei dem hier geht's«, sagte der Troll leichthin und drückte Lorenzo den bewusstlosen Geist an die Brust. Lorenzo packte den schmächtigen Körper in einem Reflex. Rosenholz fiel nicht durch ihn hindurch. Lorenzo überkam auch nicht das große Schaudern wie in der Blutenden Burg, als ich ihn berührt hatte. Er sah mich erstaunt an.

»Hey, bei dem kleinen Ritter hier ist alles ganz anders«, meinte er. »Mit dem solltest du unbedingt mal reden, wenn er zu sich kommt.«

Das wollte ich auch wirklich. Als nämlich Lorenzo den Geist ins Bett legte, machte der eine Delle in die Matratze. Das konnte ich durch seinen blassen Körper sehr gut sehen. Lorenzo zog die Decke über ihn und die beulte sich da aus, wo der Ritter lag. Hätte er mich zugedeckt, wäre die Decke einfach flach nach unten gefallen.

Merellyn kam mit einem Reagenzglas herein, das er ganz vorsichtig balancierte. Darin war eine ölig-braune Flüssigkeit. Der Zauberer setzte dem blassen Geist das Glas an die Lippen. Das heißt, er schob es irgendwo unter den Schnauzbart. Dann kippte er es leicht. Etwas von dem öligen Zeug schwappte heraus und verschwand unter dem Schnäuzer. Es war das erste Mal, dass ich mitbekam, wie ein Geist etwas zu sich nahm. Beinahe hätte ich erwartet, dass man sehen konnte, wie der Schnaps durch die Geisterkehle rann, aber er blieb verschwunden.

Merellyn flößte Rosenholz noch zwei kleine Schlucke ein. Plötzlich riss der Dorfschullehrer die Augen auf. Er hustete heftig und versprühte dabei ein paar Tropfen von dem Getränk, die sich sofort in die Bettdecke und ins Fußende des Bettes fraßen und rauchende Löcher hinterließen. Rosenholz' Kopf fiel nach hinten. Er starrte Merellyn ganz kurz mit großen Augen an. Dann wurde er wieder ohnmächtig. Aber er war jetzt nicht mehr ganz so blass und durchsichtig. Im Vergleich zu dem Zustand, in dem Herr Rosenholz bei uns aufgetaucht war, sah ich richtig lebendig aus.

Geistesabwesend drückte Merellyn das Reagenzglas in die Trollhand, die an einem überlangen Arm durch das Treppenhaus ins Zimmer gekommen war. Glubschnak spülte den ziemlich großen Rest von dem Höllenzeug in einem Zug runter. Er schmatzte genießerisch und brummte dann: »Meeehr!«

Als wir fassungslos aufstöhnten, meinte er: »Das ist besser als Zähneputzen. Aber das bisschen hat ja nicht mal für einen Zahn gereicht.«

»So, Herr Rosenholz braucht jetzt erst einmal Ruhe!«, bestimmte Myrabella. »Raus mit euch, die Pflege übernehme ich!«

Merellyn erklärte uns, was ein Exorzismuszauber ist. »Manchmal ergreifen Geister oder Dämonen Besitz von einem lebenden Wesen. Sie zwingen den Besessenen, die Dinge zu tun, die sie möchten. Das sind meistens ziemlich ekelhafte Sachen, wie zum Beispiel in Rülpssprache das Ende der Welt verkünden, fünfzig Mal in einem Satz schlimme Wörter für Kot und, äh … das Loch, aus dem er … Ach, äh, lassen wir das. Ein sicheres

Zeichen für Besessenheit ist zum Beispiel, wenn jemand in der Lage ist, fünfhundert Liter Erbsensuppe zu erbrechen, obwohl er gar keine gegessen hat.«

»Das ist ein Waldtroll, klare Sache!«, warf Schnick ein. »Waldtrolle machen all so was. Besessene sind nichts anderes als Waldtrolle.«

Merellyn starrte den Kobold mit weit aufgerissenen Augen durch seine kleinen Fensterchen an.

»Äh, nein … das habe ich nicht gemeint …«, stammelte er. »Na, auf jeden Fall kann man einen Zauberer holen … in manchen Gegenden auch einen Priester, Druiden oder sogar einen Doktor … und der exorziert den Geist oder Dämon. Er zwingt ihn mit dem Vollzug bestimmter Rituale, den Körper des Besessenen zu verlassen. Das geschieht entweder durch den Mund oder eben das Loch, aus dem … nun ja … Also in Rosenholz' Fall, von dem ich sicher weiß, dass er niemals von jemandem Besitz ergreifen würde, muss es wohl so gewesen sein, dass er nicht aus einem Körper ausgetrieben wurde, sondern gleich in eine andere Dimension geschleudert wurde.«

»Was ist eigentlich eine Dimension?«, wollte Lorenzo wissen. »Dein Flug-Dingsbums hat doch auch so irgendwelche … Dimensinions… Dimensi… Dinger?«

Eigentlich hätte er wissen müssen, dass man Merellyn solche Fragen besser nur dann stellte, wenn Myrabella als Übersetzerin dabei war.

»Oh, es gibt viele Dimensionen«, antwortete der Zauberer. »Es gibt zum Beispiel Lang, Breit, Hoch. Alles ist irgendwie lang, breit und hoch, also dreidimensional. Wenn es nur lang und breit ist, ist es zweidimensional und eine Zeichnung. Die kann man allerdings durch Zauber in eine dritte Dimension verlängern, aber eher innerhalb der Zeichnung als in der realen Welt.

Dann gibt es natürlich noch die Dimensionen War, Ist und Wird-Sein. Außerdem die Dimension Hätte-Sein-Können, aber die ist am schwersten zu erreichen. Könnte-Sein kann sein, aber nicht für uns, sondern für die Ausgaben von uns, die unser Könnte-Sein für ihre Ist-Dimension halten. Leichter zu erreichen ist die Region Könnte-So-Werden.

Dann unterscheidet man noch die absteigenden Wahrscheinlichkeiten, also die Dimensionen Ganz-Sicher, Wahrscheinlich, Vermutlich und Vielleicht sowie das Gestern, Heute und Morgen, verschiedene Dämonensektoren, Himmel und Hölle und natürlich die völlige Umkehr aller Werte, also das Gegenteil von So-Ist's. Ganz abgesehen von der räumlichen Ausdehnung der Galaxien und dem Fassungsvermögen der Fantasie. Das sind im Großen und Ganzen die wichtigsten Dimensionen. Eine davon ist Rosenholz passiert. So weit alles klar?«

Nichts war klar. Glubschnak war umgekippt und eingeschlafen, Lorenzo pulte in einem besonders großen Wurmloch auf der Tischplatte herum, Schnick verschwand ständig und tauchte dann mit einem Stückchen Salami oder einer Hand voll Nüssen wieder auf und mir brummte der Schädel.

»Er meint, dass Rosenholz von einem Zauber, der nur Geister treffen kann, aus dieser Welt in eine andere geschubst worden ist«, erklärte Myrabella von der Tür her. »Von dort hat er einen Hilferuf geschickt und wir haben ihn wieder zurückgezaubert. Der Aufenthalt in der falschen Welt hat ihn offensichtlich sehr geschwächt und jetzt muss er sich erst mal erholen. Wenn er wieder in Ordnung ist, kann er uns sagen, wer oder was das getan hat.«

Zum Glück gab es Myrabella. Während Merellyn glaubte, wir wüssten im Großen und Ganzen alles, was er wusste, hielt Myrabella uns für strohdumm und packte deshalb die Weisheiten, die wir lernen sollten, in ganz kleine, leicht verdauliche Portiönchen.

Aber ich meinte schon, dass ich in etwa verstanden hatte, was es mit den Dimensionen auf sich hatte. Der Tisch, an dem wir saßen, war drei Meter lang, eineinhalb breit und einen knappen Meter hoch. Das waren die ersten drei Dimensionen. Dann kamen die anderen. Das Zeug, aus dem er gemacht war, war *jetzt* ein Tisch, aber *früher* mal ein Baum. Und eines Tages würde der Tisch Sperrmüll sein und dann vielleicht noch für ein nettes Feuerchen herhalten. Der Baum, der er mal war, hätte auch eine Truhe, ein Wagenrad oder viele Holzschuhe werden können. Oder irgendwann aus Altersschwäche umkippen und zu Dünger für andere Bäume zerfallen. Das alles steckte in dem Tisch. Wenn man sich aber bei allem, was einen täglich umgab, diese Art von Gedanken machte, landete man mit Sicherheit in der Klapsmühle. Die wurde übrigens auch von der Bettelnden Bruderschaft betrieben. Sie betreute die komplett Irren in der verlassenen Mühle von Konrad Klaps.

MONDBRAND

Drei Tage später, in denen wieder kein Unterricht stattfand, rundete sich der Mond zum zweiten Mal, seit wir im Turm des Zauberers ein neues Zuhause gefunden hatten. Schnick wurde wieder furchtbar unruhig. Er kratzte sich überall und wurde zeitweise so oft unsichtbar, dass er richtig flackerte.

Ich hatte bei Vollmond noch mehr Schwierigkeiten als sonst, im oder auf dem Bett zu bleiben, sobald ich diesen seltsamen Geisterdämmerzustand erreichte, der dem Schlafen noch am nächsten kam. Wenn ich daraus erwachte, schwebte ich unter der Decke oder im Zimmer über uns.

In der Nacht, in der der Mond am vollsten war, schwebte ich höher als je zuvor. Es war mir vage bewusst, dass ich bereits durch Dachsparren und Ziegel glitt, aber ich war dem Schlafen so nah, dass ich nicht aufwachen wollte. Ich driftete langsam im Kreis und schließlich schien mir der Mond ins Gesicht.

Der Mond in Fantasmanien ist nicht irgendein rundes Scheibchen am Himmel. Er kann so groß sein, dass der Himmel zwischen den Bergen nicht ausreicht. Du siehst jede Narbe und jeden Krater auf seinem Gesicht so scharf, als würde dir jemand das Ding direkt vor die Nase halten. Er kann mit einer Leuchtkraft strahlen, die den Tag übertrifft. In Arkanon konnte man im Sommer einen Sonnenbrand kriegen. In Fantasmanien bestand auch die Gefahr, sich einen Mondbrand zu holen.

Diese Nacht war besonders hell. Eine dichte Wolkendecke trieb nämlich an die dreißig Meter unter uns dahin. Sie warf das Licht zurück wie ein riesengroßes Schneefeld. Überall auf den benachbarten Berghängen heulten die Wölfe.

Mit diesem schaurigen Konzert im Ohr und dem Mondlicht, das sogar von hinten durch den Kopf bis in meine Geisteraugen strahlte, war es unmöglich, weiter Schlafen zu spielen. Ich war bereits über die Spitze des höchsten Turms hinausgedriftet. Ganz langsam richtete ich mich auf und drehte mich noch mehr dem Mond zu. Ich öffnete die Augen. Das passierte mehr im Oberstübchen als in der Wirklichkeit. Durchsichtige Augenlider sind extrem nutzlos. Sie zu schließen bringt nichts und das Öffnen kann man sich auch schenken.

Im Augenwinkel sah ich eine Bewegung in den tiefen Schatten auf dem Dach des zweithöchsten Turms. Ganz korrekt müsste es heißen: Ich hatte den Hauch einer Ahnung, dass sich da etwas bewegt haben *könnte*. Ich wusste, dass ich in dem strahlenden Mondlicht unsichtbar war, aber längst nicht für alle Einwohner Fantasmaniens. Ich ließ mich einfach mal sanft in die Richtung des Turmdachs treiben, auf dessen Schattenseite sich möglicherweise unter Umständen vielleicht etwas bewegt hatte. Dabei starrte ich die ganze Zeit dorthin, aber wenn sich jemand in dem Schatten versteckte, war er oder sie (oder es) Weltmeister im Stillhalten.

Dann musste ich den Blick doch abwenden, weil etwas unter mir meine Aufmerksamkeit verlangte. Ich traute meinen Augen nicht!

Da stand Lorenzo, nur mit seiner Hose bekleidet. Jede Rippe in seinem Brustkorb zeichnete sich scharf im Mondlicht ab. Er hatte die Arme über den Kopf gestreckt, das Gesicht dem Mond zugewandt und seine Lippen bewegten sich, als ob er Beschwörungen murmelte. Aber er stand nicht auf dem Fensterbrett wie beim letzten Vollmond. Er stand über dem Fenster auf der Wand. Im Klartext: Wand senkrecht, Lorenzo waagerecht. Als ob die Turmmauer eine Art Fußboden sei!

Im ersten Schreck fuhr ich herum, drauf und dran, in Richtung Lorenzo zu starten. Fast im selben Moment kam Bewegung in die Schatten auf dem zweithöchsten Turmdach. Das hörte ich eher, als dass ich es sah. Instinktiv schoss ich in die Richtung, aber da war nichts mehr. Als ich über das Turmdach spähte, glaubte ich, gerade noch etwas in die dichte, vom Mondlicht bestrahlte Wolkendecke unter uns eintauchen zu sehen. Etwas mit ausladenden schwarzen Flügeln.

Als ich zurückblickte zu Lorenzo, fing der gerade an zu kippen. Er fiel nicht einfach nach unten. Sein Oberkörper neigte sich der Turmmauer entgegen, ohne dass seine Füße sich davon lösten. Immer noch ganz so, als sei waagerecht stehen normal und die Mauer der Boden. Als würde er ohnmächtig und fiele einigermaßen harmlos aufs Gesicht. Er kippte ganz langsam. Ich schoss wie ein Pfeil in seine Richtung. Ich hatte keine Zeit darüber nachzudenken, was das bringen sollte, wo ich ihn doch nicht greifen konnte. Als seine Füße sich von der Mauer lösten, war klar, dass das Spielchen »Mauer = Boden« vorbei war. Lorenzo war drauf und dran, an die zwanzig Meter tief abzustürzen. In dem Moment rammte ich ihn. Ich schoss nicht durch ihn hindurch, wie es zu erwarten gewesen wäre, mit ein bisschen Kribbeln und so. Ich prallte hart gegen ihn und stieß ihn durch das weit geöffnete Fenster. Wir polterten beide über den Boden zwischen unseren Betten. Für einen Moment rang ich verzweifelt nach Luft, die ich mit meinen geprellten Rippen nicht holen konnte. Bis mir einfiel, dass ich gar keine Luft brauchte und keine Rippen hatte, die mir wehtun konnten.

Lorenzo richtete sich auf. Mit dem Mond in seinem Rücken war sein Gesicht in völlige Dunkelheit getaucht. Ich erschrak. Sein langes Haar war so zerzaust, dass es wie ein Wolfspelz um seinen Kopf und auf seinen Schultern lag. Seine Ohren ragten so lang und spitz wie die von Schnick daraus hervor. Ich hatte kurz den Eindruck, dass seine Augen in der Dunkelheit ganz schwach glühten, wie Kerzenlicht, das durch Bernstein schimmerte. »Duuu …«, begann er mit einem Grollen in der Stimme, das ich noch nie gehört hatte. Dann kippte er zum zweiten Mal in dieser Nacht nach vorne. Diesmal fiel er wirklich auf die Schnauze.

»Schließ die Fensterläden!«, verlangte eine Stimme hinter mir. Sie war sehr leise und klang so erschöpft, als wäre ihr Besitzer monatelang unterwegs gewesen um diesen Satz loszuwerden.

Ich hatte keine Ahnung, wer da sprach, aber ich hatte auch keine Angst.

»Das kann ich nicht«, erklärte ich der Stimme. »Ich bin ein Geist. Ich kann nichts greifen.«

Etwas glitt an mir vorbei und auch ein bisschen durch mich hindurch. Zum ersten Mal fühlte sich dieser Vorgang für mich kalt an.

Die Fensterläden wurden zugeklappt und verriegelt. Dann flammten die zwei Kerzenstummel auf, die auf unseren Nachttischen standen. Zwischen ihnen schwebte Rosenholz, der Dorfschullehrer und Ritter mit einem blutigen Loch im Bauch. Er war längst nicht mehr so durchsichtig wie an dem Tag, an dem er in der Mitte des Drudensterns erschienen war.

»Du *könntest* die Läden anfassen«, sagte er leise. »Ich werde es dir beibringen. Aber deswegen bin ich nicht hier.«

Lorenzo stöhnte und setzte sich auf. Er wischte sich die schweißnassen Haarsträhnen aus dem Gesicht.

»Ich habe Kopfweh …«, stöhnte er.

»Ihr müsst dafür sorgen, dass bei Vollmond die Läden geschlossen bleiben.« Lorenzo fuhr herum, als Rosenholz sprach. Der deutete auf ihn. »Befindet sich unter deinen Vorfahren ein Vampir oder Werwolf?«

»Natürlich nicht!«, rief Lorenzo entrüstet. Aber sein Blick wanderte unsicher zu mir. Er konnte das jetzt behaupten und niemand konnte das Gegenteil beweisen. Doch in Wirklichkeit hatten wir beide nicht den Schimmer einer Ahnung, wer oder was unsere Vorfahren gewesen waren.

»Das sollte keine Beleidigung sein«, beruhigte ihn Rosenholz. »Einer meiner Vorfahren war Knut der Schlächter. Hat alles gejagt, was auch nur ansatzweise nicht wie ein Mensch aussah. Der ist in Fantasmanien ungefähr so beliebt wie ein wandelnder Haufen Trollmist. Aber im Ernst, es muss einen Grund dafür geben, dass der Mond für dich so anziehend ist. Du hast die Schwerkraft überwunden um ihm näher zu sein. Noch ein, zwei solche Vollmondphasen, dann wirst du abheben und hinfliegen. Wenn dein Freund dich nicht zurück ins Zimmer gestoßen hätte, wärst du wahrscheinlich abgestürzt.

Nachdem William schlafend durch mein Zimmer und zum Dach hinausgeschwebt war, schleppte ich mich zum Fenster.

Ich sah euch, aber ich weiß nicht, ob ich dir in meinem Zustand hätte helfen können.«

Lorenzo starrte mich an. »Du hast mich gestoßen?« Aber wie …?«

»Keine Ahnung.« Ich zuckte die Achseln. »Hab's einfach getan. Jetzt ist alles wieder beim Alten.«

Ich griff probeweise durch den Bettpfosten und spürte das vertraute Prickeln. Dann wandte ich mich an Rosenholz. »Hast du auf dem Dach vom Westturm jemanden gesehen?«

»Nein. War da jemand?«

»Ich bin mir nicht sicher. Ich glaubte, eine Bewegung im Schatten zu sehen, und bin ganz langsam in die Richtung geschwebt. Ich habe die ganze Zeit nirgends anders hingesehen, aber da rührte sich überhaupt nichts. Jedoch in dem Moment, als ich Lorenzo entdeckte und nach unten sah, hörte ich ein kurzes Rauschen wie von Flügeln. Ich spähte über das Dach und sah weit entfernt etwas in die Wolkendecke eintauchen. Könnte eine große Krähe oder so was gewesen sein. Eine … sehr große Krähe.«

Rosenholz strich sich über den Schnurrbart. »Klingt beunruhigend«, meinte er. »Wir müssen mit Merellyn darüber reden. Lorenzo, du …«

Rosenholz wurde plötzlich sehr blass, fast so unsichtbar wie ganz am Anfang. Er taumelte und Lorenzo musste ihn auffangen. Das passierte so, als wäre Rosenholz ein Mensch aus Fleisch und Blut. Er war wirklich ein ganz anderer Geist als ich.

Lorenzo brachte den Lehrer in seine Kammer und ich schwebte hinterher. Als Rosenholz im Bett lag, winkte er uns noch einmal heran. »Haltet die Fensterläden fest verschlossen!«, flüsterte er. »Vielleicht ist da draußen wirklich mehr als nur der Mond, was euch etwas anhaben kann. Bitte sagt Merellyn Bescheid und kommt morgen Früh mit ihm wieder, wenn ich mich ausgeruht habe.«

Wir sprachen kein Wort, während wir in unser Zimmer schlichen und uns hinlegten. Keiner wollte Werwölfe und Vampire erwähnen. Aber dann kam mir etwas anderes in den Sinn.

»Wenn du den Trick hinkriegen würdest, während du wach bist, könnten wir fünf von den sechs Problemen umgehen«, sagte ich leise. »Allerdings müsstest du fast die ganze Felswand überwinden.«

»Ich verstehe kein Wort«, brummte Lorenzo. »Was für einen Trick meinst du? Und welche fünf Probleme?«

»Den Trick, senkrecht auf einer Mauer zu stehen«, antwortete ich. »Wenn du an der Felswand runterklettern könntest, könnten wir die fünf Dämonentore umgehen. Es gibt nämlich ein Stück darunter einen Seiteneingang, der vom Land aus nicht zu erreichen ist. Du glaubst, du kannst die runde Steinplatte mit Willenskraft bewegen. Dann bliebe nur noch eine Hürde …«

»Das Kerkertor«, ergänzte Lorenzo. »Wir sind verdammt nah dran …«

DIE ZWEI SCHLÜSSEL

Am nächsten Morgen versammelten wir uns in Rosenholz' Zimmer. Er saß aufrecht im Bett und war bei weitem nicht mehr so blass wie gestern Nacht.

Myrabella kam glitzernd zum Fenster hereingeflogen. In der Hand hielt sie einen Topf mit Stiefmütterchen, die aussahen, als hätten sie tagelang ohne Wasser in der Sonne gestanden. Einzelne Blütenblätter flatterten raschelnd davon.

»William hat Recht«, verkündete sie, als sie den Topf auf den Tisch stellte. »Da war ganz eindeutig jemand auf dem Dach. Jemand – oder etwas – mit dunklen Kräften.«

Schnick tauchte urplötzlich im Zimmer auf.

»Ich habe das gesamte Dach gründlich untersucht«, meldete er. »Es ist schon wieder nichts beschädigt, mal abgesehen von zwei langen Furchen im Moos, das auf den Dachziegeln wächst. Fast nicht mehr zu sehen. Das Moos ist nicht weggekratzt, es sieht nur aus wie … durchgepflügt. Es richtet sich schon wieder auf.«

»Ein Nachtmar!«, rief Merellyn. »Nachtmare sind die einzigen Flugwesen, die nur zwei Greifkrallen an den Füßen haben. Da sie nicht ganz in unserer Dimension weilen, richten sie in ihr auch meistens keinen Schaden an.«

»Was ist denn ein Nachtmar?«, fragte Lorenzo interessiert. Er hatte sich zu Rosenholz aufs Bett gesetzt.

»Eine Art Phantom«, erklärte der Zauberer. »Sieht aus wie eine riesige Fledermaus. Nachtmare dienen... Vampiren und anderen Fürsten der Finsternis. Wie Wachhunde oder Nachrichtenfalken.«

»Ich glaube ganz sicher, dass du der bist, den wir alle suchen«, sagte Rosenholz zu Lorenzo. »Dass jemand auf dem Dach war, als du zum Mond hinausgeklettert bist, ist ein Zeichen dafür, dass auch die finsteren Mächte ein Interesse an dir haben.«

»Auch ich sehe es als erwiesen an«, meldete sich Merellyn. »Dein Versagen in der Zauberei ist nicht auf mangelndes Talent zurückzuführen, sondern auf eine äußerst wirksame Blockade.«

»Na gut! Vielleicht bin ich der, den alle suchen. Ich weiß es nicht«, rief Lorenzo und sprang auf. »Vielleicht habe ich Vampire und Werwölfe als Vorfahren. Ich weiß es nicht! Ich bin in einem Waisenhaus aufgewachsen. *Niemand* weiß etwas über meine oder Wills Herkunft und das war bisher immer egal. Aber jetzt macht jeder Andeutungen, mal glaubt ihr was, dann wisst ihr alles wieder ganz sicher, aber sagen will niemand was, damit die lieben kleinen Milchbubis bloß nicht in Gefahr sind.«

Alle waren verstummt bei seinem Ausbruch.

»Wir *sind* aber in Gefahr!«, schrie Lorenzo. Dann fuhr er ein bisschen leiser fort: »Etwas bringt mich dazu, bei Vollmond an der Wand hochzuklettern. Ich sehe den Mond und plötzlich höre ich die Herzen aller Turmbewohner schlagen ... wie Trommeln. Ich höre die Wölfe heulen und verstehe fast, was sie sagen. Und in dem Schatten hockt ein Geschöpf, das genau *darauf* wartet. Ich weiß, dass es da war, und ich weiß auch, dass es ihm Freude bereitet hat, mich in diesem … diesem … Zustand zu sehen. Es war auch beim letzten Vollmond schon da. Es wartet auf etwas. Genau wie ihr! Aber ich warte nicht mehr! Ihr sagt uns jetzt, was los ist! Ich will wissen, wer ich bin!«

»Lorenzo, mein Junge! Hab noch etwas Geduld. Ausdauer. Stehvermögen«, rief Merellyn. »Du bist dabei, die Blockade zu durchbrechen. Vielleicht noch einige wenige Wochen, vielleicht nur ein paar Tage! Es wäre ein Rückschlag, wenn wir dir jetzt sagen würden, wer …«

»Das glaube ich nicht!«, unterbrach Rosenholz. »Es wäre gefährlich, noch länger zu warten. In dem Jungen steckt etwas, mit dem niemand gerechnet hat. Etwas, das ihn bei Vollmond seltsame Dinge tun lässt und ihn für die Kreaturen der Finsternis interessant macht. Ich glaube nicht, dass wir noch einen Vollmond abwarten können. Wir brauchen die Hilfe des Buches!«

»Das Buch wird uns nicht helfen!«, brüllte Merellyn unvermittelt. »Es war geöffnet, als ich es in den Ruinen des Thronsaals fand! Es war geöffnet und es bildete ein Tor in eine Dämonenwelt. Alle Überlebenden, die ich traf, sagten übereinstimmend, dass die Explosion von dem Buch ausging! Dass es die Zauberer und Hexen vernichtet hat!«

»Und ich sage dir, es gibt *zwei* Bücher!«, sagte Rosenholz eindringlich. »Ich war auf der Königsburg. Hab die Sommerferien für die weite Reise nach Westen, ins Herz Fantasmaniens, genutzt. Puck sitzt jetzt auf dem Thron.«

»Puck, der Waldfaun?«, rief Merellyn erstaunt. »Ein … einein … *Faun* regiert Fantasmanien? Er mag ja der Anführer aller magischen Waldwesen gewesen sein, ehe die Hochelfen den

Thron bestiegen ... aber ein ganzes Königreich, regiert von einem fünftausend Jahre alten Kind ...«

»Sei versichert, er fühlt sich ganz und gar nicht wohl dabei«, fuhr Rosenholz fort. »Er wünscht sich lieber heute als morgen den König oder wenigstens den alten Mysterio zurück.«

»Was ist denn ein Waldfaun?«, fragte Lorenzo. »Und wieso ist er ein Kind, wenn er doch schon so alt ist?«

»Faune sind Zwischenwesen«, erklärte Rosenholz. »Es gibt viele Arten. Diese Wesen haben etwas Menschliches, aber immer auch Körperteile von Tieren. Faune zum Beispiel haben menschliche Köpfe und Oberkörper, aber sie tragen kleine Hörner und laufen auf Bocksbeinen.«

»Ruck Ruppig ist ein Faun«, warf Schnick ein. »Ihr wisst schon, der Wirt vom Halben Humpen.«

»Ist der auch so alt?«, wollte ich wissen. »Der sieht aber nicht aus wie ein Kind.«

»Wahrscheinlich ein anderer Stamm«, überlegte der Kobold. »Es gibt von allen Völkern so viele Unterarten ...«

»Puck ist ein guter Kerl, aber den Krieg fortzuführen, wenn er jetzt wieder ausbräche, das wäre zu groß für ihn«, fuhr der Lehrer fort. »Er wird beraten von einer jungen Elfe namens Amantua. Sie hätte schon eher das Kaliber, so etwas durchzustehen, aber sie hat keine Erfahrung.«

»Darum war und ist der einzig richtige Weg, nach dem König und den Zauberern zu suchen«, warf Merellyn ein. »Das Dimensionsflugzeug ...«

»... wird dich eines Tages umbringen!«, unterbrach ihn Myrabella. »Niemand weiß mehr über die Struktur der Dimensionen als du. Deshalb müsste dir doch klar sein, dass man nicht in den Falten der Zeit oder der Krümmung des Raums nach einzelnen Personen suchen kann. Das ganze Gefüge ist viel zu gigantisch! Herr Rosenholz soll uns sagen, wieso er glaubt, dass es zwei Bücher gibt.«

»Weil Puck auch eines hat«, erklärte der Lehrer. »Ich habe ihn nur einmal ganz kurz ohne seine Beraterin sprechen können. Er wies auf ein Zimmer, aus dem er gerade gekommen war, und meinte, er sei heilfroh, dass ihm neben Amantua auch noch das Macronomicon zur Seite stehe. Das hat mich sehr verwundert, weil ich doch wusste, dass das Buch hier im Kerker des Turms liegt. Ich bat darum, Pucks Buch sehen zu dürfen, aber seine Ratgeberin hat mich ... in einer Weise vertröstet, die mir klar machte, dass ich es auf meine bloße Bitte hin niemals sehen würde. Sie deutete zart an, dass das Buch nur in Pucks Fantasie existiere. Als ich mich dann nächtens auf die Suche machte und das Zimmer betrat, aus dem Puck gekommen war, wurde ich auf der Stelle exorziert.«

»Das heißt, du hast gar kein zweites Buch gesehen!«, rief Merellyn. »Ich sage dir, das Ding im Kerker hat mehr Macht, als wir glaubten. Es ist auch dem Jungen erschienen, Willibert ...«

»William!«, riefen Myrabella, Lorenzo und ich im Chor.

»Richtig. Und es hat versucht Willi... Will... in sein Inneres zu locken und ihn einzukerkern! Auf dieselbe Weise wird es dem armen alten Pluck erschienen sein. Es flüstert ihm üble Ratschläge ein und verschwindet dann wieder. Deshalb glaubt Amatriciana, dass Punck sich das Buch nur einbildet.«

»Es gibt auf der Königsburg niemand mehr, der einen Geist meiner Kategorie exorzieren könnte«, wandte Rosenholz ein. »Dazu war außer dem Mundovoros und Mysterio Mystelzweig immer nur das Macronomicon in der Lage. Aber nicht, wenn es nur sein Bild in die Burg projiziert.«

»Herzlichen Dank!«, rief Lorenzo dazwischen. »Ich bitte euch darum, endlich Klartext zu reden, und ihr fangt an mit Namen und Fremdwörtern um euch zu werfen!«

»Merellyn, bitte!«, flehte Rosenholz eindringlich. »Lass uns keine Zeit mehr verlieren!«

»Richtig! Es ist keine Zeit mehr zu verlieren!«, rief Merellyn. Er löste einen Anhänger von einem schwarzen Lederband um seinen Hals. »Ich werde sofort die Bannzauber rund um den Kerker verstärken und ihn für immer verschließen!«

Er wirbelte herum und wollte augenblicklich zur Tür hinaus. Doch Myrabella flog ihm in den Weg. »Warte noch«, sagte sie erstaunlich sanft. »Wenn Herr Rosenholz nun doch Recht hätte …«

Der Geist des kleinen Ritters richtete sich im Bett auf. Er war jetzt wieder sehr blass, fast verschwunden.

»Wenn du es einmauerst, verlieren wir den einzigen Verbündeten, der stark genug ist, die … Mächte … der Finsternis …«

Der kleine Ritter kippte zur Seite und wäre fast aus dem Bett gerutscht. Myrabella und Schnick stürzten zu ihm. Merellyn knallte den Anhänger auf den Tisch und eilte ebenfalls an Rosenholz' Bett.

Lorenzo griff sich den Anhänger und zischte mir zu: »Wir gehen!«

Ich begriff nicht sofort, was er vorhatte, aber natürlich folgte ich ihm. Schon auf der zweiten Stiege nach unten hörten wir, wie der Streit wieder losging, diesmal zwischen Schnick und Myrabella.

Während wir die Treppen hinunterrasten, zeigte mir Lorenzo den Anhänger, den er vom Tisch genommen hatte. Er kam mir irgendwie bekannt vor, aber in der Hektik fiel mir nicht ein, warum.

»Das ist der Schlüssel zur Kerkertür!«, rief er. »Die ersten fünf Probleme umgehen wir … das sechste lösen wir … und das Ding hier sperrt das siebte Problem auf!«

Im Vorraum steckte Lorenzo sich eine Fackel in den Gürtel und schob sich eine Zunderbüchse unters Hemd. Er drückte die Eingangstür einen Spalt auf und quetschte sich durch. Ich folgte ihm schnell, ehe der Wind die Tür zuknallte. Erst dann fiel mir wieder ein, dass ich ja durchs Holz schweben konnte.

»Was hast du vor?«, schrie ich in den Wind, als Lorenzo über den Hof zur Bergstation des Walter-Lifts rannte. »Ohne den Vollmond …«

Lorenzo packte das Führungsseil vom Wahnsinnigen Würger. »Den brauchen wir nicht!«, rief er und schwang sich hinaus über den Rand des Felsens. Ich hatte ihn ab und zu beim Klettern gesehen, als wir noch viel kleiner waren. Aber nicht so. Er *rannte* praktisch auf allen vieren kopfüber das Seil hinunter. Da es nirgends mit dem Felsen verbunden war, schwang es manchmal wild in die Schlucht hinaus. Lorenzo ließ sich davon kaum aufhalten. Wenn es ganz schlimm wurde, hielt er sich kurz fest, dann ging's wieder weiter.

Irgendwann war der Punkt erreicht, wo ihn das Seil nicht mehr näher an den Bootssteg heranbringen konnte, sondern in einer Kurve zum Würger lief. Mir blieb der Mund offen stehen, als ich sah, wie Lorenzo aus dem Lauf heraus vom Seil absprang. Es begann gerade wieder nach außen zu schwingen, aber er landete sicher an der Felswand. Die konnte ihn kaum bremsen. Er hangelte sich blitzschnell von Spalt zu Spalt. Doch als er nur noch runde drei Meter vom Dach des Balkons entfernt war, von dem aus eine Holztreppe zum Bootssteg hinunterführte, hielt er plötzlich an und sah sich fragend nach mir um.

»Was ist?«, fragte ich. »Stimmt was nicht?«

»Wo ist der Bootssteg?«, wollte Lorenzo wissen.

»Direkt vor deiner Nase, da …« Mir kam ein Verdacht. »Das Ding ist durch einen Zauber geschützt! Kletter mal in derselben Richtung weiter. Drei Meter. Spürst du was?«

»Ja, verdammt!«, rief Lorenzo und saugte an seiner Fingerspitze. »Ich hab mir mitten in der Luft einen Holzsplitter eingezogen!«

»Gut! Ich meine, tut mir Leid, aber wenigstens spürst du das Holz«, sagte ich. »Wenn du den rechten Fuß ausstreckst ... noch ein bisschen ... genau, stehst du auf dem Dachstützbalken. Ungefähr einen Meter darunter kannst du auf das Geländer steigen.«

Lorenzo tat es und stand auf der Reling. »Komisches Gefühl, mitten im Nichts zu stehen«, meinte er.

»Wenn du dich umdrehst und vorsichtig weiter herablässt, stehst du auf einer Art Holzbalkon. Ist ungefähr achtzig Zentimeter breit und drei Meter lang. Wenn du ihn sehen könntest, könntest du auch spring...«

Ich verstummte. Lorenzo *war* gesprungen und auf allen vieren gelandet. Er richtete sich auf und klopfte sich den Holzstaub ab.

»Ich vertrau dir«, sagte er nur. »Wohin jetzt?«

»Direkt hinter dir ist der Eingang. Streck mal die Hand aus.«

Lorenzo tat es. »Hey!«, rief er und zog die Hand zurück.

»Was ...?«

»Schon gut. Bin nur ein bisschen erschrocken, als ich keinen Fels berührte und es um meine Hand herum dunkel wurde.«

Er machte einen Schritt in den Gang hinein.

»Ahaaa! Der hier ist anders als der Geheimgang in die Blutende Burg«, bemerkte er.

Während Lorenzo die Fackel anzündete, starrte ich den Gang entlang. Das helle Tageslicht reichte kaum bis an sein Ende. Es ging ungefähr acht Meter geradeaus, dann machte der Gang einen scharfen Knick nach rechts.

»Hör mal, ich hab ein seltsames Gefühl …«, sagte ich zu Lorenzo. »Wenn man durch den Keller bis hierher kommt, muss man fünf Tore passieren, die einen töten, wenn man nicht die richtige Formel spricht. Denk nur an den Kochlöffel.«

»Ja. Worauf willst du hinaus?«

»Es scheint mir ein bisschen zu einfach zu sein, den Seiteneingang zu benutzen. Er ist zwar unsichtbar, aber ich als Geist kann ihn sehen. Typen von meiner Sorte gibt's in Fantasmanien haufenweise. Würde mich wundern, wenn der Gang nicht noch auf andere Weise geschützt wäre …«

»Klingt logisch. Siehst du irgendwas, was ich … äh, als Kochlöffel benutzen kann? So wie Merellyn? Am liebsten einen sehr langen … Kochlöffel, wenn du weißt, was ich meine.«

Im Gang sah ich nichts Nützliches. Aber draußen auf dem Balkon hing eine Latte schief und lose im Geländer. Ich dirigierte Lorenzo dahin, bis er sie greifen und aus ihrer verbliebenen Verankerung drehen konnte.

Als er den Gang wieder betrat, konnte er die Holzlatte nicht nur fühlen, sondern auch sehen. »Die ist genau richtig«, meinte er. »Schöner Kochlöffel.«

Wir erkundeten den Gang. Lorenzo hielt die Fackel über den Kopf und das Holz weit vor sich. Bis zur Biegung passierte überhaupt nichts. Danach lag wieder ein ähnlich langer Gang vor uns, der am Ende einen scharfen Linksknick machte. Kurz vor der Mitte dieses Gangabschnitts blies ein kräftiger Luftzug die Fackel aus. Im nächsten Moment zischte ein Ton wie der scharfe Schlag einer dünnen Rute durch die Finsternis. Holz splitterte und Lorenzo rief: »Auaa!« Dann zischte die Rute wieder zurück.

Ich hörte ihn leise fluchen und an der Zunderbox herumhantieren. Als die Fackel wieder brannte, sahen wir die Holzlatte ein Stück voraus im Gang liegen. Lorenzo blutete leicht aus einem Schnitt am Zeigefinger. Er zeigte mir fassungslos das kleine Stück Holz, das in seiner Hand geblieben war. In der Dunkelheit hatte etwas die Latte durchtrennt. Etwas sehr, sehr Scharfes. Wenn Lorenzo seine Hand nur ein paar Zentimeter weiter vorgestreckt hätte, wäre sie mit abgetrennt worden.

Er hob nur ein wenig die Fackel und der Luftzug blies sie wieder aus. Doch das scharfe Zischen blieb aus.

»Jetzt brenn schon, verdammt noch mal!«, herrschte Lorenzo die Fackel an. Gehorsam flammte sie auf. Er drohte ihr mit dem Zeigefinger. »Und das bleibt so, verstanden? Du bist eine Fackel und kein Martinslaternchen!«

Er hob sie wieder über den Kopf, der Wind kam und riss das Feuer mit sich, aber die Fackel brannte weiter.

»Ich brauch den Stecken«, sagte Lorenzo. »Aber wenn ich danach angle, liegt garantiert mein Arm daneben. Kannst du ihn holen, Will?«

»Du weißt doch, dass ich … na gut, ich werd's versuchen.«

Ich wechselte den Standort wie ein Poltergeist. Was auch immer die Holzlatte durchtrennt hatte, würde wahrscheinlich gar nicht merken, dass ich durch den Gang schlich. Und wenn doch, konnte es mir nichts anhaben. Angst hatte ich trotzdem.

Ich bückte mich nach dem Holz, aber es war wie immer. Kribbel, kribbel. Die Latte lag stur im Staub. Ich erinnerte mich, wie mir im Turmzimmer die Rippen wehgetan hatten, nachdem ich mitten in der Luft gegen Lorenzo geprallt war. Es *war* möglich. Lorenzo hatte einmal gesagt, dass er auf keinen Fall mit dem Hirn dazwischenfunken durfte, wenn seine Beine Fußball spielten. Das hier war genau das Gleiche. Ich dachte nicht mehr an die Latte. Ich dachte nicht mehr, vielleicht klappt's ...? Ich dachte gar nichts. Ich packte das Ding einfach und hob es hoch. Beinahe hätte ich es vor Schreck wieder losgelassen. Da stand ich mit einer ein Meter langen Holzlatte in der Hand!

»Verdammt, Will, du hast es geschafft!«, hauchte Lorenzo ungläubig.

Ich streckte ihm die Latte entgegen und machte dabei eine kleine Bewegung nach vorn. Der Wind kam auf und eine Klinge so breit wie eine Pflugschar raste von oben nach unten durch den Gang. Sie kappte die Spitze der Latte und schlug sie mir aus der Hand. Im nächsten Moment sauste die Klinge wieder zurück.

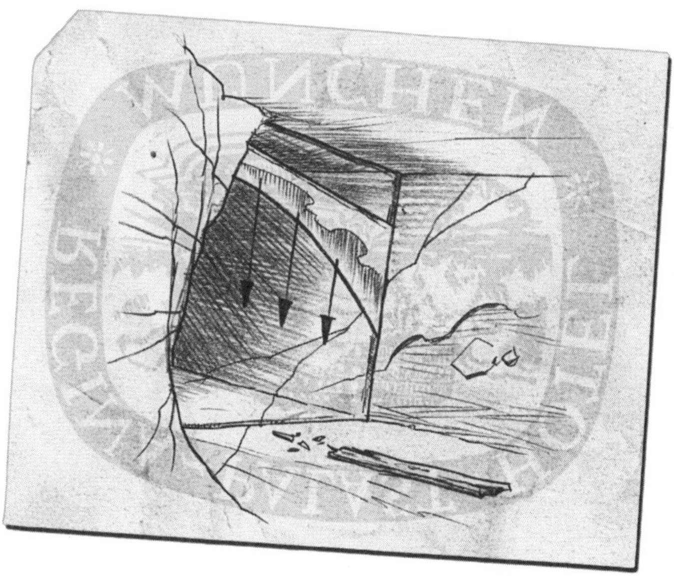

Die hauchdünnen Führungsrillen für dieses Fallbeil hätten wir im flackernden Fackellicht nie in den Wänden entdeckt. Es wäre gar nicht nötig gewesen, noch einen Zauber anzubringen, der Fackeln löschte.

»Halt den Stecken noch mal rein, Will!«, verlangte Lorenzo von mir.

Ich war so aufgeregt, dass ich diesmal gar keinen Gedanken daran verschwendete, ob ich das Holz berühren konnte oder nicht. Ich hob es auf und hielt es in die Falle. Das Messer sauste herunter und schnellte wieder nach oben. In dem Lidschlag dazwischen sprang Lorenzo über die Klinge und machte eine Rolle vorwärts. Dann stand er mitsamt der Fackel neben mir.

»Meine Fresse!«, stöhnte er. »Wenn ich mir vorstelle, wir hätten den Kochlöffel nicht gehabt!«

Wir grinsten uns an. Dann wurde Lorenzo wieder ernst.

»Alles verändert sich …«, sagte er nachdenklich. »*Wir* verändern uns! Vor ein paar Wochen konnte ich noch nicht mal Infimatoki … Mist! Unffmanato … Effikesini …«

Er lachte, als er meine besorgte Miene sah.

»Nein, war nur Spaß! Infinito. Infinito. IN! FI! NITO! Kein Problem, Mann. Aber du! Du hast die Latte zweimal aufgehoben. Du bist irgendwie … wieder *da*, Will!«

Wir schlichen weiter den Gang entlang. Aber es schien keine weiteren Fallen zu geben. Wir erreichten den Treppenabsatz und begannen abzusteigen. Dann waren wir in der Kammer mit der Steinplatte. Lorenzo steckte die Fackel in einen eisernen Halter an der Wand. Er streckte die Arme zu der großen runden Steinplatte hin aus. Dann bewegte er sie in einem Halbkreis nach rechts. Nichts geschah. Er versuchte es noch einmal. Und noch einmal. Sie bewegte sich nicht. Ich sah Schweißtropfen auf Lorenzos Stirn und dass seine Arme zitterten, als er immer wieder versuchte die Platte mit seiner Willenskraft zu bewegen. Schließlich fiel er erschöpft auf die Knie.

»Beweg dich endlich, du blöde versteinerte Riesenpizza!«, zischte er.

Es gab ein Knirschen und etwas Sand rieselte herab. Ganz langsam setzte sich die Steinplatte in Bewegung. Sie wurde schneller und rollte in der Furche im Boden zur Seite. Der Weg in die Katakomben war frei.

»Anscheinend wollen die fantasmanischen Gegenstände erst von mir beschimpft werden, ehe sie tun, was ich sage«, meinte Lorenzo kopfschüttelnd. Er nahm die Fackel auf und wir durchquerten die Katakomben.

Vor der Kerkertür zog Lorenzo den Anhänger heraus, den er vom Tisch genommen hatte. Er steckte ihn ins Schloss, aber er ließ sich nicht drehen. Lorenzo zog ihn heraus und steckte ihn kopfüber wieder hinein. Jetzt drehte sich das Ding. Aber die Folgen waren entmutigend. Es knirschte und knackte. Auf der Seite, wo die Tür in den Angeln hing, erschien ein zweites Schlüsselloch. Aber auf der Seite, wo Lorenzo den Schlüssel gedreht hatte, wuchsen zwei zusätzliche Türangeln aus der Wand!

Jetzt konnte man auf beiden Seiten aufsperren, aber die Tür war auch an beiden Seiten durch die Scharniere in der Wand verankert.

»Na, toll!«, rief Lorenzo. Er steckte den Schlüssel in das neu erschienene Loch und drehte. Wieder knirschte und knackte es und die alten Angeln und das zuerst vorhandene Schlüsselloch verschwanden. Lorenzo machte das Spiel noch ein paar Mal mit. Es kamen immer folgende drei Ergebnisse heraus: entweder Schlüsselloch links, Angeln rechts; oder zwei Schlüssellöcher, Angeln links und rechts; oder Schlüsselloch rechts, Angeln links. Nur eine Türklinke erschien nie.

Lorenzo fluchte vor sich hin, aber das half diesmal auch nicht. Irgendwie wäre ich sogar ein bisschen erleichtert gewesen, wenn wir an dieser wahrscheinlich letzten Hürde gescheitert wären. Denn während Lorenzo hin- und hersprang und Türscharniere auftauchen und wieder verschwinden ließ, ging mir so manches durch den Kopf.

Was war, wenn das Buch so schrecklich war, wie Merellyn glaubte? Und was, wenn es mir sagte, dass ich ein hoffnungsloser Fall war? War es möglicherweise besser, ein Geist zu bleiben mit der vagen Hoffnung, dass sich das vielleicht irgendwann mal ändern konnte? Statt mit aller Macht zu versuchen, es *jetzt* zu ändern und zu scheitern? Aber so was waren Verlierergedanken. Wer so ins Spiel ging, *hatte* schon verloren.

Plötzlich schlug Lorenzo sich auf die Stirn. »Ich Blödmann!«, rief er.

»Glaubst du, es hilft, wenn du dich jetzt selbst beschimpfst statt immer nur die Gegenstände?«, fragte ich. Blöde Sprüche vertreiben miese Gedanken zuverlässig.

»Ich hab doch *zwei* Schlüssel!«, verkündete Lorenzo. Er wühlte in der Hosentasche und zog ein zweites Exemplar hervor. Auf einmal wusste ich, warum mir Merellyns Schlüssel bekannt vorgekommen war. Es war ein Zwillingsbruder des Anhängers, den wir in der Höhle Nr. 1 aus dem Beutel gezogen hatten. Aus dem Beutel, den sich Frasbert von Fresseisen in der Ehrenloge vom fetten Hals gerissen hatte. Ich deutete darauf. »Merellyn hat gesagt, die Dinger sind gefährlich«, warnte ich.

»Für Merellyn ist *alles* gefährlich«, meinte Lorenzo. »Erstaunlich für jemand, der sogar seinen Körper verlässt um in einem durchgeknallten Flugdingsbums durch die Dismissionen zu brettern.«

»Schnick hat sich auch sehr davor gefürchtet«, gab ich zu bedenken. Lorenzo machte eine wegwerfende Handbewegung.

»Der ist doch genauso wie Merellyn. Gefährlich! Gefährlich! Gefährlich! Ich habe das Ding jetzt zwei Monate mit mir herumgetragen und gar nichts ist passiert.«

Scherzbold. Ausflüge die Turmwand hoch und Phantomfledermäuse zu Besuch waren für ihn also gar nichts!

Lorenzo drehte einen Schlüssel, sodass wieder zwei Schlüssellöcher und vier Scharniere da waren. Dann hielt er mir den anderen Schlüssel hin.

»Das musst du machen«, meinte er. »Die Tür ist zu breit, als dass ich die zwei Schlüssel in die Schlösser stecken und gleichzeitig drehen könnte. Aber das *muss* gleichzeitig passieren, da bin ich mir sicher.«

Ich versuchte an alles zu denken, bloß nicht daran, dass ich das Ding nicht greifen konnte. Es klappte auf Anhieb. Wäre das nicht so gewesen, hätte es danach gar nicht mehr funktioniert. Es ist nämlich wirklich schwer, sich einen Gedanken auszusuchen und ihn dann *nicht* zu denken. Eigentlich unmöglich. Es geht nur für Sekundenbruchteile. Länger kann man sich nicht selbst überlisten.

Ich rammte den Anhänger ins Schlüsselloch.

»Bei drei«, sagte Lorenzo. »Eins, zwei … *drei*!«

Wir drehten die Schlüssel. Ein Zittern lief durch die Tür. Die beiden Schlüssellöcher mit den Anhängern darin ruckten und wanderten dann sanft zur Mitte der Tür. Etwa eine Handbreit voneinander entfernt stoppten sie. Es klackte und ein Spalt erschien zwischen ihnen. Dann schwangen die zwei Flügel der Tür auf. Vor uns erstreckte sich eine weitere Treppe nach unten.

»Ha!« Lorenzo reckte eine Faust. Er zog den linken Schlüssel ab und rannte los. Über die Schulter rief er mir zu: »Nimm den anderen Schlüssel mit. Den brauchen wir noch!«

Also noch mal. Nicht dran denken … Schlüssel packen … herausziehen … und los!

Vielleicht war es das einzig Richtige, dass Lorenzo, sobald ich die Holzlatte hochgehoben hatte, so tat, als hätte es mein Geister-Problem nie gegeben.

SCHLEIMFLÜGELIGE SPINNENMONSTER

Nach wenigen Metern wurden aus den Stufen Felsvorsprünge und dann waren wir in einem Bereich, in dem nichts gebaut, aus dem Fels geschlagen oder begradigt worden war. Wir befanden uns einfach in einem tiefen, unterirdischen Höhlensystem voller Spalten und Schächte, die unsere Fackel nicht ausleuchten konnte. Es gab keinen Hinweis, dass es Sinn machen würde, einem von ihnen zu folgen.

So schlichen wir ohne rechten Plan zwischen den Felsen und Tropfsteinen herum. Von dem Buch keine Spur.

Auf einmal rief Lorenzo: »Hey, Buch, wo bist du?«

»Bistuistuistu…«, heulte das Echo. Dann war wieder nur das Tropfen von Wasser auf Fels zu hören.

»Nicht so laut!«, zischte ich. »Es könnte uns hören!«

Lorenzo sah mich erstaunt an. »Ja, aber das ist doch der Sinn der Sache!«, meinte er. »Ich will den ganzen weiten Weg nicht umsonst gemacht haben. Wie hieß das Buch noch mal?«

»Maggikomm. Nein, Makoromikum. Oder so. Keine Ahnung.«

»Hey, Makkaroni-Gnom, kannst du uns hören?«

»Hör auf!«, verlangte ich. »Beleidige es nicht!«

»Ich dachte, dann kommt's vielleicht her«, sagte Lorenzo mit einem Schulterzucken. »Bei den anderen Gegenständen hat's doch auch funktioniert. Die wurden immer gern von mir beleidigt.«

»Ich heiße Macronomicon«, sagte eine Stimme hinter uns. »Ich bin nicht beleidigt.«

Wir wirbelten herum. Da schwebte das Buch zwischen zwei Felsen.

»Mein voller Name lautet Macrocosmopolitoneposemantho-pathologicomnipotenziaspiralonomicon«, fuhr das Buch fort. »Aber der ist selbst mir zu lang. Ihr seid also gekommen. Sehr gut. Habt ihr die Schlüssel dabei?«

Als Lorenzo nickte, öffnete sich das Buch. Wieder erschien eine einfache Kohlezeichnung, wie ich sie schon kannte. Wieder füllte sie sich langsam mit Leben. Beim Anblick der Zeichnung fühlte ich einen Stich in der Brust. Es war ein Fußballplatz. Zuschauerreihen wuchsen hinter dem Tor in die Höhe, aber sie waren leer. Unser Standpunkt war ungefähr zwanzig Meter vor dem Tor. Das Gras wurde grün und schien ein wenig zu wachsen. Kreidelinien schossen durch den Rasen. Unwillkürlich bewegten wir uns voller Sehnsucht auf das Fußballfeld zu. Die Eckfahnen flatterten in einer leichten Brise. Auf beide Fahnenstangen waren Kästen montiert, die wie kleine Schränkchen aussahen. Ihre Türen sprangen gleichzeitig auf. Innen gab es an der Rückwand eine Vertiefung in der Form der beiden Anhänger.

»Steckt die beiden Schlüssel in die Kästen«, sagte das Buch. »Dann könnt ihr anfangen Fußball zu spielen.«

Prompt sprang ein Ball ins Bild und rollte so aus, dass er genau auf dem Anstoßpunkt liegen blieb. Alles in mir schrie danach, auf den Platz zu rennen und endlich wieder gegen einen Ball zu treten. Aber ich hatte mich schon einmal in eine

Zeichnung in diesem Buch locken lassen. Fußball hin oder her, ein zweites Mal würde ich nicht in dieselbe Falle gehen.

»Warte!«, rief ich Lorenzo zu, der schon ein paar Schritte in das Bild gelaufen war. Die Fackel hatte er hinter mir in einen Felsspalt gesteckt. Er drehte sich um, mit einem Fuß auf dem Ball. Der Wind fuhr durch sein langes Haar und er musste im Sonnenlicht die Augen zusammenkneifen.

»Jetzt komm schon!«, forderte er mich auf. Er schlenzte den Ball hoch, indem er ihn sich mit der linken Hacke auf den rechten Fuß kickte. Er fing ihn und hielt ihn mir hin. »Der ist echt!«

»Dann sind die Mauern hinter dir auch echt!«, schrie ich. »Mach, dass du da rauskommst!«

Lorenzo fuhr herum. Die Zuschauertribüne veränderte sich. Sie wuchs senkrecht nach oben. Die Holzbänke schmolzen in grauen Stein hinein und bildeten unregelmäßige Ziegelreihen. Aus dem Stadion wurde ein Gefängnishof!

Lorenzo rannte los, aber trotzdem entfernte er sich rasend schnell von mir. Er und das Fußballtor schienen in ein Loch am Fuß der Gefängnismauer gesogen zu werden. Das Buch begann sich zu schließen.

Das Einzige, was mir einfiel, war Silber. Die magische Anziehungskraft des Silbers, von der Schnick gesprochen hatte. Außerdem hatte Lorenzo den Anhänger monatelang mit sich herumgeschleppt. Sicher liebte er ihn nicht wie ich meine Fußballanstecknadel. Aber er hielt ihn für wichtig, und das war doch auch eine Verbindung. Ich riss den Anhänger hoch und rieb ihn wie verrückt.

Komm da raus!, dachte ich verzweifelt.

Die Seiten des Buches schlossen sich. Jedoch im letzten Moment schoss ein flacher, leicht durchscheinender Schatten daraus hervor und wurde zu Lorenzo, der sich auf dem felsigen Boden überschlug und vor mir liegen blieb. Er atmete, aber er schlug die Augen nicht auf.

Das Buch wandte uns seinen Einband zu. Das priesterlich-strenge Großvatergesicht sah mich voller Güte an.

»Du täuschst dich«, sagte es sanft. »Ich will euch nichts tun. Du kannst dir nicht vorstellen, wie es ist, hier unten zehn Jahre in absoluter Finsternis eingesperrt zu sein. Nie etwas anderes zu hören als das tropfende, rieselnde Wasser ... Ich *muss* die Schlüssel haben. Merellyn darf mich nicht weiter gefangen halten! Gebt sie mir. Bitte!«

»Warum versuchst du uns dann in eine Falle zu locken?«, fragte ich.

»Das war ein Fehler!«, rief das Buch. »Ich war verrückt nach den Schlüsseln und weiß so wenig über euch Menschen ... Gib sie mir und ich werde dich ins Leben zurückholen!«

Ich glaubte ihm kein Wort. Lorenzo stöhnte und bewegte sich, aber er öffnete immer noch nicht die Augen. Ich nahm all meinen Mut zusammen und sagte: »Warum machen wir's nicht andersrum? Du holst mich ins Leben zurück und *dann* geb ich dir die Schlüssel.«

»Das geht nicht!«, heulte das Buch. »Dazu braucht man große Macht. Die können mir nur die Schlüssel verleihen!«

»Ach, die Schlüssel verleihen Macht? Ich finde, davon hast du mehr als genug«, sagte ich und hoffte, dass meine Stimme nicht zitterte. »Ich kann dir die Schlüssel nicht geben.«

Das Gesicht auf dem Einband veränderte sich. Die Augen wichen zurück, bis die Augenhöhlen so leer aussahen wie bei einem Skelett. Die Wangenknochen traten hervor und als das Buch sprach, blitzten spitze Vampirzähne auf.

»Du irrst dich, kleiner Geist«, zischte es. »Das Gegenteil ist der Fall. Du kannst die Schlüssel nicht *behalten*.«

Das Buch öffnete sich und wieder waren Zeichnungen zu sehen. Auf beiden Seiten war je einmal der Anhänger abgebildet, rechts mit Totenschädel und Vampirflügeln, auf der anderen Seite mit Engelsflügeln und dem Kopf des Einhorns. Auch in diese Zeichnungen kam Leben. Sie wuchsen aus den Seiten heraus. Im Fackellicht sah es so aus, als lägen zwei größere Ausgaben von den Anhängern, die Lorenzo und ich hatten, auf den Buchseiten.

Sie veränderten sich. Aus dem Silber wurde graubraune ledrige Haut, aus der vereinzelt borstige Haare wuchsen. Die Unterschiede zwischen den beiden Anhängern verwischten. Zwei Wesen, wie ich sie noch nie gesehen hatte, entstanden und wurden schnell größer.

Sie hatten einen kurzen, gedrungenen Körper, der nahtlos in einen langen, peitschenden Schwanz überging. Die fleischigen Flügel sahen nicht so aus, als könnten sie die Wesen in die Luft heben. Sie glitten fast gleichzeitig mit einem ekelhaft schmierigen Geräusch von den Seiten zu Boden und drehten sich auf wuseligen, krabbenartigen Beinen zu uns herum.

Die Gesichter der Biester glichen denen von Spinnen. Auf einer höckerartigen Stirn saßen mehr kleine, schwarz glänzende Knopfaugen, als irgendein vernünftiges Wesen brauchen konnte. Sie hatten keine Nase, dafür einen kreuzförmigen Spalt. Plötzlich klappte dieser zu einem Fauchen auseinander und zeigte das Innere eines ekelhaften Mauls. Kleine, nadelspitze Zähne mit Widerhaken zuckten überall darin herum. Aus den Enden der vier Kieferteile, die sternförmig gespreizt waren, wuchsen Giftzähne wie spitze Dolche. Grüner Schleim rann daran herab und tropfte auf den Boden. Die Mäuler wurden ruckartig geschlossen. Die Zähne am Ende der Kiefer klackten hörbar aufeinander und Tropfen des grünen Schleims flogen überall herum. Und Lorenzo lag bewusstlos vor meinen Füßen!

Ich war wie erstarrt. In meinem Kopf rasten die Gedanken. Lorenzo bewegte sich nicht, aber ich konnte doch nicht fliehen und ihn diesen Viechern überlassen. Ich wusste, dass ich ihn nicht hochheben und wegtragen konnte. Mich jetzt selbst zu überlisten und es plötzlich doch zu können, wie bei der Balkonlatte und dem Schlüssel, war unmöglich. Auf der anderen Seite hatte ich das ungute Gefühl, dass diese Monster auch einem Geist wie mir, der für Normalsterbliche nicht greifbar war, etwas anhaben konnten. Die geflügelten Giftspinnen glitten auf vielen trippelnden Beinchen beunruhigend schnell auf uns zu, aber ich konnte mich einfach nicht bewegen.

Doch da kam etwas kettenrasselnd aus der Dunkelheit gerast und warf sich mit voller Wucht auf einen der Angreifer. Das Biest fiepte ohrenbetäubend, als sein Schwanz auf den Felsen genagelt wurde. Ein zweites Buch, gefesselt mit Ketten und Metallbändern um seinen Einband, hatte das langsamere der beiden Monster zwischen sich und dem Fels eingeklemmt. Zum Glück hatte das Vieh eine kleine Kurve nach links gemacht. Sonst hätte das gefangene Buch es gar nicht erreicht. An den vielen Fesseln war eine schwere Kette befestigt, die am anderen Ende in der Dunkelheit der Höhle verschwand. Sie war bis zum Äußersten gespannt.

Das andere Biest sprang mich an, aber ich bewegte mich immer noch nicht. Meine Gedanken rasten im Dreieck von »Es kann mir doch gar nichts tun« über »Renn weg!« zu »Verteidige Lorenzo!«

Aber es war Lorenzo, der *mich* verteidigte. Genau im richtigen Moment traf sein Fuß das Monsterkrabbenspinnenvieh in den Bauch und kickte es davon in die Dunkelheit. Lorenzo rappelte sich auf.

»Die Schlüssel!«, dröhnte eine Stimme in meinem Kopf. »Sie sind viel zu nah beieinander! Entweder ihr trennt sie, bringt sie ganz weit voneinander weg, oder ihr vernichtet diese Wesen damit! Benutzt die Schlüssel als Dolche. Ihr werdet die Stelle erkennen, an der sie verletzbar sind. Doch es muss gleichzeitig passieren.«

Das eingeklemmte Wesen fauchte und kreischte. Es zappelte und versuchte mit aller Macht freizukommen. Aber es probierte nicht ein einziges Mal den Wälzer, der ihm den Schwanz gegen den Fels quetschte, anzugreifen. Es hatte Angst vor dem gefesselten Buch!

Ich sah, dass Lorenzo den Anhänger in die Luft warf und umgedreht wieder auffing. Er hörte die Stimme also auch.

Jetzt sah das Ding in seiner Hand tatsächlich wie ein Dolch aus. Der Drachenschwanz war die gewellte Klinge und die Flügel bildeten das Heft. Ich warf meinen Anhänger auch in die Luft. Doch als ich ihn auffangen wollte, fiel er durch meine zupackende Hand zu Boden. Da war wieder nur das leichte Kribbeln. Im Augenwinkel sah ich, dass Lorenzo erschrocken zuckte. Ich schaute ihn nicht an. Ich bückte mich und versuchte den Anhänger hochzuheben. Aber in meinem Kopf raste ein Gedanke wie ein durchgedrehter Affe in seinem Käfig: »Ich bin ein Geist! Nur ein Geist! Nur ein Geist!«

Meine Hand glitt wieder und wieder durch das Silber des Anhängers.

Das andere Buch, das die beiden Monster in die Welt gesetzt hatte, blieb währenddessen erstaunlich ruhig. Als ich zu ihm hinübersah, dachte ich zuerst, die Fackel sei heruntergebrannt, weil das Buch kaum noch zu erkennen war. Aber dann verstand ich, dass es sehr, sehr durchsichtig geworden war. Das Gesicht auf dem Einband schien zu schlafen.

»Das Buch kann euch nichts mehr tun«, erklärte die Stimme in meinem Kopf, als hätte sie meine Gedanken erraten. »Es ist nicht wirklich hier. Und es hat alle Macht, die es hierher übertragen hat, in diese beiden ekelhaften Biester gesteckt. Wenn ihr die vernichtet habt, kann mein Bruder das Trugbild, das er geschickt hat, nicht länger aufrechterhalten.«

Das Trippeln horniger Spinnenbeine auf Felsgestein kam von irgendwo rechts aus der Dunkelheit.

Ich grabschte mit beiden Händen verzweifelt nach dem Schlüssel. Plötzlich packte mich eine Hand an der Schulter und schüttelte mich. Das war Lorenzo! Wie konnte er mich schütteln? Wieso brach er nicht zusammen?

»Heb ihn einfach auf, okay?«, schrie er mich an.

Das Flügelspinnenmonstervieh links von uns befreite sich von dem angeketteten Buch. Es raste sofort auf uns zu. Das zweite Biest kam im selben Moment rechts von mir über einen Felsen gewuselt. Im Laufen taten sie was total Widerliches. Die dicken Stummelflügel entfalteten sich auf doppelte und dann dreifache Größe. Aber sie waren mit irgendeinem zähen Schleim verklebt gewesen, der beim Öffnen der Flügel Fäden zog und ekelhafte, *rotzige* Geräusche machte. Sie schlugen mit den Flügeln und hoben ab. In der Luft wurden sie schneller und jagten auf uns zu.

Plötzlich loderte die Fackel hinter uns auf und tauchte die Höhle und die Angreifer für einen Augenblick in grelles Licht. Da war klar, wo man die Angreifer treffen musste. Ein Mal in der Form der Anhänger saß über dem gespaltenen Maul zwischen den vielen schwarzen Augen. Genau dorthinein musste der Dolch gestoßen werden. Der Anhänger flog förmlich in meine Hand. Ich riss ihn hoch um das rechte von den ekelhaften Scheißerchen abzuwehren, das direkt auf mich zustürmte. Doch plötzlich kam mit Macht etwas zurück, das ich für verloren gehalten hatte. Ich fühlte die Bewegungswellen der beiden Viecher. Das rechte würde mich angreifen und das linke Lorenzo. Genauso, wie wir standen. Aber fast im selben Moment, in dem mein Gefühl für Bewegungen zurückkam, schoss die Erkenntnis wie ein Blitz von dem Dolch durch meinen Arm ins Gehirn: Der Anhänger, den ich in der Hand hielt, konnte meinem Angreifer überhaupt nichts anhaben! Wir würden beide treffen, aber die Biester damit nicht aufhalten können.

Ich schrie Lorenzo zu: »NIMM DAS RECHTE!«

Im letzten Augenblick riss ich meinen Dolch herum und jagte ihn in das Monster auf Lorenzos Seite.

Lorenzos Reaktion war schneller als alles, was ich bis dahin gesehen hatte. Unsere Arme überkreuzten ... nein, durchkreuzten sich und sein Dolch traf gleichzeitig mit meinem das Mal des Wesens auf meiner Seite. Der Schlüssel-Anhänger-Dolch wurde mir aus der Hand gerissen, als die Mistviecher aus ihren Flugbahnen nach oben über unsere Köpfe geschleudert wurden und an den Fels hinter uns prallten. Wir beeilten uns von der Wand wegzukommen, damit sie uns nicht auf die Köpfe fielen. Sie stürzten in einem kreischenden, zuckenden, schleimspritzenden Knäuel zu Boden. Die grausigen Viecher drehten völlig durch. Ich kapierte nicht gleich, dass sie sich wie hirnamputierte Kampfhunde gegenseitig angriffen. Sie rissen sich große Fetzen Fleisch aus Körper und Flügeln. Aber statt Blut quoll schwarzer Rauch aus den Wunden hervor und hüllte die Wesen ein. Sie rissen sich buchstäblich in Stücke. Es war immer weniger von ihnen übrig und schließlich war da nur noch schwarzer Rauch, der gegen sich selbst kämpfte. Nach kurzer Zeit wurde der Qualm dünn und durchsichtig. Er verschwand und die beiden silbernen Anhänger fielen klirrend zu Boden. Im nächsten Moment war von dem Buch, das uns die Biester auf den Hals gehetzt hatte, keine Spur mehr zu sehen.

Lorenzo glitt an einem Felsen hinter ihm langsam zu Boden. Ich hatte kein Bedürfnis, mich zu setzen. Aber ich wusste, dass ich im Augenblick ein sehr durchsichtiger Geist war und garantiert nicht mehr fähig irgendetwas zu greifen.

»Such dir in Zukunft bitte schön einen anderen Moment für deine Selbstzweifel, ja?« Lorenzo grinste mich von unten herauf an.

»Wie hast du das gemacht?«, fragte ich.

»Na, es war nicht weiter schwer«, antwortete er. »Als du geschrien hast ›Nimm das Rechte!‹, habe ich mich gedreht und zugestoßen. Woher wusstest du …«

»Die Magie war wieder da«, antwortete ich. »Du weißt schon, das alte Torwart-Ding. Was kommt auf mich zu, wo bewegt sich was hin … Und mein Dolch hat mir eine Nachricht geschickt. Er konnte nur dem Vieh etwas anhaben, das dich angegriffen hat, nicht dem auf meiner Seite. Aber ich meinte, wie konntest du mich anfassen? Hast du dabei wieder … ein Grab gesehen?«

Lorenzo sah mich erstaunt an, so als erinnere er sich gar nicht daran.

»Ach, das«, meinte er zögerlich. »Ja, das war seltsam. Ich hab dich einfach gepackt und dachte so in etwa: ›Jetzt sei ein anderer Geist, verdammt noch mal, einer, den man anfassen kann.‹ Und dann war's so. Da war kein Grab.«

»Aber dann ging dein Arm wieder durch meinen durch …«

»Ich glaube, das hab ich auch … na ja, nicht *gedacht*, dazu war keine Zeit. Ich habe es *gewollt*.«

»Und da …«

»Und da war auch kein Grab.«

Mir wurde fast schwindelig. Die Dinge veränderten sich wirklich. Aber ich wagte nicht den Gedanken an ein neues Leben zu Ende zu denken.

Die Stimme in meinem Kopf ertönte wieder. »Wenn ihr die Güte hättet, mich zumindest mal von dem Knebel zu befreien …«, sagte sie. »Dann könnte ich euch die wahrscheinlichste Ursache für dieses Phänomen erklären. Ihr braucht dazu wieder die beiden Schlüssel. Seht ihr die Schlösser links und rechts am zweiten Riegel von unten? Und wie immer müsst ihr gleichzeitig drehen.«

Wir taten, was das Buch sagte. Als wir die Schlüssel drehten, fiel die Konstruktion aus schweren Silberbarren und Scharnieren zu Boden, die den Mund des Großvatergesichts versperrt hatte. Das Buch dehnte und verzerrte seine Lippen und die Mundwinkel. Dabei kam kurz eine erstaunlich rosafarbene Zunge zum Vorschein. Schwer vorstellbar, dass sie in dem flachen Buchdeckel versteckt war.

»Ich danke euch«, sagte das Buch. »Wenn ihr mir noch die Ketten abnehmt, die nicht durch Zauberei verschlossen sind …«

Wir taten auch das. Danach versperrte nur noch ein Riegel aus Eisen das Buch, ähnlich dem silbernen, den wir entfernt hatten.

»Der letzte Riegel ist mit den Anhängern nicht aufzusperren«, erklärte das Buch. »Um den zu sprengen, muss ich Magie anwenden. Ihr solltet in Deckung gehen. Auch du, William. Ein magisch aufgeladener Metallfetzen könnte auch in einen Geist wie dich ein Loch reißen.«

Wir duckten uns hinter den größten Felsen im Umkreis. Das Buch murmelte einen Zauberspruch. Dann gab es einen ohrenbetäubenden Knall und so was wie einen Blitz, der durch die Höhle schoss. Nur dass dieser Blitz nicht eine dünne, weiße, gezackte Linie war, sondern kreisförmig von dem Buch wegschoss und in allen Regenbogenfarben leuchtete.

»Das war's«, sagte das Buch in die darauf folgende Stille hinein. Wir kletterten über den Felsen und näherten uns dem

Macronomicon wieder. »Die letzte Fessel kann nur Merellyn lösen. Er hat das Ende der Kette, das ihr sehen könnt, mit Magie in meinem Rücken verankert. Das andere Ende liegt in einer Dimension, die nicht zu dieser Welt gehört. Die möchte ich lieber nicht betreten, sie ist voller Dämonen. Wie Merellyn dorthin gelangen konnte und unversehrt wieder zurück, habe ich in den zehn Jahren hier unten nicht herausgefunden. Aber mit den Dimensionen kennt er sich aus, das muss man ihm lassen.«

»Bist du sehr sauer auf Merellyn?«, fragte ich.

Das Buch sah mich nachdenklich an.

»Sauer ist nicht der richtige Ausdruck …«, sagte es gedehnt.

»Die andere Frage ist: Ist *Merellyn* sehr sauer auf *uns*?«, warf Lorenzo ein.

»Nein, bin ich nicht«, antwortete die Stimme des Zauberers hinter uns.

FEHLURTEIL

Wir fuhren herum. Merellyn und Rosenholz traten hinter dem Felsen hervor, den wir eben noch als Deckung benutzt hatten. Hinter ihnen kam Glubschnak an. Er musste sich unter der niedrigen Höhlendecke ducken. Achtlos zersplitterte er mit der Keule über seiner Schulter Tropfsteine, die im Weg waren. Schnick tauchte plötzlich neben Merellyn auf. Der Zauberer sah verändert aus. Er trug schwere Stiefel, ein Kettenhemd und ein Schwertgehenk über einem langen Nachthemd, ähnlich wie Rosenholz. Auf der Brust von Merellyns Hemd prangte ebenfalls der Mistelzweig. Das Seltsamste war: Beide hatten gewaltige Schwerter kampfbereit in der Hand. Auch das von Rosenholz war kein Geisterschwert, sondern ein echtes aus scharfem Stahl. Und obwohl er kaum größer war als ich und Merellyn dünn wie ein Stock, obwohl sie beide alte Männer waren, sahen sie in dem Moment schrecklich gefährlich aus. Beide zeigten einen Gesichtsausdruck, der klar machte, dass schon ein einziges falsches Wort tödlich sein konnte.

»Es gibt tatsächlich zwei Bücher«, sagte ich.

»Und dieses hier hat nichts mit der Explosion vor zwölf Jahren zu tun«, ergänzte Lorenzo.

»Das stimmt leider nicht«, widersprach das Buch. Wir sahen uns erstaunt um. »Es gibt jetzt zwei Exemplare des Macronomicons. Aber zum Zeitpunkt der Explosion waren wir noch eins und es ist wahr, sie ging von uns aus. Sie zerstörte die Mauern der Burg und schleuderte die Zauberer davon durch Zeit und Raum. Ich wurde dabei verdoppelt. Und gleichzeitig halbiert.«

Ich wollte fragen, was das zu bedeuten habe, aber ich kam nicht dazu.

»Du hast die Seiten gewechselt!«, rief Merellyn. »Als Oberon und Mysterio den Kampf gewonnen hatten ...«

»Du irrst dich«, unterbrach ihn das Buch. »Sie hatten nicht gewonnen. Sie waren besiegt! Mysterio Mystelzweig hat angesichts der Niederlage die Explosion ausgelöst, indem er die beiden Schlüssel aus meinem Buchrücken entfernte.«

»Mysterio hat ...?« Zweifel schlichen sich in Merellyns grimmige Miene, aber dann rief er: »Ich glaube dir nicht! Zwei Augenzeugen haben mir berichtet, dass du es warst, der den Mundovoros durch die Explosion vor der Vernichtung bewahrt hat!«

»Augenzeugen!«, rief das Buch und zerrte an seiner Kette. »Es kann keine Augenzeugen geben! Wer von den Kämpfenden kein Magier war, war zum Zeitpunkt der Explosion tot. Und die Magier wurden ausnahmslos von der Welle der Raum-Zeitverschiebung erfasst. Es war niemand mehr übrig, außer mir und meinem Doppelgänger. Warum hast du ihn nicht gesehen?«

»Da war kein zweites Buch«, stellte Merellyn fest. »Niemand hat von einem zweiten Buch berichtet.«

»Wer sollte davon berichten können?«, fragte das Buch. »Bedienstete? Im Südflügel der Königsburg hat niemand überlebt. Welche Augenzeugen hast du befragt?«

»Der eine war Sten Stalagmit, der Gesandte der Zwerge. Der andere …«

»Stalagmit war der Erste, der starb«, unterbrach das Buch. »Urkurath, der Gesandte der Werwölfe, hat ihm den Kopf abgeschlagen. Wenn du mit Sten gesprochen hast, ist er der erste Zwerg, dem man den Kopf wieder annähen kann.«

»Und wenn der Zwerg gar kein Zwerg war?«, fragte ich.

»Was meinst du damit?«, fragte Rosenholz.

»Na ja. Der Sheriff von Arkanon hat gesehen, dass Lorenzo sich über meine Leiche gebeugt hat. Aber das war auch nicht Lorenzo. Das war eine Sirene.«

»Unmöglich!«, beharrte der Zauberer. »Keine Sirene kann Sten Stalagmit nachmachen. Seine rechte Gesichtshälfte ist voller Brandspuren von einem Grubenunglück, das er in seiner Jugend überlebte.«

»Könnte … könnte eine Sirene …«, meldete sich Lorenzo. »Könnte ein Gestaltwandler nicht auch Narben vortäuschen?«

»Nein«, sagte das Macronomicon sofort. »Verletzungen, die einem im Leben passieren, sind nicht in den Informationen gespeichert, die eine Sirene aus dem Blut einer Person ziehen kann.«

»Damit ist diese Theorie erledigt!« Merellyn wies mit einem anklagenden Finger auf das Buch. »Du lügst.«

»Schminke?«, schlug Schnick zaghaft vor. »Wenn es nun doch eine Sirene war, die sich die Narben nur aufgemalt hat?«

Merellyn wollte etwas erwidern, aber plötzlich zögerte er. Er ließ sein Schwert eine Handbreit sinken.

»Das … wäre möglich«, gab er zu. »Sten war überall bandagiert. Die Brandnarben sahen nur ansatzweise unter den Verbänden hervor …«

Doch dann straffte er sich wieder. »Es wäre möglich, aber es ist kein Beweis«, sagte er. »Der zweite Überlebende war auf keinen Fall eine Sirene.«

»Wieso bist du da so sicher?«, fragte Lorenzo.

»Weil es einer Sirene noch weniger möglich ist, zusätzliche Gliedmaßen vorzutäuschen als irgendwelche Narben.

Der andere Augenzeuge war Sermello, der Gesandte der Zentauren.«

»Aber Sermello *war* überhaupt nicht bei der Taufe!«, rief das Buch entrüstet.

»Was sind Zintro... Zentraunen?«, wollte Lorenzo wissen.

»Das sind Zwischenwesen, ähnlich wie der Faun Puck«, erklärte Rosenholz. »Halb Mensch, halb Tier. Zentauren haben einen Pferdekörper, aber dort, wo beim Pferd der Hals sitzt, haben sie einen menschlichen Oberkörper. Vier Beine, zwei Arme. Sechs Gliedmaßen. *Das* kann wirklich keine Sirene nachmachen.«

»Ich fange trotzdem langsam an darüber nachzudenken...«, eröffnete Merellyn überraschend. »Ich *könnte* mit einem falschen Sten Stalagmit gesprochen haben. Es ist bei den Zwergen überhaupt nicht üblich, eine verlorene Schlacht zu überleben. Ihr wisst ja, was für Sturköpfe sie sind. Sie gewinnen oder sie sterben. Und Sermello ... ist ein Schwätzer. Er war nicht sehr stark verletzt und er nannte überhaupt keine Details. Er sprach davon, dass die Schlacht sein Gedicht beeinflussen könnte... Sein *Gedicht*! Ein ganzer Flügel der auf dieser Welt am stärksten gegen Magie gewappneten Burg ist vernichtet worden, etliche Magier und Hexen waren tot oder verschollen und er dachte über ein Gedicht nach! Dennoch: Da war kein zweites Buch.«

»Merellyn …«, sagte Rosenholz sanft. »Wie viele Tage waren seit der Schlacht vergangen, als du das Macronomicon in der Königsburg fandest?«

»Ich … ich weiß es nicht genau …«, gab Merellyn zu. »Ich musste den ganzen Weg von der Grenze … sechzehn Tage? Vielleicht mehr. Ich war in keinem guten Zustand, nachdem ich Mysticia und das Kind verloren hatte. Ich … kann mich kaum an die Reise erinnern.«

»Genug Zeit, dass ein zweites Buch, wenn es nicht so stark mitgenommen war wie dieses hier, sich verbergen und eine Geschichte vorbereiten konnte, die seinen Doppelgänger außer Gefecht setzen würde …«, sinnierte der Dorflehrer.

Alle schwiegen. Merellyns Arm fiel nach unten. Die Schwertspitze klapperte über die Felsen.

»Nun gut«, sagte er leise zu dem Buch. »Vielleicht hätte ich dir diese Frage schon vor zehn Jahren stellen sollen: Was ist wirklich passiert?«

»Ursprünglich wurden zwei Bücher geschrieben«, erklärte das Macronomicon. »Die beiden Autoren arbeiteten viele Jahre daran. Jeder von ihnen schrieb alles auf, was er über Magie wusste. Als die Buchteile mittels der Schlüssel zusammengefügt wurden, ergänzten und korrigierten sich alle Einträge, bis ein fehlerfreies Lexikon der Magie entstanden war. Dieses eine Macronomicon war das mächtigste Zauberbuch der Welt.

Mysterio wusste, was passieren würde, wenn er den Schlüssel des anderen Autors entfernte, ohne dass der seine geheimen Schutzzauber aufgehoben hatte.«

»Des *anderen* Autors?«, wiederholte Rosenholz. »Dann ist Mysterio einer der beiden Erschaffer des mächtigsten Buches der Welt? Aber ich dachte, du bist mehr als tausend Jahre alt!«

»Fast zweitausend. Aber Mysterio ist älter. Ihr habt für ihn gekämpft und es scheint euch gar nicht bewusst zu sein, dass auch das schon mehr als hundert Jahre her ist.«

»Wer war dann aber der andere Schreiber des … *dein* anderer Autor?«, fragte Lorenzo.

»Kein geringerer als Lord Zerberon, den man heute den schwarzen Lord oder Mundovoros nennt«, antwortete das Buch. »Was so viel heißt wie: Weltenfresser.«

»Lord Zerbe … der Lord der Finsternis und sein ärgster Widersacher haben zusammen ein Buch geschrieben?«, stellte Merellyn erstaunt fest. »Wie ist das möglich? Sie sind sich nur auf König Oberons Befehl hin *nicht* an die Gurgel gegangen!«

»Sie waren wohl nicht immer die schrecklichen Kriegsherren, die sie heute sind«, sagte das Buch. »Mysterio war der Schüler des Mundovoros und nach allem, was er mir erzählt hat, war der schwarze Lord ein guter und fürsorglicher Lehrer. Mysterio hat jedoch bei seinen Nachforschungen irgendetwas Furchtbares über seinen Lehrmeister herausgefunden, aber ich weiß nicht, was. Ich war damals noch nicht fertig geschrieben. In mir steckte noch nicht genug Leben, dass man mit mir hätte sprechen können.

Später hat Mysterio die eine oder andere Andeutung gemacht, aber niemals darüber reden wollen. Als er den schwarzen Lord verließ, entschied ich mich mit ihm zu gehen. Auch der Teil von mir, der von Zerberon geschrieben war. Denn der schwarze Lord hatte sich entschlossen den Weg der absoluten Zerstörung zu gehen. Der Zerstörung auch seiner selbst. Mysterio hat richtig gehandelt, als er die Explosion auslöste. Eine Welt unter der Herrschaft des schwarzen Lords wäre ein schrecklicher Ort gewesen.«

Merellyn schob sein Schwert mit einem Seufzer zurück in die Scheide.

»Lässt du das Buch nun frei?«, wagte ich zu fragen. »Wir haben gesehen, dass es zwei gibt. Das andere wollte uns ermorden und dieses hier hat uns geholfen.«

Merellyn nickte.

Er trat an den Buchrücken und berührte mit dem Zauberstab nacheinander die sieben letzten Glieder der Kette, die im Leder verankert waren. Dabei murmelte er einen Zauberspruch. Es gab sieben kleine Explosionen, dann fiel die schwere Kette klirrend zu Boden. Das Macronomicon schwebte frei in der Luft.

»Es tut mir Leid«, sagte Merellyn. »Ich habe einen schrecklichen Fehler gemacht. Aufgrund von Aussagen, deren Wahrheitsgehalt ich gar nicht prüfen konnte, habe ich dich eingekerkert. Du warst nicht bei Bewusstsein, als ich dich hierher brachte, und ich habe mir all die Jahre nicht die Zeit genommen, in den Kerker zu kommen und dich anzuhören.«

»Ich werfe dir nicht die Jahre vor, denn ich habe sie gut genutzt«, sagte das Buch grimmig. »Aber die Art und Weise, wie du mich gefangen gesetzt und verschlossen hast, war schrecklich. Du hast nicht weniger als siebenundzwanzig Dämonen in meinen Seiten verschlossen! Genauso gut könntest du einen Menschen mit einer Kompanie Flöhe und ein paar Skorpionen in eine Kiste sperren!«

»Ich wusste ja nicht, dass Dämonen in dich eingedrungen waren«, gestand der alte Zauberer. »Ich dachte, du hättest sie freigesetzt. Ich habe zwei vernichtet, als ich den zerstörten Saal betrat. Sie waren aus deinen Seiten gekommen, deshalb dachte ich, du wärst das Portal in ihre Dimension.«

Plötzlich klirrte es am Boden. Die schwere Eisenkette mit ihren sieben Ausläufern ruckte ein-, zweimal. Dann wurde sie ein kleines Stück über den Boden gezerrt. Sie lag kurz ruhig, aber plötzlich verschwand sie rasselnd in der Dunkelheit. Ein tiefes, vielstimmiges Stöhnen ertönte von da, wohin die Kette verschwand. Allerdings ganz weit weg.

Aber Merellyn schluckte.

»Ich glaube, wir sollten diesen Ort jetzt ganz schnell verlassen!«, rief er. »Wenn sie merken, dass das Macronomicon nicht mehr am anderen Ende der Kette hängt, kommen sie vielleicht auf die Idee, in dieser Dimension vorbeizuschauen!«

»Sie?«, fragte Schnick und spähte in die Dunkelheit. »Wer ist ›sie‹?«

»Kerkerdämonen!«, rief Merellyn. »Lauft!«

Wir machten, dass wir zum Portal kamen. Merellyn und Rosenholz versperrten es mit den beiden Anhängern. Die beiden fuhren zurück, als etwas mit einem dumpfen Bong! gegen die andere Seite der Pforte prallte.

Der Zauberer begann in den eisernen Gerätschaften der alten Folterkammer herumzustochern. Noch zweimal hörten wir den Aufprall auf die Kerkertür. Etwas knurrte und hechelte dahinter. Schließlich zog Merellyn scheppernd ein ziemlich kleines Gerät aus einem Haufen von Folterwerkzeugen und hielt es triumphierend hoch.

»Hier, das müsste gehen«, meinte er. »Daumenschrauben!«

»Daumenschrauben? Für wen?«, fragte Rosenholz.

»Für die Schlüssel«, antwortete Merellyn. Er steckte einen der Anhänger hinein und schraubte die Klammer zu. »Die Daumenschrauben sind aus purem Blei. Das müsste eine Barriere zwischen den beiden Schlüsseln bilden.«

Rosenholz hielt ihm den anderen Anhänger hin und Merellyn schraubte ihn fest. Die Geräusche hinter der Tür verebbten.

»Es funktioniert«, stellte der Zauberer fest. »Jetzt haben wir erst mal Ruhe und können auch die Tore passieren. Mit der vereinigten Magie der beiden Schlüssel hätte es uns schon im ersten Tor wer weiß wohin katapultiert!«

Als wir die endlosen Treppen nach oben stiegen, sagte lange Zeit niemand ein Wort. Doch als wir am ersten Dämonentor ankamen und Merellyn uns durchschleuste, brach Lorenzo das Schweigen. »Merellyn, es tut mir Leid, dass ich deine Anweisungen nicht beachtet habe. Aber ...«

Merellyn unterbrach ihn. »Es muss dir nicht Leid tun«, sagte er. »Du hast das getan, was ich vor langer Zeit selbst hätte tun müssen.«

»Aber wir ...«

Merellyn hob abwehrend die Hand.

»Nicht jetzt, Junge. Ich brauche meinen Atem zum Treppensteigen. Heute werden wir einen sehr langen Abend mit vielen Geschichten verbringen.«

Den Rest des Weges legten wir schweigend zurück. Diejenigen, die noch Körper hatten, die sie schleppen mussten, keuchten schwer.

TOD IN DER BURG, GEBURT IM WALD

Merellyn hatte nicht zu viel versprochen, als er sagte, dass es ein langer Geschichtenabend werden würde. Der einzige Ort im Turm, der uns alle aufnehmen konnte, war der Behandlungsraum. Myrabella hatte ein bisschen aufgeräumt. Vor allem hatte sie die uralte Asche aus dem Kamin entfernt und den Kessel mit dem geronnenen Zaubertrank und dem Rattenskelett darin gleich dazu. Obwohl es noch Spätsommer war, hatte sie ein gewaltiges Feuer im Kamin entfacht. Nach einem Tag in den Tiefen des Kerkers tat das allen gut, sogar mir. Ich konnte zwar die Wärme nicht fühlen, aber die Stimmung.

Das Macronomicon berichtete von der Schlacht, die während der Taufe der Prinzessin Titanica entbrannt war. Sie muss schrecklich gewesen sein.

Das Buch erklärte uns, dass es durch das Entfernen der Schlüssel nicht in seine zwei ursprünglichen Teile zerfallen war. Die waren untrennbar miteinander verschmolzen. Es waren zwei Exemplare des Buches entstanden, aber ihre Macht war halbiert. In dem Macronomicon, das bei uns hier im Turm war, ergaben nur noch die Passagen einen Sinn, die von Mysterio

Mystelzweig geschrieben worden waren. Deshalb vermutete das Buch, dass in seinem Bruder auf der Königsburg nur die funktionierten, die von Lord Zerberon verfasst waren. Doch Mysterios Buch hatte die Jahre im Kerker dazu benutzt, Passagen aus dem Werk des dunklen Lords wieder verständlich zu machen. Außerdem hatte es die siebenundzwanzig Dämonen, die durch seine Seiten geisterten, gezähmt. Merellyn und Rosenholz waren sehr froh, das zu hören. Wir erfuhren, dass es fast immer nur den Anhängern der schwarzen Magie gelang, Dämonen für sich kämpfen zu lassen. Mit weißer Magie war die Unterwerfung eines Dämons fast unmöglich. Auch schwarze Magier hatten es nie geschafft, mehr als einen Dämon unter Kontrolle zu bringen, und wenn, dann nur für kurze Zeit. Doch das Buch hatte siebenundzwanzig gezähmt! Das Macronomicon war also immer noch eine sehr mächtige Waffe.

Zum ersten Mal hörten wir, dass es bei diesem Bruderkrieg zwischen Oberon und Zerberon eigentlich darum ging, wie die fantasmanischen Völker mit der Menschheit umgehen sollten.

In grauer Vorzeit sollen alle Völker friedlich neben- und miteinander gelebt haben: Elfen, Zwerge, Trolle, Feen, Kobolde, Vampire, Werwölfe, Menschen und viele andere.

Alle Fantasmanier im Behandlungszimmer stimmten überein, dass es die Menschheit war, die pausenlos Ärger machte. Obwohl sie am wenigsten Magie besaßen und in der alten Zeit, als Fantasmanier und Menschen noch miteinander gelebt hatten, deshalb das schwächste Volk waren, beanspruchten die Menschen immer mehr Lebensraum und Macht für sich, bis sie die Herrschaft über die ganze Welt anstrebten.

So wie ich das mitkriegte, ging es bei dem Streit zwischen den Elfenbrüdern Oberon und Zerberon darum, ob man mit den Menschen friedlich leben konnte oder sie alle abmurksen musste um Ruhe zu haben. Lord Zerberon war überzeugt, dass die magischen Völker nur dann in Frieden und Sicherheit leben könnten, wenn die Menschheit vernichtet würde. König Oberon und sein oberster Magier glaubten, dass Frieden mit den Menschen möglich war.

Ich war mir da nicht so sicher. Klar, ich war ein Mensch, oder zumindest der Geist eines Menschen, und ich wollte nicht ausgerottet werden. Aber ich musste nur an die Massenschlägereien An der Straße denken, wenn verfeindete Fußballfans aufeinander losgingen.

»Du sitzt auf meinem Platz!« und »He, pass doch auf, jetzt hab ich mir ein volles Bier übers Hemd geschüttet!« oder ein einfaches »*Wir* haben gewonnen!« waren die Standard-Kriegserklärungen.

»Jetzt zu euch beiden!«, wandte sich Merellyn an uns. »Ich fordere Erklärungen.«

»Ja, also, es tut uns alles sehr Leid und ...«

»Das ist keine Erklärung, sondern eine Entschuldigung«, unterbrach der alte Zauberer. »Ich sagte bereits, dass ihr euch für nichts entschuldigen müsst. Ihr sollt uns *erklären*, wie ihr das gemacht habt. Es interessiert mich nämlich brennend, zu erfahren, wie ein Zauberlehrling, der nicht zaubern kann, und ein Geist, der nichts greifen kann, in das am besten gesicherte Gefängnis Fantasmaniens eindringen konnten. Wir haben ewig gebraucht, bis wir überhaupt herausfanden, wo ihr seid. Ich konnte euch nämlich auch nicht in meinen Kristallkugeln orten. Als wir bis zum ersten Dämonentor abgestiegen waren, sagten uns außerdem die eingemeißelten Wächter, dass sie euch nicht gesehen hätten.«

»Wir sind außen am Felsen runter«, erklärte ich. »Als ich Lorenzo in der Nacht waagerecht an der Mauer stehen sah, kam mir die Idee. Heute Morgen hatten wir natürlich keinen Vollmond, aber Lorenzo kletterte einfach an Walters Führungsseil nach unten.«

»Dann sind wir durch den Seiteneingang am Bootssteg gegangen«, fuhr Lorenzo fort. »Ich konnte ihn gar nicht sehen, aber William schon.«

»Mist. Ich habe ganz vergessen den Zauber neu aufzuladen«, schimpfte Merellyn. »Der Eingang wird langsam wieder sichtbar. Aber wie habt ihr die Fallen im Seitengang überwunden?«

»Fallen? Da war nur eine. Dieses höllische Rasiermesser.«

»O nein, da täuscht ihr euch!«, rief Merellyn. »Das ist die einzige mechanische Falle. Es gibt noch zwei magische Hindernisse. Und die haben nicht funktioniert? Seltsam. So schnell kann Magie doch nicht verpuffen …«

»Tja, jedenfalls hat Will dort im Gang angefangen wieder Dinge zu greifen«, fuhr Lorenzo fort. »Ich hatte eine Zaunlatte dabei, die ich vor mir ausgestreckt hielt. Wir erinnerten uns nämlich an den Kochlöffel, mit dem du uns gezeigt hast, was das Dämonentor macht, wenn man ohne Zauberformel hineinläuft.«

»Sehr gut«, lobte Merellyn. »Freut mich, wenn sich die Schüler so was merken.«

Nach und nach erzählten wir alles, was wir an diesem Tag erlebt hatten, bis zu dem Zeitpunkt, als die anderen uns im Kerker fanden.

Als wir fertig waren, fragte das Macronomicon: »Lorenzo, an was hast du gedacht, als ihr durch den Seitengang geschlichen seid?«

»Was? Hmm, ich hab die ganze Zeit nur gedacht: ›Bitte keine Magie, keine Magie, bitte nicht noch ein magisches Hindernis. Wir müssen es schaffen, wir müssen, wir müssen!‹ Und so …«

»Und als die Fackel immer wieder ausging …«

»Hat er sie beschimpft und ihr befohlen weiterzubrennen«, meldete ich mich. »Und sie hat's getan. Mit der Steinplatte unten war's dasselbe. Er hat mit den Armen gewedelt, so dieses Ich-zwing-dir-meinen-Willen-auf-Dingsbums, aber das hat nicht funktioniert. Dann hat er die Platte angeschrien und sie hat gemacht, was er wollte. Wie damals der Zauberstab.«

»Ganz klar!«, rief Merellyn. »Der Zustand großer Aufgeregtheit, emotionelle Anspannung und …«

»Moment mal!«, unterbrach Lorenzo. »Ich hab überhaupt keine emotelle Verspannung. Dafür bin ich noch zu jung. Ich hab noch nicht mal Pickel wie Quassel oder Akaim!«

»Aber noch beeindruckender war sein Einfluss auf William«, bemerkte das Buch ohne auf Lorenzos Einwände einzugehen. »Er war in der Lage, durch bloße Willenskraft den Aggregatzustand von Williams Partikelströmen auf der paranormalen Ebene zu verändern.«

»Mit anderen Worten«, ergänzte Merellyn, »er beeinflusste Willhelms Selbstwahrnehmung und damit die spirituelle Wirkung seiner Plasmawolke in Bezug auf die Ebene unserer angenommenen Realität!«

Jetzt drehten sie komplett durch. Ich wünschte mir nicht mal mehr, dass Myrabella das übersetzte. Dazu kam es auch nicht, weil das Macronomicon sagte: »Für mich besteht kein Zweifel, dass Lorenzo der Enkel von Mysterio Mystelzweig ist.«

Merellyn sprang auf und wanderte unruhig im Zimmer hin und her.

»Für mich auch nicht«, stimmte er zu. »Die magischen Fähigkeiten des Jungen sind heute geradezu explodiert.«

»Wie bitte?«, fragte Lorenzo. »Ich bin der Enkel von wem?«

»Mysterio Mystelzweig«, antwortete Merellyn. »Großmeister des Ritterordens vom Mystelzweig und der größte Magier, den die Menschheit je hervorgebracht hat.«

»Auf meinen Seiten ist alles niedergeschrieben, was er über Magie wusste«, ergänzte das Macronomicon. »Aber er hat das gar nicht gebraucht. Er war der einzige Magier, der ohne Zaubersprüche, nur mit der Kraft seines Willens, zaubern konnte. Mit der Betonung auf ›war‹. Denn spätestens seit heute gibt es einen zweiten Magier, der dazu in der Lage ist.«

Alle sahen Lorenzo an, aber der hatte gar nix kapiert.

»Ach ja?«, sagte er. »Wer denn?«

»Na du, Blödmann!«, rief ich. »Deine Wünsche! Es soll keine Magie im Gang geben … Die Fackel soll weiterbrennen … Will soll ein Geist sein, den man anfassen kann … und was weiß ich noch. Das ist alles so passiert! Und ich wette, du hast uns auch vor Merellyns Kristallkugel verborgen. Das Gleiche hast du doch mit deiner Tasche und dem Fußball gemacht.«

Lorenzo tippte sich mehrmals mit dem Zeigefinger auf die Nasenwurzel.

»Stimmt!«, sagte er dann. »Nur eine Sache … dass die beiden Mistviecher uns reinlegen wollten … das ahnte ich nicht mal. Da ist etwas von Wills alter Magie zurückgekommen und das hat uns gerettet.«

»Na ja, es war ein bisschen anders als früher«, wandte ich ein. »Ich hab die Wellenbewegungen gespürt … aber es war der Dolch in meiner Hand, der mir sagte, woher die Gefahr kommt.«

»›Zurückgekommen‹ ist der falsche Ausdruck«, korrigierte das Buch. »Die Magie hat ihn nie verlassen. Sie ist nur ein bisschen … na ja, man könnte sagen: ›verschüttet‹ gewesen. Als William Zerberons Schlüssel hielt, hat sich die Magie wieder aufgebaut. In veränderter Weise natürlich. Der Tod ist ein sehr einschneidendes Erlebnis.«

»Was du nicht sagst!«, platzte Lorenzo heraus. »Aber … kannst du den Tod heilen? Ich meine … kannst du ihm sein Leben zurückgeben?«

Wieder herrschte Schweigen im Zimmer. Und das dauerte viel zu lang. Nach einer Ewigkeit sagte das Buch: »Nein, das kann ich nicht.«

Und das war fast, aber nur *fast* eine Erleichterung für mich. Ich steckte zwischen zwei Welten fest und wenn es keinen Weg zurück gab, wusste ich wenigstens, dass ich den Weg in die andere Welt finden musste. Durch meine Tür. Doch dann fuhr das Macronomicon fort: »Jedenfalls nicht in meinem gegenwärtigen Zustand. Dazu muss ich mit meinem Zwillingsbruder wieder vereint sein, aber …«

»Also brechen wir morgen auf zur Königsburg!«, verkündete Lorenzo, als ob er der oberste Häuptling dieser Versammlung sei.

»Ich fürchte, du verstehst nicht ganz«, sagte Rosenholz ruhig. »Die Verhältnisse auf der Königsburg sind … schwierig. Das andere Macronomicon wird beschützt. Seine Existenz wird geleugnet.«

»Aber das ist nicht das größte Problem bei einer Wiedererweckung«, fuhr das Buch fort. »Es gibt einen sehr umfangreichen und äußerst gefährlichen Zauberspruch, der Verstorbene ins Leben zurückholen kann. Aber er ist der einzige Spruch in mir, der nur dann funktionieren kann, wenn er von meinen beiden Verfassern gemeinsam ausgesprochen wird. Und das wird niemals passieren.«

In das Schweigen, das auf diese Nachricht folgte, sagte eine fremde Stimme: »Da irrst du dich!«

Niemand hatte zu Lorenzo hingesehen, aber jetzt fuhren alle herum. Ich glaube, nur ich habe bemerkt, dass er für einen Moment wieder so wölfisch aussah wie damals, als wir im Vollmond auf dem Boden unserer Kammer lagen. Aber vielleicht hatte ich mir das eben nur eingebildet, weil seine Stimme so geklungen hatte wie in der Nacht, ehe er zusammenbrach.

Lorenzo grinste unsicher in die Runde. »Wieso seid ihr euch eigentlich so sicher, dass Mystelzweig mein Großvater ist?«

»Es ist wohl an der Zeit, dass ich euch beiden berichte, wie Mysterios Enkel … verschwunden ist«, sagte Merellyn. »Es war meine Schuld.«

Das Buch wollte etwas sagen, aber Rosenholz schüttelte kaum merklich den Kopf. Merellyn stand auf und begann vor dem Kamin auf und ab zu wandern, während er erzählte.

»Mysterio hatte genau das befürchtet: einen Hinterhalt während der Taufe der neugeborenen Prinzessin Titanica.

Er sagte immer wieder, dass der König seinem Bruder zu sehr vertraue. Aber Oberon wollte um jeden Preis Frieden. Zur Taufe waren alle eingeladen, egal auf welcher Seite sie standen. Mysterio befahl mir seine Tochter in Sicherheit zu bringen. Mysticia war hochschwanger und sie wollte noch immer nicht verraten, von wem. Ich sollte mit ihr nach Arkanon fahren. Aber der schwarze Blitz, der von der Explosion ausgelöst wurde, traf uns drei Tage, nachdem wir durch Flüsterwald gekommen waren, zwei Tagesreisen von der Grenze entfernt. Mysticia bekam sofort Wehen. Sie hat ihren Sohn am Rande der Straße zur Welt gebracht. Aber sie hat dabei furchtbar viel Blut verloren. Ich habe jede Magie angewandt, die ich kannte, doch nichts davon konnte wirklich etwas ausrichten.

Im Gegenteil, die Magie hat wahrscheinlich die drei Sirenen, die uns verfolgten, erst auf unsere Spur gebracht. Ich hatte sie in meiner Kristallkugel schon tagelang beobachtet. Bis dahin waren sie sich nicht sicher, ob wir vor oder hinter ihnen auf der Straße waren. Das hielt sie auf. Aber sie müssen die Magie gerochen haben und kamen uns jetzt schnell näher. Flüsterwald war weiter entfernt als Arkanon. Also haben wir versucht in die Menschenstadt zu fliehen. Ich habe das Pferd fast zu Tode gepeitscht um die Grenze zu erreichen, hinten auf dem Wagen eine sterbende Frau und ihr Neugeborenes, das ich ohne Milch nicht durch die Wildnis bringen konnte. Schon gar nicht mit drei Gestaltwandlern auf den Fersen.

Wir hätten es beinahe geschafft. Keine hundert Meter von der Grenze entfernt, kurz vor Morgengrauen, griffen die Sirenen an. Der Wald hatte längst angefangen über die Straße zu wuchern. Wir kamen mit dem Wagen nicht weiter, aber wir konnten die Lichter der Grenzstation schon durch die jungen Bäume auf der Straße sehen. Mysticia hatte sich ein wenig erholt, also versuchten wir die restliche Strecke zu Fuß zurückzulegen. Doch als ich das Pferd schreien hörte, wusste ich, dass uns die Sirenen eingeholt hatten. Sie töteten den armen Gaul und kamen durchs Unterholz gehetzt. Ich habe zwei von den Biestern mit dem Schwert erwischt, eine am Kopf, eine zweite am Bein, aber die Schläge waren nicht tödlich. Zumindest verschwanden die Angreifer im Wald. Aber sie hatten Mysticia so schwer verletzt, dass ich sie nicht bis zur Menschensiedlung tragen konnte. Ich legte sie unter einen Baum und bat ihn sie zu beschützen. Ich wollte zur Grenzstation laufen und Hilfe holen. Aber Mysticia ließ mich noch nicht gehen. Sie wusste, dass sie sterben würde, und verlangte, dass ich ihren Sohn mitnehmen sollte. Doch vorher hat sie ihren letzten Zauberspruch ausgesprochen. Sie nahm das Kind und belegte es mit einem Bann. Sie blockierte alle seine magischen Fähigkeiten, weil sie auf keinen Fall wollte, dass der Mundovoros es finden könnte, indem er der Spur der Magie folgte.

Mysticia hatte kaum zu Ende gesprochen, als die Holzfäller kamen. Es waren etwa zwanzig Männer, die im Morgengrauen anfingen auf die Bäume einzuhacken, die über die Straße gewachsen waren. Ich rief und winkte. Nur zwei von ihnen sahen uns und kamen herbei. Sie fragten, ob sie uns helfen könnten, aber im nächsten Moment hatte der Baum, den ich gebeten hatte Mysticia und das Kind zu beschützen, die Holzfäller an der Kehle gepackt. Erst jetzt sah ich, wer sie wirklich waren. Ein roter Fleck breitete sich langsam auf dem Hosenbein des einen aus. Es war eine der Sirenen, die ich verletzt hatte. Die beiden wehrten sich wie verrückt, wechselten immer wieder die Gestalt und verletzten den Baum mit ihren Äxten, aber er zog sie zu sich heran und wickelte immer mehr Zweige um sie.

Ich konnte ihm nicht helfen, denn Mysticia starb in meinen Armen. Inzwischen waren die anderen Holzfäller auf den Kampf aufmerksam geworden und rannten auf uns zu. Der Baum sagte wortwörtlich: ›Nimm deinen Schössling und verschwinde. Ich sorge dafür, dass sie deine Frau nicht kriegen.‹

Er zog Mysticias Körper unter seine Wurzeln. Die beiden Sirenen fielen zu Boden. Ich hätte mir gewünscht, dass sie im Tod ihre wahre Gestalt annähmen, aber sie standen unter einem Bann. So sah es für die anderen Holzfäller so aus, als hätte der Baum zwei von ihren Leuten erwürgt. Ich nahm den Säugling und kam mit gezogenem Schwert zwischen den Wurzeln hervor. Die Holzfäller umringten uns und hielten ihre Fackeln, Äxte und Sägen wie Waffen. Ich wusste nicht, was ich sagen sollte, wie ich ihnen erklären sollte, was sich zugetragen hatte. Überall an mir war Blut, Mysticias Blut. Ich stand da, mit einem ebenso blutigen Schwert in der Hand und einem Neugeborenen auf dem Arm. Vor mir lagen zwei tote Holzfäller, von deren Kehlen sich gerade die letzten Zweige lösten.

»Das ist ein fantasmanischer Dämon!«, kreischte einer der Waldarbeiter. »Tötet ihn!«

Aber die anderen rührten sich nicht. Sie gaben den Weg nicht frei, aber sie griffen auch nicht an.

»Er trägt ein Kind auf dem Arm«, sagte einer.

»Das ist ein böser Zauber!«, rief der erste, der gesprochen hatte. »Tötet ihn *und* dieses angebliche Kind. Ein weiteres fantasmanisches Monster.«

Da sah ich, dass dem Kerl ein dünner Blutfaden von seinem rechten Ohr in den Hemdkragen lief. Das war die dritte Sirene. Die, die ich am Kopf verletzt hatte. Ich wies mit dem Schwert auf sie.

»Das ist kein Mensch!«, sagte ich. Dann zeigte ich auf die beiden Toten. »Genauso wenig wie die beiden hier. Das sind die fantasmanischen Monster, nicht ich.«

Die Menschen waren immer noch unschlüssig. Da wickelte sich plötzlich ein Zweig wie eine Peitschenschnur um den Hals der noch lebenden Sirene. Der Baum hatte ebenfalls erkannt, was der angebliche Holzfäller in Wirklichkeit war. Doch das riss die Männer aus ihrer Erstarrung. Sie begannen auf die Äste und Zweige unseres Beschützers einzuhacken. Ich versuchte an die Sirene heranzukommen, aber mehrere Männer drängten mich ab. Ich konnte sie nicht einfach töten, es waren ja keine Krieger. Der Baum schlug wie wild um sich und einer seiner Äste traf auch mich am Kopf. Ich taumelte und jemand riss mir den Säugling aus dem Arm. Plötzlich brannte der Jungwald. Ob der Brand absichtlich gelegt wurde oder in dem allgemeinen Tumult versehentlich entstand, weiß ich nicht. Von der Grenzstation bis fast zu dem Baum, der versucht hatte uns zu schützen, standen die jungen Bäume in Flammen. Eine Axt traf mich mit dem stumpfen Ende an der Schläfe. Ich ging zu Boden. Das Letzte, was ich sah, war die Sirene. Sie riss einem anderen Holzfäller Mysticias Kind aus den Händen und warf es ins Feuer!«

Merellyn brach ab. Im Zimmer herrschte tiefes Schweigen. Nur das Knistern im Kamin war zu hören. Der alte Zauberer schob seine Augenfenster auf der Hakennase nach oben und fuhr fort: »Was danach geschah, habe ich erst später erfahren. Andere Bäume griffen in den Kampf ein. Es gelang ihnen, die Holzfäller zu verjagen. Aber der Jungwald war verbrannt. Die alten Bäume des sprechenden Waldes, die, in denen die Dryaden leben, sind gegen Feuer geschützt, aber die jungen sind ihm ausgeliefert. Die Baumnymphen machten den Baum, der uns beschützt hatte, für den Tod der Schösslinge und Jungbäume verantwortlich. Als ich erwachte, lag ich auf einem seiner Äste. Aber wir waren meilenweit vom Schauplatz des Kampfes entfernt. Der Baum stapfte langsam durch den Wald. Die Dryaden hatten die schlimmste Strafe ausgesprochen, die es für einen Baum gibt: Sie hatten ihn entwurzelt.«

Merellyn sah unsere Gesichter und sagte: »Ja, es hört sich seltsam an. Ich wurde von einem Baum durch die Gegend getragen. Bäume sind durchaus zu so etwas in der Lage. Aber es ist schrecklich für sie. Ihr dürftet inzwischen eine Ahnung haben, wer dieser Baum ist.«

»Walter …«, flüsterten wir.

»Richtig!«, bestätigte der Zauberer. »Als ich Walter um Hilfe bat, dachte ich eigentlich, ich spreche mit einer Dryade. Aber in ihm wohnte seit langer Zeit keine mehr. Es war *seine* Entscheidung, uns so zu helfen, wie er es tat. Der Witz ist: Wahrscheinlich hätte uns der Baum nicht geholfen, wenn er noch eine Dryade beherbergt hätte. Sie interessieren sich höchst selten für die Streitereien und Kämpfe der Menschen.

Nun, wir erreichten Flüsterwald und die Baumnymphen dort, die längst wussten, was vorgefallen war, bestanden auf der Strafe, die Walter noch heute erleidet. Ich machte mich bald danach auf den Weg zur Königsburg. An die Tage der Reise kann ich mich kaum erinnern. Ich war das Elend selbst. Bei meinem Auftrag, Mysterios Tochter und ihr Kind in Sicherheit zu bringen, hatte ich auf der ganzen Linie versagt. Ich war überzeugt, dass der Säugling ebenso tot sei wie seine Mutter. In diesem Zustand traf ich auf der Königsburg ein, hörte, dass das Macronomicon an allem schuld sei, und fand es im Thronsaal. Den Rest der Geschichte kennt ihr. Ich warf das Buch in den Kerker und baute das Dimensionsflugzeug. Seitdem habe ich wie besessen in Raum und Zeit nach unseren Leuten gesucht. Es ist mir nie in den Sinn gekommen, zurückzukehren und in der Menschenstadt nach dem Kind zu suchen. Ich war überzeugt, dass es tot war.«

Er wies auf Lorenzo und mich.

»Und dann kommen die beiden hier an, genau im richtigen Alter, mit leichten Brandverletzungen und bei einem von ihnen sind alle magischen Fähigkeiten blockiert. Aber ehe ich meinen Spruch aufsagen kann, geht mein Zauberstab los und heilt das Knie des Jungen. Und nur er, der angeblich überhaupt keine magischen Fähigkeiten hat, kann den Stab ausgelöst haben. Das waren alles nur Verdachtsmomente, aber heute ist es Gewissheit geworden. Die Dryaden müssen das Kind doch gerettet haben.«

»Was?«, fragte Lorenzo, als sei er gerade aufgewacht. »Wer? Wieso?«

»Blödmann!«, rief ich. »Das Kind unter dem Baum … dessen Mutter alle seine magischen Fähigkeiten blockiert hat … das warst natürlich du!«

»Ich? Die Geschichte war so spannend, dass ich gar nicht … Moment mal. Ihr konntet die Grenzstation sehen, als die Sirenen euch angriffen?«

»Sehr richtig.«

»Dann ist das Feld, auf dem es gebrannt hat …«

»Das freie Stück Straße, auf dem ihr immer Fußball gespielt habt. Euer so genannter Bolzplatz«, warf Schnick ein.

»Aber was ist dann mit meiner Mutter passiert?«

»Walter hat sie begraben. Er selbst wurde entwurzelt, doch Mysticias Grab ist noch dort.«

»Aber dann … haben wir etwa auf dem Grab meiner Mutter Fußball gespielt?«

»Das glaube ich nicht«, antwortete Merellyn. »Das Feuer kam nicht bis zu Walters Standort. Man könnte jedoch sagen, sie war jeden Tag in deiner Nähe.«

Lorenzo wurde sehr blass. Aber er war weit davon entfernt, zu weinen. Glaube ich.

»Und dieser … dieser … Mysterio ist mein Großvater. Ist der auch tot?«

Merellyn schüttelte den Kopf. »Wie ich ihn kenne, bestimmt nicht. Er ist der größte Magier, den die Menschheit je hervorgebracht hat. Der kann für sich selbst sorgen.«

»Und mein Vater? Wo ist der?«, bohrte Lorenzo weiter.

»Das wissen wir nicht«, gestand Merellyn. »Deine Mutter hat seinen Namen nicht preisgegeben. Er hat sich nie gemeldet. Es kann durchaus sein, dass er noch lebt, aber höchstwahrscheinlich weiß er gar nicht, dass er einen Sohn hat.«

»Es wäre wirklich interessant, herauszufinden, wer Lorenzos Vater war. Oder ist«, meinte Rosenholz. »Die seltsamen Fähigkeiten, die er bei Vollmond zeigt, kann er nur von ihm haben.«

»Unglücklicherweise gibt es niemanden mehr, den wir fragen könnten«, sagte der Zauberer leise mit einem besorgten Blick auf Lorenzo.

Irgendwann war das Feuer niedergebrannt und wir schleppten uns ins Bett. Selbst ich fühlte ein wenig Müdigkeit! Ich glaube sogar, dass ich in dieser Nacht eher eingeschlafen bin als Lorenzo, der mit seltsam wässrigen Augen an die Decke starrte.

DER EXORZIERTE FUSSBALL

Am nächsten Nachmittag forderte Lorenzo mich auf mit in den Hof zu kommen. Da lag der angesengte Fußball. Lorenzo stand etwa sieben Meter entfernt. Er deutete auf den Ball und verlangte: »Kick ihn zu mir. Aber pass auf, dass du nicht zu fest triffst. Rundum geht's an die hundert Meter abwärts.«

Zu fest? Scherzkeks! Wenn ich mit Schwung zutrat, würde ich wahrscheinlich einen Überschlag machen. Aber der Ball würde nicht mal einen Lufthauch spüren.

Und so ähnlich war's dann auch. Ich versuchte alles so zu machen wie am Tag zuvor im Kerker, aber es passierte rein gar nichts.

»Ich versteh das nicht«, sagte Lorenzo. »Ich habe gedacht: ›Lass ihn treffen!, Lass ihn treffen!, Lass ihn treffen!‹, wie gestern in dem Gang, aber es klappt nicht.«

»Tja, von wegen großer Zauberer und mächtiger Geist«, maulte ich. »Heute ist alles wieder beim Alten.«

»Großer Haufen Trollkacke!«, fluchte Lorenzo und packte den Ball wieder in seinen Umhängebeutel.

Da ging weit über uns ein Fenster auf. Merellyn lehnte sich heraus.

»Lorenzo, komm mal ins Behandlungszimmer!«, rief er nur und knallte das Fenster wieder zu.

Etwa zwei Stunden später rief Merellyn auch mich ins Behandlungszimmer. Dort warteten schon das Macronomicon und Lorenzo. Er sah mich ganz erwartungsvoll an. Die Möbel waren wieder an die Wände geschoben und ein neuer, kleinerer Drudenfuß war auf die Dielenbretter gemalt. In seiner Mitte lag Lorenzos Umhängetasche, in der er Tag und Nacht den Ball mit sich herumschleppte.

Merellyn schien irgendwie verlegen. »Ich habe über dich mit dem Macronomicon gesprochen«, sagte er. »Das große Problem können wir nicht lösen, jedenfalls nicht jetzt.«

Ich sah auf. Glaubten sie vielleicht doch …

»Man darf die Hoffnung niemals aufgeben«, sagte das Buch, als hätte es meine Gedanken gelesen. »Aber Merellyn meinte, dass dir für den Augenblick auf andere Art geholfen werden könnte. Und da hatte ich eine Idee.«

»Sie ist so einfach, dass ich mich ein bisschen schäme nicht früher darauf gekommen zu sein«, gestand der Zauberer.

Lorenzo deutete mit einem verkniffenen Grinsen auf die Tasche im Drudenstern. Irgendetwas daran war seltsam. Ich musste dreimal hin- und herschauen, bis ich kapierte, dass Lorenzo *seine* Tasche immer noch umhängen hatte und die in der Mitte des Drudensterns ein kleines bisschen durchsichtig war. Es war der Geist der Umhängetasche!

»Versuch, ob du die Tasche hochheben kannst!«, verlangte Lorenzo.

Ich schwebte hin und probierte den Riemen zu fassen. Das ging! Ich hob die Tasche hoch. Ich spürte ihr Gewicht!

Mit einem Mal wurde ich schrecklich aufgeregt. Denn die Tasche war genauso rund gewölbt wie die von Lorenzo. Ich fasste hinein. Meine Hand fühlte, was sie seit über drei Monaten nicht mehr gefühlt hatte. Leder und Nähte. Ich holte das Ding heraus. Dann konnte ich nicht mehr anders. Ich ließ einen gewaltigen Schrei los. »JAAAAAHUUUUUUU!«

Ich hielt den Geist eines Fußballs in der Hand! Sofort begann ich ihn von Knie zu Knie zu kicken. Drei Kopfbälle. Stoppen und balancieren auf dem Spann. Und wieder hoch, mit der Brust annehmen und wieder auf die Knie. Merellyn und Lorenzo standen grinsend daneben. Sogar das strenge Gesicht auf dem Bucheinband lächelte.

»Hey, du fängst ja an den Rändern an zu glühen!«, stellte Lorenzo fest.

Ich fing den Ball auf und drückte ihn an meine Brust. Beinahe hätte ich die beiden umarmt, aber ich dachte noch in letzter Sekunde daran, wie sich das heute für Lorenzo wieder anfühlen würde. Ich hatte Tränen in den Augen. Jedenfalls fühlte es sich so an. Ich weiß gar nicht, ob ein Geist weinen kann.

»Wir haben einfach den Ball exorziert«, erklärte Merellyn. »Er war so mit Magie aufgeladen, dass es ganz einfach war, seinen Geist herauszuholen. Und weil die Magie im Ball schon gewaltig auf den Umhängebeutel abgefärbt hatte, haben wir mit dem gleich dasselbe gemacht.«

»So kannst du die Pille überallhin mitschleppen, genau wie ich das mache!«, ergänzte Lorenzo.

»Danke!«, flüsterte ich. »Danke! Danke! Danke! Danke!«

Mir war ganz schwindelig vor Glück. Ich musste mich setzen. Also ließ ich mich auf einen Stuhl fallen. Im nächsten Moment sprang ich wieder hoch.

»Was war *das* denn gerade?«, rief Lorenzo und sah mich verwundert an. Ich hatte für einen Moment völlig vergessen, dass ich ein Geist war, und mich mit Wucht auf den Stuhl fallen lassen. Ich hatte das harte Holz der Sitzfläche und der Lehne am Rücken und am Hintern gespürt. Und der Stuhl war bei meinem Aufprall etwa drei, vier Zentimeter nach hinten geschlittert!

Ich streckte vorsichtig die Hand nach der Lehne aus und es passierte das Übliche. Ich griff durch sie hindurch. Da war nur das leichte Kribbeln.

»Und damit hätten wir eine Antwort auf Williams Problem!«, rief Merellyn. »Es ist genau wie bei Lorenzo. Große Gefühle zeigen die erstaunlichsten Wirkungen.«

»Auch das müssen wir noch ausführlich besprechen«, verkündete das Macronomicon.

»Apropos große Gefühle!«, platzte Lorenzo heraus. »Ich hab auch was bekommen!«

Er hielt mir strahlend eine kleine Kürbisflasche vor die Nase.

»Das ist ein Zeitumkehrer!«, verkündete er. Ich starrte verständnislos auf den ausgehöhlten Kürbis. »Also das, was drin ist, nicht die Flasche. Wenn ich einen Schluck von dem Zeug trinke, kann ich Fußball spielen ohne dass meinem Knie etwas passieren kann.«

»Ganz so ist es nicht«, verbesserte Merellyn. »Ich habe diesen Trank mit Hilfe einer Formel aus dem Macronomicon hergestellt. Ein Schluck wirkt etwa eine Stunde lang. Sollte in dieser Zeit etwas mit Lorenzos Knie passieren, können wir mit dem dazugehörigen Zauberspruch die Zeit für ihn persönlich zurückdrehen. Und zwar bis zu dem Moment, als er den Umkehrer einnahm. So machen wir die neue Verletzung ungeschehen.«

»Aber … wo bleiben dann wir?«, fragte ich verwirrt. »Seine Zeit dreht sich zurück, aber unsere nicht?«

»Sobald der Zauberspruch aufgesagt ist, macht Lorenzo rasend schnell alles, was er in der letzten Stunde getan hat, rückwärts«, erklärte das Buch. »Alles, was mit ihm in dieser Zeit passiert ist, wird rückgängig gemacht.«

»Aber auch seine Erinnerung an die Stunde verschwindet«, fuhr Merellyn fort. »Man sollte ihm also nichts Wichtiges anvertrauen, solange er unter der Wirkung des Tranks steht. Für uns wird er einfach nur einige Sekunden … na ja, *unscharf* könnte man sagen. Weil er so rasend schnell wird, dass wir einzelne Bewegungen gar nicht mehr wahrnehmen können. Umgekehrt sehen die Umstehenden für Lorenzo wie eingefroren aus. Wie Skulpturen. Denkmäler. Statuen.«

»Du solltest aber sparsam mit dem Zaubertrank umgehen!«, mahnte das Macronomicon. »Von einigen Zutaten haben wir Merellyns Vorräte restlos verbraucht und manches davon ist in dieser Gegend Fantasmaniens so gut wie gar nicht zu bekommen.«

Den Rest des Tages kickten Lorenzo und ich nebeneinander im Vorhof des Turms. Wir hörten erst auf, als es stockfinster war. Ich stopfte meinen Geisterball in die Geistertasche und hängte mir das Ding um. Von jetzt an würde ich genau wie Lorenzo keinen Schritt mehr ohne sie machen.

DAS GRÖSSTE FUSSBALLFIEBER DES UNIVERSUMS

Eine Woche später begann offiziell der Unterricht mit Lehrer Rosenholz. Von da ab stiegen wir jeden Tag den Berg hinunter und ließen uns am Nachmittag von Walter wieder hochziehen.

Lorenzo hatte ihm erzählt, wer er war, und versucht sich zu bedanken. Aber davon wollte der Baum nichts wissen. Lorenzo blieb stur und fragte immer wieder, was er für Walter tun könne um sich zu bedanken. Er nervte ihn jeden Tag auf dem Weg nach oben, bis Walter drohte ihn aus dem Korb zu werfen. Aber Lorenzo hat dann doch etwas herausgefunden.

Seitdem schleppte er jeden Tag einen Trog Wasser vom Fluss herauf und schüttete es in eine Felsspalte oberhalb vom Standort des Würgers. Als ich ihn darauf ansprach, erklärte mir Lorenzo, dass dem Baum das Regenwasser, das von den Felswänden rann, nicht schmecke. Das Flusswasser aber, das er in die Felsspalte goss, erreichte Walter unterirdisch und schmeckte viel besser. Allerdings durfte Lorenzo es ihm nicht einfach über die Wurzeln schütten. Die Dryaden beobachteten Walter nämlich ganz genau um sicherzustellen, dass seine Strafe auch eine Strafe war.

Der Unterricht war so, wie ich ihn mir vorgestellt hatte. Außer den drei Engeln waren die fantasmanischen Schüler nicht sonderlich interessiert daran, sich zu melden und rumzustrebern.

Wir hatten auch nicht viel zu sagen. Die Buchstaben waren irgendwie anders als unsere. So spinnenbeinig. Dadurch hatten wir mit dem Lesen und Schreiben noch mehr Schwierigkeiten als zu Hause. Außerdem rechneten die Fantasmanier anders. Da hieß es nicht: 2 x 2 = 4 und sonst gar nix. Da gab es jede Menge Ausnahmen und Sonderregelungen. Von fantasmanischer Geschichte wussten wir inzwischen ein bisschen was. Aber in den Fächern Pflanzenkunde, Heimatkunde und Flache Zauberei waren wir totale Nullen. Noch schlimmer waren Fremdsprachen. Hoch-Elfisch, Mittel-Elfisch, Trollisch, Zwergisch und Öööaark. Wer um alles in der Welt spricht Öööaark?

»Ich weiß es!«, flüsterte Lorenzo mir zu. »So reden die Besoffenen, wenn sie abends aus der Miesen Muschel kommen. Sie beugen sich über die nächste Regentonne und öööaarken rein.«

Wir lachten uns schlapp über den Öööaark-Witz, aber die drei Engel hatten sogar in dieser total bekloppten Sprache einen Sonderkurs belegt. Das schlimmste Fach war fantasmanische Völkerkunde. Man konnte sich kein Wesen ausdenken, das es in dem magischen Königreich nicht gegeben hätte. Der Wälzer »Alle Völker Fantasmaniens« musste von vier Schülern aus dem Regal gewuchtet werden. Es wäre leichter gewesen, nur die Wesen aufzuschreiben, die es nicht gab. Das wäre dann allerdings ein sehr dünnes Heftchen geworden.

Vormittags hatten alle gemeinsam Unterricht. Nachmittags fanden die speziellen Stunden statt. Die Zwerge trafen sich zum »Schürfen und Scharren«. Die Querwölfe übten »Hetzen und Fetzen«. Für mich sah es eher nach »Mord an kleinen Waldtieren« aus. Riesen, wie ich gehört habe, üben oft »Umhauen und Draufsetzen«. Das geht mit allem, was dumm genug ist beim Anblick einer Bande junger Riesen nicht die Flucht zu ergreifen. Zum Glück hatten wir keine Riesen in der Klasse. Die Gespenster hatten nachmittags zwei Stunden »Gruseln und Grausen«. In der Klasse war auch ich. Das war das einzige Fach, in dem ich richtig was draufhatte, weil ich so viel von Schnick gelernt hatte. Mit den Gespenstern hab ich mich auf Anhieb gut verstanden.

Die drei Trollbrüder haben selbst ein Fach erfunden. Sie nannten es »Nicht-auftauchen-und-verschwunden-bleiben«.

Eines Tages fiel der Nachmittagsunterricht aus. Das heißt, alle waren da, außer den drei Trollen, aber Rosenholz tauchte nicht auf. Niemand wusste, ob wir nach Hause gehen oder warten sollten. Also hingen wir in den Eichenwurzeln herum und langweilten uns ein bisschen. Aber Lorenzo und ich hatten gleichzeitig dieselbe Idee. Wir sahen uns an und grinsten. Dann fassten wir in unsere Umhängetaschen und holten die Bälle heraus.

»Wisst ihr, was das ist?«, fragte Lorenzo. Fast erwartete ich, dass die drei Engel sich wieder meldeten und herunterleierten, was sie über Fußball in irgendeinem Buch gelesen hatten. Aber sie blieben stumm. Dafür wurde der Rest der Klasse wach. Viele beugten sich interessiert vor, doch sie schüttelten die Köpfe.

»Man nennt das einen Fußball. Wir zeigen euch mal, was man damit machen kann«, kündigte ich an.

Dann zogen wir die komplette Nummer ab. Es wurde ganz ruhig in der Klasse. Irgendwann schlichen sogar die drei Trolle herbei und schauten wie hypnotisiert zu. Wir fingen unsere Bälle ein, die nicht ein einziges Mal den Boden berührt hatten.

»Aber das sind nur die kleinen Kunststückchen«, erklärte Lorenzo. »In Wirklichkeit ist Fußball ein schneller, taktischer Mannschaftssport. Es wird elf gegen elf gespielt. Sollen wir euch zeigen, wie es geht?«

Sofort brach zustimmendes Gebrüll aus. Nur die Engel saßen wie versteinert auf ihren Stühlen in der ersten Reihe.

»Dann brauchen wir eine möglichst flache Wiese. Man muss dabei viel laufen.«

Wieder brüllten alle durcheinander, aber man hörte mehrmals deutlich: »Bauer Stumpligs Südweide.«

Also zogen wir alle dorthin. Erstaunlicherweise lag die Südweide am nordwestlichen Rand des Dorfes, nahe der Steilklippe hinunter zum Fluss. Wir begannen den fantasmanischen Kindern das Spiel zu zeigen. Sie waren absolut begeistert. Wir spielten und spielten, ich vor allem mit den zwei Gespenstern. Dabei vergaßen wir die Zeit. Erst als in der Abenddämmerung ein Zug von erwachsenen Flüsterwäldlern mit Fackeln auf der Suche nach ihren Kindern den Hügel heraufkam, merkten wir, wie spät es schon war.

Dieser Nachmittag änderte in Fantasmanien fast alles. Wir gründeten eine Schulmannschaft. Die Kinder erzählten ihren Eltern von dem Spiel. Irgendwann kamen die Väter zum Zuschauen, angelockt von der Begeisterung ihrer Söhne und Töchter. Bald spielten auch sie. Kühe wurden von den ebenen auf die buckligeren und steileren Weiden umquartiert um mehr Fußballplätze zu haben. Auf manchen Wiesen herrschte ein regelrechter Kuh-Stau. Flüsterwald bekam eine Schulmannschaft, eine Dorfmannschaft, eine Abgelegene-Gehöfte-Mannschaft, eine Gnomenmannschaft, in der hunderte von den kleinen Kerlen herumwuselten, und eine Kneipenmannschaft, die sich hauptsächlich in ihrem Stammquartier im Halben Humpen aufhielt und eher selten trainierte.

Der Nachmittag, an dem wir unserer Klasse das Spiel zeigten, löste das größte Fußballfieber aus, das jemals im Universum ausgebrochen ist.

FANTASMANIA VON A BIS Z

Arachnua
ist eine Sirene, eine Gestaltwandlerin. In ihrer ursprünglichen Gestalt sieht sie aus wie eine große schwarze Echse. Doch sie muss nur einen Tropfen Blut von jemandem lecken, dann kann sie sich jederzeit in ihn verwandeln. Sie arbeitet für Baron von Fresseisen und ist Williams Mörderin.

Die Stadt Arkanon
liegt auf der Landbrücke unterhalb der ausgebrannten Blutenden Burg mit ihrem uralten Friedhof und dem unheimlichen *Knochenloch*, einem Stadtviertel, das vermutlich älter ist als der Rest der Stadt. Das wildeste und bevölkerungsreichste Viertel nennt sich schlicht »An der Straße«. Es entstand entlang der inzwischen zugewachsenen Karawanenstraße, eingepfercht zwischen dem Wilden Wald und der Stadtmauer um die viel bessere Oberstadt, dem Mystelberg und dem klippenreichen Strand des adamantischen Ozeans.

Der Avatar
ist ein Stellvertreter des Schwarzen Lords, der im bösen Bruder des Macronomicons auf seinen Einsatz gewartet hat. Er kann

sich beim Zusammenschluss mit der anderen Hälfte des Buches befreien. Da aber Sir Holdmund die Rolle des echten Macronomicons spielt, erlangt der Avatar nicht seine volle Macht. Er sieht aus wie eine kleine schwarze Mumie, die jahrelang in einer Räucherkammer eingesperrt war.

Die Bettelnde Bruderschaft und die Jenseitsdruiden
sind der menschliche und der elbisch-zwergische Teil einer Verbindung, die es sich zur Aufgabe gemacht hat, jedem zu helfen, ob arm oder reich, Mensch oder Fabelwesen, gut oder böse.

Dragoslav von Venenfels
ist ein Vampir im Dienst von Baron von Venenfels. Nachdem Merellyn ihn mithilfe des Dornengifts geheilt hat, stellt sich heraus, dass er eigentlich Karol Kleinkrempel heißt und vor seiner Verwandlung zum Vampir vor zweihundertdreiundachtzig Jahren Übersetzer war.

Erik »der Hammer« Eisenerz
ist ein Zwerg und von Beruf Schmied. Überraschenderweise fällt die Wahl des obersten Druiden Eskatos auf ihn als nächsten König der Zwerge.

Eskatos
ist der oberste Druide des Zwergenvolks. Wie alle Druiden ist er ein Halbblut, hervorgegangen aus der Verbindung eines Zwergs mit einer Elbenfrau von den Jenseitsinseln. Seine Aufgabe ist es, den sogenannten »Königsnagel«, das Symbol für die königliche Macht des Zwergenvolkes, dem nächsten König der Zwerge zu überreichen.

Esmeranda
gehört zum Stamm der Dsinghani. Zusammen mit ihrem Bruder Arpad begleitet sie Lorenzo, William und die anderen auf ihrer Reise zur Isla Evangelista.

Fantasmanien
ist die Heimat der Kobolde, Zwerge und Trolle, der Zentauren, Elfen und Feen, der Vampire, Werwölfe und vieler weiterer Wesen. Das Schicksal des Königreichs hängt davon ab, ob Mysterio Mystelzweig oder Zerberon zuerst zurückkehrt und den Thron besteigt.

Baron Frasbert von Fresseisen
ist der reichste, mächtigste und fieseste Mann in Arkanon. Und mit Sicherheit der fetteste. Da er einmal im Besitz des Zeichens des Schwarzen Lords war, scheint er mit den dunklen Mächten Fantasmaniens in Verbindung zu stehen.

Die königlichen Gesandten Niobe und Amantua
sind Hochelfen wie Oberon und Zerberon. Sie sind nicht nur magisch begabt, sondern auch außergewöhnlich schön. Aber sie können sich ebenso in Monster wie Vampire oder Werwölfe verwandeln. Niobe ist Amantuas Mutter.

Glubschnak
ist ein Bergtroll, also riesengroß, grün und blöd wie Bohnenstroh. Der Kumpan von Schnick schleppt ständig eine lange Keule mit sich herum, die in einem dicken Wurzelknoten endet, der mit giftigen Dornen gespickt ist. Lorenzo hat Glubschnak seine Knieverletzung zu »verdanken«. Aber dann haben Schnick

und Glubschnak William und Lorenzo zu Merellyn, dem letzten Zauberer Fantasmaniens, gebracht.

Sir Holdmund von Hofesang
ist ein sprechendes Buch, das Lorenzo geschenkt bekommt. Mit seinen ständigen Benimm-Regeln nagt es an seinen Nerven. Außerdem hat das Buch eine gespaltene Persönlichkeit. Andauernd tauchen ganz schräge Vögel aus anderen Büchern auf. Aber Sir Holdmund lässt sich anstelle des Macronomicons entführen und plötzlich ist diese Armee von verrückten Typen so was wie eine Wunderwaffe.

Der immerwährende Krieg
in Nord-Elbia ist eine irrsinnige Veranstaltung, in der niemand mehr genau weiß, wer gegen wen kämpft. Vor allem scheint es völlig belanglos, worum es in diesem Krieg geht. Denn das Land, das beide Völker für sich beanspruchen, ist vom Krieg völlig zerstört.

Isla Evangelista
ist eine Insel am Südwestende der Schwarzfiebersümpfe. Dort befindet sich auch das Hauptquartier des Ersten FC Wunder Waran – die Kneipe *Zum Wunden Waran*.

Die Jenseitsinseln
liegen weit im Südwesten vor der Küste Fantasmaniens. Die Elben, die diese Inseln bewohnen, sind für Normalsterbliche unsichtbare Geister. Aber ihre Toten und deren Grabbeigaben erscheinen manchmal in unserer Welt.

Die Königsburg
war vor dreizehn Jahren Schauplatz eines Kampfes zwischen den guten und den bösen Mächten Fantasmaniens. Er endete mit einer gewaltigen Explosion, bei der alle Magier wie auch Mysterio, Oberon und Zerberon in Raum und Zeit davongeschleudert wurden. Königin Titania liegt seitdem in todesähnlichem Schlaf in der Gruft der Burg, und die Kronprinzessin Titanica, bei deren Taufe die Schlacht ausbrach, ist spurlos verschwunden.

Kronstadt
ist die einzige Menschenstadt in Fantasmanien. Dort tut man gern so, als gäbe es die anderen Einwohner des Königreichs, die Trolle, Vampire, Zwerge, Kobolde und Elfen, nur im Zirkus. Trotzdem gibt es in Kronstadt geeignete Gefängnisse für all diese Wesen.

Kruschpuk
ist der Cousin von Glubschnak, also ebenfalls ein Troll. Kruschpuk war Teamchef des Ersten FC Wunder Waran, einer ganz miserablen Fußballmannschaft, und hat William und Lorenzo als Trainer engagiert. Bei der Gelegenheit hat er aber auch die Zeichen der Kriegsherren aus Merellyns Turm gestohlen. Niemand wusste, dass er unter dem Einfluss von Vampiren stand.

Lorenzo (Mittelsturm)
ist der beste Freund von William, der meint, Lorenzo sei der beste Fußballer der Welt – trotz keinerlei magischer Begabung. Doch seit er in Fantasmanien ist, zeigen sich bei Lorenzo, dem Enkel von Mysterio Mystelzweig, immer mehr erstaunliche Fähigkeiten.

Das Macronomicon
ist das mächtigste Zauberbuch der Welt. Es ist von Lord Zerberon und seinem ehemaligen Schüler Mysterio Mystelzweig geschrieben worden. Als es vor dreizehn Jahren zu einer gewaltigen Explosion auf der Königsburg kam, ist das sprechende Buch in zwei Hälften geteilt worden. Die eine Hälfte des Buches arbeitet mit Merellyn zusammen, die andere Hälfte versucht dem Schwarzen Lord zur Rückkehr nach Fantasmanien zu verhelfen. Mit den Zeichen der Lords, zwei dolchförmigen Schlüsseln, lassen sich beide Teile des Buches verbinden. Unglücklicherweise hat William Lord Zerberons Zeichen, während dieser im Besitz von Mysterio Mystelzweigs Zeichen ist.

Malicia von Wolfswald
ist eine Werwolfprinzessin. Sie ist die Halbschwester von Mysticia und damit Lorenzos Tante, obwohl sie kaum älter aussieht als er.

Merellyn
ist der letzte Zauberer Fantasmaniens, da er zum Zeitpunkt der Explosion nicht auf der Königsburg war. Mithilfe von Lorenzo und William versucht er die Rückkehr des Schwarzen Lords nach Fantasmanien zu verhindern.

Die Monster Soccers
sind die Fußballmannschaft der Stadt Arkanon. Ursprünglich war Baron von Fresseisen ihr Besitzer, doch jetzt scheint es Lord Zerberon zu sein. Pucks Wette mit dem Besitzer der Monster Soccers besagt, dass der Verlierer den Sieger zu einem Bankett einladen muss. Das ist verhängnisvoll, weil sich herausgestellt

hat, dass Lord Zerberon unter anderem ein Vampir ist. Und wer einen Vampir einlädt, macht ihn zum Herrn über sich und all sein Hab und Gut – in Pucks Fall zum Herrn über Fantasmanien.

Monstrovien
ist die westlichste Provinz der Menschenwelt. Eine schmale Landbrücke verbindet sie mit dem Kontinent Fantasmanien, aber der Wilde Wald verhindert, dass Menschen diesen Kontinent betreten können.

Myrabella
ist eine Fee, ungefähr drei Handbreit groß und sehr hübsch – abgesehen von den blauen Tätowierungen, die ihren ganzen Körper bedecken, und den riesigen, spitz zulaufenden Ohren. Sie hat Bärenkräfte und kann sehr streng sein. Sie ist die Sprechstundenhilfe von Merellyn.

Mysterio Mystelzweig
wendete sich von seinem Lehrmeister, Lord Zerberon, ab, nachdem er in Erfahrung gebracht hatte, dass dieser die Menschheit vernichten will, und gründete den Mystelzweigorden. Seitdem steht Mysterio, mittlerweile selbst ein mächtiger Magier, auf Seiten von König Oberon.

Der Nagel des Königs
fehlt seit Jahrhunderten in der Krone der Zwergenkönige. Doch niemand denkt daran, ihn wieder in die Krone einzusetzen. Er wird dem zukünftigen König als Einladung zur Krönung überreicht.

Nica
ist eine Nebelhexe – Nebelhexen sind sehr mutige Monsterjäger – und ungefähr so alt wie Lorenzo und William. Ob sie hübsch oder hässlich ist, kann man nicht sehen, da sie den Schädel eines Wolfes als Helm trägt und selbst das Gesicht mit Blut und Lehm bemalt. Obwohl sie Lorenzo ständig hilft, kann er sie offensichtlich nicht leiden.

Nord-Elbia
ist das alte Kernland der Elben, die für viele Jahrtausende Fantasmanien beherrscht haben. Doch die Elben ziehen seit Jahrhunderten fort aus dem Königreich. So ist Nord-Elbia verlassen und zum Kriegsgebiet zwischen den Vampiren und den Werwölfen geworden.

König Oberon
ist ein Hochelf und der Zwillingsbruder von Zerberon. Oberon hat über 2000 Jahre in Fantasmanien regiert, bis er durch die Explosion auf der Königsburg in Raum und Zeit geschleudert wurde, wie auch Mysterio Mystelzweig und alle anderen guten wie bösen Magier.

Palomina
hat den Rumpf eines Pferdes und einen menschlichen Oberkörper. Sie ist eine Zentaurin.
Für Zentauren ist es nicht schicklich, wie ein Pferd zu rennen oder zu springen. Aber Palomina liebt es, sich zu bewegen, und spielt verdammt gut Fußball.

Puck
vertritt Oberon auf dem Thron. Er ist ein Waldfaun und bereits fünftausend Jahre alt, aber er sieht aus wie ein Achtjähriger und denkt auch so. Der Prinzregent hat sich auf eine sehr riskante Wette eingelassen.

Graf Romano von Grauenstein
ist ein Urvampir. Er trinkt Blut, aber er macht seine Opfer damit nicht zu Vampiren. Anders als die neuen Vampire kann er im Tageslicht wandeln. Ein dunkles Geheimnis verbindet ihn mit der Werwölfin Malicia von Wolfswald.

Schnick
ist ein Halbblut: halb Kobold und halb Poltergeist. Er ist Boss einer Räuberbande, zu der noch Glubschnak gehört. Die beiden haben für Baron von Fresseisen gearbeitet. Letztlich ist Schnick aber ein guter Kerl.

Die Schwarze Anna
ist Kapitänin der *Jenseits*, des einzigen Schiffes, das den Schimmelwein gen Norden befährt.
Arachnua hat ihr eine Narbe vom Haaransatz über den Nasenrücken bis zur Oberlippe verpasst. Die Schwarze Anna war auch schon auf den Jenseits-Inseln, wo Geister leben, die ihre Toten im Diesseits bestatten.

Sirenen
sind in der Lage, jedermanns Gestalt anzunehmen, von dem sie einen Tropfen Blut geleckt haben. Sirenen ist es so wenig wie allen anderen finsteren Mächten möglich, durch den Wilden

Wald nach Fantasmanien zu gelangen. Aber sie haben ein geheimes Tor, das von einem Brunnen in der Blutenden Burg durch die nordische Tiefsee in die Höhlen im Norden der Zwergenminen führt. Nach dem magischen Gewitter, das Lorenzo und William ausgelöst haben, tauchen immer mehr von diesen Gestaltwandlern auf.

Vadyuscha von Venenfels
ist die ehrgeizigste Vampirin aller Zeiten. Sie steigt zur Baronin auf, als Voronin vernichtet ist. Doch sie ist nur ein Spielball in dem viel größeren Kampf um die Macht in ganz Fantasmanien.

Baron Voronin von Venenfels
ist der Herr über die zweitgrößte Burg in den Vampirgebieten. Doch sein größenwahnsinniger Plan, die beiden Hälften des Macronomicons zu vereinen, wird ihm zum Verhängnis.

Walter, der Wahnsinnige Würger,
ist ein Baum. Er hat Lorenzo gleich nach dessen Geburt das Leben gerettet. Dabei hat er zwei Sirenen erwürgt, die sich als Holzfäller getarnt hatten. Zur Strafe wurde er entwurzelt und muss seitdem die Liftkabine zu Merellyns Turm spielen.

Der Wilde Wald
ist nach der Explosion auf der Königsburg entstanden. Unaufhaltsam und rasend wucherte er über die Straße, die von Monstrovia ins magische Königreich führte, und bildet seitdem eine undurchdringliche Barriere, die ohne sein Einverständnis niemand bezwingen kann.

William
ist 11 Jahre alt, Waise und war Torwart der Verdammten Rotznasen. Er hat die magische Begabung, zu spüren, wann sich etwas bewegt und in welche Richtung. Seit ein Armbrustbolzen auf ihn abgeschossen wurde, ist er ein Geist.

Woomba
ist ein Yeti-Schamane, der mit seinem Zauberstab erkennen kann, ob jemand ein Gestaltwandler ist. Er kommt den Gefährten zu Hilfe, als sie von Sirenen in den äußersten Norden des Zwergenminensystems verschleppt werden.

Zappenduster
sieht aus wie eine Vogelscheuche, ist aber ein Vogelscheucher. Sein richtiger Name ist Zarathustra. Der Ruriko, kann aus Pflanzen alles züchten, sogar magische Dolche und Fußbälle.

Lord Zerberon
wird auch der Schwarze Lord oder der Mundovoros genannt, was so viel wie »Weltenfresser« bedeutet. Der mächtige Magier ist der Meinung, dass man die Menschheit vernichten muss. Nachdem sich der Lord entschlossen hatte, diesen Weg zu gehen – den Weg der absoluten Zerstörung –, wandte sich das Macronomicon von ihm ab und folgte Mysterio.

Die Zwergenminen
liegen zum größten Teil unter den sogenannten Skelettbergen nördlich von Nord-Elbia. Sie sind Teil eines viel größeren Höhlensystems, das sich von der Drachenwüste im Süden bis zu den eisigen Nordmeerküsten erstreckt.

Alte Welt Westlid
DER WILDE WALD
N
NW
NO
W
O
SW
SO
S
FANTASMANIA
DER TIEFE RISS
DIE MIESE MUSCHEL
AN DER STRASSE
OCEANVS AL
DER WILDE WALD
BOLZPLATZ
KLOSTER DER
BETTELNDEN
BRVDERSCHAFT
WAISENHAVS

NORDMEER
Die freie Handelsstadt
ARKANON
DAS KNOCHENLOCH
FUSSBALLSTADION
OBERSTADT
MONSTROVIA
HANDELSHAFEN
FISCHERHAFEN

Mike Maurus
Fantasmania – TeamGeister

528 Seiten, ISBN 978-3-570-28006-5

Dämonisch guter Fußball

Der Krieg zwischen Werwölfen und Vampiren öffnet dem Schwarzen Lord ein Tor ins magische Königreich Fantasmanien. Der Zauberlehrling Lorenzo, der Geist William und die junge Hexe Nica versuchen verzweifelt, den Schwarzen Lord und seine Vampirmannschaft in einer letzten Fußballschlacht zu besiegen ...

40014

COPPENRATH bei cbj

www.cbj-verlag.de